Mit dem Mut einer Löwin
Der lange Weg nach Hause

In ihrem Roman „Mit dem Mut einer Löwin – Der lange Weg nach Hause" eröffnet uns die Autorin Daniela Brotsack einen kenntnisreichen und lebhaften Blick auf das Alltagsleben in der schillernden Welt der Feudalzeit ihrer Heimat.

Die Handlung des gründlich recherchierten Romans entspinnt sich von Anfang an in rasantem Tempo, der Leser wagt kaum, das Buch zur Seite zu legen. Nicht nur das sich entwickelnde Geschehen selbst hält ihn in Bann, auch die Folge von Märchen und Sagen, die sich die Figuren während ihrer abendlichen Freizeit oder auf Reisen in bester Tradition eines Giovanni Boccaccio oder einer Margarete von Navarra erzählen, üben ihre eigene Faszination auf den Leser aus. Die locker eingestreute Lyrik von Daniela Brotsack gönnt dem Leser hin und wieder eine kleine Verschnaufpause.

Die Figuren des Romans sind klar angelegt, ihre Handlungen sind von ihrer Stellung im gesellschaftlichen Gefüge geprägt. Von zentraler Bedeutung sind dabei Themen wie Loyalität, Treue, Freundschaft und Liebe. Ungewöhnlich die Rolle der Frau: Die Frauen des Romans gestalten ihr Leben aktiv mit, sie stehen als starke Partnerinnen ihren ebenso starken Männern zur Seite. Tatsächlich war dies in der Feudalgesellschaft nur wenigen, meist adligen Damen vorbehalten.

Daniela Brotsack wechselt elegant und leicht zwischen den unterschiedlichen Zeitebenen ihres Romans, ohne den Leser zu irritieren.

„Mit dem Mut einer Löwin – Der lange Weg nach Hause" sei Liebhabern von Romanen über das Mittelalter als Geheimtipp wärmstens empfohlen, ebenso Bewohnern und Freunden der Region Altmühltal, die die dortige Landschaft und vielleicht auch den ein oder anderen längst in Vergessenheit geratenen Brauch wieder entdecken werden.

Antonia Stojanov

Für meine Eltern

Mit dem Mut einer Löwin

Der lange Weg nach Hause

Bibliografische Information der Deutschen Nationalbibliothek
Die Deutsche Nationalbibliothek verzeichnet diese Publikation
in der Deutschen Nationalbibliografie; detaillierte bibliografische
Daten sind im Internet über http://dnb.d-nb.de abrufbar.

Impressum

ISBN-13: 978-3-8370-0308-6

© 2007-2010 Daniela Brotsack, 2., korrigierte Version.
Alle Rechte vorbehalten.
Fotografien: Daniela Brotsack (Türklopfer am Schottenportal
der Jakobskirche in Regensburg)
Satz und Layout: Daniela Brotsack
Herstellung und Verlag: Books on Demand GmbH, Norderstedt

Liebe Leserin, lieber Leser!

Danke für Ihr Intersse für diesen Roman!
Zunächst sei der Hinweis ausgesprochen, dass es sich bei diesem Buch um eine frei erfundene Geschichte handelt, die in eine historisch belegte Zeit eingebettet wurde. Sie ist ein Phantasieprodukt, die sich dichterische Freiheiten gestattet. Zum Beispiel gab es um 1400 in der Gegend, in der der Roman spielt, höchstwahrscheinlich keine Viereckhöfe. Wegen der damals häufig vorkommenden Hochwasser im Altmühltal ist es sogar sehr wahrscheinlich, dass kein Mensch auf die Idee gekommen wäre, gerade an beschriebenem Platz einen Hof zu bauen. Das Handeln der historisch belegten Personen habe ich nach meinem Geschmack gestaltet, so dass sie gut zur Geschichte passen. Die Frauen sind auch viel selbstbewusster, als in dieser Zeit üblich.
Die vorliegende Erzählung hat einige Besonderheiten, die hier kurz erklärt seien: Alle Anmerkungen sind nicht in den Text eingebaut, sondern stehen als Fußnote direkt auf der Seite des dazugehörigen Textes. Der Grund dafür ist zum einen, dass ich selbst Unmengen von Büchern lese und den Lesefluss nicht durch Blättern unterbrechen möchte. So bleiben bei den meisten von mir gelesenen Büchern alle interessanten zusätzlichen Informationen im Anhang ungelesen. Zum anderen wollte ich Sie, liebe Leser, selbst entscheiden lassen, ob Sie auf diese Information zugreifen möchten.
Die Geschichte ist durchgehend eine Ich-Erzählung. Sie erleben nur eine Seite der Medaille. Laura ist die Erzählerin und kann gar nicht wissen, was in den Köpfen ihrer Mitmenschen vor sich geht. Ich habe ganz bewusst darauf verzichtet, von zwei Seiten aus zu erzählen, da durch diese Erzählweise meiner Erfahrung nach die Lektüre beim Wechseln der Erzählperspektive häufig ins Stocken gerät und der Leser dann nicht mehr genau weiß, welche Figur nun was erlebt oder gedacht hat.
Die Erzählerin nimmt immer wieder Bezug auf unsere Neuzeit und zieht oft Vergleiche zwischen dem „Jetzt" und dem „Damals". Damit möchte ich Sie, liebe Leser, dazu anregen, über den Unterschied und vielleicht auch das Für und Wider unserer Zeit im Vergleich zu anderen Zeiten nachzudenken.
Ich wünsche Ihnen, dass auch Sie, ähnlich wie Laura, die Möglichkeit haben, die wirklich wichtigen Dinge Ihres Lebens

für sich zu entdecken und sich nicht in der Hektik unserer schnelllebigen Zeit verlieren.

Falls das Buch nicht Ihrem Geschmack entsprechen sollte, vermeiden Sie bitte eine vernichtende Kritik. Sie wissen ja: Alles kommt zum Wünschenden irgendwann zurück.

Viel Spaß bei der Lektüre wünscht Ihnen

Daniela Brotsack

Die Website zum Buch:
www.mit-dem-mut-einer-loewin.de

Schreiben Sie mir: autorin@ mit-dem-mut-einer-loewin.de

Nun ist es gut ein Jahr her, dass das größte Abenteuer meines Lebens begann. Es war ein Dienstag Anfang September 1999. Ich hatte gerade den zweiten Tag Urlaub und wollte das herrliche Spätsommer-Wetter nützen: Angenehme Wärme, von einer leichten Brise durchzogen, die schon die ersten Blätter von den Bäumen rüttelte und leicht zu Boden schweben ließ. Wir hatten ein Bilderbuchwetter, das keine Wünsche offen ließ. Die Luft roch nach Herbst und man hätte meinen können, kleine Wesen wären unterwegs, welche über Nacht einzelne Blätter der Bäume gelb, rot oder braun einfärbten.

Ich ging bereits zu einer Stunde, in der sich erst langsam der Frühnebel zu lichten begann, in den Stall und striegelte meinen 5-jährigen Friesenwallach Arwakr[1], was Frühwach heißt, und der einzig richtige Name für mein Pferd war.

Meine Uhr im Auto zeigte gerade 6.00 Uhr an, als ich am Stall ankam. Wie immer begrüßte ich die drei Stallgenossen fröhlich und liebkoste sie alle nach der Reihe. Sie sahen schon wacher aus als ich gedacht hatte, und hießen mich mit freudigen Lauten willkommen.

Sofort holte ich mir das Putzzeug aus der Sattelkammer und führte meinen Liebling aus der Box, um ihm die richtige Pflege angedeihen zu lassen. Vor ihm hing neben einem Heunetz ein kleiner Futternapf, in den ich ihm ausnahmsweise seine Lieblingsspeise, eine Hand voll eingeweichter Haferflocken und einige Karotten, gegeben hatte. Obwohl ich zu so früher Zeit immer ohne Frühstück außer Haus ging, verlangte ich niemals dasselbe von meinem Pferd. Für mich hatte ich vor meiner Abfahrt in meiner gemütlichen Wohnung etwas Brot, Käse, zwei Bananen, ein kleines Jagdmesser und eine stabile Thermosflasche mit Schorle in meine Satteltaschen gepackt, da ich beabsichtigte, bis zum Nachmittag auszubleiben.

Ich hatte mir eine nette Stelle im Altmühltal ausgesucht, an der ich Arwakr anpflocken und mich selbst im Schatten eines Baumes dem Üben einiger alter Querflötenstücke widmen könnte. Aus unerfindlichen Gründen hatte ich auch noch mein Tagebuch eingepackt. Wahrscheinlich plagte mich unbewusst

---

1) In der nordgermanischen Mythologie heißt es, dass die Pferde Arwakr (Frühwach) und Alswinn (Allbehend) den goldenen Wagen der Sonne Sol über den Himmel ziehen würden. Damit die beiden ihre Aufgabe verrichten können, sind der Sage nach Runen in Arwakrs Ohr und Alswinns Huf eingeritzt. Vor der glühenden Hitze der Sonne sind sie durch den Schild Sänftiger geschützt.

ein schlechtes Gewissen, weil ich ein paar Tage nicht zu meinen Eintragungen gekommen war.

Nachdem Arwakr glänzte wie flüssiger Teer, packte ich ihn in den für diesen Ausflug geliehenen Pferdehänger und fuhr mit ihm ins Altmühltal. Dort sattelte ich mein Pferd und legte ihm seine nietenbeschlagene Trense an, die ihm ein sehr edles Aussehen verlieh. Noch schnell einen langen Führstrick eingepackt und Arwakrs Halfter dazu. Eine alte Decke mit Schottenkaro und Fransen für mich war schon an die Taschen gebunden. Ich griff auch noch nach einer Probepackung Pferdefutter und der Tüte mit den restlichen Karotten, bevor ich die Satteltaschen endgültig schloss und am Sattel festschnallte.

Ich hatte nicht lange zur Vorbereitung gebraucht und so konnten wir bald aufbrechen. Die Sonne kam mit zunehmender Kraft durch die Nebelbänke, die an den Flussniederungen noch etwas dichter waren als im freien Gelände. Wir hinterließen in den taunassen Wiesen eine fettgrüne Spur. Irgendwo flog ein Fasan auf. Ein Stück weiter umrundeten wir in einem weiten Bogen ein Reh, das mitten in einer Wiese stand und sich beim Äsen nicht von uns stören ließ.

> *Der Morgennebel*
> *hebt langsam seinen Schleier*
> *und macht den ersten*
> *Sonnenstrahlen Platz.*
>
> *In allen Farben*
> *schillernde Tropfen hängen*
> *an zarten Blütenblättern.*
>
> *Die sattgrüne Spur eines Rehs*
> *zieht sich über taufeuchte Wiesen.*
>
> *Die Vögel in den Bäumen*
> *erwachen nach und nach*
> *und stimmen ihre morgendlichen Lieder an.*
>
> *Eine leichte Brise kommt auf*
> *und fährt sachte*
> *durch die Baumwipfel;*
> *lässt die Blätter tanzen.*

Mit leisem Gluckern
begrüßt der nahe Bach
den Tag.

Ich fühlte mich so richtig frei. Auch Arwakr schien ganz und gar entspannt. Mein schwarzer Liebling hatte sich schon so an diese frühmorgendlichen Ausritte gewöhnt, dass er sie genauso wie ich genießen konnte. Vor allem waren um diese Zeit meist noch keine lästigen Insekten hinter ihm her und bei der Heimkehr waren ihm eine gut gefüllte Futterkrippe und der Rest des Tages auf der Koppel sicher.

Nach einer guten Stunde verschärfte ich das Tempo noch eine Weile. Erst als der Weg etwas unebener wurde, parierte ich Arwakr wieder zum Schritt durch. Aus einer Laune heraus sprang ich ab und ging neben dem Pferd her. Es sah mich ganz verwundert an, als wolle es sagen „Seit wann gehst du denn zu Fuß?" Mir wurde zunehmend wärmer, je weiter die Sonne Richtung Süden wanderte. Ich zog meinen Fleece-Pullover aus. Im T-Shirt war es mir dann so richtig angenehm. Überall umgaben uns Düfte von frisch gemähten Wiesen und späten Blumen. Ich atmete mehrmals ganz tief ein und ließ meinen Gedanken freien Lauf.

So trotteten wir eine ganze Strecke nebeneinander her inmitten von herbstlich riechender Landschaft. Hie und da fielen uns einige gelb gefärbte Blätter vor die Füße, doch zum größten Teil war die Umgebung noch recht grün.

Bald waren wir an dem von mir angepeilten Flecken Erde angekommen. Die nächstgelegene Ortschaft war Essing und lag auf unserer Seite der Altmühl. Von hier hatte ich einen schönen Blick auf die über dem Dorf thronende Burgruine Randeck, von der aus man ein ganzes Stück des Tales überblicken kann.

Mir fiel ein verschneiter Wintertag ein, an dem ich mit einer Freundin in der Ruine herumspaziert war, um Winterfotos zu machen. Wie im Traum waren wir in dem alten Gemäuer umhergeschritten und hatten in unserer Phantasie die Zeit der glänzenden Ritter und feuchtkalten Burgkemenaten wieder aufleben lassen.

Ich erlöste Arwakr vom Sattelzeug und legte ihm sein Halfter mit langem Strick an. Dann band ich ihn an den nächsten Baum und ließ ihn grasen. Mir selbst bereitete ich nicht weit davon ein

Lager mit Sattel und Decke als Lehne. Dann packte ich meine heißgeliebte Flöte aus und begann zu spielen. Bei dem guten Stück handelte es sich um eine alte Traversflöte[2] aus dem 18. Jahrhundert aus dunklem Holz und mit nur einer Klappe. Das Kopfstück hatte einen verzierten Silberring als Abschluss. Der Ton dieser alten Traversflöten ist weicher und nicht so laut wie die der später entstandenen Klappen-Querflöten aus Silber.

Nach einer langen Weile, in der ich auch noch zum Tagebuch gegriffen hatte, sah ich wieder zur Burgruine auf.

Mich wollte fast der Schlag treffen und ich konnte einfach nicht glauben, was ich sah: Keine Spur von einer Ruine auf Randeck! Dort, wo doch sonst nur noch der Bergfried und ein paar kümmerliche Mauerreste aufragten, ließ sich eine umfassende Burganlage erkennen. Und sie sah keineswegs irgendwo beschädigt aus. Die Erfahrung, Geister zu sehen, stellte ich mir nicht viel anders vor. Man nahm etwas wahr, das es eigentlich nicht geben dürfte.

Nachdem ich den ersten Schreck überwunden hatte, sah ich in die Runde. Auch Essing hatte sein gewohnt schmuckes Aussehen eingebüßt. Armselige Holzhütten beherrschten den größten Teil der Ortschaft, soweit ich es sehen konnte.

Ich zwickte mich, rieb die Augen, aber was ich mir auch einfallen ließ – immer wieder tat sich dasselbe Bild vor mir auf. Ich sah mich nach Arwakr um. Er stand noch immer da und graste. Allerdings war der Baum fort, an den ich ihn gebunden hatte. Ich lief hin und nahm sofort den Strick auf. Plötzlich befiel mich riesige Angst vor dem Unfassbaren.

Ich musste phantasieren. „Das kommt von deinen ollen Ritterromanen und Mittelalter-Träumereien! Jetzt bist du schon völlig verschroben und siehst Dinge, die es schon seit Jahrhunderten nicht mehr gibt", schimpfte ich mich selbst. Meine Hand auf der Stirn brachte mir Gewissheit: Ich hatte kein Fieber.

„Doch was, wenn dies keine Spinnerei sondern alles um mich wirklich wäre?" Einer Tatsache war ich mir ziemlich sicher: Dann wäre ich irgendwo in der Zeitspanne zwischen dem späten 11. und dem frühen 17. Jahrhundert gelandet. Denn nur in dieser

---

2) *Die ersten Traversflöten wurden möglicherweise schon im ausgehenden 12. Jahrhundert in Deutschland gebaut. Sie wurden auch „Deutsche Flöten" genannt.*

Zeit konnte die Burg so ähnlich ausgesehen haben. Blieb noch die Frage nach der genauen Zeit und vor allem: Wie war ich dahin gekommen?

Fieberhaft begann ich zu überlegen, wie und warum ich mich plötzlich in einer anderen Zeit aufhalten sollte – vorausgesetzt, meine Sinne spielten mir keinen üblen Streich.

Es gab in den diversen Romanen über Zeitsprünge immer bestimmte Möglichkeiten, in eine frühere Zeit zu gelangen: Bei Daphne du Maurier zum Beispiel ein Tränklein. Was natürlich mit sich brachte, dass die Zeiten parallel verliefen und man bei seiner Reise in ein früheres Jahrhundert durchaus von einem neuzeitlichen ICE überfahren werden konnte. Aber ich konnte an meiner selbst gemixten Saftschorle beim besten Willen nichts finden, was anders gewesen wäre als sonst. Außerdem konnte mich der Gedanke trösten, dass in dieser Gegend ICEs noch nie gesehen wurden und ich den Verlauf der Straßen hoffentlich im Kopf hatte.

Jude Deveraux ließ ihre moderne Frau mit einem Ritter in enger seelischer Verbundenheit munter „Zeitsprünge auf Kommando" vollführen.

In der Walt-Disney-Fassung der Artus-Geschichte „Merlin und Mim" reiste Merlin auch hin und her. Das war aber nun auch ein Zauberer. Der hatte natürlich das richtige Hokuspokus-Sprüchlein parat. Außerdem konnte ich mich nicht erinnern, jemals Zaubersprüche gelernt zu haben. Ich bedauerte es schon immer, der Kunst der Magie nicht mächtig zu sein. Und in dem Moment mehr denn je.

Aber es gab ja noch andere Möglichkeiten. Autor Jack Finney war ganz raffiniert. Bei ihm brauchte man nur an einem Platz zu verweilen, der in beiden Zeiten gleich beschaffen war und sich die jeweilige Zielzeit ins Gedächtnis rufen. Schwups, war man dort und ganz ohne Aufwand oder körperliche Schwierigkeiten. Das war allerdings hier nicht nachzuvollziehen, nachdem schon Arwakrs schöner Baum verschwunden war und die ganze Gegend etwas verändert auf mich wirkte.

Bei Diana Gabaldon wurde ein alter keltischer Steinkreis zum Tor in die Vergangenheit. Wiederum sah ich mich um. Nichts! Absolut nichts! Daraus zog ich den einzigen Schluss: Wenn ich nicht wusste, wie ich – falls es wirklich der Fall wäre – in eine andere Zeit gekommen war, kannte ich auch nicht den Weg zurück ins Jahr 1999.

Diese Erkenntnis traf mich nun doch, so dass mir sekundenlang die Luft wegblieb! Aber ich konnte und wollte mich bis zum endgültigen Beweis noch an die Möglichkeit klammern, dass ich träumte und ich Arwakr gar nicht an dieser Stelle angebunden hatte. Der Schlingel hatte einfach wieder am Knoten im Strick gespielt und ihn dabei gelöst – und Randeck war eine bayerische Fata Morgana.

Auf den Schreck hin holte ich erst mal den wohlgefüllten Flachmann hervor, der mich bei jedem Ritt begleitete. Meist blieb er unberührt. Aber man konnte ja nie wissen, wen man traf oder was sonst passieren würde.

Ich klammerte mich also erst einmal innerlich völlig aufgewühlt an meinen Weggefährten und betete. Aber der reichlich bemessene Schluck daraus wollte auch nicht helfen. Ich wurde kein Stück ruhiger. Und da immer und überall verbreitet wurde, durch körperliche Anstrengung würde Nervosität verfliegen, machte ich mich gleich an die Arbeit und packte meine sieben Sachen zusammen, um Arwakr wieder zu satteln.

Nach einem scheelen Blick Richtung Randeck kam mir noch ein anderer Gedanke: Was wäre, wenn ich jemanden aus diesem geheimnisvollen anderen Jahrhundert treffen würde – in diesem Aufzug? Ich sah an mir herunter. Ein tannengrünes Shirt, von dem ich mir immer eingebildet hatte, es würde zu meinen graugrünen Augen passen, eine dunkelgraue, karierte Reithose mit Ganzlederbesatz und darüber Reitstiefel in schwarz. Weiter dachte ich an meine relativ kurzen Haare, die schon unzählige Tönungen überstanden hatten und im Moment in der Farbe „Grand Canyon" ein relativ knalliges Rot verstrahlten. Dazu käme dann noch eine randlose Brille, die in einem Etui in der linken Satteltasche verstaut war. Nicht zu vergessen der schwarze Pullover, der auch in der Tasche verschwunden war.

Ich könnte eher für E.T. denn für einen normalen Erdenbürger gehalten werden oder als eine typisch rothaarige Hexe gleich verbrannt werden. Mich schauderte. Bei Arwakr sah die Sache nicht sehr viel besser aus. Woher sollte ich wissen, ob gerade diese Pferderasse in früheren Jahrhunderten hier nicht gänzlich unbekannt war? Die schwarze Ledertrense mit den silbernen Verzierungen mochte ja noch angehen. Aber ein Vielseitigkeitssattel war schon verdammt modern für vergangene Zeiten.

Daher beschloss ich, mich erst einmal ganz sorgfältig und vorsichtig umzusehen. Ein weiterer Seitenblick auf das noch immer wehrhafte Randeck bestärkte meinen Beschluss noch.

Also schwang ich mich schicksalsergeben wieder auf mein edles Ross und ritt den Dingen entgegen, die da kommen sollten. Ich hatte Glück, denn der Boden verschluckte die schweren Tritte meines Pferdes. Deshalb sah und hörte ich die beiden jungen Menschen, bevor sie uns bemerken konnten. Während sie vorbeizogen, ohne uns wahrzunehmen, trug ein Windhauch ein paar Gesprächsfetzen zu mir herüber, die so ähnlich klangen wie: „Wizzet ir ob wir vor abéndes nâhen kômen kunden ze Rietenburch?" fragte der größere der beiden Männer, die mir wie Kaufleute aussahen. „Des ist mir sorgen bereit. Swenne wir kunnen nicht hérgérge vinden, dâ legen uns an ein gras, swâ wirz danne vinden."[3] Mein erster Gedanke bei diesen Worten: Es kann einfach nicht sein!

Das musste Mittelhochdeutsch gewesen sein. Warum sollte die Sache mit der Sprache ausgerechnet für mich eine Barriere sein? Gab es nicht damals auch schon einen Vorläufer unseres jetzigen Bayerisch? Sollte ich hier vielleicht sogar mit mehreren mir fremden Dialekten konfrontiert werden?

Kam also zu den inzwischen recht zahlreichen Fragen noch eine dazu: Wie sollte ich mich im Falle eines Zusammentreffens mit ihnen verständigen? In jedem Roman und in jeder Geschichte, die ich je gelesen hatte, war die sprachliche Verständigung nun wirklich absolut kein Problem, da oft sogar die Tiere sprechen konnten. Nur in meinem Fall sah die Sache nicht so einfach aus.

Warum musste das normale Leben immer so verdammt kompliziert sein? Ich richtete mich wieder im Sattel auf. Schließlich war ich doch geübt darin, schwierige Situationen irgendwie zu meistern. Warum dann nicht auch diese. Zudem wollte ich ja schon immer mal wissen, wie man in früheren Zeiten gelebt hatte und wie die Burgen ausgesehen hatten. Und

---

3) *Wisst Ihr, ob wir vor dem Abend Riedenburg noch erreichen werden? – Wenn wir kein Gasthaus finden, legen wir uns irgendwo ins Gras.*
Für Riedenburg gab es um 1400 anscheinend verschiedene Schreibweisen. Ich habe mich hier für Rietenburch entschieden.

inzwischen war ich mir immerhin schon ziemlich sicher, im Spätmittelalter gelandet sein.

Also sollte ich jetzt wirklich positiv denken und meinen angeborenen Optimismus wieder stärken. Hier hatte ich die Möglichkeit, die sich mancher Historiker wünschen würde. Und ich war schließlich nicht in Versailles oder auf dem Mond gelandet, sondern in einer Gegend, in der ich mich zurechtfinden würde und die unheimlich gut roch.

Meine Gedanken galoppierten wie so oft meilenweit voraus. Ich dachte natürlich gleich an das Schlimmste – den nicht allzu fernen Winter. Aber nach ein paar Sekunden rief ich mich zur Ordnung. Jetzt musste ich erst einmal praktisch denken. Das hieß: Wie könnte ich uns mit Nahrung versorgen und wo sollte ich mit Arwakr zumindest die erste Nacht in dieser fremden Zeit verbringen?

Das erste Problem löste sich schnell, nachdem ich einmal aufmerksam um mich geblickt hatte. Ich stand am Rande eines Gemüsegartens. Nachdem meine ersten Begegnungen aus alter Zeit hinter der nächsten natürlichen Hecke verschwunden waren, bediente ich mich daraus. Arwakr würde einfach noch eine Weile grasen müssen, um des Nachts nicht Magenknurren zu bekommen.

Dann fiel mir ein, dass ein paar Kilometer flussabwärts die Tropfsteinhöhle Schulerloch lag und ich mich nicht erinnern konnte, dass in der Beschreibung gestanden hätte, sie wäre im Mittelalter von Menschen genutzt gewesen. Ich setzte also all meine Hoffnungen auf eine leere, aber zugängliche Höhle für eine ungemütliche Übernachtung mit Arwakr an meiner Seite, während der wir aber wenigstens vor Wind und Wetter geschützt wären.

Wir machten uns auf den Weg. Die nächste Schwierigkeit, die sich uns stellte, war der Weg dorthin. Nur langsam kamen wir vorwärts, da mir der übliche, gut ausgebaute Weg fehlte und wir uns vor allem auch vor jeglicher Menschenseele verbergen mussten. Und da keine Straße und demnach auch kein neuzeitlicher Parkplatz vorhanden war, dauerte die Suchaktion nach der steinzeitlichen Fledermaus-Wohnanlage viel länger als erwartet. Es wurde schon leicht dämmrig, als wir am Höhleneingang eintrafen. Zum Glück begegneten wir keinen weiteren menschlichen Lebewesen. Nur ein Hase hoppelte vor Arwakrs Hufen davon.

Ich hoffte bis zu dem Zeitpunkt noch darauf, dass die Druiden oder Weisen, die angeblich diesen Platz benutzt hatten, ihn längst verlassen hatten. Aber schließlich hat jeder einmal Glück. Die Höhle lag leer vor uns und ich richtete mich gleich ein paar Meter hinter dem Eingang in einer Ecke häuslich ein. Arwakr war zwar nicht davon begeistert, nicht zurückzukehren zu seinen Freunden in den heimatlichen Stall, aber darauf konnte ich nun wirklich keine Rücksicht nehmen.

Nachdem mein Nachtlager leidlich bequem mit Laub und Decke gerichtet war, band ich das Pferd notdürftig weiter hinten an und legte mich nieder, ohne die Erwartung, überhaupt zu schlafen. Aber ich hatte mich getäuscht: Die Anspannung der letzten Stunden ließ mich müde werden.

Ich musste die ganze Nacht geschlafen haben wie ein Stein. Denn draußen wurde es schon wieder hell, als mich ein ungewöhnliches Geräusch auffahren ließ. Im Eingangsbereich stand eine Gestalt. Gegen das Licht konnte ich nur erkennen, dass diese Gestalt breitschultrig, vermutlich männlich und auf jeden Fall bewaffnet war. Denn sie hatte ein Schwert in der rechten Hand. Weiter hinten erspähte ich noch einen gesattelten Dunkelfuchs.

Die Gestalt kam ein paar Schritte näher, als ich mich aufrappelte. Ihre Haltung ließ auf äußerste Wachsamkeit schließen. Mit angenehmer Stimme fragte mich der nun eindeutig als Mann zu identifizierende Kämpe irgendetwas. Nun war guter Rat teuer. Langsam kroch eine kalte Hand meinen Nacken hoch. Die Angst hatte mich fest im Griff. Mir gingen tausend Möglichkeiten durch den Kopf, was in den nächsten Minuten alles passieren könnte.

Ich konnte nur vermuten, was er gesagt hatte. Vermutlich wollte er wissen, wer ich war und woher ich käme, was ich hier wolle und so weiter. Die kriegerische Haltung nahm mir jedoch erst einmal den Atem. Wann bekommt man schon ein blitzblankes Schwert mit scharfen Kanten an die Brust gesetzt? Zaghaft drehte ich meine Handflächen nach oben, zuckte die Schulter und legte die Stirne kraus. Dabei versuchte ich mit einem piepsigen „Ich verstehe Sie nicht" höflich zu antworten, obwohl mir die Knie schlotterten.

Beim Klang meiner Stimme weiteten sich die Pupillen meines Gegenübers, das nunmehr gut erkennbar dastand, und sein Blick ging tiefer über Pulli, die eng anliegende Reithose bis zu meinen bestrumpften Füßen und wieder zurück zu meinem Gesicht. Anscheinend war er der Meinung gewesen, ich wäre irgendein fremder Mann, der zwar unnatürlich, aber doch mit Hosen bekleidet war. Wieder kam eine erstaunte Frage aus seinem Mund. Aus den wenigen Worten, die ich zu verstehen glaubte, formte ich die nochmalige Frage nach meiner Identität. Ich deutete auf mich und sagte dabei „ich bin Laura", als wenn ich mich einem Kleinkind erklären müsste. Dabei hoffte ich, dass dieser Mensch hier katholisch erzogen wäre und zumindest einmal von Laurentius gehört hätte und diesen Heiligen mit meinem Namen in Verbindung brachte.

Sein Mund verzog sich zu der Andeutung eines Lächelns, was ihm etwas von seiner Ehrfurcht gebietenden Erscheinung nahm. Außerdem entspannte er sich sichtlich und stützte sich nun auf sein Schwert. Da kam mir blitzartig ein Gedanke. In der Zeit, in der ich mich befand, wurden oft junge Edelmänner von Mönchen erzogen und belehrt. Diese waren meist der lateinischen Sprache mächtig und gebrauchten sie als „Lingua franca". Ich hatte zwar nur wenige Jahre in der Schule Latein, und das war schon etwa 15 Jahre her, aber vielleicht fielen mir noch vereinzelte Wörter ein.

Also probierte ich gleich einmal ein stümperhaftes „Anno Domini sunt?" – diesmal schon mit viel kräftigerer Stimme. Die Lippen meines Gesprächspartners zuckten zwar leicht belustigt, aber er verstand mich anscheinend. Um die Antwort nur ja nicht zu verpassen, bückte ich mich um einen kleinen Stock, den ich vorher schon erspäht hatte, nahm ihn und drückte ihm diesen in die Hand. Ich freute mich, als er ein kleines Stück weiter von mir entfernt sein Schwert zur Seite legte, sich niederkniete und Zeichen in den Höhlenboden malte. Ein paar Sekunden später waren meine Vermutungen zur Gewissheit geworden: MCCCXCIX. 1399 – genau 600 Jahre vor meiner Zeit! Das war ja Wahnsinn – und irgendwie auch voller Gefahren! Um nicht alleine mit meiner Ungläubigkeit dazustehen, schnappte ich mir das Zweiglein wieder, zeigte noch mal auf mich und schrieb dann: MCMXCIX. Zuerst zeigte sich Erschrecken in seinem Gesicht, dann Erstaunen und zu guter Letzt musterte er mich nochmals mit einem ungläubigen Ausdruck von oben bis unten.

Dann kam er wieder näher und streckte langsam und vorsichtig eine Hand aus. Als er meinen Arm berührte, ersetzte komplette Verwirrung die ersten Zeichen. Irgendwie musste er doch immer noch an eine Geistererscheinung geglaubt haben. Als er nun bemerkte, dass ich wahrhaftig aus Fleisch und Blut war, legte sich seine Stirn in Falten. Ich glaube, er wusste nicht, was er jetzt machen sollte.

Aber er fand sich doch augenscheinlich sehr bald mit der Situation ab und seine Sprache wieder und bedeutete mir mit einiger Reserviertheit, dass er Gordian hieße. Ein eigenartiger Name, wenn ich ihn auch schon mal in einem alten Heiligenkalender gelesen hatte.

Während ich so darüber nachdachte, kam plötzlich von draußen ein Riese von einem Wolfshund auf uns zu. Er stapfte direkt auf mich zu, um mich zu beschnuppern. Sogleich wedelte er freudig mit seinem Schwanz und schob mir seine kalte Schnauze unter eine Hand. Ich streichelte den graufelligen Prachtburschen und redete nach meiner Art gleich auf ihn ein – natürlich in gepflegtem neuzeitlichen Bayerisch.

Im Gesicht meines Gegenübers stand reinste Verblüffung über die Selbstverständlichkeit unserer Annäherung geschrieben. Da musste ich einfach grinsen. Gordians Augen bekamen einen etwas wärmeren Ausdruck und er lächelte zurück, als mir der Hund übers Gesicht leckte und ich eine Grimasse und einen ablehnenden Laut nicht unterdrücken konnte. Sein eher hartes und unnachgiebiges Gesicht bekam ein sanftes Strahlen, das ihn sehr sympathisch werden ließ.

Ich glaube, von diesem Moment an war das Eis gebrochen. Ich wandte mich um, schüttelte meine Decke auf und breitete sie gefaltet auf den Boden. Dann lud ich Gordian mit einer Geste ein, sich zu setzen. Langsam fing mein von gestern nicht besonders wohl gefüllter Magen an, sich zu melden. Ich hatte nur noch meine 2 Bananen. Als ich sie aus meinen glattledernen Satteltaschen holte und dabei die Miene von Gordian sah, fiel mir ein, dass er diese Frucht unmöglich kennen konnte. Ich reichte ihm eine und zeigte ihm, wie man sie öffnete und verzehrte. Nach einem raschen Blick, bemerkte ich, dass er hocherfreut über diese süße Gabe war. Ich versuchte es natürlich gleich mit einer Erklärung, was wir hier aßen und woher das Zeug kam. Ob die allerdings bei meinem Mahlgefährten angekommen war ...

Felix, wie Gordian den Hund nannte, hatte inzwischen in unserer Mitte Platz genommen und ließ sich mal von links und mal von rechts verwöhnen.

Arwakr wurde langsam unruhig in seinem recht dunklen Eckchen. Erst jetzt nahm ich ihn wieder richtig zur Kenntnis. Mit einer Entschuldigung in Gordians Richtung ging ich zu ihm, und gab ihm die verpackten Leckerlis. Ritter und Hund kamen mir nach. Bewundernd trat Gordian an Arwakr heran und strich über das tiefschwarz glänzende Fell des nervösen Tieres. Sein Blick schweifte danach abschätzend zu seinem Pferd und wieder zurück. Wahrscheinlich stellte er sich meinen Liebling in dem Moment als Schlachtross vor. Von dieser Möglichkeit war ich zwar nicht sehr begeistert, aber ich war ehrlich froh, nicht mit dem Auto in dieser Zeit gelandet zu sein. Pferde gab es damals wenigstens zuhauf. Arwakrs Anwesenheit brauchte ich nicht zu erklären. Und ich hatte eine zuverlässige Transportmöglichkeit, die keine Tankstelle benötigte.

Nach einer Weile, während Gordian und ich uns mit Händen und Füßen zu verständigen suchten, packte ich meine Sachen zusammen und sattelte Arwakr. Im Schlepptau des ersten mir persönlich bekannten Ritters ritt ich also nun Richtung Riedenburg – Verzeihung: Rietenburch, wie es damals noch hieß.

Gordian sah mich mehrmals mit eigenartigen Seitenblicken an. Vermutlich überlegte er, ob er mir trauen konnte oder ob ich eine Erscheinung wäre, die wieder verschwinden würde. Manchmal wurde sein Blick etwas ängstlich. Dies wunderte mich nicht, da damals der Aber- und Hexenglaube sehr verbreitet war. Aber nach und nach wurde der ganze Mann etwas vertrauensseliger. Das konnte ich richtig beobachten.

Im Schatten der Bäume ritten wir – als würden wir uns schon ewig kennen – schweigend nebeneinander. Ich starrte immerzu auf den Michelsberg vor uns. Natürlich gab es noch keine Befreiungshalle, die Kelheim schon von weitem ankündigte.[4]

Endlich hatte ich Muße, meinen Begleiter genauer zu betrachten. Er war etwa 1,70 m groß, also nur wenig größer als ich, hatte dunkelbraunes längeres Haar und eine Frisur wie mein Lieblingsheld Gawain in den Prinz-Eisenherz-Comics von Hal Foster. Nur der Schnurrbart fehlte, was ihn für mich persönlich gleich um einiges attraktiver machte, da ich Bärte jeglicher Art noch nie besonders mochte. Sein Oberkörper war ziemlich breit und muskulös gebaut. Kein Wunder – schließlich handelte es sich hier nicht um einen Mann aus der Schreibstube, der seine Kraft ausschließlich zum Bleistiftspitzen und Aktenstemmen verwendete. Außerdem hatte er trotz allem schöne, schlanke Hände. Sein Gesicht war eher oval. Das bemerkenswerteste daran waren seine Grübchen, die ihn so „verschmitzt" lächeln ließen und die großen, dunkelgrauen Augen. Es waren Augen mit viel Aussagekraft.

Bei einem gemächlichen Tempo – wir ritten flussabwärts – versuchten wir es dann doch wieder mit etwas Konversation. Beide versuchten wir sehr deutlich zu sprechen und machten teilweise typische Gesten, um das Gesagte noch verständlicher zu machen.

Als ich Gordian zum wiederholten Mal überhaupt nicht verstand, muss ich ziemlich dumm aus der Wäsche geguckt haben, denn er machte einen schier verzweifelten Eindruck. Da konnte ich nicht mehr an mich halten und brach in schallendes Gelächter aus, in das er nach einem verdutzten Moment auch einfiel.

Wir waren schon etwa eine Stunde unterwegs, als wir an einem verschwiegenen Plätzchen am Fluss, das von Bäumen gut geschützt war, anhielten. Gordian hatte es anscheinend nicht eilig. Wir sattelten zwar aus Sicherheitsgründen nicht ab, ließen aber die Pferde grasen und saufen. Währenddessen ging mein Führer fischen.

Meine ganze Aufregung hatte sich zwar schon ein wenig gelegt, da Gordian mir so freundlich entgegengekommen war.

---

4) *Die Befreiungshalle wurde erst am 19. Oktober 1842 (einen Tag nach der Walhallaweihe in Regenstauf) von König Ludwig I. gegründet und am 18. Oktober des Folgejahres, dem 50. Gedächtnistag der Schlacht bei Leipzig, festlich eröffnet.*

Aber noch wusste ich gar nicht, was mich in dieser neuen Zeit erwarten würde. Um nicht ständig über alle Möglichkeiten meiner Zukunft zu grübeln, musste ich etwas tun.

Also vergewisserte ich mich, dass auch wirklich keine Ansiedlung in direkter Nähe war und packte meine Flöte aus. Leise spielte ich ein paar kleine Stücke zu meiner eigenen Beruhigung vor mich hin. Ich war zwar wohl keinem Ganoven in die Hände gefallen, aber ich konnte auch nicht wissen, was mich noch alles erwarten würde. Ich war mir sicher, die Rast hatte Gordian eingelegt, um seine weiteren Schritte zu überlegen.

Felix lag neben mir und fing tatsächlich während des zweiten Musikstücks an zu schnarchen. Gordian kam mit einem forellenähnlichen Fisch in der Hand vom Fluss herauf und setze sich zu mir. Als ich das Stück beendet hatte und das Instrument weglegen wollte, forderte er mich auf, weiterzuspielen. Es gefiel ihm also. Na ja, J. S. Bach im letzten Jahr des 14. Jahrhunderts – was hätte der wohl dazu gesagt?

Mein Begleiter suchte etwas Holz zusammen, während ich weiter musizierte, und machte Feuer. Der Fisch wurde ausgenommen und als „Steckerlfisch" übers Feuer gehalten. Schon überraschend bald konnten wir essen. Dafür, dass der Fisch mit einfachsten Mitteln und ohne viel Gewürze zubereitet war, schmeckte er richtig lecker.

Mir schien es, als ob wir uns von Minute zu Minute besser verständigen konnten. Gordian wollte natürlich von all meinen Habseligkeiten wissen, wozu sie benützt wurden. Die Idee eines Tagebuches gefiel ihm. Meinen Füllfederhalter bewunderte er besonders, auch wenn dieser äußerlich schon etwas mitgenommen aussah.

Die Alu-Flasche mit Plastikschraubdeckel enthielt inzwischen Flusswasser. Mein Metallbecher wurde bewundert wegen der Dünne des Materials und der Leichtigkeit.

Ich brachte noch zwei Feuerzeuge zum Vorschein, die ihn vollends erstaunten, und ließ ihn meinen Williamsbrand aus dem Flachmann kosten. Er hustete und röchelte erst einmal und ich lachte. Das Jagdmesser, ein Geschenk eines Bekannten, ließ Gordian mit der Zunge schnalzen. Es war sehr schlicht, mit einfachem Holzgriff, aber scharf und es lag gut in der Hand. Dann fanden sich noch einfache Lederhandschuhe, ein paar

Pflaster und eine Aspirin-Tablette im Gepäck. Ein Holzkamm und zwanzig D-Mark in Münzen in einer kleinen Börse sowie ein Mini-Taschenmesser mit kleiner Schere und ein paar Sicherheitsnadeln vervollständigten mein Hab und Gut.

Der Kleinkram und das Tagebuch waren in einer mit Reißverschluss versehenen Tasche aus Nässe abweisendem Material.

Am Leib hatte ich außer der schon beschriebenen Kleidung und der üblichen Unterwäsche einen dreieckigen Silberring mit einem großen Mondstein, dazu die passende Kette mit sechs kleinen Steinen und ein Armband aus gestricktem Silber. In den Ohren hatte ich silberne Creolen stecken. Da ich meinen Schmuck meist auch nachts nicht ablegte, hatte ich schon oft die unwahrscheinlichsten Stücke bei Ausritten getragen.

Aus unserem mittlerweile etwas verständlicheren Gespräch meinte ich zu entnehmen, dass Gordian einen Hof besaß, auf dem er Kriegspferde züchtete, die er dann an die großen Herren der Gegend weiterverkaufte. Er war also nicht nur ein Ritter, sondern auch ein Geschäftsmann. Und durch die Pferdezucht standen die Finanzen nicht schlecht.

Wir saßen lange am Flussufer und versuchten beide, soviel wie möglich voneinander zu erfahren. Das Gespräch lässt sich hier nicht wiedergeben, weil es nur aus Wortfetzen und Gesten in etwas chaotischer Aneinanderreihung bestand.

Bevor wir weiterritten, reichte Gordian mir seinen weiten Mantel mit Kapuze, der sowohl meine roten Haare als auch Sattel und Satteltaschen überdeckte. Ich sollte alles verhüllen, um nicht aufzufallen, falls uns jemand begegnete. Außerdem bekam ich die unmissverständliche Anweisung, in einem solchen Fall unbedingt zu schweigen.

Die Richtung, die wir einschlugen, gab mir zu denken. Nun ritten wir wieder flussaufwärts. Ich musterte Gordian von der Seite und sah nun einen entschlossenen Ausdruck in seinem Gesicht. Vermutlich hatte er mit mir anfangs irgendeine Richtung eingeschlagen und nun sah er aus, als wüsste er genau, was er machen wollte.

Glücklicherweise waren wir schon auf den Pferden, als wir ein noch entferntes lautes Gejohle hörten. Eine Horde Reiter kam in unsere Richtung. Noch hatten sie uns nicht gesehen. Im Nu griff mir Gordian in die Zügel und zerrte Arwakr unter den Schutz einer nahen Baumgruppe. Dahinter fiel die Wiese ab. Dort unten sprang mein neuer Begleiter vom Pferd und auch ich sah, dass ich schnell zu Boden kam. Wir kletterten wieder etwas den Hang hoch, um die Szene übersehen zu können. So schnell konnte ich gar nicht denken, wie ich am Boden lag und mir plötzlich ca. 80 kg Lebendgewicht zuzüglich Panzerung die Luft aus den Lungen pressten. Ich japste kurz und bekam dann auch prompt noch den Mund zugehalten. Meine erste Reaktion war, mich vehement zu wehren. Aber dann fiel mir wieder ein, dass ich ja in einer Zeit gelandet war, in der man schnell zur Waffe griff, um das zu bekommen, was man wollte. Also hielt ich still und hoffte nur auf einen guten Ausgang meines ersten Abenteuers. Zum Glück war diese brenzlige Situation bald vorbei. Niemand sah uns und schon bald waren wir wieder allein.

Gordian stand wieder auf und ich konnte endlich ungehemmt nach Luft schnappen. Ich drehte mich erst mal auf den Rücken und setzte mich auf. Mit einer vollendeten Verbeugung stand mein Begleiter vor der Sonne und streckte mir eine Hand entgegen. Einen Moment lang war ich geblendet und sah nur einen Schatten mit Strahlenkranz vor mir. Es entstand eine ganz unwirkliche Stimmung und ich musste erst die Augen zukneifen, bevor ich mich erhob.

Beim Weiterritt überfiel mich ein nachträglicher Angstschauer. Wenn ich jemand anderem in die Hände gefallen wäre … Da hätte ja sonst was passieren können. Ich wollte es mir lieber nicht ausmalen. So wusste ich zwar auch nicht genau, was mich erwartete. Aber ich war ganz sicher, dass ich keinem schlimmen Schicksal entgegenritt.

Später erklärte mir Gordian, dass die ganze Aktion nur eine Vorsichtsmaßnahme gewesen war. Er konnte nicht sofort erkennen, ob es Freund oder Feind war und hatte glatt den „richtigen Riecher". Ein paar Tage später erfuhren wir dann, dass es sich um eine räuberische Bande Söldner gehandelt hatte, die einige Leichen auf ihrem Weg durch die Gegend zurückgelassen hatte.

Wir kamen wieder an Essing vorbei, was im Vergleich zum heutigen Dorf ziemlich ärmlich anmutete, obwohl es schon ein Marktrecht hatte.[5]

Ich fühlte mich in der Begleitung meiner neuen Bekanntschaft so sicher, dass sich fast all meine Ängste in Luft aufgelöst hatten. Darum zählte ich in Gedanken alle Burgen auf, die es im nächsten Umkreis zu dieser Zeit gegeben haben musste: Zuerst Burg Randeck, etwa im 11. oder 12. Jahrhundert erbaut, aber schon im 16. Jahrhundert stand nur noch der Burgfried. Dann Burg Prunn, vermutlich Anfang des 12. Jahrhunderts erbaut, in der irgendwann um 1400 eine Handschrift des Nibelungenliedes gefunden wurde. Über Riedenburg (dem mittelalterlichen Rietenburch – die Burg eines Rito) dann die Rosenburg, die in der 2. Hälfte des 12. Jahrhunderts gebaut wurde und die von da an immer wieder um- oder angebaut wurde und in meiner Zeit als Jagdfalkenhof und Jagdmuseum diente. Burg Rabenstein und Burg Tachenstein gleich darunter waren schon im 16. Jahrhundert bzw. um 1700 total verfallen. Über sie ist nur wenig überliefert. Auf zeitgenössischen Stichen sind sie teilweise dargestellt, aber aussagekräftige Unterlagen und Urkunden fand man keine mehr, soweit ich mich erinnern konnte. Dann kommt ein Stück hinter Riedenburg noch Schloss Hexenagger, das schon im Jahre 982 erstmals in einer Urkunde mit Dietricus v. Haescenakker erwähnt wurde. Schließlich konnte ich mich noch an Schloss Eggersberg erinnern, das noch etwas weiter entfernt lag.

Wir waren nun ungefähr in der Mitte zwischen Randeck und Prunn. Die Sonne war schon hinter den Hügeln am Horizont verschwunden und das Licht nur noch fahl, als ein etwas erhöht stehender Viereckhof vor unseren Augen auftauchte. Er erinnerte mich sehr stark an den Hof in meinem Lieblings-Märchenfilm „Drei Haselnüsse für Aschenbrödel". Rundherum waren große eingezäunte Flächen, auf denen sich mindestens 200 Pferde verschiedenen Alters tummelten. Überall waren Wachen aufgestellt. Diese ließen uns unbehelligt passieren. Bei ihrem Anblick jedoch wurde mir wieder etwas bewusst, das ich bisher noch gar nicht bedacht hatte: In dieser Zeit war ein ansehnlicher Teil der Menschen nicht größer als 1,50 m bis

---

5) *Burg Randeck und Essing gehörten dem Abensberger Geschlecht. Dies bekam für Essing schon 1336/37 das Hochgerichts- und Marktprivileg.*

1,55 m. Sowohl mein Begleiter als auch ich mit meinen stumpigen 1,65 m überragten also einen großen Teil der Bevölkerung.

Wir näherten uns nahe eines Misthaufens einem kleinen Seiteneingang, der gerade groß genug war, um die Pferde aufzunehmen. Gordian öffnete ihn mit einem Schlüssel von seinem Gürtel. Schon standen wir in den Stallungen. Der Geruch ließen keinen Zweifel daran, dass hier Pferde und Kühe lebten. Es war nicht viel Vieh im Stall. Ich vermutete, dass immer abwechselnd ein paar Tiere für den Fall einer Belagerung oder eines Angriffs im Hof gehalten wurden, während der Rest auf der Weide stand.

Seine Stute stellte Gordian in eine eher provisorisch anmutende kleine Box – diese wurde durch einen Holzbalken, der durch Seile von oben gehalten wurde, von der nächsten abgetrennt – und schob mich mit Arwakr in die Box daneben. Nachdem ich abgesattelt hatte, sprach Gordian wieder. „Das nimmst du mit.", womit er meinte, ich solle die Satteltaschen bei mir behalten. Sattel und Trense jedoch sperrte er in eine große Truhe.

Gemeinsam gingen wir zum Hauptteil des Gebäudes. Felix folgte uns. Zuerst ging es außen eine überdachte Treppe zum oberen Stockwerk empor. Wir betraten einen schmalen Flur, von dem links und rechts Zimmer abgingen. An eine der Türen klopfte Gordian. Als diese geöffnet wurde, stand eine junge Frau im Türrahmen. Ohne ein Wort ließ sie uns eintreten. Wobei wir unsere Köpfe einziehen mussten.

Erst, als der Raum wieder verschlossen war und wir uns an einen kleinen Tisch mit zwei Bänken gesetzt hatten, begann Gordian zu sprechen, was ich zu dem Zeitpunkt nicht so ohne weiteres verstand. „Juliana, das ist Laura. Ich habe sie in der Höhle der Druiden gefunden. Sie scheint aus einem anderen Jahrhundert zu sein. Wenn sie die Wahrheit sagt, kommt sie aus dem Jahr 1999. Ich verstehe es nicht, aber sie sieht sehr anders aus, als alle Menschen, denen ich bisher begegnet bin. Also könnte ich ihr fast glauben. Irgendetwas an ihr fasziniert mich und ich glaube, sie bedeutet keine Gefahr für uns. Sie kann wunderschön Flöte spielen." Ich verstand so viel, dass Juliana seine jüngere Schwester war.

Während er sprach, hatte ich die Gelegenheit, die Frau im Feuerschein des Kamins zu betrachten. Sie war etwa einen halben

Kopf kleiner als ich und sehr schlank. Ihre dunkelbraunen, langen Haare waren im Nacken mit einem einfachen Tuch zusammengebunden. Als sie mich einmal scheu anlächelte, bemerkte ich dieselben Grübchen wie bei ihrem Bruder in Ihrem hübschen und sympathischen Gesicht und strahlende, braune Augen.

Juliana stellte drei Humpen Bier auf den Tisch. Ich versuchte es und mir wurde klar, warum in dieser Zeit die Leute trotz des hohen Bierkonsums ihr Leben nicht im Vollrausch verbrachten. Von wegen 5 % Alkohol! Also, den Alkohol in diesem geschmacklich etwas angereicherten Brunnenwasser hätte man wohl sogar mit einer chemischen Ausrüstung kaum gefunden.

Bis ins 12. Jahrhundert wurde Bier in unseren Regionen nur aus Hafer, Weizen und Gerste gebraut. Erst später war zuweilen auch von Hopfen die Rede, der von den Niederlanden über den deutschen Norden zu uns kam. Bis zu diesem Hof hatte er anscheinend den Weg noch nicht gefunden. Daher vermutete ich ganz richtig, dass Bier das hauptsächlich genossene Getränk war.

Während des Gesprächs holte Juliana auch noch ein sehr kleiehaltiges Brot, Käse und Butter aus einer angrenzenden Kammer und stellte alles auf den Tisch. Es schmeckte wesentlich besser als dem Aussehen nach erwartet, und doch ganz anders als alles, was ich bisher gegessen hatte.

Es war sehr schwer für mich, dem Gespräch zu folgen. Aber ich war sehr bemüht, alles zu verstehen, als es um Kleidung für mich ging. „Sie braucht andere Kleider. So darf sie niemand sehen", war Julianas Beitrag dazu.

Ich bräuchte natürlich unauffällige Frauenkleidung. Da Juliana um einiges schmäler war als ich, war ich gespannt, wie sie es anstellen wollten, mir auf die Schnelle etwas Passendes zu besorgen. Vor allem, da die Mode zu dieser Zeit augenscheinlich recht figurbetont war. Ich war zwar nie dick, aber auch kein langbeiniges Model ohne Fleisch auf den Knochen.

Juliana verblüffte mich. Sie griff in eine der drei Truhen in dem Raum und holte von unten ein Kleid hervor, das ihr schwerlich gehören konnte. Aber mir passte es wunderbar. Man würde wohl die Länge ändern müssen, da es eine Idee zu kurz war, obwohl es nur bis zu den Knöcheln gehen sollte. Aber das Oberteil saß perfekt. Das war schnell festgestellt, nachdem ich mich mit Julianas Hilfe hinter dem Bettvorhang umgekleidet hatte. Es war ein durchgeknöpftes Kleid, recht weit ausgeschnitten – nicht dafür gemacht, mit weiblichen Reizen zu geizen. Bis zur Hälfte der Taille etwa war es eng anliegend, dann wurde der Rock weit und fiel in weichen Falten. Dazu gehörte ein Gürtel, den man ungefähr da ansetzte, wo der Rock anfing. Der gängigen Mode, wenn man denn hiervon sprechen will, entsprach es wohl nicht mehr so ganz, was mir aber in dem Moment nicht wichtig war.

Juliana sah Gordian streng an. „Kann man ihr trauen?", fragte sie ihn ernst. „Ja, ich glaube schon. Ein Gefühl sagt mir, dass sie auf uns angewiesen ist und unser Vertrauen nicht missbrauchen wird."

Gordian ließ mich zufrieden in der Obhut seiner Schwester und verließ den Raum, nachdem er mir kameradschaftlich zugezwinkert hatte.

Man sagt immer, Frauen wären neugierig. Stimmt. Aber Juliana fragte mir sicher nicht mehr Löcher in den Bauch als ihr Bruder zuvor. Der wollte auf dem Ritt hierher auch alles wissen. Ich musste also zum zweiten Mal sämtliche Dinge aus meinen Satteltaschen zeigen und erklären. Erst nach einer kleinen musikalischen Kostprobe, die wegen der anderen Bewohner des Gemäuers recht leise ausfiel, war sie zufrieden. Meine Besitztümer wurden in eine Truhe gesperrt. Somit war auch mein Messer außer Reichweite. Mir war im ersten Moment etwas mulmig, aber ich verstand Julianas Gedanken dahinter nur zu gut.

Meine neue Bekannte erklärte mir ihre Rolle der Hausfrau auf diesem Hof. Wegen unserer zeitweiligen Sprachschwierigkeiten und die dadurch entstandenen Missverständnisse brachen wir immer wieder in Gelächter aus.

Es beschäftigte mich im Laufe des Abends natürlich die Frage nach einem gewissen Ort. In diesem Hause befand sich der Abtritt in einer Ecke des Innenhofes. Es war eine Art Plumpsklosett, das von Zeit zu Zeit entleert werden musste.

Schon waren wir beinahe Freundinnen geworden. Noch immer glucksend und prustend zogen wir uns aus, streiften jede ein äußerst „kleidsames" Hemd aus Leinen über und schlüpften beide unter die Decken auf dem ausladenden Bett mit Himmel und Vorhängen. Der Himmel sollte gegen von oben herabfallendes Ungeziefer schützen und die Vorhänge gegen Kälte von draußen.

Ich konnte es gar nicht fassen, wie ruhig Gordian und Juliana die Nachricht meiner Herkunft und die Beweise aus meinen Satteltaschen aufgenommen hatten. Sie mussten beide besondere Menschen sein. Ich hätte, bei näherem Nachdenken über die ganze Situation, eher damit rechnen müssen, sofort als widernatürliches Wesen oder Hexe verbrannt zu werden, als unbehelligt mit einer fremden Frau aus einer anderen Zeit in einem großen Bett zu liegen. Schnell schickte ich ein inbrünstiges Dankeschön ans Universum, dass ich bis hierhin so viel Glück gehabt hatte und bat um weiteren Schutz für meinen Aufenthalt in der fremden Zeit. Irgendwie musste ich diese unbeschadet überstehen. Ich musste aufpassen, sagte ich mir. Alles war anders als gewohnt und die Menschen hatten andere Vorstellungen als dort, wo ich herkam. Was war eigentlich alles geschehen?

Ich hatte nicht mehr die Zeit, über das Erlebte des Tages nachzudenken. Mir fielen innerhalb von Sekunden die Augen zu.

Ich träumte von einer Autofahrt zu einem Rockkonzert. Mir war, als hätte ich die ganze Nacht Bryan Adams und Billy Joel röhren gehört. Deshalb wusste ich auch gar nicht sofort, wo ich war, als ich hoch schreckte. Juliana hatte sich aufgesetzt und wollte gerade das Bett verlassen.

Ich richtete mich auf, ordnete meine Gedanken und sah durch die Öffnung des Bettvorhangs auf ihrer Seite zum Fenster. Es war noch ziemlich dunkel. Vermutlich vor 6.00 Uhr morgens, sonst wäre ich sicher von selbst wach geworden.

Was mir bei meiner morgendlichen Toilette enorm fehlte, waren die allgegenwärtige Gesichtscreme, Bürste und Haarspray. Das konnte ja noch heiter werden, wenn mir den ganzen Tag die Haare ins Gesicht fallen und die Haut spannen würde wie Leder.

Nachdem wir beide angekleidet waren, setzten sich Juliana und ich mit Gordian zu einem „Kriegsrat" zusammen. Die Frage war, wie wir meine Anwesenheit den anderen Bewohnern gegenüber erklären könnten.

„Du kommst aus dem Norden. Von unserem Großvater wurde nämlich eine Cousine vor langer Zeit in ein Dorf an der Küste verheiratet." Das war Gordians Lösung. „Ja, und irgendetwas ist in dem Dorf passiert. Eine räuberische Bande vielleicht, die tötete und Feuer legte?", überlegte Juliana

Wir einigten uns auf die Geschichte einer weitschichtigen Verwandten, deren Großmutter vor langer Zeit weit in den Norden ausgewandert war, um dort zu heiraten. Da der nur noch kleine Teil meiner Verwandtschaft und einige Menschen meines weit abgelegenen Dorfes durch einen Raubüberfall ums Leben gekommen waren, floh ich in den Süden. Das Pferd, mit dem ich zu der Zeit unterwegs gewesen war, und eine musikalische Begabung waren alles, was mir geblieben war. Nun war ich nach langer Reise endlich hierher gelangt, kam aber mit den hiesigen Dialekten noch nicht ganz zurecht.

Da ich beinahe so groß wie Gordian war, wurde dadurch die Verwandtschaft zwischen uns glaubwürdig. Ich ließ mich belehren, dass es im Umkreis nicht viele Menschen seiner Größe gab.

An meiner Haarfarbe musste sofort etwas geändert werden. Juliana behandelte mein Haar mit irgendeiner braunen Brühe aus Baumrinden und ich weiß nicht was, um eine einigermaßen annehmbare und unauffällige braune Farbe zu bewirken. Mit Essig wurde mein Haar nochmals kurz gespült. Roch zwar nicht so toll wie die handelsübliche Spülung aus „meinem Jahrhundert", hatte aber einen ähnlichen Effekt.

Die Färberei gelang Juliana recht gut. Nur in der Sonne schimmerte die ganze Pracht nach wie vor rötlich. Das würde allerdings nie ganz vergehen, da auch meine natürliche Haarfarbe schon immer einen etwas rötlichen Stich hatte.

Als nächstes widmete sich meine neue Freundin dem Kleid aus der Truhe. Nach nur kurzer Zeit hatte sie mit geschickten Fingern und geschwinder Nadel eine schwarze Borte an das dunkelblaue Kleid genäht, dieselbe Borte, die auch schon den Halsausschnitt zierte. Ich war über die Farbe des Kleides äußerst beglückt. Sie stand mir wesentlich besser als irgendein eigenartiger brauner Ton. Ich zog das Kleid an und ließ mich von Juliana betrachten.

„Ja, das kann man so lassen. Aber mit den Haaren müssen wir noch etwas machen.", war ihr Kommentar zu meiner neuen Erscheinung.

Zu meiner großen Freude förderte Juliana auch noch ein Stirnband aus gedrehtem Samt in den Farben blau und schwarz zutage. Endlich waren meine Haare wieder da, wo sie hingehörten – weg vom Gesicht!

Dann war da noch das Problem mit den Schuhen. Ich konnte ja schlecht neuzeitliche Reitstiefel unter dem Kleid tragen. Also wurden für mich fürs erste Holzschuhe gesucht. Die letzten Clogs hatte ich als Kind! Aber besser als barfuß zu laufen war es allemal. Außerdem fiel es nicht auf, hatten doch nur wenige Leute richtige Lederschuhe.

Während meiner Verwandlung wurde viel gesprochen und erzählt und im Laufe der Zeit hörte sich der Dialekt gar nicht mehr so fremd für mich an. Als wir endlich nach vielen Stunden fertig waren, wurde ich beim Abendessen offiziell den anderen Bewohnern des Hofes vorgestellt. Es wurde darum gebeten, mit mir langsam und deutlich zu sprechen, damit ich alles besser verstehen konnte. Juliana hatte sich angeboten, sich in der nächsten Zeit meinen Sprachstudien zu widmen.

Zu meinem Glück waren die Anwesenden recht rücksichtsvoll und fragten mich nicht viel. Sie hatten ja alle Zeit der Welt. Da ich anscheinend längere Zeit bei meiner „Verwandtschaft" bleiben würde, sollte ich mich erst um ein besseres Verständnis der Sprache und der hiesigen Sitten bemühen, bevor ich ins Kreuzverhör genommen würde oder Aufgaben übernehmen sollte.

In einigen Gesichtern las ich jedoch offene Abneigung. So zum Beispiel im Gesicht von Valentin, dem Verwalter und Waffengefährten Gordians. Erst später erfuhr ich, dass er meinte, ich wäre eine Art Hochstaplerin, die sich die Gunst und vielleicht sogar eine Heirat vom Gutsherrn erschleichen wollte, was anfangs zu einem etwas gespaltenen Verhältnis zwischen uns führte.

Ausnahmslos alle bewunderten allerdings meinen Arwakr. Dieser stand inzwischen unter dem persönlichen Schutz von Gordians Knappen Konrad. Jener hatte seinen Herrn bei dessen letzter Reise nicht begleitet, weil er unglücklich von einem

Pferdehuf getroffen worden war und mit einem schmerzhaften Bluterguss auf der Kehrseite nicht gut im Sattel sitzen konnte.

Jeder andere Mann auf dem Gut war für die Aufzucht, Pflege und Bewachung der Pferde unentbehrlich, für die speziellen Aufgaben bei dem Ritt nicht geeignet, selbst unterwegs oder auf den Feldern. Schließlich war die letzte Mahd in vollem Gange. So war es also geschehen, dass ich auf einen einzelnen Ritter stieß, als ich meine Gegenwart verlassen hatte.

Juliana wurde meine Lehrerin. Sie war sehr geduldig. Zum Glück bestehen einige Ähnlichkeiten zwischen den Dialekten von damals und heute.

Ich lernte nicht nur sprechen sondern zusätzlich gleich, das gesprochene Wort in Schrift umzusetzen. Juliana und Gordian waren nämlich sehr stolz auf ihre Kenntnisse auf dem Gebiet und da beide von meinem Tagebuch wussten, sollte ich auch die Schrift ihrer Zeit lernen. Ich kam mir vor, wie in der ersten Klasse Grundschule. Meine neue Freundin drillte mich richtig. Nach nur wenigen Tagen sah und hörte man die ersten Erfolge. Natürlich war ich mordsmäßig stolz auf meine Fortschritte.

Ich befragte alle, die mir über den Weg liefen, über die Zustände am Hof und dessen Bewohner. So erfuhr ich vieles über die Tagesabläufe der einzelnen Personen und ihre Aufgabengebiete in der Gemeinschaft. Dabei lernte ich wie im Fluge, mich zu verständigen. Ich bemerkte gar nicht richtig, wie ich von meinem ursprünglichen niederbayerischen Dialekt des 20. Jahrhunderts langsam immer besser mit der neuen Sprache zurecht kam.

Schon nach ein paar weiteren Tagen auf dem Hof mit all seinen Aufgaben, die verrichtet sein mussten, bemerkte ich, wie die ursprüngliche Hast des Alltags, der aufgestaute Stress eines hektischen Berufslebens nach und nach von mir abfielen.

Auch in den Eintragungen meines Tagebuchs ließ sich eine Wandlung erkennen. Obwohl ich einer mehr als unsicheren Zukunft entgegenblickte, befiel mich eine immer stärkere Ruhe.

Ich fühlte mich freier und zufriedener als je zuvor. Dies hatte ich nicht für möglich gehalten. Hatte ich doch inzwischen arbeitsreiche Tage auf dem Gut. Ohne Ausnahme hatte jeder eine ganze Reihe an Aufgaben.

Andererseits war ich nicht an die im 20. Jahrhundert allgegenwärtige Uhr gebunden. Ich musste zum Beispiel nicht um punkt 6.00 Uhr mein Bett verlassen und um 7.30 Uhr auf meinem Schreibtischstuhl sitzen.

Eine Sache bedauerte ich immer wieder: Ich hatte keinen Beruf, der mir in der Zeit etwas nützen würde, in die ich befördert worden war. Als Ärztin oder Pferdewirtin, Jägerin, Landwirtin oder sogar als ausgebildete Köchin hätte ich etwas Wissen der Neuzeit bei meinem Aufenthalt nutzbringend einbringen können und für den Fall eines erneuten Zeitsprungs viel altes Wissen zurück in die Neuzeit nehmen können. Mit dem zu der Zeit noch nicht aus der Taufe gehobenen und 1999 bereits ausgestorbenen Beruf des Schriftsetzers konnte ich leider gar nicht punkten.

Einmal saß ich vor Sonnenaufgang schon auf Arwakr, ein andermal half ich beim Füttern der Tiere um diese Zeit. Ich hatte viel zu tun, konnte aber gut und gerne zwischendurch eine halbe Stunde oder auch länger verschwinden und mich meinen persönlichen Interessen widmen.

Der tägliche Leistungsdruck war von mir abgefallen und ich konnte aufatmen, das Leben zum ersten Mal so richtig bewusst genießen. Ich ließ einfach alles auf mich zukommen. Und ich verlor Gewicht - gottlob! Seit ich im ausgehenden 14. Jahrhundert angekommen war, achtete ich nicht mehr darauf, was und wie viel ich aß. Durch die viele Bewegung verlor ich die überflüssigen Pfunde, meine Figur veränderte sich durch gestärkte Muskeln und die Büro-Blässe verlor sich immer mehr.

Im Haus gab es eine Köchin und ihre Helfer, und da ich schon immer gerne gekocht wie gegessen hatte, half ich oft in der Küche, um etwas über ihre Rezepte und Möglichkeiten zu erfahren. Die Küchenchefin zeigte sich nach ein paar Tagen hocherfreut über meinen Eifer und schloss mich ins Herz, als ich ihr auch einmal einen guten Tipp geben konnte. Anna entsprach genau den landläufigen Vorstellungen einer guten Köchin – und sie war wirklich gut. Ihr Äußeres war drall und klein und sie hatte eine sehr gemütliche und mütterliche Art. Irgendwie ein altersloser Typ, obwohl ich glaube, dass sie nicht viel älter als meine 27 Jahre sein konnte.

Juliana war zuerst durch mein Anliegen, in der Küche zu helfen, befremdet. Aber schon in der ersten Woche bemerkte sie, dass ich für die Aufgaben wie sticken und nähen, die sie an stillen Nachmittagen verrichtete, wirklich nicht zu gebrauchen war und diese auch absolut nicht machen wollte. Also wurde mein Wunsch akzeptiert. Dadurch trug ich ja auch zum Gemeinschaftsleben bei. Einige sahen mich an, als wäre ich verrückt, aber niemand konnte mir Faulheit nachsagen.

Juliana und ich wurden in kürzester Zeit gute Partnerinnen in Sachen Haushalt. Miteinander sprachen wir über allerhand alte und neue Ideen, wägten ab, experimentierten hinter verschlossenen Türen und arbeiteten viel.

Irgendwann kam es dann zu einer denkwürdigen Begegnung mit dem Gutsverwalter. Valentins Abneigung mir gegenüber lag mir die ersten Wochen ziemlich im Magen. Ich hatte dem Mann ja nichts getan. Meine bloße Anwesenheit störte ihn jedoch, was er mir auch ständig zeigte, indem er mir Türen vor der Nase zuschlug, mich nicht beachtete oder versuchte, mich mit seinen Augen hasserfüllt zu durchbohren.

Bei ihm kam mir der Zufall zu Hilfe. Valentin hatte nämlich ein großes Herz für Tiere. Als ich mit einigen Frauen am Ufer der Altmühl stand und beim Ausbreiten der Wäsche auf die große Bleichwiese half, sah ich etwas im Wasser treiben. Nach genauerem Hinsehen erkannte ich in dem haarigen Büschel einen kleinen Hund, der todesmutig paddelte und doch kein Land gewann. Mir tat das Tier leid. Ich rannte mit gerafften Röcken ein Stück flussabwärts das Ufer entlang und sprang dann ins Wasser. Mit ein paar Schritten und Schwimmstößen war ich bei dem kleinen Bündel, das sich sofort in Panik an mir festkrallte. Mit etwas Mühe, wegen des vielen Stoffes um die Beine, arbeitete ich mich wieder ans Ufer. Ich stand triefend im Gras und bemühte mich, den Hund dazu zu bewegen, die Krallen wieder aus meinem Fleisch und dem Kleid zu entfernen.

Die Frauen, die mir neugierig nachgelaufen waren, schüttelten sich vor Lachen über unseren Anblick, bis ein paar Reiter auftauchten. Unter ihnen Valentin.

Auf seine Frage hin, was denn passiert wäre, erklärte eine der Frauen die Sachlage. „Das dumme Ding ist wegen dieses kleinen Geschöpfs ins Wasser gesprungen und hat jetzt auch noch Verletzungen von dem elenden Hund. Wenn das nicht verrückt ist." Valentin sah sie böse an und streckte mir seine Hand entgegen. Aus einem Impuls heraus übergab ich ihm den

Welpen, den ich endlich von mir losbekommen hatte. Valentin hob ihn hoch und lobte sein hübsches Gesicht.

Was sollte ich mit einem Hund? Also meinte ich zu meinem Widersacher: „Ich würde den Kleinen gerne in Euren erfahrenen Händen wissen. Ihr könnt ihn sicher gut gebrauchen. Vielleicht taugt er eines Tages sogar für die Jagd."

Ein Strahlen ging über Valentins Gesicht. „Danke." Dann sah er mich nachdenklich an. „Ich glaube, ich habe Euch Unrecht getan. Wer sich für ein kleines Tier ins Wasser stürzt, kann kein schlechter Mensch sein."

Von da an war ich ein akzeptiertes Mitglied des Haushalts und meine Anregungen und Ideen als organisatorische Hilfe von Juliana wurden im Allgemeinen angenommen. Manchmal allerdings oft erst nach genauen Erklärungen meiner Beweggründe. Das nahm ich gerne hin, weil es mich bisweilen selbst noch einmal zum Nachdenken brachte.

Inzwischen teilten Juliana und ich einige der bisher von ihr alleine erledigten Pflichten einer Hausherrin. Sie hatte das Oberkommando, war aber über meine Hilfe dabei dankbar, weil sie ihr zu etwas mehr Freiraum verhalf.

Wenn ich das eine oder andere Lob an die Arbeitskräfte aussprach, wurde ich immer mit einem strahlenden Lächeln belohnt. Sogar von den Männern, von denen ich gedacht hätte, deren Gesichtsmuskulatur ließe so etwas gar nicht zu. Diese waren zwar nicht darüber erfreut, von einer fast fremden Frau plötzlich Anweisungen zu erhalten, wurden aber zunehmend handsamer, als wir uns alle gegenseitig besser kennen lernten. Mir machte es Spaß, den Ehrgeiz zu wecken, alles besonders gut oder schön zu machen.

In den ersten Wochen meines Mittelalterdaseins ritt ich fast täglich mit Gordian aus. Er zeigte mir die unmittelbare Umgebung des Hofes. Es gehörte einiges an Land zu seinen Besitzungen: Felder für den Eigenbedarf mit Obst, Getreide und Rüben am jenseitigen Ufer der Altmühl und für meine bisherigen Verhältnisse riesige Weiden mit Schatten spendendem Baumbestand für die Pferde auf der hiesigen Fluss-Seite. Insgesamt gehörten Gordian etwa 100 Gänse und Hühner, 20 Kühe mit zwei Bullen, um den Fleischbedarf für die Küche des Hofes zu sichern, 30 Ziegen für Milch und Käse und über 200

Pferde. Die Pferde waren schöne und kräftige Warmblüter, die gut für den Kriegsdienst mit leichter Ausrüstung zu verwenden waren, da sie sehr viel wendiger waren als die im Allgemeinen wegen der schweren Rüstungen eingesetzten Kaltblüter.

Gordian erzählte mir auch, dass er während Friedenszeiten als Vermittler und Ratgeber zwischen den Burgherren der Gegenden von Rietenburch bis nach Regensburg und sogar manchmal der noch relativ jungen Herzogsstadt Lantshvt[6] (Landshut) fungierte.

Als ich fragte, wem genau er unterstellt wäre, antwortete er mir, er sei ein Ritter mit einem Lehen und nur dem jeweiligen Herrscher, dessen Grundbesitz es war – also dem Herzog – Gehorsam schuldig.

Er unterhielt zudem freundschaftliche Verbindungen zu den Herren von Prunn und Randeck. Deren Besitztümer grenzten direkt an seine eigenen an. Schon allein, um den Hof zu erhalten, nahm er manche Strapazen auf sich, die immer wieder einmal aufflammenden Streitigkeiten der beiden Hitzköpfe zu schlichten, die sich abgesehen von Streitigkeiten um die gemeinsame Grenze und wanderndes Wild gut verstanden. Oft kam sogar einer von den beiden selbst auf ihn zu, um ihn als Vermittler zu bestellen. Seine Gewandtheit in politischen Verhandlungen kam ihm dabei sehr zugute. Meist endete der Hader mit einer Regelung, die beide Parteien zufrieden stellte.

So verging der September, der damals noch Erntemond genannt wurde und der Oktober, Weinmond oder zuweilen Gilbhard genannt, begann mit lauem Wetter und gelegentlichen Herbststürmen. Nach einigen Wochen, die mir sehr lang erschienen, wurde Gordian vom Hof abberufen. Der Herzog hatte eine Aufgabe in Regensburg für ihn.

Am Vortag seines Aufbruchs waren wir gemeinsam mit den Pferden unterwegs. Wir rasteten nach einer guten Strecke am Ufer der Altmühl und sahen den Enten auf dem Fluss zu. Ich fragte meinen Begleiter, der mir seit meiner Ankunft zum guten Freund geworden war, ob er mir den Kampf mit einigen Waffen beibringen würde. Zuerst machte er ein sehr abweisendes Gesicht. Schließlich sei ich eine Frau!

---

6) Lantshvt ist die Schreibweise, derer sich der Geschichtsschreiber Hermann, Abt im Kloster Nieder-altaich um 1250 bediente. Später wurde auch Landshuet geschrieben.

Ich war schon darauf vorbereitet und argumentierte genau in diese Richtung. „Eben weil ich eine Frau bin, will ich nicht schutzlos sein. Ich will mich gegen jeden verteidigen können."

„Das ist Aufgabe der Männer!", entrüstete er sich in gekränkter Eitelkeit. Ich antwortete ganz ruhig und beschwichtigend. „Das stimmt ja auch. Aber bedenke: Wie oft sind wir Frauen alleine unterwegs: zur Bleichwiese, zum Beerenpflücken und so weiter? Was ist, wenn kein Mann in der Nähe ist, der helfen kann? Sowohl deine Schwester als auch ich sind viel alleine draußen. Auch mit unseren Pferden.

Ich verlange ja nicht, dass du mich den Schwertkampf oder den Tjost lehrst. Das ist Ritter-Sache. Aber ich will mit Messer, Bogen und Armbrust sicher umgehen können. Und dies auch vom Pferd aus. Von meinem Pferd aus! Außerdem würde ich gerne noch viele andere Dinge von dir lernen: fischen, Feuer machen, wie man in den Wäldern überlebt und alles über die Pferdezucht – alles, was auch du weißt."

Gordian wollte etwas entgegnen, aber ich fuhr unbeirrt fort. „Im Gegenzug kann ich dich und deine Leuten zum Beispiel das Schwimmen lehren. Es kann schließlich nicht angehen, dass man neben einem Fluss wohnt, Besitzungen auf beiden Seiten unterhält und das Wasser bei Gefahr im Verzug nicht einmal ohne Floß durchqueren kann. Und streite es nicht ab, denn Juliana hat es mir erzählt. Wenn du willst, können wir für den Rückweg die Pferde tauschen."

Nach diesem langen Redeschwall wusste Gordian für den Moment nicht, wie er reagieren sollte, so dass er nicht einmal bemerkte, wie unser ständiger Begleiter Felix um seine Aufmerksamkeit heischte.

Erst nach einigen Minuten hatte er sich soweit gefasst, um auf mein Angebot erfreut einzugehen und mit strahlender Miene Arwakr zu besteigen. Dieser war im ersten Moment nicht gerade begeistert von seinem neuen, schwereren Reiter. Gordian konnte aber sehr gut mit Pferden umgehen, also beruhigte sich das Tier schnell.

Die Stute Ostwind akzeptierte mich nach ein paar wirkungslosen Bucklern ihrerseits und beruhigenden Worten sowie einigen kleinen Streicheleinheiten meinerseits. Freudig umsprang uns Felix wie ein junges Zicklein. Er hatte immer sehr viel Spaß an unseren Ausflügen. Da er seinen Herrn meist auf seinen Missionen begleitete, musste er natürlich die nötige Kondition für eine weite Strecke und eine scharfe Gangart haben. Bei seinen langen Beinen war es ihm eine Leichtigkeit, mit den Pferden Schritt zu halten.

An diesem Tag wurde bis zum gemeinsamen Abendessen im großen Speisesaal kein Wort mehr über unsere Unterhaltung verloren. Gordian sollte am nächsten Morgen sehr früh mit Konrad und dem Überbringer des Befehls aufbrechen und wollte sich deshalb früher als sonst zurückziehen.

Als wir alle unser Essen mit einem Schluck kühlen Bieres genossen hatten, erhob Gordian seine Stimme und bat um Ruhe. „Ich hatte heute während unseres gemeinsamen Ausritts eine längere Unterredung mit Laura. Ich habe viel über unser Thema nachgedacht und bin zu folgendem Schluss gekommen. Alle Frauen unserer Gemeinschaft sollen, sofern dies ihr Wunsch ist, von unserem erfahrenen Valentin in Verteidigungstechniken ausgebildet werden. Und zwar mit dem Dolch oder Messer. Ich bin davon überzeugt, dass es auch für eine Frau wichtig ist, sich selbst und vor allem ihre Kinder verteidigen zu können.

Leider kommt es auch in unserer Gegend ab und an zu Überfällen oder anderen Kämpfen. Oft sind gerade dann nicht genügend Männer zur Verteidigung anwesend, so wie bei dem Raubzug vor zwei Wintern. Also ist es sinnvoll, auch unsere Frauen zu unterweisen, wie man sich in so einem Fall verhält. Meine Schwester Juliana und Laura sollen dazu noch im Armbrust- und Bogenschießen unterwiesen werden.

Laura hat sich angeboten, allen Interessierten Schwimmunterricht zu geben. Nützt die Gelegenheit, solange das Wasser der Altmühl noch keine winterlichen Temperaturen erreicht hat und kein Hochwasser den Fluss gefährlich macht.

Ich bitte euch alle, in meiner Abwesenheit den Anweisungen von Juliana und der ihr direkt unterstellten Laura zu gehorchen.

Nun danke ich für eure Aufmerksamkeit. Ich versuche, so bald wie möglich wieder hier zu sein und verlasse mich auf jeden Einzelnen von euch."

Mir war schon vorher aufgefallen, dass es an diesem Hof keine Leibeigenen gab. Das war vermutlich auch der Grund des unbedingten Gehorsams, den alle Gordian gegenüber an den

Tag legten. Auf eine dementsprechende Frage hin antwortete mir Juliana „Damit hast du recht. Wir geben den Menschen hier ihre Freiheit. Für ihre Arbeit bekommen sie Kleidung, Kost und Unterkunft. Geld erhalten sie nicht viel, aber es reicht für ein paar Extra-Ausgaben. Sie können sich ab und zu etwas bei einem vorbeifahrenden Händler leisten und sind so viel arbeitswilliger und zufriedener, als die Menschen auf vielen anderen Höfen. Zudem ist es ihnen erlaubt, an einem Markttag im Jahr nach Rietenburch oder Essing zu gehen. Und wenn sie zu alt oder krank zum Arbeiten sind, dürfen sie bleiben und werden von der Gemeinschaft versorgt.

Unsere Leute sind Gordian bedingungslos ergeben, weil er nie ungerechtfertigt straft und alle als eigenständige Menschen behandelt. Wir haben das so von unserem Vater gelernt. Du machst auch keine Unterschiede, darum schätzen sie auch dich inzwischen."

„Weißt du, in unserer Zeit kennt man Leibeigene und Sklaven in diesem Land nur noch aus Geschichtsbüchern. In den Grundgesetzen der meister Länder auf der Erde wurde inzwischen festgelegt, dass jeder Mensch frei und gleichwertig ist. Auch darf nach dem hiesigen Gesetz jeder ungestraft seine Meinung äußern. Es ist jedoch tatsächlich immer noch so, dass manche Menschen gleicher sind als andere und die mit den besseren Beziehungen oder mit dem frecheren Verhalten fast immer gewinnen – egal, ob sie es auch verdienen oder es gut für andere ist."

Als wir uns alle aufmachten, uns in die Schlafkammern zurückzuziehen, hielt mich Gordian kurz am Gang auf. „Ich weiß, dass du deine Sache während meiner Abwesenheit gut machen wirst. Du bist eine große Hilfe für meine Schwester und eine Bereicherung unseres Hofes. Ich danke dir, dass du mich Arwakr hast reiten lassen. Er ist ein wunderbares Pferd. Ihn einmal unter mir zu haben, war mein Wunsch vom ersten Augenblick an." Nach diesen Worten küsste er mich freundschaftlich auf die Wange und ließ mich dann sprachlos in der Dunkelheit stehen.

Die folgenden Tage wurden äußerst anstrengend. Der gute Valentin nahm seine Pflichten sehr genau und scheuchte uns Frauen genauso wie die Männer über den Übungsplatz.

Es hatten sich tatsächlich fast alle nach und nach zu Unterrichtseinheiten eingefunden. Täglich wurde eine Stunde mit Holzmessern und sogar mit Prügeln geübt. Wobei natürlich jeder und jede Beteiligte irgendwo Schläge abbekam, die sich später in blauen Flecken äußerten. Nach drei Tagen wurde schon das erste Mal nachgezählt, wer denn die wenigsten beschädigten Stellen am Körper hätte.

Ferner wurde für Juliana und mich täglich etwa eine Stunde Unterricht mit der Armbrust gehalten, und eine kleinere Zeiteinheit mit dem nicht so oft genutzten Bogen. Wir hatten viele Zuschauer, die uns anfeuerten.

Ich half in diesen Tagen viel bei den Pferden und lernte dabei enorm dazu. Vor allem über damalige artgerechte Haltung und Fütterung. Da gab es noch kein Kraftfutter, keine Zusatzvitamine, Mineralstoffe und so weiter.

Der Schmied interessierte sich sehr für Arwakrs Hufeisen, da sie doch etwas anders beschaffen waren als die der Ritterpferde. Er machte sich selbst Muster und probierte dann seine Kunst an den Arbeitspferden aus.

Nebenbei wurde auch noch das Schwimmen geübt. Hier fanden sich nicht ganz so viele ein. Ich trennte den Unterricht für Männer und Frauen. Wieder dachte ich an einen Film und ließ sie Trockenübungen auf umgefallenen Baumstämmen machen. Ganz wie der Prinz in dem Märchenfilm „Wie man Dornröschen wachküsst". Das Wasser war recht kühl, schließlich war es schon Oktober. Aber nach einer Woche Drill konnten die gelehrigen Schüler schon ganz gut schwimmen und drohten nicht sofort unterzugehen. Was ja auch der Sinn der Sache war. Ich zeigte ihnen auch an einem Beispiel, wie man Ertrinkende rettet und wie das Opfer sich möglichst verhalten sollte, wenn es noch bei Bewusstsein war.

Bei jeder der Disziplinen wurde oft herzlich gelacht. Mir kam es so vor, als ob dies alles die Menschen noch stärker zusammenschweißen würde. Einige gingen plötzlich viel aufrechter und hatten ein gestärktes Selbstbewusstsein. Langsam stellten sich überall Erfolge ein.

Es war schön, den anderen zuzusehen, wenn sie sich über Erfolge freuten, wie die Kinder. Ja die Kinder – die hatten natürlich auch viel zu lachen in dieser Zeit. Sie saßen auf den Zäunen und Mauern, wo immer ein Schauspiel geboten wurde. Die älteren in ihren Reihen gesellten sich schon in den ersten Tagen auch zu den eifrigen Schülern. Es machte fast allen ungeheuren Spaß, die verschiedenen Lehrstunden zu absolvieren. Und die Jüngsten entwickelten sich langsam zu richtigen Wasserratten. Trotz des bald richtig kalten Wassers mussten wir sie manchmal mit Gewalt herausziehen.

Nach einiger Zeit rückte einer der älteren Männer damit heraus, dass er sich eine Zeit lang mit einem Taschendieb durchgeschlagen hatte und von diesem viel gelernt hatte. Er beteuerte, er selbst wäre ein ehrlicher Arbeiter, aber er übe immer wieder zur Fingerfertigkeit diese alten Tricks. Einige von ihnen könnten durchaus allen hilfreich werden. Vor allem war er ein Meisterschütze mit der Steinschleuder. Die anderen Gutbewohner bestätigten seine Geschichte. So wurden wir alle mit einem Mal Schüler eines Kleinganoven. Er erklärte genau, worauf man gerade an Markttagen zu achten hatte, wie man die Absicht eines Diebes erkennen und einen Diebstahl vereiteln konnte. Und einige der halbwüchsigen Mädchen und Jungen lernten eine Fertigkeit in der Handhabung der Schleuder, die man nur bewundern konnte.

Eines Abends verkündete dann Juliana im Speisesaal: „Ich habe beschlossen, euch allen während der Wintermonate eine Ausbildung zukommen zu lassen. Ihr sollt alle rechnen lernen. Vor allem aber die Kinder. Denn nur, wenn man das beherrscht, kann man es auch mit Kaufleuten und Wirten aufnehmen. Wir wollen euch alle für die Zukunft rüsten und dabei wird mir Laura helfen." Bei diesen Worten lächelte sie mich vielsagend an. „Wenn ihr unserem Unterricht beiwohnt, habt ihr einen ungeheuren Vorteil gegenüber dem größten Teil der Bevölkerung. Außerdem können wir so die landarbeitsfreien Zeiten gut nützen."

Dann kam der Tag – es waren etwa zwei Wochen vergangen – an dem Gordian und seine Männer wiederkamen, etwas angeschlagen von einem Gefecht aber ohne größere Verletzungen oder gar Verluste. Wir waren gerade in einem wüsten Waffengang mit stumpfen Dolchen, als Felix Schwanz wedelnd einige Leute über den Haufen rannte, bis er vor mir immer wieder vor Freude und Aufregung in die Luft hüpfte und herum tanzte bis er dann endlich zum Stillstand kam.

Im Maul hatte er eine tote Maus, die er wahrscheinlich gerade einer der Hofkatzen weggeschnappt hatte. Dieses lieb gemeinte Geschenk erweckte zwar nicht gerade große Begeisterung in mir, aber ich nahm es an und rubbelte Felix seitlich richtig durch, so wie er es liebte.

Dann erst sah ich auf und sah den Gutsherrn mit verschränkten Armen am Rande unseres Übungsplatzes stehen. Er hatte einen sehr stolzen Gesichtsausdruck und sah einfach göttlich aus. Man sah, er liebte seine Leute – jeden einzelnen. Und wertete jeden ihrer Erfolge so hoch wie seine persönlichen. Mein Herz fing vor Freude zu rasen an. Mein Freund und Gönner war wieder sicher zurück.

Die Übungsstunde wurde für diesen Tag beendet. Die „Vorarbeiter" sollten ihre Berichte abgeben, nachdem sich unsere Heilerin um die Blessuren von Gordians Leuten gekümmert hatte. Ich schlenderte mit Felix neben mir langsam über den Hof. Es wurde nun schon ziemlich früh dunkel. Man schrieb doch beinahe Winter.

Dieser Abend dauerte für die Erwachsenen etwas länger. Denn Gordian hatte einen Überraschungsgast von seiner Reise mitgebracht: Einen fahrenden Sänger, der ganz passabel die Laute schlagen konnte. Dazu hatte er eine angenehme Stimme und natürlich den neuesten Klatsch der weiteren Umgebung vertont.

Ich verstand nicht sehr viel von dem, was er den Abend über von sich gab. Die Sprache war mir inzwischen ziemlich geläufig, aber ich konnte mit den Ortsangaben und vor allem den Namen einfach nichts anfangen. Trotzdem gefiel mir der Vortrag sehr gut.

Die Gutsbewohner gingen langsam alle zu Bett, so dass nur noch Gordian, Juliana, Valentin, Konrad und ich mit dem Musiker zusammen saßen. Ich holte meine Flöte hervor und stimmte in seine Lieder ein. Je später der Abend, desto ausgelassener die Stimmung. Ich spielte verschiedene Melodien einfach mit. Manchmal stimmte ich eine mir bekannte Melodie an, die der Barde sofort hocherfreut aufnahm.

Ich dichtete zur Melodie eines Schnaderhüpferls einen neuen Text über den Barden, indem ich ihn etwas aufzog, und er konterte sofort mit einer Strophe über das freche Mundwerk mancher Frauen. So ging es einige Zeit hin und her und dann weiter in der Runde. Wir hatten sehr viel Spaß daran. Auch Gordian ließ seinen vollen Bass hören und entlockte dazu seiner eigenen Laute wunderschöne Melodien.

Zu sehr vorgerückter Stunde meinte der Barde zu Gordian gewandt: „Herr, ich werde morgen schon ganz früh weiterziehen. Bitte gebt mir die Ehre und betrachtet mich mehr als Gast denn als einen zu entlohnenden Sänger. Die neuen Lieder, die ich heute hier lernen durfte und das wunderbare Mahl sind Lohn genug für mich, auch wenn wir es anders besprochen hatten. Und ich hoffe, auf meinem Rückweg euch alle wieder so frohgemut anzutreffen und mir wiederholt in so spritziger Gesellschaft einen Schlafplatz verdienen zu dürfen."

Gordian lud ihn selbstverständlich ein, das Gut wieder zu besuchen und recht viele Neuigkeiten mitzubringen. „Ihr seid jederzeit mein Gast, wenn Ihr so wollt."

Endlich wurden wir alle schläfrig. Wir gedachten der Arbeit des kommenden Tages und krochen dann unter unsere Schlafdecken.

Als ich wieder erwachte, war es noch stockdunkel. Ich drehte mich wieder um, konnte aber nicht mehr einschlafen. Also verließ ich das um diese Jahreszeit schon ziemlich kühle Zimmer, nachdem ich mich mit dem kalten Wasser der bereitstehenden Schüssel notdürftig gewaschen und dann angekleidet hatte.

Dann ging ich in den Stall, um meinen Liebling zu besuchen. Inzwischen war der Horizont in eine fahle Farbe getaucht, als wolle der neue Tag sehr bald anbrechen.

Als ich den Stall betrat, erklang aus einer Ecke sofort ein leichtes Wiehern. Ich ging zu Arwakr. Ein Rascheln im Stroh der Box von Ostwind ließ mich stehen bleiben. Völlig angekleidet kauerte Gordian schlafend neben ihren Vorderhufen beim Futterborn. Ich wollte mich leise zurückziehen, aber ich kam nicht mehr dazu.

Aufschrecken, hochfahren und mir ein Messer an die Kehle halten war eine einzige Bewegung. Dann standen Gordian und ich uns Aug in Aug gegenüber. Beide total erschrocken. „Was machst du hier", keuchte ich. Er ließ das Messer sinken. „Ich konnte nicht schlafen und ging deshalb zu Ostwind. Anscheinend hat mich hier doch der Schlaf übermannt."

„Anscheinend", entgegnete ich trocken und leicht verunsichert. „Du solltest lieber noch ein Stündchen ins Bett gehen, bevor du noch jemanden abstichst." Damit wollte ich mich mit zitternden Knien abwenden. Aber ein bittender Blick ließ mich innehalten. „Es wird Probleme geben. Ich habe so eine Ahnung, als würden wir in absehbarer Zeit mit Pferdedieben konfrontiert. Ich brauche bald an die 50 meiner besten Tiere für den Herzog. Das wissen allerdings schon zu viele Leute. Ich habe Neider, die sicher mit allen Mitteln versuchen werden, dieses Geschäft zu verhindern. Es steht viel Geld und auch Ansehen auf dem Spiel."

Ich überlegte einen Augenblick. „Hier laufen doch genügend Gänse herum, um sofort die Anwesenheit eines Diebes kundzutun." Ein etwas irritierter Gesichtsausdruck erschien auf Gordians Gesicht, der sich jedoch nach wenigen Augenblicken aufhellte. „Ja natürlich! Das ist eine wunderbare Idee. Wir werden überall auf den Koppeln Gänse verteilen!"

Der Rest dieses Tages verlief für mich eher ruhig. Ich sah die Männer bei den äußeren Weiden an kleinen Gänsegehegen bauen. Die Waffenübungen brachten meist befriedigende Ergebnisse und mein kleiner Ausritt auf Arwakr war wunderbar beruhigend. Weil es mir und ihm Spaß machte, lehrte mich Valentin doch noch den Umgang mit dem Schwert. Allerdings nur, wenn uns niemand beobachtete.

Dabei kam ich ganz schön ins Schwitzen. Das erste Mal, als ich so ein Ding in Händen hielt, riss es mich beinahe von den Beinen. „Wie kann man so einen Metallhaufen nur ständig mit sich schleppen und dann auch noch Kunststückchen damit vollführen", fragte ich verwundert. „Da wundert es mich nicht, wenn die alle irgendwann einen schlimmen Rücken haben und im Alter krumm und bucklig daherkommen."

Es wurde also eine leichtere Klinge gesucht. Mir lag es ja auch mehr an Technik und Beweglichkeit, als wirklich den Kampf damit zu lernen. Selbstverständlich übten wir mit Holzschwertern. Sie hatten die Form der Originale, um sich daran zu gewöhnen.

Eines Tages, als es dunkel wurde, setze ich mich auf einen Strohhaufen in der Ecke des Stalles und spielte ein wenig auf der Flöte. Felix und der noch tapsige Goar, der mich seit seiner Rettung aus der Altmühl als seine beste Freundin betrachtete, lagen friedlich neben mir.

Als ich mich wieder umsah, saßen die ganzen kleinen Kinder des Hofes um mich versammelt und starrten mich mit erwartungsvollen Augen an. „Was wollt ihr hören – ein Märchen?" Noch immer ihre Blicke wie gebannt auf mich gerichtet nickten einige unter ihnen. Also forderte ich sie alle auf, sich ins Stroh zu setzen und fing an, von Dornröschen zu erzählen. Ich schmückte die Geschichte mit den buntesten Farben aus und versuchte zur besseren Vorstellung immer Vergleiche zu der den Kindern bekannten Welt zu schaffen.

Als ich an die Stelle kam, an der ein stattlicher junger Ritter auf einem wunderschönen Pferd angeritten kam, um das schlafende Dornröschen zu erretten, fragte mich eine Kleine voller Eifer: „Etwa so ein Ritter wie unser Herr?" „Ja, nur noch etwas jünger. Ihr müsst bedenken, dass Dornröschen auch erst 16 Jahre alt ist. Und er soll doch zu ihr passen." Nach Beendigung des Märchens bemerkte ich erst, dass die Schar meiner Zuhörer immens gewachsen war.

Schon immer übten Märchen eine sonderbare Faszination auf Alt und Jung aus. Wahrscheinlich, weil sie uns die Erfüllung unserer geheimsten Ängste und Wünsche vorgaukeln.

märchen . . .

. . . entführen uns
in eine wundersame welt
mit riesigen gebirgszügen,
mächtigen wäldern
und magischen dingen.

. . . werden bevölkert
von guten feen,
zauberkundigen zwergen,
hinterlistigen kobolden,
dummen riesen,
feuerspeienden drachen,

krummnasigen hexen
und niederträchtigen gnomen.

. . . in deren vordergrund
meist unschuldige prinzessinnen
und prinzen stehen,
denen übel mitgespielt wird;
die sich jedoch nach
einem langen, beschwerlichen weg
endlich glücklich vereint wissen.

. . . und immer gewinnt das gute.

. . . märchen . . .

Die Erwähnung, dass es auch ein Lied zu Dornröschens Geschichte gäbe, das man durch einen Tanz begleiten könne, brachte die Kinder schier aus dem Häuschen. Ich erklärte ihnen, dass sie sich in einem Kreis aufstellen sollten mit einem Dornröschen in ihrer Mitte und einer bösen Fee und dem Prinzen außen. Ich würde ihnen immer vormachen, was sie zu tun hätten.

Zuerst erklärte ich allen den Text. Dann fing ich – wie könnte ich auch anders – in meinem ganz normalen Deutsch der Neuzeit an, das Lied zu singen. Die Kinder wollten es unbedingt noch mal und noch mal hören. Nach dem vierten Versuch sangen es die Kinder schon alle fehlerfrei und konnten auch den „Tanz" dazu bezaubernd schön darstellen. Ich klatschte ihnen Beifall und sofort fielen auch die älteren Zuhörer mit ein.

Es war schon Zeit zum Abendessen. Auf dem Weg zum Speisesaal zupfte mich ein kleines Mädchen am Rock. „Erzählst du uns noch mehr Märchen?" „Vielleicht ein paar. Andere werde ich aufschreiben. Dann kann sie euch auch Juliana mit ihrer schönen Stimme einmal vorlesen. Was hältst du davon?" Sie überlegte angestrengt mit gerunzelter Stirn. „Wenn alle deine Märchen so schön sind, dann will ich aber bald das nächste hören!"

Auch Gordian hielt mich auf. „Du hast gerade gesagt, Dornröschens Prinz war jünger als ich. Das hat mich schwer getroffen." Seine Grübchen waren zu sehen, also konnte ich davon ausgehen, dass er nicht beleidigt war.

„Valentin, der schon in meines Vaters Diensten stand und mein treuester Berater ist, spottet schon seit Jahren, ich wäre viel zu alt, um noch eine Familie zu gründen. Er hält nichts von älteren Männern, die sich blutjunge Frauen nehmen. Aber eine Frau muss jung und kräftig sein, um Kinder zu bekommen."

Aus einem langen Gespräch mit Juliana wusste ich, dass Gordian als junger Mann tatsächlich kurz verheiratet gewesen war. Eine von den Eltern der beiden gewollte Zweckehe. Sowohl Gordian als auch seine blutjunge Frau waren nicht glücklich in dieser Ehe. Drei Jahre später vergiftete sich seine unglückliche Gattin selbst, ohne Kinder zu hinterlassen. „Sie konnte sich nicht in ihr Schicksal fügen, obwohl sie mit meinem Bruder ja ein vergleichbar Gutes getroffen hatte. Ich glaube, sie war verliebt in ihren Cousin, der kurz nach ihrem Tod auch verschwand. Von Gordian wirst du nie auch nur ein Sterbenswörtchen über diese Sache erfahren, weil es ihn sehr schwer getroffen hat. Er gibt sich selbst die Schuld an ihrem Freitod.", waren Julianas Worte.

„Ich hoffe nur, dass Juliana mit ihren 18 Jahren bald einen Mann zum Heiraten findet. Sie wird allmählich auch schon viel zu alt für eine Braut. Ich habe mir geschworen, sie selbst wählen zu lassen, weshalb ich nur ab und an Gäste einlade, die ich passend finde, diese aber nicht über meine Absichten aufkläre." Nach einem prüfenden Blick in meine Richtung fragte er mich: „Wie alt bist eigentlich du? Manchmal, wenn ich dich mit den Kindern sehe, denke ich, du bist in Julianas Alter. Doch wenn du ein ernstes Gesicht machst, scheinst du eher so alt wie ich zu sein. Und ich gehöre mit 30 vollendeten Lebensjahren schon den älteren Herrschaften an."

„Ja, du Tattergreis. Du scheinst mir wirklich schon mit einem Bein im Grab zu stehen", feixte ich. „Ich finde, man ist nur so alt wie man sich fühlt. Und ich fühle mich meistens so alt wie Juliana, auch wenn ich kurz vor unserer ersten Begegnung 27 Jahre wurde.

Übrigens ist Juliana eine attraktive und liebenswerte Frau, die sicherlich – wenn sie wollte – schon verheiratet wäre. An Kandidaten dafür fehlt es ihr jedenfalls nicht, was ich so höre." Bei den letzten Worten hatten wir den Abendbrottisch erreicht und ließen die Unterhaltung für den Abend gut sein.

Ich wusste aus Erzählungen von Gordian, dass die Eltern und auch die übrigen der ursprünglich sechs Geschwister schon lange nicht mehr lebten und deshalb Gordian und Juliana sehr aneinander hingen. Daher – und vermutlich wegen seiner eigenen Erfahrung – wollte der Bruder seiner Schwester auch keinen Mann aufdrängen.

Die Tage wurden kürzer und oft kroch dichter Nebel vom Fluss herüber und bedeckte alles mit einem Schleier, durch den kaum ein Laut drang. An solchen Tagen meinte ich, die Welt müsse stillstehen.

Die Zeit verging jedoch mit den verschiedenen Aufgaben auf dem Hof und den Unterrichtseinheiten wie im Fluge.

Ab und zu sah ich in eine Kiste neben der Vorratskammer, die ich nach und nach von den Mägden mit gerupften Gänsefedern füllen ließ. Juliana hatte ich schon eine große Bahn Stoff abgeschwatzt. Langsam konnte ich anfangen.

Bald stand der Winter direkt vor der Tür, die Stürme wüteten teils schon recht heftig und ich hatte nicht vor, in meinem Bett zu frieren. Der Tag war gekommen und ich hatte endlich genügend kleine Federn und Daunen für ein kleines Kissen nebst Zudecke. In mühsamer Handarbeit hatte ich die Stoffbahn zugeschnitten und genäht. Nun lagen beide Stücke fertig gefüllt und zugenäht vor mir. Voll Stolz schaffte ich meine neue Errungenschaft in das Bett, das ich mit Juliana teilte. Sie war nicht so schön wie die zu Hause, aber sie würde genauso warm halten. Und ich hatte sie vor allem selbst gemacht.

Als Juliana Kissen und Decke auf meiner Seite des Bettes liegen sah, freute sie sich mit mir. „Gut ist es dir gelungen. Du hast auf jeden Fall gelernt, zu nähen." Ich verzog das Gesicht. Sie fuhr verschmitzt fort. „Na ja, nicht alles, was man kann, mag man auch tun."

Juliana meinte, sie müsse sich wegen ein paar Kleinigkeiten für die Küche umsehen, wenn sie das nächste Mal auf den Markt käme. Und ich entgegnete, dort wollte ich sowieso schon lange mal hin. Bis wir mit unseren Gesprächen endlich zu einem Ende kamen, war es schon sehr spät.

Am nächsten Morgen war Juliana äußerst fröhlich. „Ich habe einmalig geschlafen und von meinem Liebsten geträumt."

Juliana hatte einen Liebsten? Dies war natürlich ein völlig neuer Aspekt. „Wer ist es? Habe ich ihn schon einmal gesehen? Erzähl mir von ihm!"

Erschrocken errötete sie und schlug die Hand vor den Mund. Sie wollte es also geheim halten. „Erzähl bitte von ihm", drängte ich, „ich werde nichts verraten." „Er ist der Grund, warum ich oft nach Rietenburch reite. Er heißt Martin und ist Tuchhändler. Vor zwei Jahren hat er das Geschäft seines kranken Vaters übernommen, der inzwischen gestorben ist. Ich kaufe nur bei ihm. Er hat die beste Ware und macht mir immer einen fairen Preis. Vor einigen Monaten fing es plötzlich an zu stürmen und zu gewittern, als wir gerade um ein paar Ellen Stoff feilschten. Er bat mich deshalb mit in sein Haus gleich am Marktplatz.

Da es dauerte, bis das Wetter sich wieder beruhigt hatte, kamen wir ins Gespräch. Wir verstanden uns ja geschäftlich schon lange hervorragend. Aber nun kamen wir uns auch persönlich etwas näher. Wir bemerkten Gemeinsamkeiten. Zum Beispiel die Liebe zu langen Waldspaziergängen nach getaner Arbeit und zu denselben Liedern der Barden. Wir trafen uns während des Sommers oft abends unter einer freistehenden Buche zwischen Rietenburch und hier und gingen spazieren. Wir lieben uns, aber ich weiß nicht, wie ich es meinem Bruder beibringen soll."

„Geht er auch gelegentlich auf den Markt?", fragte ich sie. „Wer – Gordian? Ja, ab und zu, um Sattelzeug und Pferde von auswärtigen Händlern zu besehen." Ich legte Juliana eine Hand auf den Arm. „Ich werde das nächste Mal mit ihm reiten. Wir werden deinen Martin kennenlernen. Und wenn er dich wirklich zur Frau will, wird er spätestens dann um deine Hand anhalten. Ansonsten ist er es sowieso nicht wert.

Also mach' dir nun keine weiteren Gedanken darüber. Dein Bruder ist sicherlich der letzte Mensch auf Erden, der deinem Glück im Wege stehen will. Seine größte Sorge, was dich betrifft, ist, dass du keinen Ehemann abbekommen könntest."

Lautes Geschnatter und danach ein Schrei ließen mich mitten in der Nacht hochfahren. Ich schubste Juliana mit dem Wort „Pferdediebe" auf den Lippen aus dem Bett und war im Nu in meinem immer bereitliegenden Kleid. Schnell noch die Schuhe angezogen und schon im Laufen schnappte ich mir noch einen dicken Mantel und mein Messer, das immer bereitlag. Über den Flur rannte ich dann Schulter an Schulter neben Gordian nach draußen und die Treppe hinab.

In Windeseile waren wir im Stall und zerrten unsere Pferde heraus. Und schon ging's los. Als wir an der äußeren Weide ankamen, war schon ein Handgemenge im Gange. Wir stürzten uns vom Pferd aus auf die Gauner.

Das hätte ich mir nie geträumt, dass ich mich so ohne über die Folgen nachzudenken in einen Kampf stürzen würde. Einen der dreisten Eindringlinge konnte ich von hinten überraschen. Ich traf ihn mit dem Knauf des schweren Messers so glücklich auf den Kopf, dass er umfiel wie ein nasser Sack. Von dem raschen Erfolg war nun wiederum ich sehr überrascht. Danach stand ich schon dem nächsten gegenüber. Der war allerdings ein „Meterstumpen" und konnte mir nichts entgegenhalten. Er erschrak jedenfalls vor mir. Ob nun, weil ich größer war, weil Arwakr auch ein Riese von einem Pferd war, oder weil er sich plötzlich einer kampflustigen Frau gegenüber sah, weiß ich nicht. Jedenfalls machte er nur einen halbherzigen Versuch, mir mit Fäusten zu begegnen, den er sofort abbrach, als er das Messer in meiner Hand sah. Nach einiger Zeit rannten die Möchtegern-Pferdediebe wie die Hasen. So ereignete sich also mein erster mittelalterlicher Waffengang, ohne dass ich dabei einen Gedanken darüber verloren hätte, was hätte passieren können.

Erst hinterher – gegen die Übermacht waren unsere Gegner machtlos – wurde ich von Gordian wegen meines Leichtsinns gerügt – und nicht nur ich. Anfangs befürchtete ich sogar eine richtige Strafe. Er war außer sich, mich und zu allem Überfluss auch noch seine Schwester neben 14 weiteren Frauen auf dem Platz des Geschehens zu sehen.

Juliana wusste aber sofort, was sie ihm darauf antworten sollte. „Ohne uns Frauen wärt ihr diese Bande vielleicht gar nicht so schnell losgeworden. In dem Fall machte es die Anzahl der Gegner aus, dass sie so schnell verschwanden. Nicht etwa eure

Kampfeskunst oder gar die körperliche Überlegenheit. Glaube mir, wir Frauen verteidigen unsere Lebensgrundlage genau so hart wie Männer – auch in Zukunft. Nun, wir gehen jetzt wieder in unsere Betten, meine Damen. Wir überlassen es besser unseren gekränkten Herren, hier wieder für Ordnung zu sorgen. Denn dafür wären wir ihnen jetzt mit Sicherheit gut genug."

Wir räumten das Feld auf diese Weise elegant und begaben uns wieder in unsere Betten, die leider in der Zwischenzeit schon erkaltet waren. Am nächsten Morgen erfuhr ich, dass keiner ernstlich verletzt worden war. Doch zwei Pferde fehlten. Deren Verlust war jedoch zu verschmerzen. Vor allem, da dafür zwei Pferde mit Trensen und Sätteln sowie zwei Maultiere mit Trensen von den Angreifern zurückgelassen worden waren. Das Lederzeug erkannte aber niemand auf unserem Gut.

Gordian sprach ich später in einem passenden Moment auf dem Hof an. „Ich würde sehr gern zum Markttag nach Rietenburch reiten. Und zwar mit dir. Ich denke, ich könnte dort noch einiges lernen. Was denkst du darüber?" Natürlich war er damit einverstanden. Er warf einen Blick in Richtung der Ställe. „Dort habe ich diese Woche sowieso Geschäfte zu erledigen." Wir ritten also gleich am nächsten Markttag nach Rietenburch.

Inzwischen waren die Tage schon sehr kurz und der Nebelmond, wie unser heutiger November sinnigerweise hieß, brachte noch die letzten Blätter an den Bäumen zum Glühen, bevor auch diese vom Wind gepackt und durch die Luft gewirbelt wurden.

Ich hatte von Gordian ein paar Goldgulden erhalten.[7] Mit einem kleinen Teil meines Geldes kaufte ich ein sehr dünn gegerbtes Stück Leder, kleine Nägel, etwas Farbe und eine lange Schnur. Bei jedem Artikel sah mich Gordian zweifelnder an. Aber er hielt sich mit einer Bemerkung zurück und ich wollte ihm auch nichts verraten.

Durch die Beschreibung von Juliana wusste ich genau, wann wir vor ihrem Liebsten stehen würden. Gordian traf genau vor dessen Laden auf einen Bekannten und drehte sich zu diesem um, um mit ihm zu plaudern. Und da kam mir dann flugs noch der Zufall zu Hilfe.

---

7) *1252 wurde erstmals der Florin geprägt. Er wurde 1350 Vorbild aller anderen Goldgulden. Daher ist auch fl. die Abkürzung für Gulden.*

Martin bediente gerade eine Kundin. Daneben standen zwei Herren, die um die zwanzig Jahre zählten. Sie unterhielten sich über Pferde. Einer von ihnen erzählte, dass sein Nachbar neulich Abend mit seinem Maultier weggeritten sei und ohne dieses am nächsten Morgen zu Fuß zurückgekommen war. Trotzdem hatte er eine offene Rechnung nicht beglichen. Als er ihn danach fragte, was er denn für sein Tier bekommen habe, meinte jener: „Nichts, nur einige Schläge von diesem räuberischen Gesindel, das es mir abgenommen hat" und stapfte wutschnaubend davon.

Der zweite Herr fragte den ersten, um welchen seiner Nachbarn es sich denn handeln würde. Dieser meinte, um Degenhard, den Töpfer. Der habe noch immer Schulden bei ihm und überhaupt ...

Als ich dann endlich an die Reihe und ans Verhandeln um einen Samtstoff kam, fragte ich Martin ganz zwanglos, welche Tuche denn Juliana, meine Verwandte immer bevorzuge. Sofort hellte sich seine Miene auf und er erklärte mir alles nach Wunsch. Den Herkunftsort, die Farbe, mit der sie gefärbt waren, sogar den Händler sagte er mir. Er war mir sehr sympathisch. Darum nahm ich ihn kurz zur Seite: „Wenn Ihr Juliana wirklich liebt, dann ist heute der richtige Tag, um ihre Hand anzuhalten. Ihr Bruder ist glänzender Laune und hat sich schon vorher über die prächtige Qualität eurer Ware ausgelassen."

Und so kam es, dass ich nur kurze Zeit später an Stelle des Kaufmanns über den Verkaufsstand wachte, während die beiden Männer im Haus ernsten Mitgifts-Verhandlungen nachgingen. Nach mehreren verkauften Ellen Stoffes und einem extra gut gefüllten Becher Weines wurde ich von Gordian wieder am Arm genommen und Richtung Pferd dirigiert. Ich konnte mich gerade noch nach Martin umsehen und ihm zum Abschied zuwinken.

Bei den Pferden blieb Gordian stehen und hielt mich an beiden Oberarmen mit festem Griff. „Du hattest genau das im Kopf, als du mich batest, auf den Markt zu gehen. Du durchtriebenes Weib! Das stimmt doch wohl, oder?" Ich lächelte ihn keinesfalls betreten an und nickte.

Darauf lockerte er den Griff. „Wenigstens bist du ehrlich. In dem Fall hast du mir aber einen Gefallen getan. Martin ist ein verständiger und sehr angenehmer Mensch aus guter Familie und ich bin mir sicher, er wird ein guter Schwager."

Ich fiel ihm um den Hals. „Du hast also seinen Antrag angenommen. Wie ich mich für Juliana freue! Sie werden sicherlich zusammen glücklich werden." Verschmitzt meinte er darauf: „Ja, sicher. Aber sie wird hierher ziehen nach der Hochzeit. Dann musst du ihre Stelle als Herrin im Hof übernehmen. Du hast das Ganze schließlich ins Rollen gebracht. Und da ich keine Ehefrau habe, die diese Pflichten übernehmen könnte, wirst du es machen." Dagegen hatte ich nun doch noch eine Kleinigkeit einzuwenden. Völlig übertrieben drohte ich ihm mit dem Finger. „Bilde dir aber ja nicht ein, dass ich für dich anfange zu sticken oder zu nähen oder was es sonst noch an scheußlichen Frauenarbeiten gibt!" Beide lachten wir über meinen theatralischen Ausbruch.

Kurz hinter der Stadt erzählte ich Gordian von dem belauschten Gespräch. Seine Augen blitzten auf, als er hörte, um wen es sich bei dem vermeintlichen Dieb handeln solle. Doch er schwieg sich den Rest des Weges über das Thema aus.

Es war so, wie ich gedacht hatte. Juliana war ganz aufgedreht vor Glück. Sie tanzte den ganzen Tag durchs Haus und teilte jedem, der es wissen wollte oder auch nicht, mit, dass sie bald eine verheiratete Frau sein würde. Mir gab es einen Stich. So sehr ich mich für sie freute, wurde ich doch unendlich traurig. Ich hatte die Hoffnung auf einen geeigneten Mann für mich schon längst begraben.

In meiner Zeit war ich meistens ganz zufrieden mit meinem Single-Dasein. Es hatte unzweifelhaft Vorteile. Keine Verpflichtungen, keine Komplikationen. Aber da gab es auch die andere Seite, die da hieß: kein Kuscheln, keine Hilfe und Unterstützung, niemanden für ein Gespräch, einsame Tage und Nächte.

Da war eine Sache, die ich hier nicht besonders gut verkraften konnte: Nie konnte man so richtig für sich sein. Immer waren Menschen um einen. Das war ich als Permanent-Single einfach nicht gewöhnt. In meiner Wohnung im 20. Jahrhundert war ich immer mein eigener Herr und konnte unbeobachtet tun und lassen was ich wollte.

An manchen Tagen machte mir dieser Umstand des sich Überwachtfühlens schwer zu schaffen. Und jetzt war anschei_

nend einer dieser Tage. Darum verkroch ich mich einige Stunden im Heuboden, um einmal wirklich allein zu sein.

Goar, die treue Seele, kam mir nach und blieb bei mir. Ich war froh, dass mich niemand anders entdeckt hatte. Mit meinen vom Heulen verquollenen Augen sah ich sicher fürchterlich aus. Irgendwann beruhigte ich mich wieder und fiel in meine normale Aktivität zurück.

Ich hatte in diesen Tagen noch einen anderen Grund, allein sein zu wollen. Die Vorbereitungen nahmen einige Stunden in Anspruch und am Ende war ich wieder fröhlich wie eh und je.

Obwohl ich seit meiner Kindergartenzeit nichts Vergleichbares mehr gebastelt hatte, sah der Drachen bezaubernd aus. Ich war riesig stolz auf mein gelungenes Werk und wollte es natürlich so schnell als möglich ausprobieren. Und zwar erst einmal, um die Flugfähigkeit zu testen. Also ohne die Kinder des Hofes, um mich nicht zu blamieren.

An einem windigen Nachmittag kam Juliana gerne mit mir auf einem Spaziergang mit. Mein Drachen war wohl versteckt unter einem Sack und Felix umsprang uns ganz aufgeregt.

Als wir auf einer langen Wiese ankamen, packte ich den Drachen aus. Er hatte die klassische Rauten-Form und an seinen Seiten hingen bunte Bänder. Der Schweif hatte kleine bunte Schleifen aus Stoff. Er zeigte Juliana ein lächelndes Gesicht. Sie war ganz entzückt von dem lustigen Ding, konnte sich jedoch nicht vorstellen, wofür wir dies gebrauchen könnten. „Es ist ein Drachen. – Ich weiß, der sieht lange nicht so schrecklich aus wie die Feuer speienden Drachen in den Erzählungen. – Die Idee dazu kommt, glaube ich, aus dem sehr weit entfernten China. Dort werden wirklich große Drachen aus Papyrus gemacht.

Bei uns basteln alljährlich die kleinen Kinder mit ihren Eltern oder Lehrern solche vereinfachte Figuren und lassen sie fliegen. Das macht viel Spaß. Ich würde ihn gerne mit dir ausprobieren. Wenn er fliegt, wird es ein Geschenk für die Kinder.

Du nimmst jetzt die Schnur ziemlich weit am Ende – ja nicht loslassen! – und läufst über das Feld. Ich halte den Drachen und versuche ihn im Laufen so in den Wind zu bringen, dass er fliegt. Fertig?" „Ja, natürlich. Es geht los!" Juliana war von meiner Begeisterung so angesteckt worden, dass sie es kaum erwarten konnte, zu sehen, ob es klappte.

Ich war selbst ganz aufgeregt. Mit gerafften Röcken liefen wir, bis ich meine Lungen spürte. Felix immer fröhlich kläffend zwischen uns. Ein günstiger Wind ergriff den Drachen und ich ließ sofort los. Immer noch im Laufen rief ich Juliana zu, die Schnur festzuhalten. Der Drachen flog tatsächlich. Das Gesicht meiner Freundin glühte vor Freude. Sie bog ihren Oberkörper weit zurück, um ihn genau betrachten zu können. „Weißt du, er ist wunderhübsch!", meinte sie.

Lustig flatterten die bunten Bänder einige Meter über unseren Köpfen und sein Gesicht bedachte uns mal von der einen, mal von der anderen Seite mit einer grinsenden Visage. „Und ich hatte schon die Befürchtung, er wäre zu schwer. Wir machten unsere Drachen selbst immer aus dünnem Papier." Noch immer umrundete Felix uns. Alle paar Galoppsprünge sah er gen Himmel und bellte dieses eigenartige Gebilde an, das uns so offensichtlich Freude bereitete.

Plötzlich stürmten alle Kinder des Hofes – so schien es zumindest – auf uns zu. Schreiend und jubelnd hüpften sie über die Wiese. Alle bestürmten uns mit Fragen und der Bitte, auch die Leine halten zu dürfen. Aus der Angst heraus, meinen neuen Gefährten durch den Wind zu verlieren, untersagte ich dies jedoch.

Ich konnte mich noch zu gut daran erinnern, wie mein letzter Drachen, den ich als Kind besaß, sein kurzes Leben im Kabelgewirr eines Hochspannungsmasten ausgehaucht hatte.

Mein Verbot tat jedoch der allgemeinen Freude über das fliegende Ding keinen Abbruch. Die Kinder rannten ausgelassen um uns und den Hund herum. Von dem allgemeinen Trubel angesteckt wurde ich auch übermütig und schlug ein Rad um das andere, trotzdem mich meine Röcke etwas dabei behinderten. Juliana hielt immer noch den Drachen und tanzte mit ihm singend über die Wiese.

So wenig autoritär hatten uns die Kleinen noch nie erlebt. Und plötzlich gehörten wir zu ihnen. Wir waren einen Moment lang nicht die Erwachsenen, vor denen sie höchsten Respekt zeigen mussten, sondern ihresgleichen.

In ihren Augen konnten wir lesen, wie einige ihre Meinung über die Erwachsenen im Allgemeinen grundlegend revidierten – wir aber keinesfalls in ihrer Achtung dadurch verloren.

Wir holten den Drachen unbeschädigt wieder ein und liefen mit einer johlenden Bande von Mädchen und Jungen und einem noch immer freudig herumspringenden Hund zum Hof zurück. Natürlich nahmen uns die Kinder das Versprechen ab, die Sache am nächsten Tag zu wiederholen, bevor sie uns aus ihren „Fängen" ließen.

Der Wind am folgenden Nachmittag war günstig und nach erledigten Pflichten waren Juliana und ich wieder unterwegs. Diesmal in Begleitung zahlreicher Gutsbewohner. Alle wollten dieses sagenhafte fliegende Gerät sehen, von dem den ganzen Tag lang gesprochen worden war.

Ein Freudenschrei aus allen Kehlen begleitete den Drachen hoch in die Lüfte. Die Menschen umarmten sich vor Begeisterung über diesen wunderbaren Freudenbringer. Juliana übergab nach einer kleinen Ermahnung, Acht zu geben die Leine feierlich an Gordian.

Auch er war ganz verzaubert von dem Schauspiel, das uns der lachende Bursche hoch über unseren Köpfen bot, und ließ keinen mehr an ihn ran. Der Tag endete beinahe in einem Volksfest. Bei äußerst guter Laune saßen wir alle beim Abendbrot in der Halle. Immer wieder flammte ein Gespräch über diesen Nachmittag voller Ausgelassenheit auf. Ich musste erklären, was dieses Ding war, warum es flog und wie ich es gemacht hatte.

Ein paar Tage später kam ein Bote des Herzogs. Der Regent mit seinem Gefolge wäre gerade zu Gast in Regensburg und Gordian sollte nun die Pferde liefern. Ich ging zu unserem Oberhaupt. „Ich bin jetzt schon eine ganze Weile hier und habe noch fast nichts gesehen außer ein paar Bäumen, Felsen und Feldern. Lass mich bitte mit dir reiten. Du weißt, dass ich euch mit den Pferden helfen kann. Ich will Regensburg einmal sehen, wie es in Eurer Zeit aussieht. Und, wenn möglich, Weltenburg und Kelheim."

Ich war noch nie eine der Frauen, die einen Mann mit einem Augenaufschlag zu betören wusste. Aber ich hatte immer schon ein gewisses schelmisches Lächeln, das ich nun aufsetzte, während ich mit ihm sprach. Meistens wirkte das, gepaart mit einigen schlagkräftigen Argumenten, um zum Ziel zu kommen.

Erst nach einigen Minuten angestrengter Überlegung sagte mir Gordian zu, er wolle mich und Katharina, eine der wenigen des Reitens kundigen Frauen des Hofes, mit nach Regensburg nehmen. Katharina sollte als Zofe für mich agieren und hatte außerdem die Erlaubnis, bei Regensburg den Hof ihrer Eltern zu besuchen. Der Herzog sollte in der Stadt Gericht halten und dies wäre sicher auch eine für mich interessante Angelegenheit.

Ganz in Gedanken redete ich so vor mich hin, wie ich es öfter mache: „I glaub', des oide Rathaus is' no aus'm Mittelalter. Damals war's sicher no vui beeindruckender als jetz, wo de ganzen Busse dogaus und dogei dort hin und her fahr'n. Und der Dom erst; no ned fertig baut und so ganz ohne Verkehr drumrum und ohne de schrecklichen Flachbauten aus de '70er, die in der Fußgängerzone 's ganze Buid verschandeln."

<Hochdeutsche Übersetzung: Ich glaube, das alte Rathaus ist noch aus dem Mittelalter. Damals war es sicher noch viel beeindruckender als in meiner Zeit, in der die ganzen Busse tagaus tagein dort hin und her fahren. Und erst der Dom; noch nicht fertig gebaut und so ganz ohne Verkehr rundherum und ohne die schrecklichen Flachbauten aus den 70er Jahren, die das Gesamtbild der Fußgängerzone beeinträchtigen.>

Als ich aufblickte, entnahm ich Gordians äußerst belustigter Miene, dass er mir zugehört hatte und meine Rede nicht verstanden hatte – nicht verstehen hatte können. Mein Gegenüber lachte herzhaft über meine blumige Ausdrucksweise, vor allem über die noch nie vernommenen modernen bayerischen Wörter, die ja für ihn nicht wirklich Bedeutung haben konnten. Aber im Moment hatte ich mich so in meine Ausführungen hineingesteigert, dass ich diesen Umstand gar nicht richtig wahrnahm. Also musste ich noch mal von vorne anfangen, als ich mich etwas beruhigt hatte.

„Verzeihung, ich rede da vom Mittelalter in der Vergangenheit. Dabei sitze ich gerade mittendrin. Ich kenne Regensburg. Es ist seit heute sehr viel größer geworden und mit vielen umliegenden Dörfern zusammengewachsen. Es hat aber schon lange seine Macht verloren. In meiner Zeit ist Regensburg nur noch eine durch die schönen alten Bauwerke wie Dom, Rathaus und Brücke, ihre Geschichte und eine ziemlich hohe Kneipendichte

beeindruckende Studenten-, Bistums- und trotzdem Provinz–
stadt. Die Regierung Deutschlands sitzt in Berlin und die
Monarchie gibt es schon seit hundert Jahren nimmer."

Diesmal interessierte sich Gordian tatsächlich für meine
Erzählungen und fragte mich über den Dom aus. Ich erklärte
ihm, dass ich ihn innen nur wenige Male gesehen hatte und dass
fast ständig irgendwelche Teile davon eingerüstet seien, um
die alten Steine zu reinigen. Dann erzählte ich ihm noch, dass
das Beeindruckendste für mich immer die riesige Salzwaage im
alten Rathaus gewesen sei und diese auch bis hinein in meine
Zeit immer noch funktionieren würde. Außerdem sei bei uns
inzwischen der Salzpreis nicht mehr der Rede wert.

Wieder einmal wurde Abschied gefeiert. Diesmal allerdings für
nicht so lange Zeit. Es war dennoch ein eigenartiges Gefühl. Weil
ich dieses Mal diejenige war, die mit weggehen sollte. Ich freute
mich schon auf die neuen Abenteuer vor mir, aber auch auf die
„Heimkunft", da es gleich nach der kalten Jahreszeit im März
ein berauschendes Hochzeitsfest geben sollte. Es würde zwar
noch ein paar Monate bis dahin dauern, aber die Vorbereitungen
waren schon im Gange.

Juliana hatte mir versprochen, dass ich ihr Fest nach
Abstimmung mit ihr organisieren dürfe. Darauf freute ich mich
besonders. Ich hatte auch schon genaue Vorstellungen, wie alles
geschmückt werden sollte. So wie ich mir meine eigene Hochzeit
immer vorgestellt hatte! Ich wollte dem Brautpaar und den
Gästen eine Feier bieten, die sie nicht so leicht wieder vergessen
sollten.

Die Organisation hatte noch reichlich Zeit, wenn ich wieder
hier sein würde. Vorrangig war nun unser Ritt in für mich
zeitlich fremde Gefilde. Schon die ganze Woche vorher war ich
nervös, fragte Juliana und Gordian über Benimmregeln und die
Menschen aus, die ich dort treffen sollte. Ich stand außerdem vor
der Frage, was ich als Frau zu einem solchen Ritt anziehen sollte.
Innerlich sträubte ich mich total dagegen, mit einem langen Rock
oder einem Kleid auf dem Pferd zu sitzen, auch wenn ich durch

die vorne aufknöpfbaren Kleider keine größeren Probleme im Sattel sah. Das war mir trotzdem viel zu umständlich.

Also beredete ich diese Sache mit Juliana. „Ich sehe die Sache folgendermaßen: In Männerkleidung mit einer Kappe sehe ich einem jungen Burschen nicht unähnlich und lebe während des Rittes vermutlich auch ungefährlicher. Falls es zu einem Kampf kommen sollte, bin ich mit Männerkleidung auch klar im Vorteil. In einer Schenke falle ich auch als Mann weniger auf."

Sie sah mich entsetzt an. „Nein, das kannst du nicht tun!" Sie überlegte. Und dann hatte sie einen Einfall. „Aber wenn du dir wie bei deinen Ausritten eine Hose unter dem Kleid anziehst, wird diese niemand sehen und du bist gegen Wundscheuern und Kälte einigermaßen geschützt. Und wage ja nicht, diese Hose irgendjemanden sehen zu lassen! Natürlich kannst du nicht deine alte Reithose aus dem anderen Jahrhundert tragen, sondern musst dir eine neue besorgen. Für die Reise habe ich ein ganz einfaches und unauffälliges Kleid für dich. Dadurch wirst du von Fremden gar nicht beachtet werden."

Also besorgte ich mir schnell bei Martin Stoff für eine Hose und nähte diese nach Julianas Anweisungen. Von der Arbeit selbst war ich ja nicht begeistert, aber ich konnte das von niemandem sonst machen lassen, weil es ja niemand wissen sollte. Und Juliana war so klug, es mich selbst machen zu lassen. Aber zumindest gab sie mir Hilfestellung.

Ich musste anfangs immer an „Helden in Strumpfhosen" denken, wenn ich mir die ganze Maskerade überstreifte. Eine relativ eng anliegende Hose in dunkelblauer Farbe, ein geknöpftes Kleid mit weitem Rock in grau und einem mit vier Knöpfen am Kragen versehenen Umhang (fast knielang) im gleichen Blauton wie die Hose. Diese Ausrüstung vervollständigte sich durch spitz zulaufende und ewig rutschende Lederstiefel, die aus diesem Grund mit einem Band oben gehalten wurden und einen Gürtel, an dem vorne eine Tasche und weiter hinten eine ebenso aus Leder gefertigte Dolchscheide mit sehr scharfem Inhalt hing.

Die Gürteltasche war natürlich wohl gefüllt. Und zwar mit meinem modernen Aufzieh-Füller, einem Tintenglas, einem gut eingepackten Federkiel und meinem wohlgehüteten Tagebuch. Außerdem ein paar Münzen, deren Wert ich irgendwie nie ganz einschätzen konnte. Meine Vorstellungen vom Wert der Waren

waren oft von den tatsächlichen Gegebenheiten ziemlich weit entfernt. Im Mittelalter waren die Werte einfach sehr verschoben zu dem, was ich kannte. Papier und Salz waren ungeheuer teuer, vieles gab es gar nicht und überhaupt – ich bemerkte langsam, wie verwöhnt wir im ausgehenden 20. Jahrhundert eigentlich schon unser ganzes Leben waren.

Wir hatten natürlich für die Reise drei Packpferde für unsere Begleiter dabei und eines für Gordian, Konrad, Katharina und mich. Insgesamt sollten uns 16 Leute begleiten, um die 50 Pferde zusammenzuhalten und gegen etwaige Angreifer zu verteidigen. Sie waren fast alle bis an die Zähne bewaffnet. Auch Gordian hatte eine Rüstung an, die aus eisernen Beinschonern mit Scharnieren, einem Kettenhemd, einem Lederwams darüber und einem „wunderbaren Blechtopf" bestand. Ein Schwert, ein Speer, eiserne Handschuhe (zwar mit Leder gefüttert wie die Beinschoner, aber nichtsdestotrotz ziemlich unbequem und verdammt schwer) und eine Gürteltasche mit Messer durften nicht fehlen.

Felix war selbstverständlich auch mit von der Partie. Aufgeregt sprang er um die versammelte Mannschaft, bevor wir losritten und uns von allen Gutsbewohnern unter deren Segenswünschen verabschiedeten. Vor allem der immer gegenwärtige Kaplan ließ eine ganze Litanei vom Stapel. Mir war der Mann vom ersten Treffen an sympathisch. Er zeigte einen tiefen und unerschütterlichen Glauben und versuchte, jede Not, die ihm begegnete, zu lindern – und das nicht nur durch Gebete, sondern auch durch Taten. Meiner Ansicht war er immer schon ein Realist mit Träumen von einer guten Welt.

Gut ausgestattet mit Kleidung und Segen gingen wir auf die Reise. Ich war schon gespannt wie ein Flitzebogen, was uns erwarten würde.

Der erste Teil bis etwa zur Mittagsstunde gefiel mir. Ich hatte wieder einen wunderbaren Blick auf die schöne Landschaft neben der Altmühl und ließ einfach meine Gedanken schweifen. Nur eines fehlte mir: Meine Reitstiefel wären um vieles bequemer als diese Geckenschuhe aus für meinen Geschmack zu weichem Leder, bei denen ich immer Angst hatte, mir die Knöchel zu verstauchen. Aber meine eigenen festen Schuhe hatte ich auf

Geheiß von Gordian zu Hause gelassen. Er wollte sich jedoch von seinem Schuhmacher auch ähnliche herstellen lassen.

Wir machten alle eine kleine Rast, um etwas Brot und Käse zu essen und einen Schluck Wein zu trinken. Einige unserer Männer versuchten sich im Fischen und waren erfolgreich. 1399 war das Gewässer noch sauber und man brauchte sich weiter außerhalb der Siedlungen keine großen Gedanken zu machen, ob man davon krank würde. Jedenfalls tummelten sich jede Menge Fische in Donau und Altmühl.

Frisch gestärkt ging es weiter. Wir ritten auf der der Stadt abgewandten Seite der Altmühl an Kelheim vorbei und über das heutige Ihrlerstein etwas abseits von den unberechenbaren Fluten der Donau Richtung Regensburg. In meinen Augen war sie fast ein Dorf, diese spätere Kreisstadt Kelheim, in der noch im 12. Jahrhundert die Residenz der Wittelsbacher Pfalzgrafen war.[8]

Als wir abends zu einem Rasthaus kamen und die Pferde in die große Koppel trieben, reichte es mir. Trotz meiner vielen Ausritte spürte ich einige Muskeln, von denen ich bisher keine Ahnung hatte.

Da Katharina und ich zur Mannschaft zählten, wurden wir kurzerhand auch gleich von den anderen für eine Wache eingeteilt. Uns wurde allerdings gestattet, erst zu essen und außerdem Felix als Begleiter mitzunehmen. Den Wirtsleuten war die Anwesenheit zweier Frauen ziemlich egal. Durch unsere einfache Kleidung kamen sie nicht auf die Idee, uns etwa besser zu behandeln als die Männer. Das war mir gerade Recht so.

Ich versuchte, nicht aus der Reihe zu tanzen. Gordian, der in Bezug auf mich plötzlich einen enormen Beschützerinstinkt entwickelt zu haben schien, hielt gleichzeitig mit uns Frauen Wache. In dieser Nacht sollte es jedoch keinen Grund zur Besorgnis geben.

In dem gemeinsamen Schlafraum im Heu legten Katharina und ich uns, nachdem wir abgelöst wurden, Rücken an Rücken zwischen die Männer, um nicht zu frieren. Als ich aufwachte, spürte ich den Atem eines anderen in meinem Nacken. Während

---

8) Nach der Ermordung Ludwigs des Kelheimers verlegten die Fürsten ihren Sitz nach Landshut auf die Burg Trausnitz. Um 1400 hatte im weiteren Umkreis der Wittelsbacher Herzog Heinrich XVI., Enkel von Kaiser Ludwig, die größte Macht des Landes. Nach ihm waren noch zwei weitere „reiche Herzöge" im Amt.

der Nacht musste sich noch einiges in der Platzverteilung geändert haben. Ich hatte mich an meinen neuen Nachbarn, einen netten Familienvater von ungefähr 25 Jahren geschmiegt. Den rechten Arm hatte er ein Stück unterhalb meiner Schulter mit einem Teil seines Umhangs um mich gelegt. Auch Gordian war neben mir. Sein Kopf weilte auf meinem von mir gestreckten linken Oberarm und er umfasste meine Taille.

Ich hob den Kopf und sah, dass wir nicht die einzigen umschlungenen Wesen im Raum waren. Mehrere der Männer hatten sich aneinandergekuschelt, um sich warm zu halten. Was ja eigentlich eine ganz vernünftige Reaktion gegen die Kälte der Nacht war, mich aber trotzdem bedauern ließ, dass der Fotoapparat noch nicht erfunden war.

Dies wäre sicher eines der Bilder gewesen, mit denen man Preise gewinnt. Außerdem erfüllte mich diese Situation mit Stolz. Ich war wirklich und wahrhaftig aufgenommen in diese Gemeinschaft, sonst hätten sie mich vermutlich sogar im Schlaf gemieden.

Noch im Halbschlaf schob Gordian seinen anderen Arm unter mich und zog mich näher zu sich während er selbst tiefer wanderte. Ich spürte förmlich wie er erschrak und sein ganzer Körper erstarrte, als er so richtig zu sich kam, und sein Gesicht an meine Brust gedrückt hatte.

Ich spielte die Schlafende, die sich durch seine unbedachte Bewegung etwas von ihm wegdrehte. Sachte nahm er den freien Arm von mir. Ich konnte mich nicht lange schlafend stellen, da mir in der neuen Stellung sein anderer Arm in die Rippen drückte. Also tat ich, als würde ich aufwachen, sah erst nach oben an die Zimmerdecke und bedachte dann Gordian mit einem gutgelaunten Guten-Morgen-Blick. Er belohnte mich mit einem Lächeln, das jede Frau dahinschmelzen ließ. Dafür berührte ich seine Wange zu einem flüchtigen Freundschaftskuss und stand auf, ohne ihn noch einmal anzusehen.

Draußen stieg noch leichter Bodennebel auf und die morgendliche Kälte ließ den Atem der Pferde und Menschen in weißen Wölkchen erscheinen. Sofort musste ich an meine schöne warme und trotzdem leichte Winterjacke zu Hause denken, an Goretex-Schuhe und ebensolche Handschuhe. Zu meinem großen Glück war ich bei der morgendlichen Kurzwäsche noch nie ein Freund von warmem Wasser gewesen. Dieser Umstand kam mir nun sehr zugute. Als ich mir endlich einbilden konnte, dass es warm genug wäre, wusch ich mich provisorisch am Brunnen und ging dann ein kleines Stück den Weg entlang vom Gasthaus weg.

Ich lehnte mich mit dem Rücken an einen kahlen Ahorn und sah auf die Hügel auf der einen Seite des Altmühl- bzw. Donautals. Bis vor etwa 200.000 Jahren hatte die mächtige Ur-Donau, die Hister, dieses breite Tal in die Felsen gewaschen, bevor sie ihr Flussbett verlagerte. Nun war das Gestein im Sommer nur noch an ein paar Stellen zu sehen, an denen die Bäume und Sträucher keinen Halt zum Wachsen gefunden hatten.

Plötzlich stand Konrad, Gordians junger Knappe, neben mir. Ich schreckte aus meinen Gedanken auf. Etwas verlegen verlagerte er sein Gewicht auf den anderen Fuß. „Herrin, Ihr sollt zum Frühmahl kommen. Der Herr hat mich geschickt, nach Euch zu suchen." Ich lächelte den netten Jungen an, der etwa 17 Jahre alt war, und ging mit ihm zurück, um ihm keine Schwierigkeiten zu machen.

In und um die Gaststube herrschte geschäftige Betriebsamkeit. Die Gaststube kam mir vor wie einer von diesen Ameisenhaufen, die ich als Kind so gerne beobachtet hatte.

Bald hatte jedermann gefrühstückt und wir brachen endgültig auf. Ich war froh über meinen mit Schafsfell überzogenen Sattel. Das hatte mir ein geschickter Lederer vom Gut auf meinen Wunsch hin gezaubert. Die anderen hatten mich zuerst ausgelacht, weil ich zu weich wäre und so etwas schon zu Anfang des Winters brauchte. Inzwischen sandten sie mir neidische Blicke, weil es doch kälter geworden war. Gordian hatte auch so einen Überzug aus Fell, ebenso Konrad. Beide grinsten in die Runde.

Im Laufe des Vormittags machten wir nochmals ungeplant Halt, da einigen Männern doch noch einfiel, dass sie im Gepäck auch ein Stück Fell oder Ähnliches hatten. Das wurde natürlich gleichermaßen verwendet wie von uns. Zufrieden gurrten sie den anderen zu. Einige machten sich einen Spaß daraus, ihren Kameraden die Felle mit Schwung unter dem Hintern herauszuziehen und selbst zu verwenden. Erst als einer schon am Hals seines Pferdes hing und nur noch mit Mühe in den Sattel zurückkam, sprach Gordian ein Machtwort und die Weiterreise ging etwas geordneter vonstatten.

Mit unserer Herde Pferde kamen wir nur ziemlich langsam voran. Die letzten Kilometer ritten wir durch ein lang gestrecktes Weideland neben der Donau. Am Ende des 20. Jahrhunderts ist das Gelände mit Häusern, Bahnlinien und Autobahnen zugepflastert.

Wir brachten die Rösser zu einer großen eingezäunten Weide, die von des Herzogs Mannen bewacht wurde. Diese zählten die Tiere ab, beschauten ihren Gesundheits- und Allgemeinzustand kritisch und bescheinigten dann Gordian sichtlich zufrieden den Erhalt der Pferde. Ausbezahlen würde ihn erst der Zahlmeister höchstpersönlich aus der Staatskasse. Während die Verhandlungen also gediehen, zog ich mir das einfachere meiner beiden „standesgemäßen" Kleider an und verwandelte mich so wieder in eine anständige Frau von guter Herkunft. Ich ließ meinen Arwakr zurück und nahm eines der Packpferde, das nun nichts mehr zu tragen hatte, um in die Stadt einzureiten und dabei nicht aufzufallen. Der Aufseher hatte meinen Schatz schon sehr bewundert und versprach mir, gut auf ihn aufzupassen. Das brachte Gordian auf die Idee, auch seine Ostwind und Konrads Pferd in der Obhut des Aufsehers zu lassen und sich stattdessen zwei Braune auszuleihen, damit unsere Tiere geschont blieben. Gegen angemessene Bezahlung wurden die Männer sich einig.

Bald waren wir an der Stelle, an der in meiner Zeit schon lange die ältesten Häuser von Stadtamhof den Weg zur ältesten mir bekannten Brücke flankierten. So ritten wir, nachdem wir unseren Brückenzoll entrichtet hatten, alle miteinander auf der gewaltigen Steinernen Brücke mit ihren 15 mächtigen Pfeilern, die in den Augen vieler Menschen einem Wunder glich, über die beiden Arme der Donau.[9]

---

9) *Die romanische Brücke wurde 1135 – 1146 erbaut und ist die älteste Steinbrücke Mitteleuropas. Sie ist sieben Meter breit, und war in früheren Zeiten ca. 336 Meter lang. Durch den späteren Überbau eines Brückenjoches durch Salzstadel verkürzte sich das Bauwerk um etwa 30 Meter. Bei meinem Besuch hatte ich jedoch den Originalzustand vor Augen. Die Brücke hatte an jedem Ende und in der Mitte einen Brückenturm. Am höchsten Punkt der Brücke stand und steht heute noch den Brückenmanndl, das, die Hand über den Augen, zur Stadt schaut. Angeblich lagen die Baumeister von Brücke und Dom in einem Wettstreit, wer als erster sein Bauwerk vollenden würde. Durch die Hilfe des Teufels wurde die Brücke zuerst fertig. Um den Rivalen zu ärgern, wurde nun also das Brückenmanndl darauf gesetzt, das schauen sollte, ob man von dem Gotteshaus denn schon was sehe. Vor Scham über seine Niederlage soll sich sogar der Dombaumeister von seiner Kirche herabgestürzt haben. Was natürlich in keiner Weise der Wahrheit entsprechen kann, da der Grundstein des heutigen Doms erst über 100 Jahre nach der Erbauung der Brücke gelegt wurde.*

Ich sah eine Inschrift „chuc wie hai, zu Regensburg seyn dy heut faist" am „Brückenmanndl". Um nochmals sicherzugehen, ob ich das richtig verstand, fragte ich Gordian danach. Er lachte mich aus wegen meiner Sprachschwierigkeiten. Es war eine Anspielung auf Regensburgs Reichtum und sollte bedeuten „ob kalt, ob heiß, zu Regensburg sind selbst die Häuter (Klepper, abgemagertes Pferd) feist."

Neben dem besagten Brückenmännchen fanden sich folgende Lebewesen in Stein gehauen: ein Hund, zwei Löwen, zwei streitende Hähne und eine Eidechse sowie drei Menschenköpfe

An der Nordseite des Brückturms fanden wir das Standbild des hl. Oswald von etwa 1280 und, darunter sitzend, König Philipp von Schwaben und seine Gemahlin Irene von Griechenland (um 1207).

Unsere Begleiter waren nun sozusagen arbeitslos. Sie wurden von Gordian ermahnt, ja nicht „herumzuhuren und zu saufen". Am nächsten Morgen sollten sie sich wieder auf den Rückweg zum Hof machen. Diese Nacht aber in einem netten kleinen Gasthof verbringen, der gleich auf der anderen Seite der Steinernen Brücke zu finden war. Wir – das heißt Gordian, Konrad, Katharina und ich – bezogen in einem besseren Gasthof in der Nachbarschaft Quartier.[10]

Ich habe keine Ahnung, wie Gordian die Sache mit der Wirtin regelte, aber mit einem scheelen Blick in meine Richtung gab sie ihm das Einverständnis, dass wir vier uns die letzte freie Kammer teilen sollten.

Zuerst jedoch wollten wir noch in die Wirtsstube. Erst als ich mich niederließ, bemerkte ich die Anstrengungen der letzten Tage. Ich war doch schon länger nicht mehr so nachhaltig auf einem Pferd durchgerüttelt worden. Da ich also noch nicht über ein ledernes Hinterteil verfügte, setzte ich mich sehr

---

10) *Gleich an der Brückenstraße steht das älteste Patrizierhaus der Stadt mit Turm (um 1230) und gegenüber, ein Bau von 1250, das Goliathhaus mit einem mächtigen Turm. Regensburgs großer Aufstieg war noch gar nicht so lange vorbei. Erst im Jahre 1245 erließ Kaiser Friedrich II. den großen Freiheitsbrief und versicherte damit, dass diese Stadtgemeinde einen Bürgermeister, einen Stadtrat und die Beamten frei wählen durfte. Das Siegel der Stadt zeigt ihren Patron St. Petrus. Regensburg trotzte dem bayerischen Herzog, dem es nicht gelang, die freie Reichsstadt in sein Territorium einzugliedern. Seine Rechte hier verringerten sich immer mehr, bis er sogar das Recht der Blutgerichtsbarkeit der Bürgerschaft kostenlos überließ. Diese Abnahme seiner Rechte sollte sich noch ins 15. Jahrhundert hineinziehen. (Und schon im 16. Jahrhundert sollte Regensburgs Bedeutung wieder deutlich abnehmen. Jedoch erst 1810 wird die freie Stadt an Bayern übergeben.) Die Bürger waren jedenfalls in der Glanzzeit ihrer Stadt stolz und etwas überheblich, was sie sogar 1401 (schon in zwei Jahren) dem deutschen König Ruprecht von der Pfalz spüren lassen sollten.*

vorsichtig. Wir nahmen unser Nachtmahl zu uns und bezogen dann zeitig das reservierte Zimmer. Die beiden Männer ließen uns Frauen den Vortritt, damit wir uns noch ungestört waschen und umkleiden konnten. Dann zogen wir uns mit warmen Nachtgewändern bekleidet in das riesige Bett zurück und die Vorhänge zu, damit auch unsere Begleiter sich umkleiden konnten. Aber nicht, bevor ich Felix seinen Platz auf dem Boden zugewiesen hatte. Wie vermutet, war das Bett leicht groß genug für vier Personen. Gordian und ich lagen in der Mitte, Konrad und Katharina kuschelten sich von außen an uns. Die Körper um mich verströmten wohlige Wärme. So schlief ich gut und war am nächsten Morgen guter Dinge. Felix war unter dem Vorhang durchgekrochen und weckte mich dadurch, dass er über mir auf dem Bett stehend mit seiner Zunge meine Nase leckte. Gordians Arme umschlangen mich von hinten. Wir hielten uns an den Händen. Zum ersten Mal fühlte ich mich so richtig geborgen.

Ich rügte Felix mit leiser Stimme und genoss das Gefühl, rundum beschützt zu sein. Der Hund streckte sich zwischen mir und Katharina aus. Ich konnte jeden Atemzug von ihm spüren. Er schien ganz zufrieden zu sein. Das Problem war nur, dass sein Maul einen etwas unangenehmen Geruch verströmte.

Ich beschloss einfach, diese Tatsache zu ignorieren. So lag ich noch etwa zehn Minuten mit offenen Augen vom großen Glück träumend, bevor sich Katharina nach einem freundlichen Blick in meine Richtung aus dem Bett schlich, um ihren Pflichten nachzukommen. Nur Momente später bemerkte ich, dass auch Konrad uns verließ.

Ich dachte mir, wie gut sich Gordians Körper an meinem anfühlte. Dabei machte ich mir aber nichts vor. Er würde sich nie für eine Frau aus einem anderen Jahrhundert entscheiden. Abgesehen davon, dass meine Anwesenheit so schon gewisse Gefahren mit sich brachte, würde er sich nicht an jemanden fest binden, der als Hexe angeklagt werden könnte. Außerdem, wenn er mich wollte, hätte er schon längst Annäherungsversuche gemacht. Schließlich war zu der Zeit kein Mann recht zimperlich in diesen Dingen. Warum überlegte ich diese Dinge überhaupt? Wolle ich denn meinerseits etwas von ihm? Nein, sagte ich mir. Ich war ein fideler Single und würde es auch bleiben.

Leicht drückte ich Gordians Hände. Er wachte auf und wirkte etwas verwirrt. Dann erst schien ihm einzufallen, wo wir waren. Er wurde rot angesichts der Situation und verschwand wie der Blitz aus meinem Gesichtsfeld.

Auf Gordians Geheiß zog ich ein neues Kleid an, das mir Katharina brachte. Es war blau und aus erlesenen Samt- und Seidenstoffen. Blau durfte eigentlich jeder tragen. Vom König bis zum niedrigsten Almosenempfänger. Aber als Ritter oder dessen Familienmitglied konnte man schon eine leuchtendere Version als ein nicht Adeliger verwenden.

Im Großen und Ganzen war mein Kleid aus dunklem Samt. Doch der Halsausschnitt war relativ tief und mit einer seidenen leuchtendblauen Borte mit silbernen Fäden abgesetzt, ebenso die Ärmel und der Saum des Kleides. Dazu gehörten ein bestickter Gürtel und ein feines Haarnetz, durch das meine zu kurzen Haare nicht sehr auffallen würden. Ich fand es herrlich. Und es passte wie angegossen. Mein eigener Schmuck, den ich seit dem ersten Tag nicht mehr getragen hatte, passte auch wunderbar dazu und ließ die ganze Sache noch etwas edler wirken.

Als ich mit meiner morgendlichen Toilette fertig war und wir beide in die Wirtsstube kamen, erheischte ich bewundernde Blicke von der Wirtin und den ersten Gästen. Das stimmte mich richtig glücklich. Gordian und Konrad saßen in einer gemütlichen Ecke. Auch sie hatten blaue Gewänder an. Es passte alles bis aufs Detail zusammen. Beide sahen sehr edel aus in den neuen Gewändern. Galant stand Gordian auf und rückte einen Schemel für mich zurecht. Darauf bedacht, mich damenhaft und sittsam zu benehmen, nickte ich ihm dankend zu und lächelte dabei, als ich mich niedersetzte.

Wir wurden im Rathaus erwartet, um die Bezahlung für die Pferde entgegenzunehmen. Bei der Gelegenheit sollten wir auch gleich einer Gerichtsverhandlung beiwohnen. Deshalb also wollte unser „Herr und Meister", dass wir so herausgeputzt waren. Für Katharina gab es andere Aufgaben.

Die Wirtin brachte mir zu essen. „Herrin, mir ist gestern aufgefallen, dass Euer Haar sehr kurz ist. Bitte lasst mich den Grund dafür wissen. Länger wäre es sicher wunderschön." Sie zweifelte offensichtlich daran, dass ich eine achtbare Frau wäre, da nur Anrüchige üblicherweise ihres Langhaars verlustig wurden. Doch genauso zuckersüß entgegnete ich ihr. „Ich komme von weit her. Auf meiner Reise war ich genötigt, bei der Familie eines Bootsbauers zu nächtigen. Meine Schlafstelle dort war nahe am Feuer. Der Teer spritzte und verklebte mein Haar so, dass es nicht mehr zu retten war. Ich musste es abschneiden. Aber es wird ja wieder wachsen."

Die Wirtin machte ein mitleidiges Gesicht. Sie glaubte mir also. Recht so! Ihr Benehmen mir gegenüber wurde nun ehrerbietiger. Gordian versuchte, ein Lachen ob meines Märchens zu unterdrücken und bekam einen Hustenanfall. „Du bist mir eine Geschichtenerzählerin!", brachte er nachher leise hervor.

Ich wollte zu Fuß zum Rathaus, da es ja nur ein kurzer Weg von ein paar hundert Metern war. Trotz des Protests von Gordian, eine Frau könne sich das nicht zumuten. Ich lachte kurz auf und argumentierte damit, dass die Pferde hier wahrscheinlich sicherer und wärmer standen als in der Kälte vor dem Rathaus. Außerdem sei der Boden gefroren und daher nicht matschig, allerdings gefährlich für die Pferde. Und mich in einer Sänfte tragen zu lassen würde mir gar nicht erst einfallen.

Aber dieses Mal kam ich nicht durch mit meinem Dickschädel. Es wurden Sänften bestellt, die umgehend vor dem Gasthaus erschienen. Unter Protest stieg ich in das wackelige Ding ein und ließ mich die kurze Strecke tragen. Dabei musste ich mich auf meine Umgebung konzentrieren, da mir sonst von der Schaukelei übel geworden wäre.

Auf einem kleinen Umweg kamen wir an der Porta Praetoria vorbei. In der Inschrifttafel konnten wir lesen, dass Kaiser Marc Aurel und sein Sohn Commodus das Castell von der VII. Italischen Legion errichten ließen. Neben diesem Bauwerk fühlte ich mich richtig klein. Wie hatten diese Menschen ohne die modernen Kraftmaschinen dies alles zustande gebracht?[11]

---

11) Als Kaiser Marc Aurel um 170 n. Chr. eine Legion Soldaten hierher verlegen ließ, errichteten sie das Castra Regina. Es besaß vier Tore. Ein Bogen des Nordtores ist heute noch zu bestaunen. Es besteht aus dreizehn Kalksteinquadern, die ohne Mörtel aufeinander gesetzt sind.
Das heute als altes Rathaus bekannte Gebäude mit dem Reichssaalbau stammt aus der Zeit um 1350. Gotische Fenstergruppen und ein zierlicher Erker zieren die Hauptfront. Der Reichssaal ist einer

Im Rathaus angekommen, waren wir einigermaßen überrascht, dass der Zahlmeister Gordian nicht die komplette vereinbarte Summe des Geldes ausbezahlte und uns dann auf den Gerichtssaal verwies, in dem der Herrscher tagte. Wir sollten dort warten und würden aufgerufen. Nach etwa einer halben Stunde, in der ich nichts um uns herum mitbekam, weil ich ständig versuchte, den immer nervöser werdenden Gordian zu beruhigen, fiel endlich sein Name „mit Begleitung".

Wir betraten die Saalmitte und wurden Herzog Heinrich, der uns als „Reicher Herzog" im 20. Jahrhundert bekannt sein würde, namentlich vorgestellt. Ich war überrascht, hatte ich mir doch ein gestandenes Mannsbild mit einem vollen Bart vorgestellt. Nun stand da vor uns ein 13-jähriger Junge im Herrschergewand. Heinrich stand noch unter der Vormundschaft seiner Onkel und wurde in allen Regierungsgeschäften von ihnen beraten und erwies sich als kluger Mensch, am Anfang einer etwa 50 Jahre dauernden Regierungszeit.

Alle drei – Konrad in zweiter Reihe – verneigten wir uns tief vor dem jungen Herzog, so wie wir es für den Fall der Fälle geübt hatten. Der Herrscher stand von seinem erhöhten Sessel auf und kam auf uns zu. Wieder verneigten wir uns. Heinrich hieß uns, uns aufzurichten. „Ich will euch von Angesicht zu Angesicht sehen. Hinterköpfe sagen mir nichts." Nach einigen interessierten Blicken fing er an zu sagen, was er vorhatte. „Lieber Ritter Gordian, ihr habt hier eine reizende Verwandte. Warum wurde sie mir noch nicht vorgestellt?" Damit musterte er mich unverhohlen, so wie ich ihn von oben bis unten begutachtete. Er strahlte trotz seiner Jugend eine Persönlichkeit aus, die ihresgleichen suchte. „Das, Hoheit, hat einen einfachen Grund. Sie kam erst im Herbst von weit aus dem Norden her. Ihre letzten Familienmitglieder dort starben und sie musste vor deren Feinden flüchten. Sie erinnerte sich der Erzählungen von Verwandten hier im Süden und machte sich alleine auf den Weg. So kam Laura zu uns. Sie hat uns schon viel auf dem Gut geholfen. Ihr haben wir es zu verdanken, dass wir die Herde Pferde überhaupt an euch liefern konnten."

---

der wenigen großen Saalbauten des Mittelalters in Deutschland. Ursprünglich war er der städtische Tanzsaal und erstreckt sich über das ganze Obergeschoß.

Zu mir gewandt fragte der Herrscher: „Dann habt ihr sicherlich viel erlebt und gesehen?" Ach du Schande! Ich wusste ja so gut wie gar nichts über den Norden. Ich hoffte, die Schwierigkeit irgendwie zu meistern. „Da ich gänzlich allein reiste, umging ich größere Ansiedlungen. Außerdem war ich der Dialekte nicht mächtig, die in vielen Gegenden gesprochen werden. Dieser Umstand verunsicherte mich sehr. Dazu wusste ich nichts über Freund und Feind während meiner Irrfahrt."

Als er zustimmend nickte, atmete ich auf. „Ich hoffe, Ihr werdet uns noch öfter hier beehren mit eurem Vetter, der schon so viel für uns getan hat." Und zu Gordian gewandt „Heute will ich euch endlich so entlohnen, wie ihr es verdient, Ritter Gordian."

Bei diesen Worten setzte er ein feierliches Gesicht auf und winkte einem Pagen, der eiligst ein gerolltes Dokument mit einem herabhängenden Siegel und einen prall gefüllten Geldbeutel in die Hände des Herrschers legte. Dieser hielt beides Gordian hin und sagte: „Dies Dokument überschreibt euch und eurer Familie für alle Zeit das Land, das ihr bisher als Lehen hattet. Außerdem erhebt es euch in den Grafenstand, Graf Gordian, der Altmühltaler."

Wie vom Donner gerührt, stand Gordian neben mir. Langsam nahm er das Dokument entgegen. Er blinzelte eine Träne weg und ließ sich dann auf die Knie fallen. Mit erstickter Stimme sagte er darauf. „Ich danke euch, mein Herr. Allzeit wird meine Familie euch treu ergeben sein."

Schmunzelnd entgegnete ihm Heinrich. „Dann seht zu, dass Ihr euch bald ein Weib nehmt, damit uns auch wirklich eine Familie dienen kann. Am besten gleich eure Verwandte hier. Sie scheint mir ganz robust zu sein. Ihr braucht eine richtige Frau! Ich rate euch, bis in einem Jahr spätestens zu heiraten, sonst wähle ich euch selbst eine Braut. Die Pferdezucht auf eurem Gut muss unbedingt weitergeführt werden. Nirgendwo anders bekomme ich solch gute Tiere wie bei euch. Eure Schwester ist auch noch nicht mit einem Manne gesegnet, soviel ich weiß?"

Gordian schluckte an seiner Rührung. Daher ergriff ich das Wort. „Mit Verlaub, Herr, Juliana ist verlobt und wird bereits im März einen anständigen Mann ehelichen, der sie sehr verehrt."

„Na, Gott sei's gedankt!", polterte ein Onkel des Herzogs von seinem Platz hinter seinem Schützling, „wenigstens ein Mensch mit Vernunft in dieser Familie. Dann müssen wir die Hoffnung doch noch nicht aufgeben."

Nach diesen Worten kehrte Heinrich wieder auf seinen Thron zurück. Wir waren entlassen. Mit einer tiefen Verbeugung entfernten wir uns aus der Mitte des Raumes. Ich hatte den Verdacht, dass Gordian keine einzige der Verhandlungen mitverfolgt hatte, die wir in den kommenden Stunden erlebten. Mit leerem Blick und einem glücklichen Ausdruck im Gesicht träumte er vor sich hin. Konrad und ich schmunzelten in uns hinein.

Um die Mittagszeit wurden die Verhandlungen unterbrochen. Ich schob einen Arm unter Gordians und dirigierte ihn so, gefolgt von Konrad, aus dem Rathaus und zurück in das Gasthaus. Dort ließ ich ihm einen großen Becher warmen Würzweins vor die Nase stellen, der ihn endlich wieder komplett zu sich kommen ließ. Katharina erfuhr die Neuigkeit mit vielen Ausschmückungen von Konrad. Er war so stolz, als wäre er selbst der neue Graf. Doch auch Katharina begann zu leuchten und freute sich für ihren Herrn mehr als ich mir vorgestellt hätte. Natürlich, wenn ich nachdachte, war alles logisch. Je höher der Herr, dem man diente, desto besser würde auch die Dienerschaft von Fremden behandelt.

Etwas später bemerkte ich, dass mich Gordian mit einem prüfenden Blick von oben bis unten musterte. Ob er wohl an des Herzogs Worte dachte und überlegte, ob der Vorschlag vielleicht gar nicht so schlecht war? Ich grübelte schon selbst die ganze Zeit über dieser Sache. Gordian bedeutete mir ohne Zweifel etwas. Ich konnte nur noch nicht sagen, was genau.

Als er den zweiten Becher Wein vor sich stehen hatte, begann Gordian zu strahlen. „Ich kann es nicht glauben. Das ist beinahe die größte Ehre, die ein Herrscher seinen Untertanen erweisen kann. Und das mir. Das muss ein Traum sein." Ich saß dicht neben ihm auf der Bank und legte eine Hand auf seinen Arm. „Ich bin stolz auf dich. Und ich freue mich für dich, dass du so hoch belohnt wurdest, wo du doch eigentlich nur eine angemessene Bezahlung für die Tiere erwartet hast." Plötzlich umarmte er mich stürmisch „Ich kann es gar nicht erwarten, nach Hause zu kommen, um es Juliana zu erzählen. Wir brechen so schnell wie möglich wieder auf."

Doch zuerst mussten noch einige Geschäfte erledigt werden. Gordian sah sich Vieh an und kaufte viele Dinge für die Hochzeit seiner Schwester. Er ging zu einem besonders angesehenen Schreiner und bestellte nach genauen Angaben eine Truhe als Brautbeigabe. Die erlesenen Stoffe von Martin sollten bei Juliana einen nicht minder erlesenen Aufbewahrungsort erhalten. Dann kaufte er einen wertvollen Dolch, der herrlich in der Hand lag und schenkte ihn mir. Weitere geschäftliche Besuche folgten, während derer ich mit Katharina und Konrad in der Stadt herumstromerte und alles begutachtete. Viel gab es hier nicht von dem Regensburg, das ich bisher kannte.

Allerdings wollte ich eine besondere Kirche besuchen: St. Jakob, die „Schottenkirche", welche ca. ab 1150 gebaut wurde und deren sogenanntes Schottenportal große Berühmtheit im Abendland erlangte. Irgendwo zwischen dieser Kirche und der steinernen Brücke sammelten sowohl König Konrad II. als auch Barbarossa die Ritter für Kreuzzüge und ließen sie segnen, bevor die Kämpfer und Pilger sich auf den Weg in eine fremde Welt begaben. Gordian begleitete mich dorthin zur Messe. Ich erzählte ihm, dass mich persönlich schon immer die Löwenköpfe angesprochen hatten, die als Türklopfer am großen Tor angebracht waren. Bevor wir uns wieder auf den Rückweg machten, betrachteten wir uns diese schönen Bronzearbeiten nochmals genauer. „Was genau ist es, das dich an diesen Tieren so fasziniert?", fragte mich Gordian. Ich musste nicht lange überlegen. „Es heißt, Löwen sind die Könige der Tiere. Sie leben in einem sozialen Verband, strahlen Kraft sowie eine Ruhe und Grazie aus, die mir imponiert. Man sagt ihnen Mut, Entschlossenheit, und Tatkraft nach. Das sind alles Eigenschaften, die ich schätze und anstrebe."

Gordian musterte mich eine Weile schweigend, so dass ich mich unter seinen Blicken innerlich zu winden begann. „Du hast alle diese Eigenschaften in dir vereint. Meiner Meinung nach hast du den Mut einer Löwin. Ich weiß nicht, ob ich wie du mutig genug wäre, mich dem Leben in einer anderen Zeit zu stellen."

„Gibt es denn ein Tier, welches du bewunderst?", interessierte es mich. Gordian schaute leicht belustigt. „Ja, das gibt es: den Rüttelfalk (Turmfalke). Viele sehen in ihm Stolz, Adel, Freiheitsliebe, Mut, Geschicklichkeit und Ausdauer. Diese Vögel könnte ich immerzu beobachten, ohne müde zu werden. Das erinnert mich daran, dass ich Konrad im Frühjahr aussenden sollte, um einen Jungvogel für mich zu finden. Mein letzter Rüttelfalk wurde im Frühsommer nach einer Verletzung von einem Fuchs gerissen."

Selbstverständlich besuchten wir auch den Dom zu St. Peter, des Stadtpatrons, den bedeutendsten Bau der Gotik in Bayern. Man sagt, er wäre in der Barbaren-Bauweise errichtet. Er war zwar noch nicht ganz fertig, aber doch schon sehr beeindruckend. Den Nordturm sahen wir noch im Bau.

Wir besichtigten viele Gebäude zumindest von außen: Zum Beispiel die Allerheiligen-Kapelle, die Grabkapelle des 1164 verstorbenen Bischofs Hartwig II. und die Alte Kapelle aus dem 9. Jahrhundert, von König Ludwig dem Deutschen am Alten Kornmarkt erbaut, dem ältesten deutschen Residenzplatz, auf dem sich im 6.-8. Jahrhundert die Burg der Agilolfinger-Herzöge, danach bis ins 9. Jahrhundert die Pfalz der Karolinger und dann der Sitz der bayerischen Herzöge erhob. Der Herzogshof, so wie wir ihn sahen, wurde im 12. Jahrhundert erbaut und steht im Wesentlichen auch heute noch.

Das Nordtor des Römerlagers Castra Regina (179 n. Chr.), die Porta Praetoria, stand in seiner ganzen Schönheit vor uns. Es beeindruckte mich mehr denn je – ganz ohne Autos und hetzende Fußgänger. Bei unserer Erforschung der Stadt wunderte mich, wie viele Kirchen es in einer vergleichsweise kleinen Stadt damals schon gab.

Irgendwann gerieten wir bei unseren Erkundungen in ein Viertel, in dem ziemlich viele Frauen in auffällig gestreiften Kleidern unterwegs waren. Ich hielt Konrad zurück und führte ihn wieder in die Richtung, aus der wir gekommen waren. „Ich glaube, das ist nicht die richtige Gegend für einen Spaziergang, sondern eher eine Straße der fleischlichen Lust. Und da ich zum Glück nicht auf einen solchen Broterwerb angewiesen bin, sollte ich hier schnellstens verschwinden." Konrad wurde rot und drehte sich an der Ecke nochmals um, weil ihn die Sache schon interessierte. „Ich halte dich nicht zurück, wenn du später hierher kommen willst, aber für den Moment wirst du mich weiter begleiten.", stellte ich die Situation klar.

An einem Tag wohnten wir alle vier einer Messe im Dom bei. Die musikalische Gestaltung fiel den Domsingknaben zu. Die

„Urväter" der heutigen Regensburger Domspatzen waren sogar für mich beeindruckend. Es handelte sich dabei um Knaben aus der Domschule.

Kurze Zeit später erzählte uns Katharina, dass Ihre kranke Mutter, die sie besuchen hatte dürfen, im Sterben läge, und Gordian erlaubte ihr, nach unserer Abreise noch bei ihr zu bleiben, bis sie nicht mehr gebraucht würde.

Nach einer Woche reichte mir der Aufenthalt in Regensburg. Immerhin war es nicht gerade so sauber wie in der Neuzeit. Wir mussten ständig irgendwelche Dreckhaufen umgehen, die zum Himmel stanken. Aber interessant war es dennoch.

Zum Glück war Gordian mit seinen Geschäften fertig. Wir konnten also abreisen. Katharina würde dann später vermutlich in Begleitung eines Kaufmannes folgen. Unruhig kam Konrad von einem Botengang zurück. „Herr, ich wurde von einem alten Freund gewarnt. Es ist möglich, dass euch jemand nach dem Leben trachtet, weil ihr im Moment so hoch in des Herzogs Gunst steht und gut bei Kasse seid." Beide zermarterten sich den Kopf, wie wir es anstellen sollten, glücklich wieder nach Hause zu kommen. Gordian sah mich an und überlegte. „Ich denke, die Häscher werden nach einer Dame in Begleitung von einer Dienerin und zwei Männern suchen, die auf vier Braunen reitend die Stadt verlassen und nicht nach drei Männern mit einem Dunkelfuchs, einem Schimmel und einem Rappen und zudem noch einem Packpferd. Denn ich bin überzeugt, dass sie uns angeheuerte Mörder nachschicken. Das einzige Problem könnte Felix werden. Aber den können wir eventuell mit Konrad alleine reisen lassen."

Hatte ich das richtig gehört – drei Männer? Ja, zu meiner Sicherheit sollte ich dieses Mal tatsächlich in Männerkleidern auftreten. Allerdings musste ich es irgendwie anstellen, dass wirklich niemand die Verkleidung bemerkte, weil ich sonst in mindestens genauso großer Gefahr schweben würde. Ich musste an Johanna von Orleans denken, die nicht zuletzt aus dem Grund hingerichtet wurde, weil sie sich erdreistete, Männerkleidung zu tragen. Darüber Bescheid wissen durften also nur Gordian und Konrad.

Wir schliefen nicht besonders gut und verabschiedeten uns am nächsten Morgen fröhlich von der Wirtin, der wir noch ein gutes Trinkgeld hinterließen. Wir machten unseren Aufbruch zusammen mit Katharina so auffällig wie möglich. Bunt gekleidet saßen wir alle auf unseren Rössern und verließen schwatzend und lachend gemächlich die Stadt.

Außer Sichtweite ließen wir unsere Pferde in Galopp fallen und erreichten bald die große Koppel. Katharina ritt weiter zu ihren Eltern. Wir zogen uns in Windeseile um, während unsere Pferde für uns gesattelt wurden. Dann ritten wir schnell weiter, nachdem wir uns das Schweigen des Stationsvorstehers mit barer Münze erkauft hatten. Er hatte mich nicht gesehen in Männerkleidern, da ich einen weiten und langen Mantel übergeworfen hatte.

Bald trennten wir uns. Konrad ritt ein ganzes Stück hinter uns mit dem Packpferd und Felix im Schlepptau. Der Hund mochte den Knappen zwar gerne, war Gordian und mir jedoch ziemlich beleidigt, als wir ihn wegschickten. Aber zu unserer Erleichterung hörte er auf diesen Befehl, wenn auch sehr widerwillig. Es war keine gute Reisezeit, die wir uns da ausgesucht hatten. Es hatte schon Minusgrade und die meiste Zeit ging ein schneidender Wind. Ich fror und war froh um meine ledernen Reithandschuhe. Die waren zwar nicht sonderlich dick, schützten aber doch etwas gegen die Kälte.

Um mich von meinen halberfrorenen Gliedmaßen abzulenken, erzählte ich Gordian von Theatern, Museen und Konzerten. „Da sitzen zum Beispiel 50 Musiker mit verschiedenen Instrumenten in einem Halbkreis mit Blick auf den Dirigenten. Dieser gibt den Rhythmus und das Tempo an und alle spielen nach seiner Vorgabe. Einmal ganz leise, dann wieder lauter – nachdenklich oder lustig. Die Werke sind oft mehrere Stunden lang, mal traurig und mal fröhlich. Manche Art von Musik ist wunderschön und verleitet zum Träumen, bei anderer Musik will man tanzen oder jubeln."

Ich schwärmte von Symphonieorchestern, Musicals und Balletts und beschrieb ihm alles ganz plastisch. „Es gibt verschiedene umfangreiche Bühnenwerke, in denen Musik mit Gesang und Schauspiel oder mit Tanz gezeigt wird. Manche davon begeistern die Menschen nun schon mehrere Jahrhunderte lang."

Gordian sah mich überrascht an. „Wie kann es sein, dass man mehr als hundert Jahre später noch immer das ganze Stück wiedergeben kann, so wie es ursprünglich war?"

„Dafür gibt es eine besondere Technik, die zu spielenden Noten der Musik aufzuzeichnen. Das jetzt übliche System wird einst sehr ausgefeilt sein und genauen Vorgaben gerecht werden."

Dann erzählte ich, dass es in meiner Zeit große Flugzeuge, Raketen und Astronauten gäbe, riesige Schiffe, schnelle Züge und ebenso schnelle Autos und Motorräder. „Stell Dir vor, du würdest von deinem Hof nach Regensburg nur die Zeit brauchen, die Dein Pferd benötigt, um sein Futter aus der Krippe zu fressen. Oder denke an ein Schiff in der Größe des Regensburger Doms."

Gordian erschrak mehrere Male während meiner Aus– führungen. Doch er glaubte mir und ich konnte ihn davon überzeugen, dass nirgends Hexerei dabei war, sondern nur Technik und Handwerk – und Menschen, die sehr gut rechnen konnten.

Ich erzählte von Gebäuden, die aussahen, als würden sie den Himmel berühren. Aber ich erzählte auch von den uralten Pyramiden von Gizeh, von dem wahrscheinlich noch älteren Newgrange in Irland und den Weltkriegen, dem Hunger in der 3. Welt, der beinahe kompletten Ausrottung der amerikanischen Urbewohner, verschiedenen Naturkatastrophen wie Tornados, Vulkanausbrüchen sowie Tschernobyl und weiteren schlimmen Sachen, die meine Zeit so mit sich brachte. Gordian fragte viel nach, bis er sicher war, alles richtig verstanden zu haben. Seine Augen bekamen einen wunderbaren Glanz. Er sog alle Informationen wie ein Schwamm gierig in sich auf. Ich glaube, angesichts der kommenden ungeheuren Dinge, fühlte er sich in seiner Zeit trotz der drohenden Gefahren sehr sicher. Es handelte sich hier einfach um Gefahren, die er kannte und auch einschätzen konnte.

„Ich habe schon von riesigen Bauwerken in Ägypten gehört, konnte die Geschichte aber nicht ganz glauben. Du hast so selbstverständlich davon gesprochen, dass es wahr sein muss."

Wieder einmal musste ich mir vor Augen halten, was für riesiges Glück ich hatte, gerade in Gordians Obhut gelandet zu sein. Er war ein Freigeist, offen für alles Neue. Mit meinem losen Mundwerk und den Ungeheuerlichkeiten, die ich zu erzählen hatte, wäre ich womöglich bei einem anderen Mann schon längst auf einem Scheiterhaufen gelandet.

Er war sehr gläubig, hinterfragte aber alles, was von Menschen gesagt wurde. „Nicht einmal die Befehle eines Kaisers sind immer klug und überall anzuwenden. Und dasselbe gilt für die Priester. Sie sind von Gott gesandt. Aber sie sind Menschen und als solche machen sie zweifellos menschliche Fehler." Diese Erklärung erhielt ich auf meine Frage, wie sich seine Einstellung mit den Geboten von Kirche und Oberen vereinbaren ließe.

Nur wenige Kilometer vor dem Hof brach die Dunkelheit über uns herein. Und da wir nicht die Notwendigkeit sahen, uns in stockdunkler Nacht weiterzutasten, hielten wir an, um die Nacht in einem Gasthaus bei Gronsdorf hinter Kelheim zu verbringen.

Nachdem wir die zwei Pferde selbst versorgt hatten, freuten wir uns auf eine warme Gaststube. Ich blieb immer knapp hinter Gordian, mit gesenktem Kopf. Der Wirt bedauerte sehr, uns keine Kammer mehr anbieten zu können. „Ihr könnt entweder im Gastzimmer oder bei den Pferden schlafen. Es sind hier einige Wanderer angekommen und ich habe wirklich keine freie Kammer mehr."

Gordian antwortete für uns beide. „Danke, Hauptsache unsere Pferde haben einen Stall und wir bekommen ein warmes Essen. Wir werden es uns später im Stroh bei unseren Tieren gemütlich machen. Wenn Ihr jedoch noch eine Extradecke für uns habt, wären wir euch dankbar." Erfreut, dass wenigstens die beiden „Männer" hier keine Schwierigkeiten machten, wies uns der Wirt einen Platz beim Feuer zu und ließ durch seine Tochter eine Decke bringen. Das Mädchen machte mir gleich schöne Augen. Gordian beobachtete amüsiert, dass ich ihr lächelnd, aber unverbindlich zuzwinkerte und ihr mit tiefer Stimme ein kleines Kompliment machte. Er steckte ihr später ein paar Groschen Trinkgeld zu und wies sie an, uns am nächsten Morgen früh ein Paket mit Essen herzurichten, das wir mitnehmen könnten.

Nach zwei oder drei Bechern warmen Weins wurde mir endlich angenehmer. Die Suppe war gut und gehaltvoll, das Brot wunderbar frisch und mit herrlicher Kruste. Ich halte ja im Allgemeinen ziemlich viel aus, aber an diesem Abend wollte ich nur noch schlafen. Ich denke, der warme Wein hatte zur allgemeinen Erschöpfung noch sein Übriges beigetragen.

Wir gingen also bald nach dem Essen in den Stall und setzten uns noch zu einem kleinen Plausch zusammengekuschelt zwischen Arwakrs und Ostwinds Vorderhufe. Gordian lehnte sich an den Futterborn und ich saß mit dem Rücken an seiner Brust und hatte den Kopf an seiner Schulter. Seine Arme umfingen mich, um mir Wärme zu geben. Er legte sein Schwert neben sich, falls uns jemand überfallen wollte. Wir redeten über ganz belanglose Dinge. Dann fragte Gordian mich über mein Leben aus. Wo ich zu Hause sei und was ich so machte. „Denn ich weiß inzwischen viele Dinge über deine Welt, jedoch sehr wenig über dich selbst."

Er war ganz überrascht, zu erfahren, dass ich schon in einer für ihn unvorstellbar großen Stadt gewohnt hatte und im Laufe der Jahre zwei Berufe erlernt hatte, um nicht arbeitslos zu werden.

Nach tiefem Schweigen meinte er: „Weißt du, mir fällt keine Frau außer meiner Schwester ein, der ich einen Ritt bei solcher Witterung ohne Gezeter zutrauen würde. Jetzt ist mir bewusst, warum du dich so gut gehalten hast, Laura. Trotz all der vielen neuen und großen Erfindungen musstest auch du bisher dein ganzes Leben für deinen Unterhalt kämpfen wie wir Männer. Ich bin froh, dich getroffen zu haben."

Ich war erfreut, das aus seinem Munde zu hören, jedoch fielen mir schon die Augen zu. Ich murmelte nur noch etwas Unverständliches, dass ich jetzt schlafen würde, und daraufhin legten wir uns ins Stroh. Ich schlief sofort fest ein und erwachte erst, als Gordian sich bewegte. Er war schon wach und versuchte aufzustehen, ohne mich zu wecken.

Frisch und munter setzte ich mich auf. „Guten Morgen. Mich nicht zu wecken bei einer solchen Aktion ist ein Ding der Unmöglichkeit. Wenn in meiner unmittelbaren Nähe ein neues Geräusch ist, bin ich üblicherweise sofort wach.

Dabei gibt es – zumindest im 20. Jahrhundert – Menschen, denen kannst du ins Ohr brüllen, sie schütteln oder sonst was mit ihnen anstellen und die würden nicht reagieren. Ich habe mich schon oft gefragt, ob es auch hier ein solches Phänomen gibt."

Nach einer kurzen Katzenwäsche am verschneiten Brunnen – es war der erste Schnee in diesem Jahr – betraten wir die Wirtsstube, in der die Magd gerade das Feuer neu entfachte, aßen schnell Brot mit Milch, bekamen noch etwas Essen mit und machten uns dann gleich auf den Weg.

Bevor wir jedoch die Ansiedlung verließen, war ich neugierig auf das Kirchlein, das zu der Zeit erst etwa ein halbes Jahrhundert dort stand. Interessiert sah ich mir das schlichte Bauwerk an und rief mir das Bild der Kirche zwischen den Häusern der Neuzeit ins Gedächtnis. Für mich glich es einem kleinen Wunder, Dinge in dieser Zeit zu sehen, die ich aus meiner Zeit kannte.

Leise sanken dicke Flocken zu Boden und breiteten schnell einen weißen Teppich über die kahle Landschaft während unserer Weiterreise. Wir beachteten dieses wunderschöne Bild gebührend und ließen uns über die Herrlichkeiten der Natur aus. Dann sanken wir in tiefes Schweigen. Beide hingen wir unseren Gedanken nach, während unsere Pferde wacker ausschritten. Bald dampften sie in der Kälte. Wir zügelten sie etwas und ritten im Schritt weiter. Inzwischen hatte ich mich wieder komplett in eine Frau verwandelt, um wieder ganz gesittet zu erscheinen.

Mich fror plötzlich in den Beinen und ich meinte, inzwischen Eiszapfen statt Zehen zu haben. Also saß ich ab und ging mit weiten Schritten nebenher. „Du bist verrückt!", brummte Gordian in meine Richtung. Meine Antwort fiel unbeabsichtigt scharf aus. „Mir ist kalt und darum gehe ich ein Stück zu Fuß. – Ich überlege gerade, wie lange ich noch hier sein werde."

Er machte ein erschrockenes Gesicht. „Du willst doch hier nicht weg? Wohin kannst du denn gehen? Willst du uns wirklich verlassen?" Daraufhin blieb ich abrupt stehen. Arwakr, der wie ein Hund mit hängendem Kopf hinter mir hergetrottet war und nicht rechtzeitig stehen blieb, prallte mir prompt in den Rücken, so dass ich beinahe die Balance verlor und einen Meter weiter erst wieder zum Stehen kam.

„Nein, ich will hier nicht weg. Nicht, nachdem ich das Gefühl habe, hier akzeptiert zu sein und so gute und treue Freunde gefunden habe. Ich war noch nie in meinem Leben so ruhig und ausgeglichen wie hier. In meinem früheren Leben war ich jeden Abend unterwegs zu Chor- und anderen Proben, im Kino, bei Freunden. Meist, um nicht alleine zu sein.

Ich fühlte mich leer, wenn ich an einem Abend einmal keinen Termin hatte. Und das, nachdem ich sowieso schon mindestens zehn Stunden von zu Hause weg war, um zu arbeiten und dort eine Menge Leute um mich hatte. Mein Heim sah ich nur nachts, kurz bevor ich zu Bett ging und frühmorgens wenn der Wecker piepste. – Ein Wecker ist übrigens ein Ding, das zu einer vom Menschen bestimmten Zeit ein Geräusch macht. Davon wird man dann wach.

Ich hatte ein sehr ausgefülltes Leben aus der Sicht meiner Bekannten. Aber innerlich fühlte ich mich ausgebrannt. Das war wahrscheinlich auch der Grund, warum ich mich immer in so viele Unternehmungen stürzte. Seit ich hier bin, fehlt mir das alles nicht mehr. Ich bin froh, dass es hier noch keine Telefone, Computer, oder gar Fernsehapparate gibt, die so viel Lebenszeit beanspruchen und keinen Sinn haben. Ich bin glücklich, den ganzen Tag in der frischen Luft zu sein, auch wenn es kalt ist, und ich fühle mich körperlich besser als jemals zuvor. Stell dir vor, ich musste sogar schon meine neuen Kleider enger nähen. Plötzlich habe ich Muskeln und eine Figur, die mir richtig gut gefällt.

Ich habe nur eine riesige Angst: Ich weiß nicht, wie ich hierher gekommen bin, und darum weiß ich auch nicht, wie und wann ich vielleicht wieder zurückgeholt werde in meine oder vielleicht sogar in eine ganz andere Zeit."

Gordian schwang sich nun ebenfalls vom Pferd. „Ich dachte immer, du wärest die geborene Gutdenkerin! Lass jetzt den Kopf nicht hängen und genieße das Leben, das dir hier ermöglicht wird – egal, wie lange es dauert. Lass deine Entscheidungen nicht von deiner Angst abhängen, irgendwann wieder alles aufgeben zu müssen. Versuche, nicht wieder daran zu denken. Wer weiß, vielleicht wirst du dein ganzes Leben hier verbringen. Und es wäre doch traurig, wenn du die Angst zwischen dir und deinem Wohlbefinden stehen hättest."

Mit diesen Worten umarmte mich Gordian. Ich wusste in dem Augenblick, dass ich in ihm einen wirklichen Freund gefunden hatte, den ich niemals wieder verlieren wollte. Das gab mir noch zusätzlich ein Gefühl von Geborgenheit und Heimat. Schon wieder viel optimistischer gestimmt, wollte ich ihn necken, bevor ich mich in seiner Umarmung verlor. Denn in dem Moment hatte ich Angst vor den in mir aufsteigenden Gefühlen für ihn, die mich plötzlich zu überrennen drohten.

Ich riss mich los, griff zum Boden, formte einen nicht ganz runden Schneeball und klatschte ihn Gordian ins Gesicht. Er stellte mir dafür ein Bein. Im Fallen riss ich ihn mit und wir rangelten uns im Schnee wie kleine Kinder. Dabei versuchte ich verzweifelt, ihm nicht zu nahe zu kommen. Nach ein paar Minuten ging uns beiden die Luft aus. Schneeweiß waren Kleidung und Haare. Lachend rappelte ich mich hoch. Dann nahm ich Arwakrs Zügel und fing an zu laufen, ihm über die Schulter zurufend, ich würde die erste an der nächsten Wegbiegung sein. Und das, wo ich doch noch nie eine Sportskanone war! Trotz Idealgewicht schnaufte ich wie eine Dampflok aus dem 19. Jahrhundert, als ich natürlich erst nach Gordian dort ankam.

Grinsend tadelte ich ihn. „Hör mal, das ist aber nicht die Art eines Gentleman, was du da machst." Verwirrung sprach aus seinem Gesicht „Und was soll das sein, ein Tschäntlmän?" Ich fing an zu lachen „Ja natürlich, das ist ein englischer Ausdruck, der vermutlich jetzt noch gar nicht aus der Taufe gehoben wurde. Er beschreibt irgendwie eine Lebensart. Ein Mann ist ein Gentleman, wenn er einer Frau die Türe aufhält, sie absichtlich gewinnen lässt, obwohl sie genau weiß, dass er es tut, ihr schwere Sachen aus den Händen nimmt und diese für sie trägt. Lauter solche kleine Aufmerksamkeiten, die ihm eigentlich keine große Arbeit machen, den Frauen jedoch zeigen, dass sie beachtet und vor allem geachtet werden.

Frauen sind in dieser Hinsicht sehr sensibel. Ein Mann darf hier keine großen Dankesreden erwarten, bei solch einem Verhalten. Er wird jedoch belohnt werden mit großer Sympathie und wiederum kleinen Aufmerksamkeiten von diesen bevorzugt behandelten Frauen. Denn er kann sicher sein, in kürzester Zeit eine wohlschmeckendere Suppe vorgesetzt, eine Flickarbeit schneller als sonst erledigt zu bekommen oder hie und da ein freundliches Lächeln zu erhalten. Ein Gentleman benimmt sich immer als solcher – egal welchem gesellschaftlichen Stand er selbst angehört oder die Frau, derer er sich annimmt."

Wahrscheinlich meinte er, sich verteidigen zu müssen. „Als Ritter sind wir verpflichtet, jedermann in Not zu helfen. Es gereicht uns zur Ehre. Auch in Friedenszeiten sollte man Frauen zuvorkommend behandeln. Der Minnedienst ist auch eine edle Sache, der wir uns verschrieben haben."

Ich krauste die Stirn – war denn die Sache mit dem Minnedienst nicht eigentlich schon über ein Jahrhundert auf dem absteigenden Ast? Na ja, aber hier waren wir ja schließlich irgendwie doch im

Hinterland. „Du magst ja Recht haben, was die Ehre anbelangt. Aber wem gilt der hohe Minnedienst denn? Einer Frau, die solch ein Ritter nie erlangen kann. Von der er nichts außer einem – vielleicht – netten Blick ernten wird. Einer hochgestellten Frau, die schön, aber sicher in vielen Fällen eitel und selbstsüchtig ist. Einer, die edel gekleidet ist und dazu die Nase ganz hoch trägt – und zudem meist längst verheiratet ist, was dann wieder zusätzliche Schwierigkeiten bedeuten kann.

Von so einer wirst du nie einen extra bereiteten Teller Suppe erhalten oder einen für dich speziell gepolsterten Platz vor dem Kamin für ein kleines Liedchen, das du ihr widmest. Sie wird immer nur an sich denken und glauben, diese Behandlung stehe ihr zu. Dies ist jedoch bei einer Wirtin im Gasthaus oder einer Krämerin, der Köchin oder der Weberin etwas anderes. Diese Frauen schätzen ein ehrliches Kompliment oder eine kleine Geste der Aufmerksamkeit so sehr, dass sie dir im Gegenzug auch etwas Gutes angedeihen lassen.

Ich habe beobachtet, wie viele Frauen sehr darauf achten, wie sie den Männern das Leben angenehm machen können. Sie wissen um deren Vorlieben und halten sich daran. Sie überlegen sich oft, was ihr Mann jetzt gerne haben würde und sind ihm zu Diensten. Nicht aus Pflichtbewusstsein sondern aus Liebe oder Freundlichkeit. Sie hoffen immer, dass auch ihr Mann einmal auf den Gedanken komme, ihr etwas Gutes zu tun oder ihre Bemühungen zumindest zu bemerken – jedoch oft vergeblich. Viele Männer sind grobe Klötze, die ihrer Umgebung keinerlei Aufmerksamkeit schenken, solange nichts gegen ihren Willen geschieht und die Bedürfnisse ihrer Gattinnen oft gar nicht kennen. Da wundert es doch nicht, dass diese sich von ihnen abwenden, sobald ihnen ein anderer seine ganze Aufmerksamkeit schenkt – sei's auch nur für kurze Zeit.

Dabei gäbe es so viele kleine Dinge, die Frauen aufheitern oder glücklich machen könnten. Ich habe auf dem Gut öfter vernachlässigte Ehefrauen darüber sprechen gehört. Wenn man ihnen zum Beispiel den schmerzenden Rücken knetet oder sich einfach einmal für ihren Tagesablauf interessiert; auch ein wenig mit den gemeinsamen Kindern spricht, damit diese überhaupt bemerken, dass da nicht nur eine Mutter ist; ihnen eine nette Kleinigkeit vom Markt mitbringt; sie nach ihrer Meinung fragt oder Ähnliches, dann gibt man ihnen damit Selbstwertgefühl und macht sie glücklich. Frauen sind nicht dumm. Das sieht man meiner Meinung nach schon an der Tatsache, dass Kriege fast ausnahmslos von Männern angezettelt werden."

Gordian sah ziemlich geschafft aus, als ich endlich fertig war mit meinen Erklärungen. „Uff – ich werde mir merken, in Zukunft unsere Themen besonders sorgfältig auszusuchen. Du überfällst mich ja regelmäßig mit einer Belehrung.

Ich denke allerdings, du hast sogar Recht in einigen Punkten. Abends sieht man bei uns nur noch die Frauen schwitzen und sich abmühen. Auch sie haben harte Arbeitstage, müssen sich aber danach auch noch um ihre Männer kümmern und bekommen von vielen unter ihnen wenig außer einer ganzen Horde Kinder und im schlimmsten Fall Prügel. Und sie bekommen vermutlich auch selten einen einfachen Dank. Ich werde in Zukunft besser auf solche Dinge achten."

„Ach, du bist ja sowieso durch deine zuvorkommende Art bei allen so beliebt! Ich hoffe, du bekommst eine Frau, die das auch würdigt."

„Da muss ich mich aber nun beeilen, sonst wird sie mir vom Fürsten ausgesucht!" Das sagte er mit einem Zwinkern. Wir lachten.

Inzwischen saßen wir wieder auf unseren Pferden und waren ein ganzes Stück flussaufwärts geritten. Wir kamen gut voran. Gordian hielt kurz bei einem Handwerker in Essing, um ihm Grüße seiner Schwester aus Regensburg auszurichten und ihm außerdem ein von ihr genähtes Wams zu übergeben. Wir saßen bei der Familie in der schlichten Stube und bekamen frische Ziegenmilch vorgesetzt als Dank für die Überbringung der Nachricht. Dabei unterhielten wir uns ein wenig über Vorfälle der letzten Wochen und neuen Tratsch aus der Region.

Noch am frühen Nachmittag kamen wir beim Gut wohlbehalten an und saßen kurz darauf in der warmen Halle. Als die Dämmerung begann, kam auch Konrad mit Felix. Beide waren nicht belästigt worden. „Entweder sie haben uns nicht erkannt, oder die Warnung war ohne stichhaltige Gründe ausgesprochen worden. Ich bin jedenfalls froh, wieder hier zu sein. Felix wollte euch ständig nachlaufen und war nur mit Mühe zurückzuhalten. Er hat eure Spur natürlich gewittert. Ihr hattet wohl einen" an dieser Stelle räusperte er sich „unplanmäßigen Aufenthalt. Aus welchem Grund seid ihr eigentlich zu Fuß gelaufen?" Dabei hatte er eine ausgesprochen lauernde Miene.

Er musste den Platz, an dem wir uns gebalgt hatten, gesehen haben und ihn nun völlig anders interpretieren.

Gordian und ich sahen uns mit betont unschuldigen Mienen an. Als wenn mich die ganze Sache nichts anginge, meinte ich darauf betont uninteressiert: „Wir probten nur den Ernstfall. Gordian wollte wissen, wie ich mich verteidigen würde gegen Angreifer." Worauf Gordian losprustete: „Ich habe heute einiges dazugelernt. Ich glaube, als Gentleman ist über dieses Thema hier Schweigen angebracht, oder?" Mit einem Seitenblick zu mir erheischte er eine Antwort. „Ganz richtig – ein Gentleman schweigt und genießt, wie es immer heißt." Nun lachten wir beide ausgelassen. Der Ausspruch wurde gleich richtig aufgefasst. Einer der Männer knuffte seinen Nachbarn. „Da hörst du's. Prahle nicht immer mit deinen Weibergeschichten!"

Nach einem einfachen Mahl aus Brot und Suppe verlas Gordian stolz die Urkunde des Herzogs. Als er geendet hatte, erhob sich donnernder Beifall von seinen Leuten. Wieder bemerkte ich, wie sehr sie ihren Gutsherrn verehrten.

Als ich am nächsten Morgen ganz früh schon aufstand und hinausging, empfing mich eine kalte, weiße und sehr stille Welt. Es waren einige Zentimeter Neuschnee, die mir entgegenstrahlten. Ganz verzückt von dem Anblick blieb ich mitten im Hof stehen. Ich erinnerte mich daran, wie ich in meiner Zeit den Winter erlebt hatte. Bei Neuschnee war ich oft schon ganz früh auf den Beinen und stapfte über leere Bürgersteige und Straßenzüge durch die wunderbar unberührte Fläche zu meinen Füßen.

Die Wege zeigen sich
im weißen Kleid;
schummriges Licht versucht,
von einer Laterne zur anderen zu kriechen;
Schnee glitzert – wie Millionen
achtlos hingeworfener Diamanten.

Ringsherum Stille.
Beruhigend bewegen sich die Bäume
in einem kalten Hauch.

Nach und nach flackern Lichter auf;
die Stadt beginnt zu leben.

Nur für kurze Zeit
zeigt sich die Welt so friedlich
und von so phantastischer Schönheit.
Schnell verblasst der Glanz
der Ewigkeit.

Lange stand ich so da und dachte an die großen Unterschiede von meinem früheren Leben zum jetzigen. Meine Eltern und Freunde fehlten mir. Sogar meiner Arbeit und meinem Computer trauerte ich ein wenig nach. Aber nicht der Hektik und der übermäßigen Technisierung des modernen Lebens. Es stimmt schon, in allen Zeiten hat es für die meisten Leute viel Stress gegeben, aber irgendwie lief das Leben in früherer Zeit doch ruhiger ab. Die Zeit verrann nicht so wahnsinnig schnell, weil es auch nicht so viel Ablenkung gab, der man glaubte, sich hingeben zu müssen.

Als Juliana zu mir stieß, jagte ich sie bestgelaunt erst einmal um den Brunnen. Dann formte ich einen Schneeball und warf ihn ihr direkt gegen die Brust. Sie übte fürchterlich Rache. Durch unser Gequietsche wurden Tiere und Kinder angelockt.

Das klein begonnene Spiel weitete sich zu einer richtigen Schneeballschlacht mit zwei Fronten aus. Juliana und ich standen uns als Anführerinnen gegenüber. Wir kreischten alle vor Freude. Irgendwann kam Konrad aus dem Stall und schloss sich meiner Horde an. Nach einigen Minuten traf auch Gordian ein. Er sah das Ungleichgewicht und schlug sich auf die Seite seiner Schwester.

Das Beisein des Herren bei solch einem lustigen Treiben nahmen so manche der Arbeiter als Anlass, sich auch einmal so richtig auszutoben. Da standen sich dann plötzlich der Schmied und die Köchin gegenüber, oder der Schuster und der Schreiner. Erst nach einer Stunde etwa gingen wir alle wieder zu unseren Pflichten des Tages über. Der Innenhof sah aus wie nach einem Wirbelsturm, aber alle wirkten glücklich und gelöst.

Die Herren von Randeck und Prunn verstanden sich anscheinend gerade wieder gut. Sie veranstalteten eine Jagd, die in dem Teil des Waldes stattfinden sollte, in dem ihre beiden Zuständigkeitsbereiche zusammentrafen. Diese Jagd, der offizielle Beginn der Wintersaison, sollte ein großes Fest sein. Deshalb wurden die angrenzenden Nachbarn mit Rang und Namen eingeladen. Und natürlich stand auch der frisch ernannte Altmühltaler Graf auf der Gästeliste. Er dürfe neben seinem Knappen eine Dame und seinen Jagdhund mitnehmen, hieß es bei der mündlich durch einen Boten überbrachten Einladung.

Erforderlich waren Armbrüste und selbstverständlich für den Anlass passendes Pferdematerial. Ich wusste, dass sich Juliana nichts aus der Jagd machte und war gespannt, ob Gordian alleine mit Konrad reiten würde. Als ich dann doch von ihm gefragt wurde, ob ich sie beide begleiten würde, fiel ich ihm vor Freude um den Hals. Natürlich wollte ich die „High Society aus dem Altmühltal" kennen lernen.

Ich bestand aber darauf, dass ich diese Jagd nicht in reinen Frauenklamotten mitmachen würde. Ich hatte mir schon meine Stiefel hergerichtet und mir für den Winter ein langes, gefüttertes Wams nähen lassen, das man über Hosen tragen konnte und welches insgesamt sehr weiblich wirkte und keinen Anstoß erregen würde. Die Hosen machten mir zuerst Kopfzerbrechen. Es wäre ja unschicklich, die Beine herzuzeigen. Aber ich nahm nach einigen Überlegungen dankbar eine Anleihe beim Comic-Zeichner Hal Foster. Prinz Eisenherz' Gattin Aleta hatte in einer der Geschichten zur Jagd eine weite orientalische Hose mit Bündchen an den Knöcheln an. So eine ließ ich mir auch schneidern. Das ganze Kostüm sah am Ende hervorragend aus, wie mir Juliana neidlos bestätigte. Es war zwar anfangs ungewohnt, mit einer weiten Hose auf dem Pferd zu sitzen. Aber durch den Sattel, der vorne und hinten recht hoch war, wurde es nicht zum Problem. Um nicht frieren zu müssen bei den Minusgraden (nachts irgendwo zwischen minus 10 und 20 Grad Celsius), die gerade herrschten, nahm ich noch einen speziell verarbeiteten Mantel mit Ärmeln und richtigen Knöpfen und die schon lange vorbereiteten roten Socken mit. Ich hatte einmal gelesen, dass die Farbe rot an sich schon etwas Wärme verbreitet. Nach einer Probe stellte ich verblüfft fest, dass rote Socken wärmer halten als andersfarbige.

Arwakr und Ostwind wirkten wie knuddelige Teddybären mit ihrem Winterfell, als wir in prachtvoller Kleidung aufbrachen. Es würde zuerst einen improvisierten lockeren Empfang in Jagdkleidung geben, bei dem noch unbekannte Gäste dem verschworenen Teil der Gesellschaft vorgestellt werden sollten. Nach der Jagd sollte im Festsaal zu Prunn eine Art Galaabend stattfinden. Da musste man natürlich als Graf und dessen – in keiner Weise blaublütiges – Anhängsel etwas darstellen. Also kamen unsere neuen Galagewänder aus der Truhe ans Tageslicht.

Mein neues, weinrotes Gewand war vom Schnitt her wie mein allererstes, aber aus erlesenen Samt- und Seidenstoffen. Der tiefe Halsausschnitt war mit einer schimmernden grünen Borte abgesetzt, ebenso die Ärmel und der Saum. Dazu ein Silberbestickter Gürtel und ein Band mit angenähtem Haarnetz. Kleider aus so edlen Stoffen hatte ich in meinem ganzen Leben noch nie von nahem gesehen geschweige denn getragen. Es sah sehr fein aus und war eine direkte Folge von Gordians Erhebung in den Grafenstand. Da rot als die Farbe des Adels galt und nur von den hohen Gesellschaftsschichten getragen werden durfte, wäre es besonders dieses Mal eine Freude, uns bei diesem Empfang darin zu zeigen. Ich packte auch meinen Schmuck ein, der die „Dame" beim abendlichen Tafeln vervollständigen sollte.

Die Pferde hatten ihr schönstes Geschirr am Kopf, lederne Brustbänder mit Mustern aus silbernen Nieten und wundervoll verzierte, breite Zügel. Dazu natürlich zu unserer Kleidung passende Schabracken. Die Kleidung für das abendliche Fest wurde von einem Bediensteten gesondert nach Prunn gebracht.

Auch Konrad war fein herausgeputzt und farblich natürlich angepasst. Da er genauso wie wir darauf bedacht war, Eindruck zu „schinden", hatte er Felix noch eine Stunde lang gebürstet, bis dieser aus lauter Verzweiflung das Weite gesucht hatte. Der treue Hund war jedoch sofort wieder bei den Pferden, als wir losritten, und trottete stolz erhobenen Kopfes neben uns her. Er bot ein eigenartiges Bild, da er sich eine Seite wohl an einem

Baumstumpf gekratzt hatte. Dort standen ihm nun alle Haare zu Berge.

Es war ein Tag, wie man ihn sich nur wünschen konnte. Am Morgen hatte es noch ein wenig geschneit und es war noch nicht wieder sehr viel kälter geworden. Die Bäume hatten weiße Kleider an und die Stille, die in der Natur herrschte, kann man nicht beschreiben. Das Geräusch der Pferdetritte wurde durch den Schnee fast komplett geschluckt. Auf unserem Weg trafen wir nur auf Wildspuren. Vor uns war noch kein Mensch im frischen Schnee entlang gekommen. Wir waren alle bester Laune – Mensch wie Tier. Es machte einfach unheimlich Spaß, so zu reiten.

Gleichzeitig mit anderen Gästen trafen wir auf der Lichtung ein. Ein großes, rundes Zelt stand schon vor Ort. Es war mit dem Wappen der Fraunberger von Haag – einem steigenden Schimmel auf rotem Grund – und den Farben von Randeck geschmückt. Sofort liefen Burschen auf uns zu, um die Pferde zu halten. Wir stiegen ab und schlossen uns dem Strom der Gäste ins Zelt an. Dort im Eingang stand ein wichtig wirkender Herr mit dem mächtigen Bart eines Gelehrten und strich die doch auffallend lange (ich sah ihm mal kurz über die Schulter) Gästeliste ab.

Im Zuge dieser Tätigkeit als Marschall stellte er die auf der Liste abgehakten Damen und Herren sofort vor. Seine Stimme erinnerte mich an einen Radiomoderator, der seinen Hörern ein Märchen vorliest. Warm und angenehm anzuhören, jedoch nicht einschläfernd.

Ich habe hier etwas vorgegriffen. Ich war tatsächlich die erste Dame, die vorgestellt wurde. Von den Anwesenden wurde ich skeptisch gemustert. Mein Erscheinen und die Kleidung erregten wohl Aufsehen, aber anscheinend keinen Anstoß. Gordian führte mich galant zu einigen ihm schon bekannten Herren und stellte mich ihnen persönlich vor. Ich bemühte mich entgegen meiner Natur, besonders charmant und vor allem weiblich zu sein und wurde prompt durch eine unbedachte Bemerkung in eine Unterhaltung über Pferdehaltung integriert. Dem Fünfergespann schien es nicht unangenehm zu sein, mit mir über Themen zu diskutieren, die sonst überwiegend von Männern beherrscht wurden.

Gerade sprachen wir darüber, ob es relevant wäre, dass manche der Männer ihre Pferde eher als Waffe denn als Lebewesen ansahen. Nach meiner Meinung gefragt, antwortete ich „Dieses Verhalten, sein Pferd nicht als Kameraden zu behandeln, ist meiner Meinung nach nicht richtig, denn ..." „... denn ein Tier ist für Frauen immer etwas zum Liebhaben.", wurde ich unterbrochen. „Ach, das arme Tierlein!", ahmte der mir noch fremde Geck eine hysterische Frau nach.

In mir brodelte es und meinem Gesicht musste man das drohende Unwetter angesehen haben, denn er stutzte, ließ dieses dumme Schauspiel sein und erklärte – ganz der überlegene Mann: „Schnickschnack! Ein gutes Tier kann ebenso ersetzt werden, wie eine gute Waffe. Man muss nur wissen, wem man es abkauft und es dann selbst trainieren."

Ich biss die Zähne zusammen, um ihm nicht an die Gurgel zu fallen, richtete mich weiter auf, ignorierte ihn völlig und beendete meinen vorher begonnen Satz. „... denn in brenzligen Situationen ist absolutes Vertrauen und ein vollkommenes Zusammenspiel das, was Leben rettet – und nicht eine erzwungene Unterwerfung, bei der die Energie von Pferd und Reiter überwiegend darauf verschwendet wird, gegeneinander zu kämpfen und nicht miteinander gegen den eigentlichen Feind."

Rundherum war es still geworden. Ich ließ mir nicht anmerken, dass ich bereits ahnte, wer dieser grobe Klotz gewesen war, der mich gerade unterbrochen hatte und den ich durch mein Verhalten beleidigt hatte. Also sah ich mich um, blickte ihm offen in die Augen und setzte mein freundlichstes Lächeln auf.

Gordian trat neben mich und sog die Luft scharf ein. Er legte trotzdem eine Hand auf meinen Arm, um zu zeigen, dass er auf meiner Seite war. Na vielleicht auch, um zu zeigen, dass ich zu ihm gehörte und er für meine Fehler gerade stehen würde? Mein Gegenüber hielt meinem Blick stand und verzog dann seinen Mund zu einem breiten Grinsen. „Gestattet, ich bin Albrecht der Randecker. Ihr wart vollkommen im Recht mit dem, was ihr wohl schon von Anfang an sagen wolltet, meine Dame. Nehmt es mir bitte nicht übel, dass ich eure Rede unterbrochen habe.

Ihr seid die Dame Laura, die mit dem neu ernannten Grafen vom Altmühltal hier ist, wie ich sehe. Ich freue mich, Eure Bekanntschaft zu machen. Endlich einmal etwas frischer Wind in dieser müden Gesellschaft. Ihr habt Hosen unter Eurem Überkleid. Ich nehme an, dass ihr mit uns auf die Jagd geht?"

„Wer könnte Euch schon etwas übel nehmen? Ich hoffe doch auch, dass ihr mir verzeiht. Ja, ich werde der Jagd beiwohnen. Einen solch herrlichen Tag muss man auf dem Rücken eines Pferdes verbringen. Und so eine Jagd hat man schließlich nicht alle Tage."

Albrecht der Randecker aus dem Geschlecht der Abensberger führte mich also ganz galant an der Spitze der Gesellschaft nach draußen. „Ich werde euch nun meinen besten Freund vorstellen", versprach ich beim Verlassen des Zeltes. Dann rief ich Arwakrs Namen. Sofort antwortete ein Schnauben und Stampfen. Sekunden später stand der aufmerksame Konrad mit dem Wallach vor uns. „Das ist er: mein Arwakr. Wir wissen beide, dass wir uns aufeinander verlassen können. Er kennt meine Stimme unter allen anderen heraus. Und wer ist euer Freund?"

Der Randecker zeigte mit Stolz auf einen herrlich muskulösen Braunen. Kurz darauf wünschte er allen eine erfolgreiche Jagd und ging zu seinem Pferd, das ihn freudig wiehernd begrüßte.

Als wir losritten, hielten meine Begleiter und ich uns erst einmal etwas abseits. Gordian überfiel mich mit einer Strafpredigt über gedankenloses Losplappern und das Ignorieren von wichtigen Persönlichkeiten. Er sah, dass ich mir seine Rede wirklich zu Herzen nahm und entschuldigte sich dann prompt dafür. Denn er hatte vermutlich ein schlechtes Gewissen, mir so zugesetzt zu haben.

Zu meiner Überraschung und Freude war noch eine Frau unter den Jägern. Die saß allerdings anders als ich ganz gesittet mit Kleid und Federhut auf ihrem Pferd. Ich hatte ja auch eine Kappe mit einer Fasanenfeder auf, die mir sehr gut stand und einfach keck aussah. Aber die andere war ein hübsches junges Ding und viel jünger als ich. Sie wurde umschwärmt von Männern jeden Alters. Als ich auch Gordian kurzzeitig in diesem Drohnenhaufen sah, gab es mir einen Stich. Um mich abzulenken, stürzte ich mich gleich in eine Unterhaltung mit meinem Nebenmann.

Schon bald stießen wir auf das erste Reh. Der Prunner Hanns Fraunberger der Freudige hatte den ersten Schuss und erlegte das Tier sauber mit einem Pfeil aus der Armbrust. Einer der Jäger blies auf seinem Horn das Halali für das verendete Wild. Es hörte sich wahrhaftig traurig an. Auf mitgeführte Handkarren wurde das Wild gelegt und hinter der Gesellschaft hergezogen.

Es wurden bald noch einige Hasen und sogar ein Hirsch geschossen. Um den Prachtburschen hätte ich weinen können. Er war wunderschön anzusehen. Ein wirklich edles Tier. Aber diese Jagd war ja nicht nur als Vergnügen der Jäger oder zur bloßen Dezimierung des Bestandes gedacht, wie es in unserer Zeit üblich ist, sondern vorrangig zur Fleisch- und Lederbeschaffung. Darum waren auch alle froh, als die Hunde doch noch einen Bären auftrieben, der sich nicht weit genug für den Winterschlaf zurückgezogen hatte. Die Menschen in einer Burg wollten schließlich mit Essen versorgt werden. Man schoss sogar zwei Wölfe. Die würde man jedoch nicht verzehren, sondern den Hunden vorwerfen, sobald diese ihren Teil an der Arbeit erledigt hatten.

Irgendwann fand ich mich neben dem Mädchen wieder, das mitgeritten war. Sie hieß Barbara und war die Cousine von Hanns Fraunberger. Gerade mal 16 Jahre alt war sie und sie liebte es, zur Verärgerung ihrer Familie, mit Pferden umzugehen. Nur Hanns duldete dieses Verhalten, da er es im Gegensatz zu den Frauen der Verwandtschaft verstand. Wir unterhielten uns eine Weile lang prächtig und fanden einige Gemeinsamkeiten.

Weit in den Nachmittag hinein waren wir unterwegs. Dann kam auch meine Stunde. Albrecht wollte, dass ich ein Stück Wild erlegen sollte. „Dieses Reh wartet auf den Tod aus eurer Hand, meine kratzbürstige Nachbarin. Zeigt uns, dass ihr der männlichen Gesellschaft auch darin würdig seid." Mit einem Kloß im Hals nahm ich also die mir gereichte Armbrust zur Hand. Ich hatte keine Angst, schlecht zu zielen. Das hatte ich zur Genüge gelernt. Aber noch nie hatte ich auf ein lebendes Wesen angelegt. Ich spannte also mit Mühe die Waffe und schoss. Zum Glück traf ich das Tier so vorteilhaft, dass es sofort verendete. Mir traten Tränen in die Augen, als ich von allen Seiten beglückwünscht wurde. Die Herren nahmen zu meiner Beruhigung keinerlei Notiz davon.

Gordian konnte ich nicht täuschen. „Es war dein erstes lebendes Ziel. Glaub mir, mir erging es genau so wie dir. Mich dauert jedes herrliche Geschöpf. Aber es muss sein." Ich fand es tröstlich, ihn so sensibel zu erleben.

Als sich der Tag dem Ende zuneigte und Dämmerung uns langsam einzuhüllen begann, ritten gerade zwei Jäger mit Hörnern neben mir. Ich kam sofort mit ihnen ins Gespräch, fragte sie über die Stücke aus und ihre Vortragsweise.

Gegen diese Urahnen von Jagdhörnern aus dem Horn eines Rindes waren ja sogar die mit nur wenigen Tönen belegten kleinen Jagdhörner – so genannte Fürst Pless-Hörner – der Jäger im 20. Jahrhundert die reinste Luxusvariante!

Wir kamen zurück zum Ausgangspunkt, als die Dunkelheit nur noch durch einen blassen Vollmond und ein paar Fackeln erhellt wurde. Bald erklangen die letzten traurigen Töne der Hörner und hinter uns schlossen sich die Tore der äußeren Befestigung von Schloss Prunn.[12]

Nachdem Arwakr in einem Stall von Prunn untergebracht war, bekam ich eine Kammer in den Frauengemächern zugewiesen, in der ich wegen der hoffnungslosen Überbelegung des Schlosses die Nacht mit einigen Damen, darunter auch Barbara, verbringen sollte. Als Barbara und ich im Gemeinschaftsraum der Damen auftauchten, rümpften die anwesenden Frauen die Nasen. Wir hatten sowieso schon nach einem Bad verlangt und verließen den Raum bald wieder. Fröhlich planschten kurz darauf Barbara und ich in einem ziemlich engen und deshalb umso belustigenderen Zuber. Als wir frisch gewaschen und angekleidet wieder zu den handarbeitenden Damen stießen, wurde Barbara nicht weiter beachtet, richtig herablassend behandelt. Meine neue Freundin verkroch sich sofort in eine Ecke und nahm einen kleinen Stickrahmen zur Hand, von dem sie nicht wieder hoch sah.

„Na, wie war die Jagd?", fragte eine der Anwesenden spitz, als sie sah, dass ich nur den Sternenhimmel durch eine Ritze in der Fensterverkleidung bewunderte. „Das Wetter war herrlich und die Pferde temperamentvoll. Wir hatten viel Freude an der wunderschönen Natur, den netten Unterhaltungen und der frischen Luft."

---

12) *Schloss Prunn ist noch heute ein wehrhaftes Bauwerk. Die Burganlage steht hoch auf einem steilen Felsen über der Altmühl und ist nur über eine Brücke, die einen tiefen Graben überspannt, erreichbar. Zum ältesten Teil der Anlage gehört der alles überragende Bergfried. Dieser stand um 1400 frei und wurde erst um 1600 mit dem Rest der Anlage baulich verbunden. Er wies außerdem vier Außenerker im oberen Bereich auf, die jedoch irgendwann zwischen 1600 und 1700 von der Bildfläche verschwanden. Den gewohnten Torbau gab es noch nicht, dafür jedoch eine vorgeschobene Verteidigungsanlage, die durchgehend gut bewehrt war. Die Pferdeställe waren dort auch zu finden. Die Weiden für Pferde und anderes Nutztier zogen sich von dort aus ein paar hundert Meter über den „Gipfel", der recht brauchbare Wiesen vorzuweisen hatte.*

Das saß! Sie hatte sofort verstanden, dass die letzten Worte speziell auf diesen etwas muffigen Raum mit der unangenehmen Stimmung gemünzt waren. Hinterhältig wies sie mit einer Hand zu einer Bank. „Nehmt euch doch eine Handarbeit, um euch etwas nützlich zu machen." Zuckersüß entgegnete ich darauf. „Ich würde euch die schönen Arbeiten nur verderben. So etwas liegt mir nicht. Aber wenn ihr ein Buch in euren Gemächern habt, lese ich den Damen gerne vor."

Damit hatte ich zwar mein Unvermögen in Sachen weiblicher Beschäftigungen wie Handarbeiten kundgetan aber auch verbreitet, dass ich nicht ungebildet war. Dass das ein kluges Vorgehen war, glaubte ich allerdings nicht. Ich war nur einfach so wütend.

Dieser Schlagabtausch wäre wirklich nicht mehr nötig gewesen, da wir uns sowieso kurz darauf zum Festsaal begaben. Aber dieses eingebildete Weib wollte mich anscheinend beleidigen. Ich ließ sie deshalb auch links liegen und stolzierte dem Pagen hinterher.

Wir bekamen wunderbare Wildgerichte vorgesetzt. Das Fleisch, welches von einer früheren Jagd war, zerging auf der Zunge. Dazu wurden Bier und Würzwein gereicht. Es war einfach herrlich. Und mit Gordian und noch einem der zur Jagd geladenen Herren an meinen Seiten war ich vollends zufrieden.

In der Gunst der Damen fielen Barbara und ich vermutlich noch ein paar Stufen herunter, als die Männer einen Toast auf uns „tapfere Jägerinnen und ihr erlegtes Wild" ausbrachten und uns freundlichst anlächelten oder sogar schöne Augen machten.

„Gordian", flüsterte ich, „falls ich die Nacht nicht überlebe, hat mich eine dieser krankhaft Damen mimenden Giftschlangen mit den hübschen Gesichtern und den unschuldigen Blicken auf dem Gewissen." Seine Antwort fiel aus wie erwartet. „Dass du es heute auch so besonders gut verstehst, dich unbeliebt zu machen. Das kannst du fast genauso gut wie das Gegenteil." Aber er lächelte mich dabei an. „Versuche wenigstens, morgen noch heil zu sein. Dann werden wir diese vermeintliche Schlangengrube sowieso verlassen. Wir sind zwar noch für länger eingeladen, aber der Platz hier ist sehr begrenzt. Ich glaube, Hanns war fast erleichtert, als ich unsere Abreise für morgen ankündigte."

Ein Troubadour spielte auf. Der Bursche war anscheinend schon viel herumgekommen. Er hatte Lieder verschiedenster Stilrichtungen und Herkunft in seinem Repertoire. Als er einmal Pause machte und zu seinem Getränk an einem der unteren Tische strebte, hielt ich ihn auf. „Sagt einmal, kennt ihr auch mehrstimmige Lieder, die den Vortrag lohnen?" Verblüfft sah er mich an. „Woher wusstet ihr, dass ich gerade diese Stücke besonders liebe?" Gierig wartete er auf Antwort. „Ich wusste es nicht, durch euren Vortrag dachte ich nur, ihr habt sicher schon viel von der Welt gesehen. Ich liebe Chorgesang. Besonders mit gemischten Stimmen. Und ich möchte, dass die Menschen auf Graf Gordians Gut ein paar Lieder lernen. Bitte kommt doch bei Gelegenheit auch einmal uns besuchen." Aufgeregt stimmte er zu.

Am nächsten Morgen erwachten Barbara und ich unbeschadet. Unsere kleine Gruppe hatte sich schon am Vorabend offiziell vom Burgherrn verabschiedet, da uns der Hof derzeit nicht gut entbehren konnte. Das war zumindest unsere Entschuldigung für unseren sehr frühen Aufbruch. Natürlich hatten wir, wie es so üblich war, reiche Gastgeschenke bekommen. Gordian hatte einen voll ausgebildeten Jagdfalken erhalten mit der Einladung zur nächsten Falkenjagd, und meine Wenigkeit einen schmucken Ring, der vortrefflich zu meiner neuen Robe passte.

Eigenartig, wie sich die Bräuche im Lauf der Jahrhunderte gewandelt hatten. Dort konnte der Gast bei seiner Abreise ein seinem Stand entsprechendes Geschenk (das konnte gerne mal ein Schlachtross oder eine wertvolle Robe sein) erhalten und in meiner Zeit freut sich der Gastgeber, wenn ihn sein Gast für seine Mühe mit einer Blume oder einer Flasche Wein ehrt. Ich begann jedenfalls, einen Grundsatz, den die Menschen im Mittelalter hatten, sehr hoch einzuschätzen. Und zwar, die Gastfreundschaft nicht zu missbrauchen.

Die Köpfe meiner beiden Herren waren am frühen Morgen noch etwas beschädigt vom übermäßigen Alkoholgenuss. Ich konnte es mir jedoch nicht verkneifen, sie deswegen zu necken. „Was macht ihr, wenn wir jetzt überfallen werden? Da könnte mich auf dem Heimweg jedermann verschleppen und ihr würdet es in eurem Zustand erst morgen bemerken. Nur gut, dass Hunde keinen Wert auf Wein legen. In Felix habe ich wenigstens noch einen treuen Beschützer, der die Angreifer aus Freude über ein wenig Ablenkung reihenweise umstürzen würde. Zwar nur aus dem Grunde, um sie abzulecken, aber damit wären sie wenigstens außer Gefecht."

Mit dieser Rede handelte ich mir jedoch von beiden Seiten missmutiges Gebrummel und böse Mienen ein. Oje, wenn Blicke töten könnten ...

Der Christmond und damit die Adventszeit war angebrochen. Ich beugte mich der tiefen Frömmigkeit meiner Umgebung. Der Glaube all der Menschen um mich herum war so tief und fest. Dafür musste ich sie bewundern. Im 20. Jahrhundert erfährt man jenseits des Kindesalters so viele verschiedene Ansichten und Gesichtspunkte in Zusammenhang mit Kirche und Religion, dass man, wenn dies nicht den Glauben festigt, oft zum Gegenteil umschwenkt. Die Leute im ausgehenden 14. Jahrhundert hatten noch einen richtig tiefen und ehrlichen Glauben. Was allerdings auch hieß, dass sie leichtgläubig waren und man ihnen zum eigenen Nutzen ganz schöne Bären aufbinden konnte. Mein Glaube war bei weitem nicht so fest, aber ich wollte auch nicht als Ketzerin enden, weshalb ich alles tat, was nötig war, um nicht negativ aufzufallen.

Am Morgen des 6. Dezember machte ich eine erfreuliche Entdeckung. Einer der Knaben des Hofes wurde von den anderen Jungs ausgewählt und wie ein Bischof ausgestattet mit einem roten Mantel, einer Mütze und einem Holzstab, der den Bischofsstab darstellen sollte. Auf meine Frage hin gab mir Juliana die Auskunft, diesen Brauch hätte ihr Bruder aus der von ihm besuchten Schule mitgebracht und nun für die Kinder am Hof eingeführt.

Sankt Nikolaus zu Ehren durfte einer der Jüngsten einen Tag lang den „Knabenbischof" spielen und den Tag gestalten. Natürlich musste es einer der eifrigsten Schüler sein. Dies spornte alle Jungen das ganze Jahr zu großem Fleiß an, da sich jeder einmal diese Position erhoffte.

Es wurde ein lustiger Tag, an dem unser kleiner Beda uns alle mit Genugtuung herumkommandierte. Freilich wurden ihm Grenzen gesetzt. Aber alles, was erlaubt war, reizte er aus. Zu Mittag gab es für jedes Kind eine kleine Extraleckerei, was wiederum zu einem Spektakel führte. Bei Anbruch der Dunkelheit erst kehrte wieder allgemeine Ruhe ein und der kleine Nikolaus-Wicht wurde unter viel Gelächter von seiner Mutter, Juliana und mir zu Bett gebracht. Zur Feier des Tages bekam Beda von uns ganz exklusiv eine Geschichte erzählt, was ihn dann endlich einschlafen ließ.

In der darauf folgenden Woche machte ich mich daran, aus dem Gedächtnis Plätzchen zu backen, da ich ein wenig neuzeitliches Weihnachtsgefühl nicht missen wollte. Mit einer eigens hergestellten Kupferform stach ich sie in der Form eines Schweifsternes aus und schob sie nach Gefühl in den Ofen. Die zweite Ladung wurde auch genau richtig. Am zweiten Adventssonntag wurden ein paar dieser Leckereien an die Kinder verteilt.

An diesem Abend erzählte ich Gordian und Juliana von den Weihnachtsabenden meiner Kindheit. Natürlich konnten und wollten wir keinen solchen Aufwand treiben mit einem Baum in der Halle und allem drum und dran. Es hätte außerdem nicht ins Weihnachtsbild des Mittelalters gepasst. Aber ich hatte schon eine Idee, wie ich meinen langjährigen Traum verwirklichen konnte.

Als Schulkind hatte ich einmal eine Winterwanderung miterlebt. Wir waren mit Fackeln und Kerzen ausgezogen durch richtigen Tiefschnee. In der Dunkelheit des winterlichen Abends stapften wir über die Felder und in den Wald. Dort hatten schon einige ältere Schüler einen kleinen Nadelbaum mit Kerzen geschmückt. Vor diesem wunderschön glänzenden Weihnachtsbaum wurden Lieder gesungen und eine kleine Andacht gehalten, bevor wir wieder zurückkehrten zu Glühwein, Kinderpunsch und Plätzchen in die Schulaula.

So eine Wanderung wollte ich hier unbedingt machen. Es sollte vor allem eine kleine Belohnung für die Kinder sein. Sie hatten in der Erntezeit alle kräftig gearbeitet. Nun wollte ich ihnen auch eine schöne Weihnacht mit einem besonderen Erlebnis bereiten.

Ich hatte mir auf meinen Ausritten schon eine gut gewachsene kleine Tanne im nahen Wald ausgeschaut, die einzeln stand und nicht schwer zu erreichen war. Also beauftragte ich den Schmied mit der Anfertigung der Kerzenhalter und die Wachszieherin mit der Produktion passender Kerzen – natürlich unter dem Siegel der Verschwiegenheit. Alles lief glänzend.

Dann kam kurz vor dem großen Ereignis der Tag, an dem Gordian nur noch mit einer Leichenbittermine im Hof herumstreunte. Seine Lieblingsstute Ostwind war krank. Keiner wusste genau, was ihr fehlte. Man tippte jedoch auf nichts Schlimmeres als Verdauungsschwierigkeiten. Die Stute stand großteils ziemlich apathisch in ihrer Box, verweigerte Nahrung. Sie machte zwar keine Anstalten, sich hinlegen zu wollen, doch Gordian wollte sie während der Nacht nicht aus den Augen lassen.

Da ich wusste, wie viel ihm gerade dieses Pferd bedeutete, leistete ich ihm Gesellschaft im Stall, um ihn gelegentlich etwas zu beruhigen und abwechselnd mit ihm zu wachen. Es hatte in dem Gemäuer für diese Jahreszeit durch die Wärme der Tiere eine vergleichsweise angenehme Temperatur. Wir saßen, um die Stute zwar beobachten zu können, aber sie nicht zu stören, direkt daneben bei meinem Arwakr.

Ich lehnte neben Gordian an der Wand. Nach einiger Zeit jedoch wurde er zappelig neben mir. Er packte mich und drehte mich so, dass ich ihn direkt ansah. Gordians Gesicht hatte einen zärtlichen Ausdruck der mich erst einmal erschreckte. Wir sahen uns lange in die Augen und fingen schließlich Feuer. Plötzlich hielten wir uns ganz fest umschlungen und küssten uns, als gäbe es nichts anderes mehr als uns beide auf der Welt. Atemlos ließen wir erst nach einer ganzen Weile voneinander ab.

Nun saß ich an Gordians Brust gelehnt, von seinen starken Armen gehalten. Seine Stimme klang nachdenklich. „Ich habe die letzten Tage immer nachgedacht über die Rede unseres Herzogs in Regensburg. Ich denke, er hatte Recht. Anfangs hatte ich ein wenig Angst vor dir und der Zeit, aus der du kommst. Es war alles so neu für mich und ich wusste nicht, ob ich dir trauen dürfte. Dann wollte ich dich nur wie eine Schwester beschützen, weil du eine Frau und hier alleine in einer fremden Zeit gefangen warst.

Mittlerweile habe ich gesehen, dass du auch sehr gut ohne meine Hilfe zurechtkommst. Meine vorher eher brüderlichen Gefühle für dich haben sich vollkommen gewandelt. Ich wehrte mich noch eine ganze Weile dagegen. Warum sollte ausgerechnet ich mich in eine Frau verlieben, die aus einer anderen Zeit stammt und deren Handlungen nie voraussehbar sind?

Aber ich kann nicht mehr so tun, als hätte ich keine tiefen Gefühle für dich. Ich liebe dich und kann mir ein Leben ohne dich nicht mehr vorstellen – trotz deines Dickschädels und deiner Unnachgiebigkeit in deinen oft ganz anderen und mir unverständlichen Meinungen."

Mir wurde ganz warm ums Herz bei Gordians Worten und ich errötete mit Sicherheit bis zu den Haarwurzeln. Ich gab ihm einen zärtlichen Kuss und schwieg dann weiter.

„Unser Priester meint immer, ich solle mir eine ganz junge Frau nehmen, um endlich Nachkommen zu zeugen. Doch was will ich mit einer Kindfrau, die meine Bedürfnisse gar nicht versteht? Im Unterschied dazu scheinst du immer genau zu verstehen, zu spüren, was ich will, und ich glaube zu wissen, wie ich dir das Leben schön machen kann. Ich will dich, hörst du? Mehr als alles andere, das ich mir vorstellen kann. Mein Herz rast, wenn du in meiner Nähe bist. Du ziehst mich an wie der Honig die Bienen. Wirst du mich zu einem glücklichen Mann machen und mich heiraten?"

Während er mir während seiner Rede zärtlich über den Rücken strich, überstürzten sich meine Gedanken. Ja, ich war verliebt in ihn, das musste ich mir endlich eingestehen. Aber was sollte aus uns werden, wenn ich wieder in meine Zeit zurückgeholt würde? Und was, wenn ich in der alten Zeit plötzlich schwanger würde? Das könnte ja praktisch schon morgen sein… So zögerte ich einen Moment und ich bemerkte, wie Gordian einen ängstlich wartenden Blick bekam. „In den letzten Jahren dachte ich immer, ich sei zu gar keiner tiefen Empfindung fähig. Ich konnte nicht um den Verlust von mir nahe stehenden Personen trauern und empfand höchstens freundschaftliche Gefühle für einige Menschen.

Ich habe irgendwie immer auf einen Ritter gewartet, der auf einem feurigen Rappen kommt und mich aus meiner leeren Welt befreit. Einer, der mich nimmt, wie ich bin. Der unendlich weich, zärtlich und romantisch sein kann, aber auch ein Mann ist, den ich bewundern kann für seine Stärke und seinen Mut.

Und nun bin ich in einer anderen, mit Emotionen randvollen Welt, sitze mit meinem Traumprinzen im Stroh und weiß nicht, was ich machen soll – ein Teil in mir weigert sich, dies alles für wahr zu halten und hat Angst, aus einem wundervollen Traum aufzuwachen. Obwohl sich alles gut und richtig anfühlt, ist mir alles dennoch fremd. Ich weiß, dass ich dich liebe, aber ich bin mir nicht sicher, was richtig ist. Darum bitte ich dich um ein wenig Bedenkzeit."

Ich unterbrach meine Rede kurz. Bilder von geheimen Wünschen, Hoffnungen und Niederlagen stürmten auf mich ein, so dass ich einfach weiter sprechen musste.

„Es gibt einen besonderen Ritter in der Artussage, der für mich schon von jeher der größte Held war. Immer wenn ich dich ansehe, denke ich, dass du meiner Vorstellung von diesem Gawain sehr ähnlich bist. Irgendwie sitzt mir die Angst im Nacken, dass ich dich und diese Welt verlieren könnte, sobald ich mich auf all das vollkommen einlasse. Dass alles für immer verschwindet und ich dann mit einem großen Scherbenhaufen vor dem Nichts sitze. Ich habe jahrelang an einem Schutzwall um mich herum gebaut, um mich vor Enttäuschungen zu schützen."

„Sprich weiter. Ich möchte alles wissen. Dich wirklich kennen lernen."

„Ich hoffe seit langem darauf, dass eines Tages der Eisberg in mir schmilzt und ich dann endlich wieder so frei atmen kann wie ein Kind – ohne Sorgen oder faule Kompromisse." Meine Stimme wurde etwas rau. Ich war so aufgewühlt, dass mir eine Träne die Wange hinab lief.

„Weißt du, ich erschrecke immer wieder über mich selbst, wenn ich bemerke, dass ich mich überhaupt nicht mehr so freuen kann über schöne Dinge, so wie ich es als Kind konnte. Und es ist eine traurige Tatsache, dass ich nie wirklich zufrieden bin. Doch wenn ich mich nun auf dieses große Abenteuer einlasse, das du mir bietest, bin ich völlig schutzlos und laufe Gefahr, daran zugrunde zu gehen."

Seine leichten Liebkosungen auf meiner Haut waren herrlich. Ich sehnte mich nach mehr. Viel mehr. Dennoch versuchte ich, mich abzulenken. „Wir sollten heute noch vernünftig sein und ein bisschen auf die Stute aufpassen. Schließlich sind wir hier, um auf sie zu achten … – Siehst du, ich denke schon wieder zu viel!" Schon ärgerte ich mich über mich selbst. Ein Teil in mir wollte weglaufen wie schon mein ganzes Leben lang immer wieder; ein anderer schrie förmlich nach Zärtlichkeit und Liebe.

Aber Gordian sagte nur sanft: „Wir haben Zeit. Jetzt haben wir so lange aufeinander gewartet, dass es auf ein paar Tage oder gar Wochen auch nicht mehr ankommt.

Ich träumte auch immer von einer ‚Prinzessin', die anders wäre als alle anderen Frauen. Eine, die ein offenes Ohr für Männersorgen hat, mit der ich richtig befreundet sein kann und die nicht ständig lamentiert und keift, aber trotzdem eine richtige Frau ist. Sinnlich und temperamentvoll. Ein wenig wie meine Mutter. Sie war eine wundervolle Frau."

Er erzählte von seiner und Julianas Mutter, einer großartigen Frau, die viel zu früh verstorben war beim Versuch, einen weiteren Nachzügler ins Leben zu entlassen.

Dann fuhr ich fort zu erzählen. „Kannst du dir vorstellen, dass ich eigentlich immer lieber ein Mann sein wollte? Mir sind die meisten Frauen zu übertrieben weiblich. Außerdem beneide ich die Männer um ihre Rechte und um die Leichtigkeit, in der sie in der Gesellschaft aufsteigen, oft ohne einen Finger dafür rühren zu müssen. Eine Frau kann sich da ein Leben lang anstrengen und nur sehr wenige schaffen es wirklich, von aller Welt anerkannt zu werden. Sogar noch in unserer Zeit. Es heißt, eine Frau muss fünfmal so viel leisten wie ein Mann, um dieselbe Anerkennung zu finden."

Die Stute wurde unruhig. Sie stampfte einige Male mit einem Vorderbein, äppelte wie ein Weltmeister, streckte sich in alle Richtungen, prustete zufrieden und fing dann an, etwas zu fressen. Es war, als sei sie aus einem tiefen Schlaf erwacht. Anscheinend gab es keinen Grund mehr zur Beunruhigung. Wir konnten uns wieder entspannen. Falls jedoch noch etwas passieren würde, wollten wir gerne vor Ort sein. Also räumten wir nur den Mist weg, um unsere Nasen zu schonen und blieben dann im Stall.

Sachte zog mich Gordian zu Boden. Wir hielten uns aneinander fest und sanken dann in einen tiefen Schlaf. Später lag ich eine ganze Zeit wach, immer noch in Gordians Armen. Ich konnte es einfach nicht fassen, dass ich erst in eine Zeit 600 Jahre vor der meinigen katapultiert werden musste, um ein wenig von dem Glück zu finden, das ich schon mein ganzes Leben lang suchte. Und ich hatte Angst, schreckliche Angst, zu erwachen und feststellen zu müssen, dass dies ein Traum war, der wie eine Seifenblase zerplatzte, und ich danach wieder in der selben scheußlichen Wirklichkeit leben müsste wir vorher. Andererseits: Worauf wartete ich denn noch? Ich wollte Gordian mein Ja-Wort geben. Aber erst in ein paar Tagen. Schließlich hatte ich um Bedenkzeit gebeten. Ich würde ihn aber noch vor dem Ende der Weihnachtszeit erlösen, das nahm ich mir fest vor.

Die Tage vergingen wie im Fluge. Der Winter war bisher trocken und kalt. Eine dichte Schneehaube bedeckte das ganze Land. Es war einfach herrlich anzusehen. Gordian und ich gingen noch freundschaftlicher miteinander um. Wir hatten uns gegenseitig unsere tiefen Gefühle gestanden und waren uns sicher und ich liebte es, mit ihm auszureiten und herumzutollen. Er drängte mich zu nichts, was ich ihm hoch anrechnete. Meine Zuneigung ihm gegenüber wurde dadurch nur stärker. Er erzählte einiges aus seinem Leben. Zum Beispiel vom Christkindlmarkt in München. Er war beeindruckt von der Stadt und völlig begeistert von diesem Markt, auf dem, wie er sagte, wahre Schätze angeboten wurden.

Ich plauderte auch vom Christkindlmarkt ein paar Jahre vor dem Wechsel ins 3. Jahrtausend. Von dem Ramsch, aber auch von den richtig bezaubernden Kleinigkeiten, die man dort kaufen konnte. Auch von dem riesigen Christbaum, der alljährlich mit großem Aufwand von weit her gebracht wurde und vor dem Rathaus seinen Standplatz hatte. Ihn amüsierte die Beschreibung der ameisenähnlichen Menschenmassen, die man vom Balkon des Rathauses wunderbar beobachten konnte, wie sich die Leiber durch die Gänge zwischen den Holzhütten hindurch schoben.

Gordian überraschte mich ein paar Abende nach unserem Gespräch mit einem von Fackeln erhellten Pferdeschlitten, vor den er in aller Heimlichkeit meinen Arwakr gespannt hatte. Das Geschirr des Pferdes hatte ein paar wohlklingende Glöckchen dran, die bei jeder noch so kleinen Bewegung leise ansprachen. Zu unserer Ausfahrt mit Juliana und Martin wurden zehn berittene Bewaffnete mitgenommen. Wir saßen umgeben von wärmenden Bärenfellen schön zusammengekuschelt.

Die zweite Überraschung des Abends hielt Juliana bereit. Sie hatte meine Metallthermosflasche mit heißem Met gefüllt und bot uns daraus einen Becher an. Da Martin inzwischen als dritter in das Geheimnis meiner Herkunft eingeweiht war, fand sie dies nicht riskant. Wir passten nur auf, dass unsere Begleiter die Utensilien nicht so genau sahen. „Erzähl' uns doch eine Geschichte, Laura. Wir haben Zeit und Muße, deinen Ausführungen zuzuhören. Außerdem hungere ich nach neuem Stoff für die allwöchentliche Zunftzusammenkunft." Martin bat mich nicht das erste Mal um eine Erzählung. Also überlegte ich, was auf die Tage um Weihnachten passen würde. Und prompt fiel mir mein alljährlicher Theaterbesuch am 23. Dezember ein, der wohl dieses Mal ausfallen würde.

Also erzählte ich die Weihnachtsgeschichte von Charles Dickens. Ich veränderte gar nichts daran. Denn diese geniale Geschichte der Bekehrung des Geizhalses Ebeneezer Scrooge ist so zeitlos wie die Welt. Und sie könnte überall auf der ganzen Welt passiert sein oder noch passieren. Während ich erzählte, gruppierten sich unsere Begleiter rund um den Schlitten, um ja keine Silbe zu verpassen. Wir wurden immer langsamer, bis wir am Ende sogar standen. Man hörte die Spannung direkt knistern, als der Geist der zukünftigen Weihnacht mit Ebeneezer vor seinem Grabstein stand. Erst als die Hauptperson kapierte, dass dies alles nur eine Möglichkeit seiner Zukunft bedeutete, die er selbst aber eventuell abwenden konnte, atmeten die Männer wieder ein. Am Ende johlten meine Zuhörer und waren froh, dass der Geizhals zum mildtätigen und allseits beliebten Mann geworden war. Sie gingen so richtig mit, wenn ich Geschichten erzählte. Das spornte mich jedes Mal an, besser als das letzte Mal zu sein.

Es war wunderschön, die halbe Nacht draußen zu verbringen. Der Atem von Mensch und Tier stieg als beruhigende Rauchschwaden in der kalten Luft auf. Es waren mindestens zehn Grad minus, jedoch fror ich nicht. Langsam hatte ich mich an die Gegebenheiten gewöhnt und konnte alles in vollen Zügen genießen – solange es nicht regnete.

Zum wiederholten Male dachte ich mir, dass dieses Leben hier der Inbegriff meiner langjährigen Träume sei. Warum hatte ich dann noch nicht auf den Heiratsantrag reagiert? Ich sah ein, dass ich einfach Angst vor Endgültigkeiten jeglicher Art hatte.

Natürlich war für sehr viele Menschen im Mittelalter das Leben alles andere als traumhaft schön, aber trotzdem ging für mich von dieser Zeit von Anfang an eine gewisse Ruhe aus, die mich erfasst hatte, und mich gefangen hielt. Sogar die Ärmsten der Armen strahlten in vielen Fällen eine innere Zufriedenheit aus. Ich war noch nie zuvor richtig zufrieden mit meinem Leben gewesen, strebte immer nach mehr. Mehr Wissen, mehr Anerkennung, mehr Freiraum, mehr Geld, mehr Bequemlichkeit... Im ausgehenden 20. Jahrhundert erfasste beinahe jeden eine Unrast, die er nicht mehr ganz und gar abschütteln konnte. Und hier hatte ich einen Ruhepol gefunden, bei dem ich sogar eine gewisse Zufriedenheit erlangen konnte.

Am 23. Dezember dann war phantastisches Winterwetter. Es hatte noch einmal geschneit und die Luft war glasklar. Sie schien zu tanzen, als ich mich frühmorgens auf Umwegen mit Arwakr aufmachte, um den schon vorher erwähnten Baum im Wald zu schmücken. Hinter mir Konrad und der Stallbursche Georg auf einem gut zugedeckten Schlitten. Schon vorher wurde ihnen von mir ein Schweigeversprechen abgenommen. Felix hüpfte wie üblich neben den Pferden her wie ein Gummiball.

Bei meinem Weihnachtsbaum handelte es sich um eine kleine Tanne, die tatsächlich alleine mitten in einer Lichtung stand. Sie war kerzengerade gewachsen und ungefähr gute zwei Meter hoch. Unter dem Mantel der Verschwiegenheit hatte mir der Schmied einen wunderschönen und filigranen Eisenstern für die Spitze vorbereitet. Bei den Kerzenhaltern handelte es sich um meisterlich gearbeitete einfache Klammern, die durch ihre Länge nach unten das richtige Gegengewicht zu den kleinen Kerzen bildeten. Dies war schon alles ausprobiert worden. Wir waren uns sicher, dass es an diesem Tage nicht mehr schneien würde, und brachten sowohl die Halter als auch die Kerzen am Baum an. Mit schönen Bändern verzierte Nüsse und andere glitzernde Kleinigkeiten band ich auch noch vorsichtig an die verschneiten Äste. Wir ließen außerdem einen aufgerichteten Stapel Holz unter einem großen Dreifuß zurück, in dessen Kessel abends

Würzwein erwärmt werden sollte. Die Pferde schirrten wir aus und schoben den Schlitten mit den Bechern für alle in der Nähe hinter ein paar Büsche. Abends würden wir wieder alles mit zurück zum Hof nehmen. Als wir alle drei mit unserem Werk zufrieden waren, ritten wir fröhlichen Mutes wieder zum Gut zurück.

Es war wie in einem Bienenstock. Viele waren noch mitten in den Vorbereitungen für den Heiligen Abend. Daher bemerkte auch keiner unsere Rückkunft ohne den Schlitten.

Juliana und Martin standen wie ein Fels in der Brandung mitten im Hof und sahen sich ganz verliebt an. Ich musste tatsächlich bei ihrem Anblick schmunzeln. Nichts schien sie aus der Ruhe zu bringen.

Ohne das Wissen der jungen Braut hatte Gordian den jungen Mann zum Weihnachtsfest eingeladen und somit genau ihren unausgesprochenen Wünschen entsprochen. Wir hatten auch noch andere Gäste: Barden und Gaukler, eine Schauspielertruppe und ein paar hohe Paare aus der Gegend.

Der Heilige Abend war die letzte Nacht, die man ohne Bedenken draußen verbringen würde können. Denn die Nächte zwischen dem Weihnachtstag, welcher zu der Zeit gleichzeitig der erste Tag des neuen Jahres war, und dem Dreikönigstag nannte man schon seit alter Zeit die Raunächte. In diesen Nächten war die Wilde Jagd unterwegs und kein Mensch sollte in der Dunkelheit im Freien anzutreffen sein, da ihm sonst Böses geschehen konnte.

Zudem gab es noch zahlreichen Aberglauben, den man beachten musste: Zum Beispiel durfte man in der Zeit nicht spinnen, Back- und Ackergeräte musste man aufräumen, alles Geliehene zurückbringen, nicht am Morgen pfeifen und sich weder Fingernägel noch Haare schneiden. Letzteres sollte im kommenden Jahr Kopfschmerzen bringen.

Allerdings hatten angeblich Heilkräuter an diesen Tagen die höchste Wirkung, Träume der zwölf Nächte würden sich erfüllen in jeweils dem Monat, dem die Zahl der Nacht zugeordnet war. Genauso verhielt es sich mit dem Wetter. Jeder Tag stand für einen Monat des folgenden Jahres.

Aus all diesen Gründen und um niemanden – vor allem nicht den Kaplan – vor den Kopf zu stoßen, hatte ich mit Gordian besprochen, am Tag vor dem heiligen Abend eine kleine Feier im Wald zu machen.

Der Kaplan hatte mit Freuden meiner Bitte nachgegeben, ein Gebet und eine kurze Andacht vorzubereiten, die auch die Kinder miteinbeziehen sollte.

Der fast volle Mond beleuchtete die Umgebung mit fahlem Licht, als die Gutsbewohner und Gäste sich auf den Weg ins Unbekannte machten. Der Zug mit den vielen fröhlich singenden Menschen voller Vorfreude auf ein Geheimnis wurde auf beiden Seiten flankiert von Fackelträgern, die den Weg wiesen. Der Schnee unter unseren Füßen glitzerte wie Diamanten im Sternenlicht. Der Wald lag dunkel vor uns.

Als wir uns dem Ziel näherten, verschwanden Konrad, zwei ausgesuchte Barden und ich im Wald. Wir entzündeten mit einem Span die Kerzen und zogen uns einige Augenblicke, bevor wir vom Lichterzug – den nun der Stallknecht Georg anführte – aus erblickt werden konnten, wieder in den angrenzenden Wald zurück.

Der Baum glänzte vom Lichterschein und ließ alle Ankommenden mit offenem Mund und großen Augen verharren. Vor allem der Stern auf der Spitze funkelte wunderschön. Ich bemerkte den selbstzufriedenen Ausdruck im Gesicht des Schmiedes als er den Baum erreichte. Er hatte sich nach meinen knapp gehaltenen Instruktionen nicht ganz vorstellen können, wofür dies alles sei. Aber nun konnte er stolz auf sein Werk sein. Er suchte mich mit den Augen und grinste ein kleines Verschwörerlächeln.

Unser Kaplan stellte sich unter den erleuchteten Baum und freute sich über die ihm glücklich entgegenblickenden Menschen. Er hielt eine kurze Andacht in Bezug auf den kommenden Tag und beeindruckte damit die einfachen Leute, da er von ihnen wohlbekannten Alltagsvorkommnissen sprach.

Auf der von den Gutsbewohnern und Gästen abgewandten Seite des Baumes fingen nach Ende der Andacht die Musiker an, ruhige Balladen vorzutragen. Ohne viel aufzufallen, entzündeten ein paar Frauen das aufgeschichtete Holz und leerten die Weinschläuche aus dem Wagen in den Topf.

Die alles verzaubernde Stimmung hielt an. Auch ich stand strahlend da und betrachtete zufrieden und glücklich unser Werk. Ein Wunschtraum war gerade wahr geworden.

Gordian stand auf der anderen Seite des Baumes und sah mich unverwandt mit einem zärtlichen Blick an. Seine Augen glänzten mit dem Licht der Fackeln und Kerzen um die Wette. Langsam kam er um die Menge herum auf mich zu und zog mich dann in die Dunkelheit des Waldes. Er drückte mich fest an sich und küsste mich hingebungsvoll. Ohne ein Wort gesprochen zu haben (was hier erwähnt werden muss, weil es so selten geschieht), gesellten wir uns wieder zur Menge und er behielt einen Arm um meine Hüfte.

Die in dieser Umgebung sphärisch anmutende Musik verklang langsam und es wurde der inzwischen warme Wein verteilt. Daraufhin wurden Stimmen der Verwunderung laut. „Noch nie erlebte ich so ein wunderbares Fest im Wald. Ich werde sicherlich mein ganzes Leben an diese Momente des Glücks denken", äußerte Martin ganz entrückt, als er sich für Sekunden von seiner geliebten Juliana löste, um Wein zu holen. Auch die anderen Gäste waren voll des Lobes. Sie hätten noch nie etwas Ähnliches erlebt und hielten dies alles für ein Wunder.

Gordian machte ihrem Glauben an Übernatürliches sofort ein Ende. „Oh nein, kein Wunder. Laura hat das alles vorbereitet. Sie ist anscheinend ein Fass ohne Boden, randvoll mit Ideen. In der letzten Zeit wurde bei uns verdächtig oft mit den Handwerkern getuschelt und der Miene unseres Schmiedes nach zu schließen ist er einer ihrer Mitverschwörer."

Und er nickte dem Mann zu. „Wunderschöne Arbeit!", war sein Kommentar und der Handwerker barst förmlich vor Freude. „An dieser Stelle will ich allen danken, die uns diese überraschende Nacht ermöglicht haben. Ihr habt uns reine Freude geschenkt und ich bin stolz auf jeden einzelnen von Euch!"

Nach einem Becher Wein fuhren die beiden Barden mit ihrem Vortrag fort. Ich dachte mir, dass auch sie ganz verzaubert sein mussten von dieser Stimmung, die nun herrschte. Denn ich hatte in den letzten Tagen nie einem Lied von ihnen gelauscht, in das sie so viel Gefühl gelegt hatten.

Einige dieser Vorträge kannten alle. Irgendwann war es dann ein richtiger Chorgesang, der ein Zusammengehörigkeitsgefühl erweckte, wie ich es schon lange nicht mehr erlebt hatte. Alle rückten näher zusammen, viele fassten sich an den Händen und alle sahen richtig glücklich aus. Es war, als würde die Zeit stehen bleiben. Am schönsten war es, die verzauberten Gesichter der Kinder zu beobachten, die aussahen, als würden sie von innen her leuchten.

Erst als die letzte Kerze heruntergebrannt war, wurden am Lagerfeuer wieder die Fackeln entzündet und der Zug schlängelte sich zum Gut zurück. Die Menschen waren schweigsam und nachdenklich geworden und innerhalb nur kurzer Zeit war niemand mehr auf dem Hof zu sehen.

Die Sterne über mir blitzten wie Gold und ich sah eine Sternschnuppe. Ich wünschte mir, dass dieser wunderschöne Traum ewig währen sollte.

Meine Weihnachtsfeste waren noch nie so schön und besinnlich gewesen wie der Beginn in diesem Jahr. Die Vorweihnachtszeit aller Jahre in meinem Erwachsenen-Leben war geprägt von beruflichem und privatem Stress. Nicht einmal in Ruhe Plätzchen backen war mehr möglich gewesen.

Und nun schwebte ich auf Wolke Sieben. Endlich hatte ich es geschafft, ein weißes Weihnachten zu erleben in dem Stil, den ich mir schon immer wünschte – auch wenn es einen Tag vor dem eigentlichen Fest war.

Als ich spät nachts neben Juliana ins Bett fiel, fühlte ich mich zum ersten Mal seit langer, langer Zeit vollkommen entspannt und zufrieden und schlief ein mit dem Gedanken „Ja, ich werde Gordian heiraten".

Noch in der Frühe schwirrte mir der Kopf vor Glück. Alle Hofbewohner hatten einen besonderen Glanz in den Augen und sahen sehr zufrieden aus. Die Ruhe, die alle ausstrahlten, verlor sich den ganzen Tag nicht.

Unser Priester sprach mich deshalb an. „Ich finde es überraschend, dass in diesem Jahr niemand in Hysterie verfällt wegen des Jahreswechsels. Bisher waren immer zahlreiche Leute vom Untergang der Welt überzeugt."

Ich fragte ihn meinerseits, ob er denn nicht an den Weltuntergang glaube. „Doch, ich glaube daran. Aber nicht in so naher Zukunft. Ich glaube, die Menschheit wird noch viel verderbter werden, ehe es soweit ist." Dazu könnte ich ihm einiges erzählen.

Abends wurde eine längere Andacht im großen Saal abgehalten, die dann in eine Christmette mündete. Unser Hof-Kaplan hielt Teile seiner recht guten Predigt in verständlichem Dialekt, während er den Rest der Messe auf lateinisch las.

Am Ende sang ich, begleitet von Gordian an der Laute, Stille Nacht, heilige Nacht, das Lied, ohne das es ein paar Jahrhunderte später wohl kaum eine Weihnacht in der Welt geben sollte.

Nach der Messe spielte die von Juliana instruierte Schauspielertruppe die Weihnachtsgeschichte nach Lukas. Die Zuschauer waren sehr ernst und vollkommen begeistert von der wirklich guten Leistung der Gruppe.

Als Juliana schon in unserer Kammer verschwunden war, stand ich vor der Türe zum Innenhof und betrachtete wieder den Himmel.

Plötzlich stand Gordian neben mir. Wie wir so ganz nah und doch ohne Berührungspunkt dastanden, fing ich an, ein Gedicht von meinem Großvater zu deklamieren, das ich unter dem Titel „Jahreswende" kennen gelernt hatte.

Das alte Jahr versinkt im Strom der Zeit, zieht still dahin:
Gleich hat der Zeiger seinen Lauf zum letzten Mal vollendet –
Schon längst vergang'ne Tage geistern wieder durch den Sinn,
Der Wunsch, dass mit dem alten Jahr auch manches Übel endet.

Die Uhr schlägt zwölf – von allen Türmen Glocken dröhnen:
Ein neues Jahr tritt aus der dunklen Zukunft Schoß hervor.
Durchs off'ne Fenster strömt ein Ozean von Tönen –
Wir stehen Hand in Hand und fleh'n zum Firmament empor:

Herrgott, der du seit ewig über'm Sternenzelte waltest,
Gib, dass das neue Jahr ein ruhiges und ein gutes werde.
Der ewig Du das Schicksal aller Welt gestaltest:
Erhalte auch das neue Jahr den Frieden auf der Erde.

Gib auch Vernunft in reichem Maß den Mächtigen der Erde
Und halte sie zurück vor bösen, unheilvollen Schritten.
Hilf, dass die ganze Menschheit frei von Furcht und Drangsal werde.
Das ist's, was wir von Dir in dieser Neujahrsnacht erbitten.

Noch lange standen wir danach schweigend und betrachteten den Himmel. Ich lehnte mich an Gordians breite Brust und gab ihm ein vorerst stummes Eheversprechen, da ich mir immer noch nicht selbst über den Weg traute.

Die beiden Weihnachtstage verbrachten wir mit Kirch- und Müßiggang. Es wurden zwei weitere Messen gelesen und ansonsten nur die unbedingt nötigen Arbeiten verrichtet – wie zum Beispiel das Tränken und Füttern des Viehs, das Melken der Ziegen und das Bereiten von Speisen.

Ein paar Tage später war wieder Normalität eingekehrt in den Haushalt. Auch die vom Kaplan gehaltenen Messen bekamen wieder ihre übliche Länge, die sich viel besser aushalten ließ.

Ganz beschwingt packte ich meine sieben Sachen zusammen, damit wir gleich am nächsten Morgen nach Lantshvt aufbrechen konnten. Vor einiger Zeit war eine Einladung zu einem großen Fest am Dreikönigstag vom Herzog eingetroffen. Gordian, Juliana und Martin hatten mir ein paar wunderbare Geschenke für die Reise gemacht. Den dicken Wintermantel hatte ich ja schon ein paar Mal getragen. Er war wunderbar warm und die gefütterten Stiefel waren der Hit. Nun bekam ich auch noch eine warme Lederhose zum Reiten, die ich unter meinen Kleidern tragen konnte, und Fellhandschuhe dazu. So ausgestattet freute ich mich schon auf unseren Ausflug.

Tags darauf schlängelte sich eine kleine Karawane nach Osten. Mit von der Partie waren neben Gordian und mir diesmal auch Juliana und Martin. Natürlich durften unsere steten Begleiter Konrad und Felix nicht fehlen. Vier Männer, die man fast Soldaten nennen konnte – nach ihrem Mut und der guten Bewaffnung zu urteilen – und zwei Stallburschen, die sich um das Gepäck kümmerten, ergänzten die Mannschaft. Einer von den Burschen war Georg.

Wir hatten einige Packpferde dabei, da wir am Hof des Herzogs erscheinen sollten. Die besten Stoffe von Martin hatten bei unserer Garderobe Verwendung gefunden. Als die beiden Herren einmal nebeneinander vor Juliana und mir ritten, nahm ihr Gesicht einen überglücklichen Ausdruck an. „Sieh sie dir an, Laura. Sie verstehen sich prächtig. Ich hätte nie gedacht, dass ich einmal so glücklich sein könnte. Jetzt fehlt nur noch die richtige Frau für Gordian." Bei den letzten Worten sah sie mich vieldeutig an. Ich enthielt mich eines Kommentars. Somit war zum Glück für den Moment das Thema erschöpft.

Mein Arwakr stapfte mit einer riesigen Freude durch den glitzernden Schnee. Er warf die Beine in die Luft, als gelte es, eine Parade für den Kaiser anzuführen. Ich saß im Sattel und hatte das Gefühl, als hätte ich ein wogendes Sofa unter mir. Spätestens am zweiten Reisetag würde sich Arwakrs Getue etwas mäßigen. Es würde doch einigermaßen anstrengend werden.

Bei dem flotten Tempo, das wir angeschlagen hatten, kamen wir gut voran. Hinter Gronsdorf trafen wir auf eine kleine Reisegruppe von vier Personen. Sie lagerten gerade an einer windgeschützten Stelle. Gordian ließ anhalten, um die Fremden zu grüßen. Es stellte sich heraus, dass es sich hier um einen Barden aus dem fernen Irland und drei Krieger im Dienste des Herzogs handelte, die für ihre Reise eine Zweckgemeinschaft gebildet hatten. Sie hatten denselben Weg wie wir. Da eine größere Gruppe geringeren Gefahren von Raubüberfällen ausgesetzt war, einigten wir uns auf eine gemeinsame Weiterreise.

Wir überquerten in Kelheim die Brücken über Altmühl und Donau und fanden abends Zuflucht in einem Gasthaus ein Stück weit hinter der Stadt. Es war schon fast dunkel, als wir dort angelangten. Gordian hatte uns zur Eile getrieben, weil er die Strecke nach Lantshvt in vier Tagen schaffen wollte. Zudem war es unseren Begleitern nicht wohl, während der Raunächte draußen zu sein, wenn doch die Wilde Jagd über das Land herrschte.

In dem Wirtshaus waren wir außer einem allein reisenden Herrn die einzigen Gäste. Nach dem kalten Wetter wärmten wir uns alle dankbar vor dem großen Kamin auf und ließen uns das einfache Mahl schmecken.

Unser Barde, Máel Pátraic, was soviel heißt wie Verehrer von Patrick – dem großen Heiligen seiner Heimat – unterhielt uns mit Gesang und Laute. Die Melodien brachten mich zum Träumen. Er erzählte uns, dass er immer auf der Suche nach neuen Geschichten wäre. Meine Begleiter zeigten plötzlich auf mich. „Hier habt ihr einen ganzen Schatz von Märchen vor euch", meinte Juliana mit glänzenden Augen. Ich winkte ab, „Ich kann bei weitem nicht so wundervolle Geschichten erzählen wie Ihr, doch ich finde es nur gerecht, wenn wir meine Geschichten gegen eure tauschen. Ich würde zum Beispiel sehr gerne von Eurem Helden Cuchulinn und seinen Rössern Liath Macha und Sainglend hören." Máel Pátraic war überrascht, dass ich diesen Helden kannte, der von dem Lichtgott Lugh von der langen Hand abstammen soll. Mit unserem Handel einverstanden hieß er mich anfangen.

Ich erzählte von Schneewittchen und den sieben Zwergen und versuchte, dieses Märchen in der Gegend anzusiedeln. Dann gab ich noch eine Geschichte mit der Moral „Hochmut kommt vor dem Fall" zum Besten: Des Kaisers neue Kleider.

Als ich geendet hatte, zeigte sich Máel Pátraic zufrieden. „Nun muss ich wohl auch eine Geschichte erzählen. Denkt daran, es ist nur eine Geschichte." Und so fing er mit angenehmer Stimme an zu sprechen und entführte uns in eine andere Welt:

Wie immer an den warmen Sommerabenden saß die kleine Finnabir mit ihrem Großvater Idan auf dem großen Baumstamm einer uralten, vom Sturm entwurzelten Eiche am Rand einer kleinen Lichtung.

Zwischen den beiden und der Siedlung, in der sie mit Finnabirs Eltern in einem bescheidenen, aber geschmackvoll gestalteten Häuschen lebten, lag nur ein kleiner Streifen Wald und eine fette Wiese mit ein paar Schafen.

Die beiden saßen nun schon über eine Stunde schweigsam nebeneinander. Idan schnitzte an einem Holzstück herum, das langsam die Formen eines Kindes annahm, und Finnabir kratzte mit einem Ast im Sand nahe eines Ameisenhaufens. Dessen Bewohner krabbelten aufgeregt durcheinander und wussten nicht, wie sie die drohende Gefahr abwenden sollten.

Plötzlich hielt das Mädchen in der Bewegung inne – und mit ihr all die Ameisen, die einen Moment verwundert aufsahen, bevor sie sich wieder an die Arbeit machten. „Woher kommen eigentlich Namen?", fragte das Mädchen seinen Großvater. Dieser sah nun von seiner Schnitzerei auf und beobachtete nachdenklich die vorbeiziehenden Wolken, die die Erde immer wieder in ihren Schatten setzten. Dann, als sich der alte Mann gesammelt hatte, fing er langsam an, zu erzählen.

„Seit Anbeginn der Menschheit sind Namen wichtig zur Unterscheidung von Pflanzen, Tieren, Landschaften und Menschen. So sind Verwechslungen weitgehendst ausge–schlossen.

Nun sagen auch viele Namen etwas über die Beschaffenheit oder Eigenheiten des Besitzers aus. Das Eichhörnchen zum Beispiel frisst gerne Eicheln und das Flusstal wird von mehreren Flüssen durchzogen. Bei den Menschennamen ist es nicht viel anders. Dein Vater wurde Mor – der Große – genannt, weil er der größte Mann weit und breit ist. Deine Mutter wurde schon als Kind Niamh – die Glänzende – gerufen, weil ihr blondes Haar an einem hellen Tage wie Morgentau in den ersten Sonnenstrahlen glänzt."

„Warum heißt du eigentlich Idan?", warf Finnabir dazwischen. Das Mädchen sah ganz wissbegierig zu dem Alten auf, als würde sie ihn im nächsten Augenblick verschlingen, wenn er ihr eine Antwort schuldig blieb.

Idan musste lachen, als er den angespannten Gesichtsausdruck seiner Enkelin sah. „Das mit meinem Namen ist keine besonders ruhmvolle Geschichte – jedenfalls zu Anfang – da war es nämlich ein Spottname."

Als mich mein Vater das erste Mal auf die Jagd mitnahm, war ich nur etwas älter, als du es jetzt bist. Schon bald hatten wir einen Hasen aufgestöbert, den ich mit Stolz erlegte.

Ich konnte zwar schon gut mit meinem Bogen und auch dem Messer umgehen, hatte aber noch keine Erfahrungen mit lebendem Wild gemacht. Nun kannst du dir ja vorstellen, wie erschrocken ich war, als wir plötzlich lautes Gebrüll und dazwischen wieder ein ärgerliches Fauchen vernahmen.

Mein Vater war dagegen wenig erstaunt. Er erklärte mir sofort, dass es sich hier nur um einen Luchs handeln könne, der sich mit einem Bären angelegt hatte. Da er aber genauso neugierig über den Grund der Auseinandersetzung war wie ich, beschloss er, dass wir zusehen sollten.

Also gingen wir den Geräuschen nach und standen alsbald hinter ein paar dicken Bäumen in Deckung, von denen aus wir einen guten Überblick über das Geschehen hatten.

Auf einer kleinen, vom Sturm geschaffenen Lichtung, standen ein beachtlicher Bär und ein im Vergleich dazu zierliches Luchsweibchen ineinander verkrallt und verbissen. Ich hatte noch nie davon gehört, dass die beiden Arten ohne ersichtlichen Grund aufeinander losgingen, so war ich einigermaßen überrascht. Doch bald wurde mir der Grund dieser Auseinandersetzung auf Leben und Tod klar: Ein kleiner Luchs saß an einen Baum gedrückt, als ob er sich am liebsten hinter der Rinde verkrochen hätte und leckte seine Wunde, die der Bär ihm vermutlich mit einem Prankenhieb beigebracht hatte.

Im Nu war der Kampf für mich unwichtig. Ich hatte nur noch Augen für dieses Tierkind. Es war ziemlich dünn und schlaksig, machte einen so unbeholfenen und ängstlichen Eindruck auf mich.

So versunken war ich in meine Betrachtungen, dass ich es gar nicht wahrnahm, als der Kampf zu Ende ging. Mein Vater stieß mich an und ich sah gerade noch, wie der Bär sich in die entgegengesetzte Richtung trollte.

Der vormals aristokratisch aussehende Luchs lag blutüberströmt am Waldboden und zeigte kein Lebenszeichen mehr. „Komm, wir müssen das Junge töten, sonst muss es jämmerlich verhungern. Es ist noch nicht selbständig genug, um ohne Mutter überleben zu können." Schon wollte mein Vater den Bogen heben, als ich ihm in den Arm fiel. „Nein", schrie ich, „das kannst du doch nicht tun!" Ohne Erklärung für mein Verhalten ging ich langsam auf das Tierjunge zu.

Als es mich bemerkte, legte es die Ohren zurück und gab ein klägliches Fauchen von sich. Aber so schnell gab ich nicht auf. Sanft redete ich auf den Luchs ein und bewegte mich noch langsamer. Nach einiger Zeit ließ er sich sogar berühren. Ich kraulte ihm zärtlich das Fell und er fing leise an zu schnurren, genau wie die kleinen Kätzchen in unserem Dorf. Erst jetzt wurde mir wieder bewusst, dass ich nicht allein war. Ich drehte mich um und sah, dass mein Vater die ganze Zeit abwartend hinter mir gestanden hatte, obwohl er das Tier schon längst hätte töten können. Auch hatte er den Bogen noch immer schussbereit in den Händen, hielt ihn jedoch gesenkt und sah mich mit großen Augen bewundernd an. „Wie hast du das gemacht? – Ich meine, ich hörte noch nie von einem Menschen, der einen Luchs zum Freund hatte." Ich dagegen empfand meine Tat als nicht so wunderlich, sondern nur natürlich. Konnte man doch auch ein Eichhörnchen zähmen, wenn es noch jung war.

Da kam mir auch gleich noch ein Gedanke. „Vater, gib ihm doch von unserem Hasen zu fressen, dann wird er dich auch mögen – und ich verzichte freiwillig auf den Braten. Ich will einfach nicht, dass er stirbt. Können wir ihn nicht gesund pflegen? Ich würde auch für sein Futter sorgen; und wenn ich den ganzen Wald voll Fallen stellen müsste!"

Ich glaube, ihn faszinierte der junge Luchs genauso wie mich. Jedenfalls legte er den Bogen beiseite, schnitt einen Teil des frisch erlegten Hasens ab und legte den Kadaver vor die Nase des Kleinen.

Dieser fing gleich gierig an zu fressen. Währenddessen überlegte ich mir schon einen Namen für meinen Schützling. Abgesehen von seiner Verletzung war er ein schönes Tier mit einem glänzenden Fell, einem ebenmäßig geschnittenen Gesicht und einem Paar sehr dunkler Kulleraugen. Dieses Luchs-Gesicht hatte es mir angetan. Also beschloss ich, ihn Cennchaem – Schönkopf – zu nennen.

Vater fand den Namen auch passend; und als er das bestätigte, war klar: wir beide würden ihn nicht sterben lassen. Ein Tier, dem man einen Namen gibt, lässt man nicht so einfach sterben. Wir bereiteten ihm in schweigender Übereinstimmung ein bequemes Lager an einer Stelle, die ein wenig näher am Dorf lag und von unseren Jägern nur sehr selten besucht wurde. Cennchaem ließ sich nach anfänglichem Sträuben zu seiner neuen Wohnstätte tragen. Dort war, das hatte Vater gut ausgewählt, eine kleine Quelle zwischen ein paar Bäumen.

Nachdem wir unserem Findling einen Verband aus heilenden Kräutern angelegt hatten, machten wir uns auf den Heimweg.

Zum Glück konnten wir noch einen Hasen erlegen, denn wir hatten, um lästige Fragen zu vermeiden, auch die andere Hälfte bei Cennchaem gelassen.

Wir erzählten niemandem auch nur ein Wort von unserem Erlebnis. Es fiel lediglich auf, dass ich ab diesem Zeitpunkt täglich für ein paar Stunden allein im Wald verschwand. Ich erzählte jedem, ich würde mit Fallen jagen – was ja auch stimmte – ab und zu brachte ich auch ein Beweisstück nach Hause – und außerdem hätte ich einen Ameisenhaufen entdeckt, den ich stundenlang beobachtete. Ich wusste, es würde niemand auf die verrückte Idee kommen, mich bei diesem merkwürdigen Unterfangen zu begleiten. Also blieb ich auf meinen Ausflügen zu dem schnell genesenden Cennchaem immer ungestört. Die Jungen im Dorf spotteten schon über mich; ich wäre meiner Ameisenkönigin so treu, dass ich sie keinen Tag alleine lassen könne. So kam es, dass sie mich Idan – der Treue – nannten.

Über ein Jahr ging das so. Ich wurde durch mein Jagdtraining flinker und stärker und durch den immerwährenden Umgang mit dem Luchs furchtloser. Dieser jagte inzwischen selbst, aber er akzeptierte mich als seinen gleichgestellten Kameraden.

Wir verbrachten viel Zeit miteinander, jagten manches Mal gemeinsam oder lagen auch nur aneinandergeschmiegt an einem sonnigen Plätzchen.

Eines Tages empfing er mich dann ganz sonderbar. Er sprang mir nicht wie sonst entgegen, sondern blieb auf Distanz. Da ich nicht recht wusste, was tun, wartete ich erst mal ab. – Und dann sah ich das Weibchen. Sie war sehr scheu, hatte vermutlich noch nie einen Menschen gesehen. So war das also: Cennchaem hatte eine Frau gefunden. Ich denke, er wollte sie mir irgendwie vorstellen und damit erklären, warum wir uns nicht wieder sehen würden. Ich ließ ihn schweren Herzens mit seinem Weibchen gehen. Doch zu meinem Trost hatte er bei unserem letzten Treffen einen beinahe traurigen Ausdruck in seinen glänzenden Luchsaugen. Ich war dennoch sicher, er würde immer mein Freund bleiben.

Ich war sehr traurig nach dieser Begegnung und meinte, damit wäre es mit einer wunderschönen Freundschaft zu Ende.

Doch dem war nicht so. Er hatte mich genauso wenig vergessen, wie ich ihn. – Dies merkte ich allerdings erst lange Zeit später, ungefähr nach drei Jahren.

In dieser Zeit hatte ich mir angewöhnt, mit meinen Freunden aus dem Dorf zu jagen. Wir hatten gerade einen kapitalen Hirschen erlegt und ich entfernte mich von den anderen, um alles zum Transport fertig zu machen. Urplötzlich stand ich einem riesigen Bären gegenüber, der mich vermutlich des Fleisches wegen angreifen wollte. Ich erschrak dermaßen, dass ich nicht einmal nach Hilfe schrie. Der Bär hatte schon mit der Pranke nach mir geschlagen, als ich endlich aus meiner Erstarrung erwachte. Ohne vorher zu überlegen, was, rief ich. Aber nicht nach meinen Freunden, nein – nach Cennchaem.

Das wurde mir erst bewusst, als ich später danach gefragt wurde.

Ich erwehrte mich des Bären in der Zwischenzeit so gut, wie ich nur konnte. Plötzlich hörte ich links und rechts neben mir ein Fauchen und schon sprangen zwei glänzend-gold-braune Bündel an mir vorbei und den Bären an.

Dieser ließ mich so überraschend los, dass ich das Gleichgewicht verlor. Überwältigt blieb ich gleich im Gras sitzen. Im Nu war dem Untier der Garaus gemacht und Cennchaem kam langsam auf mich zu. Seine Freundin blieb immer ein paar Schritte hinter ihm. Ich umarmte meinen treuen Freund gerührt.

Doch schon war er bemüht, sich aus der Umarmung zu winden. Dieses Mal war ich ihm nicht böse, wusste ich doch, dass wir immer Freunde bleiben würden.

Als Cennchaem mit seinem Weibchen, das ich im Stillen schon Tlachtga – die Schöne – genannt hatte, mit eleganten Sprüngen von dannen zog, sah ich ihm glücklich nach.

Gleich darauf bestürmten mich meine Jagdkameraden, sie hätten den Luchs gesehen, hätten aber Angst gehabt, ihm und seinem Weibchen entgegenzutreten.

Da erzählte ich ihnen, dass er es war, der mich alle Tage in den Wald gehen ließ, und nicht die Ameisen. Er wäre der beste Freund, den man sich wünschen kann. Von da an waren die anderen Jungen nicht nur meine Freunde – sie sahen nun zu mir auf und mein Name wurde mit Respekt ausgesprochen. Cennchaem habe ich noch ein paar Mal gesehen. Einmal führte er mich auch ganz stolz zu einem Felsen, von wo ich einen Wurf junger Luchse beim Spiel beobachten konnte."

Idan beobachtete, wie seine Worte auf seine Enkelin wirkten, und stand nach kurzer Zeit auf:

„Komm, es wird langsam dunkel und wir müssen nach Hause. Morgen erzähle ich, wie du den Namen Finnabir von deiner Mutter bekamst."

Langsam erwachten wir Zuhörer wieder aus unserem Bann. Konrad fand als erster seine Sprache wieder „Herzlichen Dank für diese schöne Geschichte. Das Ende lässt mich auf eine Fortsetzung hoffen. So ein Abend vor Augen lässt mich morgen sicherlich erfreut den ganzen Tag über schneeverwehte Wiesen und durch alle Windlöcher reiten."

Die Runde löste sich auf. Wir hatten uns alle eine Mütze voll Schlaf verdient nach einem solch langen Ritt bei Eiseskälte.

Am nächsten Reisetag legten wir auch wieder eine beachtliche Wegstrecke zurück. Wir waren hier teilweise in Gefilden, in denen ich mich noch nie herumgetrieben hatte. Nicht mal mit dem Auto. Na ja, erkannt hätte ich es sowieso nicht.

Das Wetter hielt zum Glück. Es schneite zwar zwischendurch immer wieder leicht, aber es fing weder zu tauen an, noch fielen die Temperaturen. Einfach traumhaft schön für eine Winterreise via Pferd.

Tagsüber ritt Máel Pátraic eine ganze Weile neben mir und erzählte von Cuchulinn.

Abends saßen wir wieder in gemütlicher Runde in einer kleinen Gaststube zusammen. Diesmal erzählte ich ein nicht so bekanntes, aber mir sehr liebes Märchen. „Grüner Fels", das ich immer wieder gerne las. Belohnt wurden wir dann von Máel Pátraic mit dem zweiten Teil seiner Geschichte:

Tags darauf regnete es in Strömen, so dass Finnabir und ihr Großvater das Haus nur zum Wasser holen verlassen konnten. In der Stube erzählte Idan jedoch nur im Winter, so musste sich das Mädchen noch gedulden.

Also vertrieb sie sich die Zeit mit den kleinen und noch recht tapsigen Kätzchen, die sich immer in der Schmiede ihres Vaters tummelten.

Als am nächsten Morgen endlich wieder die Sonne schien, weckte Finnabir ihren Großvater schon früh. „Großpapa, bitte komm gleich mit in den Wald. Ich kann es nicht mehr erwarten, die Geschichte zu hören." Der alte Mann lächelte das zappelnde Mädchen an und bemerkte: „Du weißt, dass wir beide noch zu arbeiten haben, bevor wir gehen. Ich werde jetzt Holz spalten und du wirst dich im Lesen üben. Danach wird dich deine Mutter in der Küche brauchen. Nach dem Essen machen wir uns auf den Weg. Bis dahin wird auch unser Baum wieder trocken sein."

Als er sah, wie traurig seine Enkelin schaute, setzte er hinzu. „Die Geschichte läuft dir nicht davon – ich verspreche, sie dir heute noch zu erzählen."

Ungeduldig machte sich Finnabir an die Arbeit. Ihre Gedanken hatte sie verständlicherweise ganz woanders. Bei Tisch war sie besonders aufgedreht und stand schon mit einem kleinen Proviant in der Tasche an der Türe, bevor Idan noch aufgestanden war. Ihre Eltern lächelten sie verständnisvoll an, denn sie erinnerten sich daran, wie wissensdurstig sie in ihrer Kindheit gewesen waren.

Bald darauf saßen Großvater und Enkelin wieder vereint auf ihrem Lieblingsbaumstamm und Idan fing an zu erzählen:

„Die Geschichte deines Namens beginnt, als deine Mutter schon ein paar Jahre älter war als du. Ein weiser Mann war oft bei uns zu Gast. Er war Barde und kam überall im Lande herum. Er wusste viele Dinge über die mächtigen Leute, über Tiere und Pflanzen zu berichten und deine Mutter hörte ihm immer aufmerksam zu. Es gefiel dem alten Mann, eine so wissbegierige Schülerin zu haben, und er lehrte sie sogar nach und nach die Harfe zu spielen.

Außerdem lehrte er sie lesen und schreiben, was nur sehr wenig Menschen unseres Landes zu tun verstehen. Nun wurde aber Niamh den Nachbarn durch ihre großen Kenntnisse zunehmend unheimlicher und sie behandelten sie von da an sehr zurückhaltend – nicht schlechter, nur vorsichtig.

Da sie keine Freundin im Dorf hatte, ging Niamh immer alleine zum Pilze sammeln. Dies hatte anscheinend jemand beobachtet, denn eines Tages wurde sie von zwei Männern eines anderen Dorfes überfallen. Niamh konnte sich aus ihren Griffen winden und floh zurück zum Dorf. Aber so schnell gaben die Angreifer nicht auf; sie verfolgten das hübsche Mädchen. Schon holten sie etwas auf und Niamh rief um Hilfe, so laut sie konnte. Unsere

Leute waren jedoch noch zu weit entfernt, um sie zu hören – doch jemand anders hatte auf ihre verzweifelten Rufe reagiert.

Plötzlich vernahm Niamh hinter sich die Wehlaute der Verfolger. Als sie über die Schulter blickte, sah sie, dass diese mit kleinen Pfeilen beschossen wurden, die ihnen zwar keine gefährlichen Wunden beibrachten, sie jedoch schnell das Weite suchen ließen.

Als der Pfeilhagel nicht aufhören wollte, machten die zwei Bösewichte schimpfend und fluchend kehrt und liefen dorthin zurück, wo sie hergekommen waren.

Niamh war, als sie sich nochmals umsah, umringt von kleinen menschenähnlichen Wesen mit zarter, fast durchsichtig weißer Haut. Sie beugte sich zu einer zierlichen Frau hinab, die eine Krone auf dem Haupt trug. „Wie kann ich euch nur danken. Ihr habt mir vermutlich das Leben gerettet – zumindest aber meine Ehre." Die Frau sah ihr fest in die Augen, als wolle sie sie prüfen. „Bring uns dein erstgeborenes Kind! Zwei Wochen nach der Geburt werde ich dich auf der Lichtung hinter dem Dorf erwarten."

Du kannst mir glauben, dass deine Mutter vor Schreck fast erstarrte. Aber von ihrem Lehrer wusste sie, dass mit Elfen nicht zu spaßen ist, darum fügte sie sich in ihr Schicksal und versprach niedergeschlagen, ihr erstes Kind diesem Volk zu bringen. Jedoch ließ sie sich das Versprechen geben, dass das Kind gut behandelt werde."

Idan hatte mit Genugtuung bemerkt, wie seine Enkelin an seinen Lippen hing. Darüber hatte das sonst immer von Hunger geplagte Kind sogar das Essen vergessen. Nach einer kurzen Pause, in der Idan einen Schluck Wasser zu sich nahm, erzählte er weiter:

„Zwei weitere Jahre gingen ins Land. Niamh wurde älter und klüger. Da geschah es, dass einmal ein sehr starkes Unwetter aufzog. Wegen der heftigen Regenfälle war der Fluss am Rande unserer Felder schon schnell angestiegen und drohte alles zu überfluten, auch die Häuser.

Schon liefen alle Bewohner des Dorfes wie verschreckte Hühner wild durcheinander, als Niamh zwischen die Menge trat und ihr Einhalt gebot.

„Haltet ein, Leute, es nützt nichts, wenn wir jetzt ein paar Habseligkeiten zusammenraffen und vor dem Wasser fliehen. Von was sollten wir denn den Winter über leben? Das Korn ist bald reif zur Ernte. Doch die Wassermassen werden alles vernichten.

Also lasst alles liegen, nehmt nur Äxte, Schaufeln und alle verfügbaren Seile mit und folgt mir flussabwärts. Dort haben Biber ihre Dämme gebaut. Die gilt es zu zerstören, um unsere Felder und Häuser zu retten."

Die Menschen zögerten ob der Worte eines jungen Mädchens, doch nun ließ sich auch der Dorfälteste vernehmen. Mit herrischer Stimme befahl er, dem Rat meiner Tochter zu folgen. Es wäre die einzige Möglichkeit, nicht alles zu verlieren.

Schon nach kurzer Zeit kamen die ersten Männer an besagter Stelle an. Und wirklich: Im Fluss türmte sich ein großer Damm auf, der alles Wasser staute. Auf Niamhs Anweisungen hin, mussten sich die leichtesten und flinksten das eine Ende eines Seiles umbinden, während das andere um starke Bäume am Ufer geschlungen wurde. Nun konnte man sie, falls sie den Halt verlieren würden, schnell aus den Fluten retten.

Die Äste, aus denen das Biberwerk gemacht war, waren in sich verkeilt und es war wahrhaftig keine Kleinigkeit, sie zu lösen. Der Druck des Wassers presste alles nur noch fester zusammen. Doch nach etwa einer Stunde hatten die Männer es mit der fachmännischen Hilfe von Niamh geschafft, einen Teil zu lösen und ein Loch in den Damm zu brechen. Sofort rief deine Mutter die Männer zurück zum Ufer. Diese folgten zwar, aber sie verstanden zuerst nicht, warum.

Schon nach kürzester Zeit fing es in dem verkeilten Geäst an zu knarren und es wurde immer lauter, bis die Gewalt der Wassermassen endlich den Sieg errang. Mit einem Mal stürzte der ganze Damm in sich zusammen und wurde weggeschwemmt.

Ein Jubelschrei ging durch die Menge. Bewundernd sahen alle dem goldblonden Mädchen nach, als es ihnen den Rücken kehrte und hoch aufgerichtet wieder dem Dorf zuschritt.

Seither wurde Niamh von den Menschen mit anderen Augen betrachtet. Jeder wollte nun ihr Freund sein und behandelte sie mit freundlicher Hochachtung. Sie gehört bis jetzt als eine Art Schutzpatronin fest zum Dorfgeschehen und alle fragen sie in schwierigen Situationen um Rat, so wie du es auch schon oft erlebt hast.

Im dritten Sommer nach diesem Vorfall lernte Niamh deinen Vater Mor kennen. Er kam aus einem anderen Tal, um hier Werkzeuge und Schmuck anzubieten, die er selbst gefertigt hatte.

Mor verliebte sich Hals über Kopf in meine Tochter und beschenkte sie mit seinen schönsten Schmuckstücken. Sie behandelte ihn immer abweisend, obwohl jeder genau sah, dass sie genauso verliebt war wie er.

Erst, als er ihr einen Heiratsantrag machte, rückte sie mit der Geschichte heraus, die sie zuvor nicht einmal ihrer eigenen Familie erzählt hatte. Sie lud Mor eines Abends ein. Mit gequältem Ausdruck im Gesicht saß sie am Tisch und erzählte ihr Erlebnis mit den Elfen.

Mor wurde zusehends bleicher, dann aber nahm er Niamh fest in seine Arme und sagte mit fester Stimme: „Und wenn dir gar kein Kind vergönnt wäre, würde ich dich trotzdem immer lieben. Wenn du mich heiraten willst, kann ich dir versichern, dich niemals an der Einlösung deines Schwures zu hindern."

Nun stand der Hochzeit der beiden natürlich nichts mehr im Wege. Diese wurde im ganzen Dorf groß gefeiert und auch viele Fremde waren zu diesem Anlass gekommen. Trotz des Schattens, der über ihrem Leben hing, waren sie das glücklichste Paar, das man sich vorstellen konnte.

Dein Vater blieb hier und baute sich das Häuschen, in dem wir jetzt noch wohnen, mit angrenzender Schmiede, da eine solche schon lange hier fehlte.

Nach Ablauf eines Jahres wurde Niamh schwanger. Mutig stand sie die Zeit bis zur Geburt des Kindes durch, immer ihren Mann an ihrer Seite wissend. Sie zeigten beide auch danach noch größte Tapferkeit, als die erfahrene Geburtshelferin feststellte, dass Niamh nie wieder ein Kind bekommen könnte. Nach zwei Wochen der Freude nahm die junge Mutter ihren Säugling und machte sich alleine auf den Weg zur Lichtung. Sie wollte auf keinen Fall Mor dabei haben, also stürzte sich dieser in seine Arbeit, um nicht daran denken zu müssen.

Die Elfenkönigin wartete schon mit ihrem Gefolge. Als Niamh die Wiese betrat, gab sie ihrem Kind noch einen letzten zärtlichen

Kuss und legte es dann mit Tränen in den Augen der Elfin zu Füßen.

Diese sah freundlich zu ihr auf. „Du darfst dein Kind behalten, denn deine Schuld ist schon lange beglichen. Als du das Tal vor einer Überschwemmung bewahrt hast, hast du auch uns damit gerettet. Wir bewohnen zwar überwiegend hohle Bäume oder höher gelegene Höhlen, aber unsere Vorräte lagern wir wegen der längeren Haltbarkeit in Bauten unter der Erde. Also hätten auch wir Hunger leiden müssen."

Mit einem langen Blick auf das Kind meinte sie: „Es freut mich, zu wissen, dass es in dieser schlechten Welt tatsächlich noch Menschen mit Ehrgefühl gibt. Du und dein Mann, ihr habt die Achtung meines Volkes, weil ihr euch beide an den Eid gehalten habt. Ab heute steht deine Familie unter unserem Schutz, soweit wir ihn ihr bieten können.

Und wenn du erlaubst, würde ich gerne die Patin deiner kleinen Tochter sein. – Wie soll sie heißen?" Ein strahlendes Lächeln zog sich über Niamhs Gesicht und ließ ihre Erleichterung erkennen. Ihr Blick wanderte von ihrer Tochter über das Elfenvolk, das versammelt dastand.

„Ich würde sie gerne nach eurem Volk benennen, das mich nun doch wieder zu einer glücklichen Mutter gemacht hat: Finnabir – Weißelfe."

Die Königin erklärte sich damit einverstanden und auch der Hofstaat nickte zustimmend. Bevor sie wieder ging, bekam deine Mutter für dich ein Patengeschenk: den Armreif, den du heute auch trägst. Er hat, wie die Elfin sagte, magische Kräfte und soll dich vor Gefahren schützen."

Finnabir betrachtete eingehend den Reifen. „Er ist wunderschön – ich dachte immer, den hätte mein Vater gemacht."

„Du musst gut auf ihn Acht geben. Noch eines – erzähl niemandem, der nicht zu unserer Familie gehört, deine Geschichte. So will es deine Patin."

„Lebt sie denn überhaupt noch? Ich würde sie so gerne einmal sehen mit ihrem ganzen Volk." Idan schmunzelte leicht „Das kann ich dir nicht sagen. Nur dein Vater hat von Zeit zu Zeit in seiner Schmiede Aufträge für das kleine Volk bearbeitet, die er an seinem Arbeitsplatz gefunden hat. Fertig gestellt sind diese

Sachen ebenso heimlich und schnell wieder verschwunden wie sie hingekommen waren. Aber es bleibt kein Zweifel, für wen sie bestimmt waren, denn die Bezahlung war immer mehr als angemessen. – Na ja, wer weiß; vielleicht wirst du wirklich einmal deiner Patin begegnen!?"

Da im Raum nicht sehr viel Platz war und ich es außerdem viel gemütlicher fand, hatte ich mich während der Erzählung an Gordian gekuschelt. Nun sah ich auf und mein Blick traf die glänzenden Augen Konrads. „Dieses Ende heute lässt doch auf eine weitere Fortsetzung hoffen?", fragte er Máel Pátraic, der daraufhin ganz unbeteiligt mit der Schulter zuckte und sich seiner Laute widmete.

Die Wirtsleute waren bereits zu Bett gegangen und die Soldaten zogen sich gerade zurück. Ich packte meine Querflöte aus. Mitten im Lied fiel ich ein und begleitete Máel Pátraic. Es war eine einfache Melodie mit Variationen und es machte unheimlich Spaß, immer wieder neue Läufe einzubauen, um dann auf das ursprüngliche Thema zurückzukommen. Wir setzten dieses aufregende Zusammenspiel über weitere drei Lieder fort, bis Máel Pátraic endgültig aufstand, um sich zur Ruhe zu begeben.

Auch unser dritter Reisetag war mit traumhaftem Wetter gesegnet. Teilweise zeichnete die Sonne scharfkantige Schatten in die weiße Landschaft. Es gab keinerlei Grund zur Beunruhigung. Wir hatten einen guten Teil des Weges zurückgelegt und konnten es uns leisten, am nächsten Morgen erst etwas später aufzubrechen.

Vor einem gemütlichen Kaminfeuer unterhielt ich meine Reisegefährten dieses Mal in Anbetracht einer längeren Nacht sogar mit drei Märchen aus Bechsteins und Hauffs Schatztruhe. „Hirsedieb" und „Goldener" gehörten immer schon zu meinen Favoriten unter den deutschen Märchen, genau wie „Das Wirtshaus im Spessart", das ich kurzerhand ein paar Jahrhunderte früher ansiedelte.

Als ich geendet hatte, erzählte uns Máel Pátraic den vorerst letzten Teil seiner Geschichte um das Mädchen Finnabir. Wie immer begleitete er seine Erzählung stellenweise mit der Laute, was die ganze Sache natürlich viel aufregender gestaltete:

Einige Jahre gingen ins Land und Finnabir wurde älter. Sie wurde von ihren Eltern zu einer älteren Frau weit ab vom Dorf in die Lehre geschickt. In den vier Jahren, die sie zuerst zögernd, dann jedoch mit zunehmender Freude dort verbrachte, lernte sie spinnen, weben, Stoffe färben und nähen in höchster Vollendung.

Niamh und Mor wussten genau, was sie taten, als sie sich über die landläufige Konvention hinwegsetzten, ein Mädchen nicht in die Lehre zu geben. Die alte unscheinbare Meisterin hatte in ihren jüngeren Jahren für die Herrscherfamilie des Landes die allerfeinsten und meist bewunderten Gewänder gefertigt. Kaum jemand in dieser Ecke des Landes wusste von dieser glanzvollen Vergangenheit. Wie auch in der Zeit vorher und nachher hieß es immer nur „Unsere Herrscherin ist die schönste, ihre Kleider sind die exklusivsten" und niemals wurde gefragt „Wer kann solches Wunderwerk vollbringen?".

In dieser Zeit lernte Finnabir einen jungen Mann namens Hael aus einem nahen Ort kennen. Er brachte der Alten und ihr notwendige Lebensmittel aus den Beständen der Bauern, die von Mor mit Schmiedearbeiten bezahlt wurden. Beide fanden Gefallen aneinander. Sie unterhielten sich, sooft sie ein wenig Zeit erübrigen konnten. Bald sprachen sie auch von einer Hochzeit.

Sobald Finnabir ausgelernt hatte, wurde geheiratet und sie zogen zusammen in den Heimatort der Braut, wo sie sich als Färberin niederlassen wollte. Hael war ein tüchtiger Zimmermann und wurde mit Freuden in die Dorfgemeinschaft aufgenommen. Fast alles in ihrem neuen Haus fertigte er selbst. Seine größte Freude waren die Möbel. Hingebungsvoll verzierte er die große Kleidertruhe mit den schönsten Schnitzereien, die seine Phantasie hervorzubringen vermochte.

Nicht umsonst hatte Hael seinen Namen – der Großzügige – erhalten. Denn dies war er mit Bestimmtheit. Jedem, von dem er wusste, dass er recht wenig zum Leben hatte, besserte er auch mal etwas ganz umsonst aus oder half beratend bei vielen

Neubauten, ohne für seine Kenntnisse etwas zu verlangen. Doch mit seiner Phantasie übertraf er noch diese menschliche Güte: Er erschuf wunderschöne Bilder, die er mit einer Detailtreue ausstattete, die man nirgendwo anders sah.

Hael tolerierte mehr als andere die Vorrangstellung der Frauen in seiner Familie und kümmerte sich nicht darum, ob seine Frau Dinge tat oder sagte, welche andere Männer ihren Angetrauten nie erlauben würden. Sein Leitspruch war: „Jeder ist für sich selbst verantwortlich – und meine Frau hat eine genauso gute Bildung wie ich." Beide Ehegatten hatten großen Respekt vor der Persönlichkeit des anderen.

Ehe das fünfte Ehejahr vorüber war, hatten Finnabir und Hael drei Kinder: Lead, Cruit und Gaesa. Das älteste Mädchen war vier Jahre alt und wünschte sich nur eine Sache von ganzem Herzen zum Spielen: eine Puppe von Mutter mit einem Königinnenkleid und eine Kleidertruhe dafür, wie sie in der Kammer der Eltern stand. Denn die Puppe sollte ja zum Schlafengehen ihr Kleid anständig aufräumen können.

Da dies zwar ein großer Wunsch war, er sich aber durchaus realisieren ließ, wollten Finnabir und Hael ihrem Töchterlein die Freude machen. Sobald die Kinder im Bett waren, setzten sich beide in die Stube ans Feuer und ließen den wildesten Phantasien ihren Lauf. Sie legten ihre liebsten Träume und heimlichsten Wünsche in ihre Arbeit.

Die Puppe bekam einen geschnitzten Körper, dessen Teile mit Gelenken versehen waren. Finnabir brachte am Kopf grüne Augen an, die sie vom Steinschleifer fertigen ließ. Echtes Blondhaar aus ihren eigenen Kindertagen rundete das Kunstwerk vollends ab. Mit liebevollen Schwüngen trug sie Farbe für Wimpern, die sonst zu blassen Wangen und den Mund auf.

Als Finnabirs Eltern eines Abends zu Besuch waren und die Puppe sahen, meinte ihr Vater: „Das soll eine Königin sein? Schön, aber wo ist ihr Geschmeide? Es würde mir Vergnügen bereiten, dieser Herrscherin eine zierliche Halskette und ein Diadem zu fertigen." Mit Begeisterung schloss sich Niamh an: „Ja, damit sie auch die richtige Bildung erfährt, bekommt sie natürlich auch ein in Leder gebundenes Buch dazu. Aber sagt mal, wird es der armen Dame nicht zu langweilig so alleine? Wie wäre es mit einem Gatten für unsere Königin?" Diese Frage erntete zuerst bestürzte

Blicke, dann ein allgemeines Nicken. „Natürlich, sie sollen auch noch ein Kind bekommen. Dass ich daran nicht gedacht habe", bemerkte Finnabir ganz in Gedanken, „schließlich sollen unsere Kinder zusammen damit spielen können."

So wurde also in langen Winternächten und im erhebenden Gespräch an den Teilen gearbeitet. Weitere Augen in blau und braun wurden in Auftrag gegeben. Die Truhe enthielt schon ein Kleid und Teile des Schmuckes. Der Puppenkönig bekam für seinen Umhang eine wunderschöne Brosche und ein Schwert mit verzierter Scheide. Im Buch zeichnete sich allmählich die Geschichte des Tales mit hübschen Zeichnungen versehen ab.

Am Vorabend von Leads Geburtstag wurde das Werk noch einmal zufrieden von den Erschaffern betrachtet. Alles war schön auf dem großen Tisch arrangiert worden und Eltern wie Großeltern standen mit leuchtenden Augen davor und bewunderten Ihr Gesamtwerk. Die drei Puppen saßen auf einer eigens geschnitzten Bank. Alle hatten echtes Haar und wunderbar feine Kleider, die einer richtigen Herrscherfamilie alle Ehre gemacht hätten. Der Schmuck und die Waffe glänzten im Feuerschein des Kamins. Daneben stand eine Truhe mit Phantasiegebilden und darauf lag ein in Leder gebundenes Geschichtsbuch, dessen Einband ganz weich gegerbt war.

Als Finnabir am nächsten Morgen aufstand, um das Frühstück zu richten, führte sie ihr erster Weg an dem Arrangement vorbei. Wie erschrak sie, als sie sah, dass alles ein wenig anders angeordnet war als am Vorabend. Doch dann sah sie ein Stück Pergament liegen. Darauf standen nur wenige Worte:

> Liebe Finnabir
> komm bitte um Mitternacht
> zur Eichenlichtung
> Deine Patin

Sie hielt, völlig ungläubig, noch das Geschriebene in der Hand, als Hael plötzlich hinter ihr stand, und es über ihre Schulter hinweg las. „Wer ist deine Patin, und warum will sie dich unter solch ungewöhnlichen Bedingungen sprechen?" „Ich kenne meine Patin nur aus den Erzählungen meines Großvaters. Er kannte sie nicht, aber beschrieb sie als weise und gütige Frau. Mache dir keine Sorgen, ich werde dir morgen mehr erzählen."

Natürlich gab es kurz darauf ein großes Hallo, als die Kinder gemeinsam mit den Großeltern in der Stube erschienen. Die schon am frühen Morgen singende Lead – was ihren Namen „Lied" erklärt – war ganz begeistert darüber, dass ihr sehnlichster Wunsch in Erfüllung gegangen war. Ganz ehrfürchtig sahen sie und ihre Geschwister auf die Gaben. Mit äußerster Vorsicht wurde alles behandelt – dafür sorgte Lead schon bei ihrem Bruder Cruit und der noch kleinen Schwester Gaesa.

Als in der Nacht langsam alle menschlichen Geräusche verstummt waren, verließ Finnabir leise das Haus am Ortsrand und strebte dem Wald zu, in dem sich besagte Lichtung befand. Sie war überpünktlich, musste jedoch nicht lange warten. Ihre Patin stand bald vor ihr im Licht des vollen Mondes auf einem Stein. Ihr Gesicht war alterslos und ihr Körperwuchs übertraf die Größe von Puppen nur um ein weniges. Zierlich und mit einer fast durchscheinenden blassen Haut stand sie anmutig dort, als wäre dies ein Thron.

„Finnabir", begann sie mit angenehmer Stimme, „deine Familie überrascht mich immer wieder. Du weißt sicher von deiner Mutter, dass Abgesandte von mir immer wieder nach eurem Wohlbefinden sehen. Nun, gestern schickte ich wieder einmal einen aus. Schon sehr bald kam er in heller Aufregung zurück und schilderte mir in bunten Farben, was er in eurer Stube gefunden hatte. Er meinte bescheiden, dass er so viel Schönheit nicht in Worte fassen könne und ich mir alles selbst ansehen müsse. Also machte ich mich auf den Weg. Er hatte nicht übertrieben. Ich bin überwältigt von eurem handwerklichen Geschick."

Verschämt von so viel Lob senkte Finnabir errötend die Augen. „Danke, es macht mich ganz schwindelig, so etwas aus dem Munde einer Frau zu hören, deren Volk berühmt ist für seine feinen Arbeiten, Frau Patin."

Verschmitzt lächelnd konterte die Elfin. „Gern geschehen. Aber so ganz uneigennützig habe ich dich nicht herbestellt. Deine Familie soll künftig für meine Lieben Auftragsarbeiten in der Art verrichten. Wenn ihr dafür die gleiche Begeisterung an den Tag legt, werdet ihr reichen Lohn erhalten. Na, was meinst du?" Nach diesen Worten fiel sie in abwartendes Schweigen.

Finnabir hingegen brauchte vor Freude über das erste Treffen mit der Frau, die sie bisher nur aus Erzählungen kannte, nicht lange überlegen. „Meine liebe Patin, nichts lieber als das. Seit meiner Kindheit wurde mir so viel über das Kleine Volk erzählt, dass Ihr mir so vertraut seid, als würde ich Euch schon mein Leben lang gut kennen. Wir haben während der Arbeit alle bemerkt, dass es uns viel Vergnügen bereitet, auch einmal zierlichere Dinge anzufertigen. Dabei braucht jeder so wenig Platz, dass wir uns zusammen an einen Tisch setzen und Geschichten erzählen können. Jedoch können wir solche Arbeiten nur des Abends und im Hause verrichten. Ich denke nicht, dass es klug ist, wenn im Dorfe bekannt wird, dass wir für Euch arbeiten."

„Natürlich ist das ein Punkt, den wir nicht übersehen dürfen. Ihr sollt genügend Zeit bekommen. Du weißt ja, dass mein Volk lieber in Frieden gelassen wird von den meisten Menschen." Die Elfenfürstin überreichte Finnabir ein dicht beschriebenes Stück Pergament mit einer zierlichen kleinen Handschrift. „Dies ist euer erster Auftrag von mir. Wenn ihr alles fertig habt, legt es auf den Tisch in der Stube und stellt eine Kerze im Schlafzimmerfenster auf. Dann werden meine Gesandten kommen, die Sachen holen und euren Lohn hinterlassen. Übrigens – die Wahl der Muster und Farben überlasse ich euch."

Darauf traten seitlich einige Männer des Kleinen Volkes näher, nahmen ihre Herrscherin in die Mitte und verließen zusammen mit ihr, alle freundlich lächelnd, die Lichtung.

Schon am Waldrand wurde Finnabir ungeduldig von Hael erwartet. „Wer ist sie? Was hat sie gewollt?" Die Fragen wurden mit einem Achselzucken abgetan. „Sie hatte einen Auftrag." Er starrte sie an und rannte ihr dann nach „Was für einen Auftrag?" „Meine Patin ist Herrin des Kleinen Volkes und wir sollen ähnliche Sachen wie für Leads Puppe nun für sie anfertigen." Mit diesen Worten ließ Finnabir ihren zutiefst verblüfften Gatten mit aufgerissenen Augen und offenem Mund mitten auf dem Weg stehen.

Tags darauf wurde Niamh und Mor berichtet, was sich ereignet hatte. Begeistert nahmen sie den Auftrag an. Wie schon die letzte Zeit saßen sie die folgenden Wochen wieder in gemütlicher Runde abends am Feuer und arbeiteten mit Liebe zum Detail. Von allen Materialien wurde das Beste ausgesucht. Dann kam der große Augenblick. Alles war fertig und wurde noch einmal genauestens geprüft und für gut befunden, dann auf dem Tisch ausgelegt und die Kerze bereitgestellt.

Am nächsten Morgen lag statt der herrschaftlichen Kleider, Geschmeide und Truhen sowie Geschichtsbücher ein Beutel Gold und der nächste Auftrag bereit. So ging es längere Zeit. Auf die Bitte von Finnabir, die natürlich gerne die Wirkung der Kleider an den Auftraggebern begutachten wollte, traf sich die ganze Familie ab und an mit Vertretern aus dem Kleinen Volk. Finnabirs Kinder wurden irgendwann in die Geschehnisse mit eingeweiht. Sie waren ganz begeistert ob der Erscheinung der kleinen Wesen, die sogar noch kleiner waren als sie selbst. Ihnen wurde die Schweigepflicht auferlegt. Die drei Kinder waren glücklich, nun ein Geheimnis zu kennen, und hüteten es getreulich.

Ein paar Jahre vergingen auf diese Weise. Eines Tages fanden die Eltern der inzwischen dem Kindesalter entwachsenen Geschwister ein Auftragsschreiben mit ganz normalen Menschenmaßen. Dabei stand als Erklärung, dass es nun ein neues Menschen-Herrscherpaar im Lande gäbe, das sehr gerecht urteile und die Menschen nicht unterdrücke. Sie kämen im Herbst in dieses Tal und wollten sich von der Kunst der ansässigen Handwerksleute selbst überzeugen, da die Kunde von den guten Schnitz- und Schmiedearbeiten auch bis zur Ritterschaft vorgedrungen war. Also sollten Finnabir und ihre Familie auf den Besuch vorbereitet sein mit Kleidern aus schönen Schnitten, Waffen, Möbeln und einem richtigen Geschichtsbuch. Dazu wurden alte Aufzeichnungen von den Elfen geliefert.

Es wurden auch Ansprüche an die Geschwister gestellt: Cruit sollte sich noch mehr im Spiel der Laute üben, Lead sollte ihre schönsten Lieder vervollkommnen und Gaesa ihre Gabe des Geschichten-Erzählens ausnützen. Zusammen waren die drei unschlagbar. Gaesa begann irgendeine Geschichte (es war wie ein Zauberbann – nach ihrem Namen – der sich um die Zuhörer legte) und während des Erzählens stimmte Cruit (sein Name bedeutet Harfe) eine Melodie an, die Lead in dem Moment auch schon mit Texten versah und mit ihrer schönen klaren Stimme vortrug. Zudem konnten sie alle sehr gut mit Pferden umgehen und hatten so manche Kunststücke geübt. Dazu trugen die Mädchen dann bequeme Hosen, die sie bei ihren Reitkünsten nicht behinderten.

Der Tag, als der hohe Besuch erwartet wurde, wurde von schönem lauen Herbstwetter und fröhlichem Vogelgezwitscher begleitet. Eine kleine Vorhut kündigte die baldige Ankunft der Herrschaften an. Sie ritten von der offenen Seite des Tales her in den Ort ein. Alle Bewohner hatten nach bestem Können ihre Häuser verschönert und alle Handwerker hatten miteinander etwas Besonderes als Geschenk für die Besucher erschaffen. Denn in dieser Zeit war es eine sehr große Ehre, wenn ein so kleiner und abgelegener Ort solch hohen Besuch bekam.

Am südlichen Ende des Dorfes schlängelte sich der Fluss vorbei und davor stand eine wunderschöne Blumenwiese mit einigen verstreuten Obstbäumen. Dort hatten sich alle Ortsbewohner eingefunden. Die Handwerker mit ihren Schau-Stücken und alle anderen festlich gewandet. Es lockten die verschiedensten Gerichte, die dort an einem extra aufgestellten Tisch verzehrt werden sollten.

Der Wagner hatte einen zweisitzigen Wagen gebaut, der vom Silberschmied mit dem Wappen der Herrscherfamilie versehen war, umrandet von den Schnitzereien Haels. Vom Grobschmied gearbeitete Laternen hingen an beiden Seiten des Kutschbocks. Die Sitze waren aus feinstem Leder vom Gerber bezogen.

Eine Reisetruhe von Hael vervollständigte das Bild. Darin befanden sich edle Kleider von Finnabir, Schmuck und Waffen von Mor und zwei Bücher von Niamh. Eines mit der Geschichte des Landes, fein illustriert mit Landkarte und Bildern von typischen Bewohnern. Das zweite war ein Band mit Geschichten von Gaesa, dazugehörigen Aufzeichnungen der Melodien von Cruit und der Liedtexte Leads.

Dies alles stand mit zwei Pferden des örtlichen Pferdezüchters im Gespann unter einem Baum. Daneben befanden sich die schönsten Früchte der Bauern, Getreide, Obst und Gemüse zuhauf.

Die Gaben waren von Niamh und ihrer Tochter arrangiert worden. Und als Dank für die reichen Gaben zeigte sich das Herrscherpaar äußerst angetan davon und beglückwünschte die Leute zu ihren Fähigkeiten.

Alle Gaben wurden genau besehen und erregten höchstes Aufsehen beim Hofstaat. Als die Kleider aus der Truhe besichtigt wurden, spornte die Herrscherin ihren Mann an, doch gleich alles anzuprobieren.

In Finnabirs Haus zog sich das Herrscherpaar um. „Sieh nur, wie fein alles verarbeitet ist. Diese Menschen hier sind wahre Künstler." Ganz verzückt drehte sich die Dame mit ihrer neuen Ausstattung um die eigene Achse.

Ihr Mann bedachte sie mit einem bewundernden Blick. „Ja, es ist gut, dass wir hierher kamen. Im ganzen Reich weiß keiner unserer Ritter bessere Handwerker zu nennen. In Zukunft werden diese Menschen hier viel Arbeit haben mit unseren Aufträgen. – Warum wolltest du eigentlich unbedingt hierher; kennst du hier jemanden?"

„Nein, mein lieber Gatte. Ich erhielt dieses Jahr ein an mich gerichtetes Schreiben von Unbekannt, in dem mir dieser Ort mit seinen Handwerkern wärmstens empfohlen wurde. Darauf schickte ich ohne dein Wissen ein paar Männer hierher, um mir berichten zu lassen. Was sie erzählten, klang so überzeugend gut, dass ich dich hierher bringen wollte. Und hier sind wir."

Draußen auf dem Anger wurde gegessen und getrunken. Der Weinbauer brachte die erlesensten Fässer aus seinem Keller und die Bierbrauerin machte ihm mit ihrem Trunk Konkurrenz. Doch an einem solchen Tag hielt das ganze Dorf zusammen. Es ging schließlich um ihrer aller Ehre und künftiges Auskommen. Alle Streitereien wurden bis zur Abreise der Gäste beiseite gelegt. Es war eitel Sonnenschein.

Finnabirs Kinder unterhielten das Herrscherpaar mit Geschichten und Gesängen. Sie bauten auch bekannte Lieder mit in ihre Abläufe ein, so dass alle Anwesenden mit einstimmen konnten. Es wurde ein Fest, das man über Generationen nicht vergessen würde.

Auf diesen hohen Besuch folgten noch weitere. Die Handwerker bekamen Urkunden ausgestellt, die sie als vom Herrscherpaar persönlich empfohlene Meister ihrer Zunft auswiesen und sie als Lehrherren oder -frauen begehrt machten. Die Geschwister waren oft monatelang mit dem Herrscherpaar unterwegs zu politischen Treffen und sorgten dort, während sie viel von der Welt sahen und lernten, für Unterhaltung.

Mit Hilfe von Finnabirs Patin wurde ihre Familie eine der angesehensten des Landes. Und alle Nachkommen hatten eine besondere Gabe, die sie bis zur Vervollkommnung pflegten.

Aber das wäre eine neue Geschichte.

Wir näherten uns am Nachmittag des nächsten Tages Lantshvt von Nordwest. Zuerst mussten wir über einen Arm der Isar, die sich an dieser Stelle teilt. Hier durchquerten wir den unbefestigten Stadtteil „Zwischen den Brücken", in dem die Handwerker ihr Auskommen fanden. Dann überquerten wir den zweiten Flussarm und kamen somit an die eigentlich befestigte Stadt. Lantshvt war noch eine vergleichsweise junge Stadt.[13]

Als wir beim Heilig-Geist-Spital eingeritten waren und zum Stadtkern strebten, sah man an tausend verschiedenen Dingen, dass das 14. Jahrhundert den Bürgern der Stadt Wohlstand und Reichtum gebracht hatte. Die Häuser waren gut gepflegt, die Menschen sauber und geschmackvoll gekleidet und die Läden voller schöner Waren. In zwei Tagen stand ein großer Feiertag bevor und jeder wollte wie ein Weltmeister kaufen und verkaufen.

Nachdem wir unsere Pferde und das Gepäck in einer guten Gastwirtschaft zurückgelassen hatten, schlenderten wir erstmals durch die erstaunlich sauberen Straßen Lantshvts.

Wir kamen auch zur Martinskirche. Der alte romanische Bau stand noch. Aber mit der neuen Martinskirche, die auch in meiner Zeit noch in voller Pracht glänzte, wurde schon begonnen. Der neue Altarraum schloss sich der alten Kirche bereits an. Einer unserer Begleiter zeigte auf den Erbauer der Kirche. Meister Hans von Burghausen würde jedoch die Fertigstellung dieses

---

13) *Die Gründung Landshuts erfolgte im Jahre 1204 durch Ludwig I, den Kelheimer. Seine Frau, Ludmilla von Bogen, brachte mit der Grafschaft auch das weiß-blaue Rautenwappen in die Ehe. 1255 wurde Bayern in zwei Teile gespalten, die später an die Enkel des Paares verteilt wurden. Das Oberland (Oberbayern) bekam Ludwig der Strenge und das Unterland (Niederbayern) fiel an den Bruder Heinrich den Älteren. Landshut wurde die Hauptstadt des Unterlandes. Der Reichtum der Stadt führte zu mehreren Erweiterungen der Altstadt. Das Heilig-Geist-Spital im Westen etwa, das als Raststätte für Reisende am Isarübergang anfangs völlig getrennt von der Stadt und ein ganzes Stück entfernt lag, wurde bei der letzten Erweiterung der Stadtmauern um 1350 schon miteinbezogen. Die Stadtmauer hatte Tore mit Türmen, die in die Richtungen der wichtigsten Ausfallstraßen, z. B. nach Regensburg und München, führten.*

schönen Bauwerkes nicht mehr erleben. Der Anblick der fertigen Kirche hätte ihn sicherlich sehr erfreut.[14]

Um uns herum war geschäftiges Treiben. Die Vorbereitungen für das große Fest liefen auf vollen Touren. Ob hier die Menschen auch diskutiert hatten, ob nun von 1399 auf 1400 oder ein Jahr später erst der Jahrhundertwechsel wäre wie es im Jahre 1999 von Anfang an in aller Munde war?

Prediger liefen in der Stadt herum und erzählten vom Untergang der Welt, vom Sündenfall und sonstigen Schrecklichkeiten. Das erinnerte mich an diverse Glaubensgemeinschaften, die es wohl immer geben würde und die sicher auch weiterhin vor dem großen Knall warnen würden. Mich faszinierte die ganze Szenerie.

Wir ließen uns einfach treiben vom Strom der Menschen. Gordian hielt mich an der Hand, um nicht von mir getrennt zu werden. Genau wie Martin mit Argusaugen über seine geliebte Juliana wachte. Die beiden waren schön anzusehen. Die verliebten Blicke, die sie sich ständig zuwarfen. Ich bemerkte auch, dass Gordian sie hin und wieder beobachtete. Hinterher fing ich einen sehnsuchtsvollen Blick auf, den er mir zuwarf. In diesem Augenblick war ich mir felsenfest sicher, dass ich keinen anderen haben wollte als ihn. Ich tat, als wolle ich ihm etwas ins Ohr flüstern, zog seinen Kopf zu mir herab und küsste ihn.

Dann entwand ich ihm meine Hand, drehte mich um und ging zu meiner Freundin, die schon eine ganze Weile winkte, um meine Aufmerksamkeit zu erlangen. Sie stand mit Martin vor einem Stand mit erlesenen Stoffen und sonderbaren Gewürzen. Wie konnte es auch etwas anderes sein! Ganz aufgeregt besahen und befühlten die beiden die Textilien, deren Machart ihnen teilweise Begeisterungsrufe entlockten. Der Mann hinter dem Stand machte einen fremdländischen Eindruck. Als ich ihn fragte, woher er käme, stellte er sich als Albon vor: „Ich hieß früher Abdul und habe den neuen Namen erhalten, als ich vor einigen Jahren euren Glauben angenommen habe" und erklärte sofort stolz, dass seine Heimatstadt Smyrna genannt werde. Es

---

14) *Der berühmte, noch immer höchste Ziegelsteinturm der Welt (130,6 Meter), wurde erst von 1444 bis 1500 gebaut. Einem Gerücht folgend wollten die Bürger der Stadt einen Turm bauen, der den höchsten Punkt der Burg überragen sollte, um ihren Herrscher zu übertrumpfen. Natürlich sah Anfang 1400 die auf einem Hügel über der Stadt thronende Landeshut – der 1999 bekannte Name Burg „Trausnitz" wurde erst um 1543 geprägt – noch etwas anders aus als heute.*

war ein weiter Weg für einen Kaufmann von dort nach Lantshvt. Aber er erzählte mir, er würde gerne reisen und seine Geschäfte waren bisher immer von Erfolg gekrönt. Er liebte es außerdem, Erzählungen von ungewöhnlichen Begebenheiten zu sammeln, die er auf seinen langen Reisen hörte und dann wiederum neuen Begleitern abends am Lagerfeuer weitererzählte.

Ich merkte an, dass ich schon von den wunderbaren Moscheen seiner Heimat gehört hätte. Wunderschöne Bauten, die es mit den Palästen der Welt aufnehmen könnten. Und da er seiner Erzählung nach Christ war, erzählte ich auch von der Hagia Sophia in Konstantinopel. Ich konnte natürlich nicht erzählen, dass ich dort herumspaziert war. Aber mit der bloßen Erwähnung dieser fernen Stätte hatte ich mir einen Freund geschaffen. Er bot mir sofort ein heißes Getränk an, das ich als Tee erkannte. Das wiederum freute mich so sehr, dass ich ihm beinahe um den Hals gefallen wäre.

Albon erzählte, dass er einen Kaufmannsfreund aus dem fernen China habe und dieser ihm die getrockneten Blätter bei ihrem Abschied geschenkt hatte. Tee hatte mir schon lange gefehlt. Ich lobte ihn sehr und erwähnte, dass mir dieses Getränk sehr schmecken würde. Martin und Juliana standen neben mir und sahen beide aus, als hätten sie einen Geist erblickt. Zu Juliana gebeugt flüsterte ich: „In meiner Zeit trinkt die ganze Welt Kaffee oder Tee. Ich bevorzuge Tee. Es ist ein herrliches Getränk." Sie probierte auch und war nach einer Weile überzeugt, dass sie sich gut an das neuartige Getränk gewöhnen könnte.

Zu unserem neuen Freund sagte ich: „Euer chinesischer Händler sollte diese Blätter in der ganzen Welt verkaufen. Er würde sicher viel Geld damit verdienen. Und wenn ihr auch mich beliefern könntet, wäre ich überglücklich."

Zu meiner Freude waren sich Martin und Albon sofort sympathisch. Nach einer harten Verhandlung zwischen den beiden wechselten einige Stoffe ihren Besitzer gegen einen fairen Preis. Danach war ich mir sicher, dass sie auch in Zukunft Geschäfte machen würden. Als Gordian von seinem Beobachtungsposten am Rande herantrat und zum Weitermarsch mahnte, schenkte mir Albon zum Abschied eine kleine verzierte Dose mit getrockneten Teeblättern.

Martin hatte ihn nach Rietenburch eingeladen – „Laura wird sicherlich aus ihrem schier unerschöpflichen Reichtum an Geschichten etwas erzählen, was du mit in deine Heimat überliefern kannst." – und Albon versprach, im Frühjahr zu kommen.

Wir sahen noch ein paar Feuerschluckern und Messerwerfern zu, bevor wir zu unseren Pferden zurückgingen, um zum Empfang auf der Burg pünktlich zu erscheinen. Nur unser treuer Konrad sollte uns begleiten. Die Soldaten mussten auf Geheiß des Herzogs in den Gasthäusern der Stadt untergebracht werden, da sonst die Kapazitäten auf der Burg nicht ausreichen würden bei der Anzahl der geladenen Gäste. Wir bekamen angenehme Kammern zugewiesen, in denen wir vorerst die ersten Bewohner waren und damit das Recht des besten Platzes hatten. Juliana und ich suchten uns das komfortabelste der drei zur Verfügung stehenden Betten aus. Unsere Begleiter hatten auch die Qual der Wahl mit ihren Schlafstätten.

An diesem Abend gab es nur einen kleinen Empfang von inoffiziellem Charakter, da bis zum Dreikönigstag noch viele Gäste eintreffen würden.

Ein Geschichtenerzähler auf der Durchreise war ebenfalls anwesend. Seine ellenlangen Erzählungen leierte er ohne Witz und Charme herunter. Er war so langweilig wie manche Dozenten bei Kursen und in Schulen. Während ich aus Höflichkeit still da saß und halbherzig versuchte, seinen langen Tiraden zu folgen, fielen mir die Augen zu. Mein Kopf sank auf die Brust und ich schwankte bedenklich.

Gleich darauf wurde ich hochgehoben. Meinem beschleunigten Herzschlag entnahm ich, dass es Gordian sein müsste. Im Flur schließlich sagte er: „Mach mir nichts vor, denn ich weiß, dass du wach bist. Wir sind allein." Ich bat Gordian, mich abzusetzen, weil ich Angst hatte, ich würde ihm zu schwer werden. Gordian schüttelte nur den Kopf. Also schlang ich meine Arme um ihn und genoss es einfach, getragen zu werden.

„Nur, dass Du nicht falsch von mir denkst: Das war gerade kein Erschöpfungsschlaf, sondern Langeweile. Stillsitzen konnte ich als Kind schon nicht. Als ich dann für meine späteren Ausbildungen noch mal zur Schule ging, schlief ich auch oft ein, wenn ich neben den uninteressanten Monologen der Lehrer nichts zu tun hatte, außer dazusitzen und mich möglichst still zu verhalten."

„Ich fand den Burschen gerade auch ziemlich ermüdend und war sehr froh, als du eingeschlafen bist. So hatte ich wenigstens die Gelegenheit, zu verschwinden. Ich will mich gleich bei Sonnenaufgang mit einem Freund treffen."

Mit diesen geheimnisvollen Worten ließ er mich vor der Tür unserer Kammer herunter und verließ mich nach einem zärtlichen Kuss, den ich ihm nicht verweigern wollte. Vor lauter Müdigkeit hatte ich gar nicht mehr den Elan, ihn auszufragen und trottete zu unserem Bett. Etwa drei Minuten später glitt ich unter die Decke und im selben Augenblick in die Welt der Träume.

Natürlich war ich ein solches Leben nicht gewohnt: stundenlang im Sattel, unbequeme Betten und den ganzen Tag draußen in der kalten Luft. Das macht einfach müde. Aber am nächsten Tag fühlte ich mich so ausgeschlafen wie schon lange Zeit nicht mehr.

Zu unserer Unterhaltung und um den Schmutz der Reise wegzuwaschen, gingen Juliana und ich in eine der öffentlichen Badestuben. Dort ließen wir uns mithilfe des nötigen Kleingelds richtig königlich verwöhnen. Es gab Wannen- und Dampfbäder, man konnte sich schröpfen, scheren und barbieren lassen. Außerdem war die Küche dort nicht zu verachten. Allerdings musste man sich vor den allzu offensichtlichen Avancen einiger Herren in Acht nehmen.

Nach dem Bad fühlten wir uns wie neugeboren oder besser: Ich fühlte mich wie nach vier Wochen Urlaub. Konrad begleitete uns hinterher durch den Markt, auf dem wir verschwenderisch einkauften. Das heißt, Juliana gab ziemlich viel Geld aus. Ich hatte ja nicht viel und war daher eher knauserig. Aber ein richtig schöner Silberbecher war auch für mich drin. Nebenbei beklatschten wir Seiltänzer, Feuerspucker und Magier auf ihren Podesten. An jeder Straßenecke fand sich Zerstreuung irgendwelcher Art. Und wenn es nur ein zu der Zeit recht unbekanntes Tier wie ein kleines Äffchen war oder ein simples Spiel wie etwa Mäuseroulett. In einer der Lantshvter Kirchen besuchten wir außerdem die Messe zum Dreikönigstag.

Bei Einbruch der Dunkelheit waren wir wieder auf der Burg zurück. Alles strahlte schon im Licht von tausend Fackeln. Überall auf den Wegen um die Gebäude lustwandelten Pärchen, sangen verliebte Herren oder deklamierten gebildete Männer aus irgendwelchen alten Schriften. Es herrschte eine wunderbar erwartungsvoll knisternde Stimmung. Nach den langen Raunächten konnten sich die Menschen endlich wieder in der Dunkelheit im Freien aufhalten.

Später wurde zu Tisch gebeten. Diesem Ruf leisteten wir alle begeistert Folge, denn man konnte an einem solchen Tage besonders erlesene Speisen erwarten. Ich kannte zwar von den meisten Gerichten nur einen Bruchteil der Zutaten, aber es schmeckte fast alles herrlich. Ich selbst hatte ja schon immer gerne mit Kräutern gekocht, aber meine bescheidene Kunst verblasste im Vergleich zu den Gaumenfreuden, denen wir an dem Abend ausgesetzt waren.

Die Sache erinnerte mich etwas an ein Menü mit über zehn Gängen, das ich einmal mit Freunden in Italien genießen durfte. Dabei wurden verschiedene Pasta, Fleisch, Fisch, Gemüse und Gebäck gereicht. Einige von uns schieden wegen Völlegefühlen schon vorzeitig aus. Wir anderen konnten uns nach erfolgreicher Beendigung des herrlichen Essens beinahe nicht mehr bewegen. Aber ich hätte es nicht missen wollen.

Diese Erfahrung also machte ich am Dreikönigstag 1400 noch einmal. Der Wein, der zu dem Essen gereicht wurde, war kein „Sauerampfer" wie gewöhnlich in der Gegend. Es war vielmehr ein edles Tröpfchen, das sich sehen lassen konnte an einer fürstlichen Tafel.

Erst nach mehreren Stunden wurde die Speisenfolge beendet. Mich beschlich langsam das Gefühl, ich müsste demnächst platzen, als endlich keine Diener mehr aus der Küche strömten.

Nun folgte eine Zeit, in der die Gäste selbst für Zerstreuung sorgen sollten. Es kamen einige witzige aber auch weniger unterhaltsame Einlagen. Sie waren teils Zauberkunststücke oder Lieder. Es kam nicht darauf an, dass alles perfekt war. Hauptsache es unterhielt. Irgendwann bedeutete der junge Herzog mir, dass ich nun an der Reihe wäre. Mir sank erst einmal das Herz in die nicht vorhandene Hosentasche. Es wollte mir auf Anhieb beim besten Willen nichts einfallen. Doch dann erinnerte ich mich an ein Lied, das ich aus Spaß oft lauthals beim Autofahren mit Kassette gesungen hatte. Es stammt aus der Oper „Der Waffenschmied" von Albert Lortzing.

Ich erhob mich und begann mit meinem Vortrag. Natürlich musste ich a capella singen. Aber ich schaffte es sogar sinngemäß für alle verständlich zu singen, ohne über den Text zu stolpern:

Welt, du kannst mir nicht gefallen, hast dich förmlich umgekehrt,
von den heut'gen Männern allen ist auch keiner etwas wert.
Ich trete ein mit Schüchternheit, doch sie verliert sich mehr und mehr;
der grobe Mann sieht mich nicht an, als ob ich alt und hässlich wär.
Ich sage ihm und sehr gemessen, was man hier Sehenswertes nennt;
er dankt mir nicht, läuft wie besessen zur Tür,
als ob der Kopf ihm brennt.
O holde Schwestern ihr, die ihr Gefühl gleich mir,
heißt das nun Achtung, sprecht, vorm zarteren Geschlecht?
O Welt, o Welt!
Welt, du kannst mir nicht gefallen, hast dich förmlich umgekehrt,
von den heut'gen Männern allen ist auch keiner etwas wert. –
In früheren Zeiten naht man bescheiden stets einer
zarten Jungfrau sich,
und man war selig, entspann allmählich sich
ein Gespräch fein sittiglich.
Man sprach vom Wetter, von teuren Zeiten,
und nach und nach, jedoch ganz fein,
wußt' man gar zart vorzubereiten
von Lieb' ein einzig Wörtelein.
Man reichte abgewandt dem Flehenden die Hand;
er drückte, küsste sie, sank vor uns auf die Knie,
und dann – und dann –
Welt, du kannst mir nicht gefallen, hast dich förmlich umgekehrt,
von den heut'gen Männern allen ist auch keiner etwas wert.

Ich bedachte die Textstellen immer mit den betreffenden Bewegungen, in die ich Gordian integrierte. Alles natürlich enorm übertrieben. Mein Partner zeigte eine sehr rasche Auffassungs–gabe und ein überraschend gutes Talent zur Schauspielerei. Und es schien ihm Spaß zu machen. So wurde unser Vortrag zum Erfolg. Den Refrain sangen die meisten Frauen beim zweiten

Mal schon mit und die plötzlich einsetzende musikalische Unterstützung kam von Máel Pátraic und einem Trommler.

Die Damen lachten aus vollem Herzen und die Herren sahen teils etwas verwirrt aber gutmütig drein, als auch der junge Heinrich sich vor Lachen schüttelte.

Er forderte mich auf, noch einmal etwas zum Besten zu geben. Da blieb ich doch gleich bei der Oper. Dies war mir aber zu schwer zu singen ohne musikalische Begleitung. So sagte ich es nur auf. Wie schon vorher etwas übertrieben.

Wir armen, armen, Mädchen sind gar so übel dran;
ich wollt, ich wär kein Mädchen, ich wollt, ich wär ein Mann!
Um unsern guten Ruf ist's nur zu leicht geschehn;
man kann beim besten Will'n nicht alles vorhersehn.
Wir armen, armen, Mädchen sind gar so übel dran;
ich wollt, ich wär kein Mädchen, ich wollt, ich wär ein Mann!
Kaum sieht man einen Mann nur von der Seite an.
so heißt's mit spött'scher Mien': „Sie hat ein Aug' auf ihn."
Schuf denn der liebe Gott die Männer uns zum Groll –
dass man sie ausnahmsweis' nicht einmal ansehn soll?
Ein Mann kann tuen was er will, da schweigt der böse Leumund still,
bei uns da schreit er laut.
Wir armen, armen, Mädchen sind gar so übel dran;
ich wollt, ich wär kein Mädchen, ich wollt, ich wär ein Mann!
Geht man am lieben Sonntag mit kindlich frommen Sinn,
fein sauber angekleidet, ehrbar zur Kirche hin
und hat vielleicht zufällig ein Bändchen mehr am Kleid –
gleich sprechen böse Zungen: „Die strotzt vor Eitelkeit."
Da stecken Muhm' und Basen zusammen ihre Nasen
und hecheln dann und keifen: „Seht nur die vielen Schleifen!
Die geht auch nicht zum Beten heut in die heil'gen Hallen;
es will die eitle Dirne, den Männern nur gefallen;
seht nur, wie sie sich bläht, wie sie sich wendet und sich dreht;
seht nur wie sie sich ziert und mit den Augen kokettiert!"
Ein Mann kann tuen, was er will, da schweigt der böse Leumund still.
Doch ach wir armen Mädchen! –
Wir armen, armen, Mädchen sind gar so übel dran;
ich wollt, ich wär kein Mädchen, ich wollt, ich wär ein Mann!
Ich wollt, ich wär ein Mann, ich wollt,
ich hätt 'nen – ich wär ein Mann.

Der letzte Satz wurde mit brüllendem Gelächter bedacht und ich erhielt von allen Seiten Applaus.

Später spielten die Musikanten des Herzogs noch zum Tanz auf. Das war nun etwas, das ich eigentlich gerne hatte. Nur hatte ich absolut keine Ahnung von Tänzen aus dem Mittelalter. Ich wollte nicht zugeben müssen, dass ich unfähig war. Dieser Gedanke trieb mich in den Garten. Von dort hörte man die Trommeln und Pfeifen sowohl aus dem großen Festsaal als auch vom Marktplatz herauf. Zumindest an der Mauerseite, die zur Stadt hinzeigte.

Plötzlich stand Gordian neben mir. Er hatte mich augenscheinlich gesucht. Er nahm mich in die Arme und küsste mich. „Heute sind die Weihnachtstage vorbei. Wir sind wieder frei, des Nachts die Sterne zu beobachten". Ich erwiderte seinen Kuss. „Ich wünsche dir, dass alle deine Träume in Erfüllung gehen und du niemals Grund zu großer Sorge haben wirst." „Das klingt fast wie ein Versprechen aus deinem Mund. Denn du kennst meinen großen Traum", flüsterte er mir ins Ohr. Ich sah ihm in die Augen. „Es ist ein Versprechen. Meine Antwort ist JA."

Der Mann, in den ich mich nach und nach immer mehr verliebt hatte, nahm mich zärtlich in die Arme und gab mir einen Kuss, der mich erschaudern ließ vor Freude und Lust und erst nach langen Minuten endete. Wir standen aneinandergeschmiegt da und betrachteten eine Weile schweigend die Sterne über uns.

In der ganzen Anlage war ein großes Hallo und wir wurden bald darauf voneinander getrennt. Stunden später in tiefer Nacht fiel ich erschöpft neben Juliana ins Bett. Diese war völlig am Ende von der ausgelassenen Feier und zog sich nicht einmal mehr aus. Ich vermutete, bei ihr lag es mehr an dem schweren Wein, dem sie kräftig zugesprochen hatte.

Manchmal ärgert mich die Tatsache, dass ich zu den Frühaufstehern gehöre. Nicht so am Tag nach Heilig Drei König des Schneemonds 1400. Schon kurz nach Sonnenaufgang war ich wieder auf den Beinen und streifte zufrieden durch die wie leer gefegte Burganlage. Nur hie und da war ein Diener zu sehen.

Jedoch keiner von den hohen Gästen. Aber es dauerte keine halbe Stunde, da kam Konrad und zerrte mich zu den Ställen. Gordian war dort und überaus gut gelaunt. Er überredete mich zu einem kleinen Ausritt. Wir erkundeten die Gegend. Mit dabei waren natürlich Konrad und Felix.

Der Atem unserer Pferde dampfte in der kalten Morgenluft und der Schnee knirschte unter ihren Hufen. Ab und an mussten wir absteigen, um die weißen Stelzen zu entfernen, die sich zwischen den Eisen unserer Pferde auftürmten.

Nach einer guten Stunde trafen wir auf eine kleine Scheune. Hier hielten wir. Die Pferde wurden angepflockt, Gordian zog mich durch das nur angelehnte Tor und schloss es hinter uns zweien wieder. Drinnen waren Stroh und Heu gelagert.

Gordian legte seinen Mantel auf einen großen Haufen Heu und hieß mich etwas erhöht hinsetzen. Er selbst kniete sich daneben. Seine Finger liebkosten mein Haar, während die andere Hand mir über den Rücken streichelte und sein Mund den meinen suchte. Ich spürte ein Feuer in mir aufwallen und umarmte ihn, doch ich erschrak auch.

„Was wird Konrad sagen, wenn er hier hereinplatzt?" „Der wird hier nicht hereinkommen. Er hat die Anweisung, sich anderweitig zu beschäftigen. Und diese Scheune gehört einem Freund von mir. Hier wird uns also niemand belästigen."

„Ach so, das wird wohl dieser Freund von gestern früh sein."

„So ist es. Ich frage dich jetzt noch einmal: Willst du meine Frau werden? Mach mich endlich zum glücklichsten Mann der Welt oder komme nicht mit auf meinen Hof zurück. Denn etwas dazwischen gibt es nicht. Ich kann deine Anwesenheit in meiner Nähe nicht länger ertragen, wenn du mir nicht voll und ganz gehörst."

Er kniete so vor mir auf dem Boden und hielt meine Hände in meinem Schoß. Sein Gesicht sagte mir, dass er es vollkommen ernst meinte. Auch sah ich den kleinen Funken Angst in seinen Augen, dass mein Jawort in der vergangenen Nacht aus einer weinseligen Laune entsprungen war. Ich sah ihn fest an. „Du hast meine Zustimmung bereits. Doch ich gebe sie dir noch einmal feierlich und in aller Aufrichtigkeit. Auch mir wurde inzwischen klar, dass ich dich mehr liebe als sonst jemanden auf der Welt.

Mir würde es das Herz zerreißen, von meiner neuen Heimat und vor allem von dir fortgehen zu müssen.

Da ich nicht zulassen kann, dass mein Märchenprinz wieder aus meinem Leben verschwindet, verspreche ich dir hiermit die Ehe und meine Freundschaft bis in die Ewigkeit, wenn du mich denn wirklich haben willst. Denn ich weiß, dass ich nur dich für mein Glück brauche. Aber ich hoffe, dir ist klar, dass ein Leben mit mir nicht einfach sein wird."

Gordian hatte einen sehr feierlich-ernsten Ausdruck. „Das ist mir bewusst. Ich will dich mit all deinen Stärken und Schwächen, die dich für mich so anziehend machen. Und ich schwöre dir, immer für dich da zu sein. Als treuer Ehegatte und als Freund. Solange ich lebe." Nach diesem feierlichen Eid streifte er mir einen wunderschönen Ring über den Finger. Ein breiter Silberring mit herrlichen Verzierungen. Ich konnte Gordian vor lauter Glücksgefühlen einfach nur zärtlich und voller Liebe umarmen.

Unser Treueschwur ersetzte im Mittelalter eine richtige Trauung. Aber Gordian erwähnte, dass es sein Stand doch verlangen würde, einen kirchlichen Segen für eine solche Bindung zu erbitten. Er würde sich bei unserer Rückkehr sofort deswegen mit unserem Priester zusammensetzen.

Schon während der ersten Wörter meiner Beteuerung hatten seine Hände angefangen zu zittern. Halb sitzend, halb kniend lagen wir uns in den Armen. Beide weinten wir Freudentränen, während wir uns innig umarmten und hungrig küssten. Wir konnten und wollten einfach nicht mehr voneinander lassen. Und da wir uns zumindest inoffiziell ab unserem Versprechen als Ehepaar bezeichnen konnten, war das auch nur recht und billig.

Was folgte, war wie eine Explosion eines schon lange bro–delnden Vulkans. Unser beider Leidenschaft verschlug uns den Atem. Wir waren glücklich – und so miteinander beschäftigt, dass wir nicht einmal die eisige Kälte um uns erfassten. Ich schwebte jedenfalls im siebten Himmel.

Warum nur hatte ich so lange gewartet? Das lag wohl an dem Teil in mir, der noch immer einen Traum wähnte, aus dem ich wieder aufwachen würde.

Mit einem Strahlen in den Augen, das ich noch nie vorher gesehen hatte, zog Gordian mich nach einer Ewigkeit hoch und half mir wieder in mein Kleid. Als wir uns wieder vollständig angezogen hatten, gingen wir hinaus ins Freie. Die Sonne war ein großes Stück weitergewandert auf ihrer täglichen Reise und Konrad war froh, sich endlich wieder auf sein Pferd schwingen zu dürfen. Nach diesem Winterausritt anstelle eines bequemen Bettes freute er sich in Erwartung eines schönen Kaminfeuers wie ein kleines Kind. Er grinste uns beide verschwörerisch an, sah uns dann genauer an und fing an zu kichern. Als ich Gordian betrachtete, brach ich auch in Gelächter aus. „Wenn ich genauso viel Heu und Stroh an mir kleben habe wie du, weiß spätestens beim Abendmahl jedermann in Lantshvt, was wir beide heute gemacht haben."

Juliana kam in den Stall, als ich noch bei meinem Arwakr stand und ihn verwöhnte. Als sie bemerkte, dass wir allein waren, fing sie an zu plappern. Ich setzte mich neben dem Pferd ins frische Stroh und schlang die Arme um meine Beine. Sie erzählte, während sie meinen verschmusten Kerl streichelte, von den letzten Tagen, ihren Hochzeitsvorbereitungen, sofern sie mich nicht betrafen und anderen kleinen Dingen, die sie bewegten. „Was hast du eigentlich mit meinem Bruder gemacht? Er hat seit gestern so einen eigenartigen Glanz in seinen Augen und macht einen unendlich glücklichen Eindruck – und du guckst auch so ähnlich."

„Wir haben uns einander versprochen." Sie sah mich ungläubig und völlig überrascht an. „Habe ich dich richtig verstanden – ihr beide habt endlich zueinander gefunden? Ja ist das denn wirklich wahr? Warum habt ihr das nicht schon früher gesagt? Hurra, endlich eine Schwägerin. Und noch dazu eine so gute Freundin. Was habe ich schon um diesen Tag gebetet! Ich glaube, du machst Gordian zum glücklichsten Mann, denn er hat vor nichts anderem in der Welt so viel Angst, als alleine alt werden zu müssen. Ihr wollt sicherlich auch mit dem Segen der Kirche heiraten, oder? Ich bestehe darauf, dass ihr den Termin auf denselben Tag legt wie Martin und ich. Stell dir vor, eine Doppelhochzeit auf unserem Gut. Welch eine Freude!" Mit diesen Worten umarmte sie mich stürmisch.

„Ich weiß nicht, ob dein Bruder so lange warten will bis zur offiziellen Vermählung. Er wird vielleicht auf einen früheren Termin pochen." Juliana sah mich mit Schalk in den Augen an

„Ja, ich glaube er will sein Glück aller Welt zeigen – und das am liebsten noch heute. Und die beste Gelegenheit dazu ist ja wohl eine öffentliche Trauung mit Priester und allem Drum und Dran."

Plötzlich dachte ich an zu Hause und wurde traurig. Juliana wusste nicht, was los war und versuchte mich zu trösten. Ich erzählte ihr, dass es für mich schlimm sei, zu wissen, dass meine Eltern noch lebten und nicht bei meiner Hochzeit dabei sein konnten. „Die wünschen sich schon so lange einen Schwiegersohn und liegen mir seit Jahren in den Ohren, ich solle mir endlich einen Mann suchen und Kinder in die Welt setzen – und jetzt ... jetzt habe ich wirklich und wahrhaftig meinen Traummann gefunden, der mich sogar auch noch unbedingt ehelichen will, und sie wissen es nicht einmal."

Nach ein paar weiteren Minuten, in denen ich einige Tränen vergoss, fing ich mich wieder. „Aber alles Lamentieren hilft hier nichts. Ich lebe hier und jetzt. Und ich bin überglücklich." Entschlossen baute sich Juliana vor mir auf. „Ja, und das sollst du auch bleiben. Also müssen wir planen. Das Allerwichtigste: Du brauchst ein Kleid. Deshalb müssen wir auch unbedingt noch einmal zu Albon. Er hatte einen Stoff, der sicherlich erstklassig für ein Brautkleid passen würde."

Am Abend dieses Tages gab es ein ausgelassenes Tanzfest, bei dem ich mich an ein paar Tänzen übte. Was hätte ich für einen romantischen Walzer oder einen leidenschaftlichen Tango mit meinem Prinzen gegeben ...

Schon am nächsten Morgen ritten Gordian, Konrad und ich wieder aus. Diesmal bekamen wir aber noch im Burghof Begleitung von Juliana und Martin sowie von ein paar anderen edlen Herren mit ihren Damen, die sich als charmante und unterhaltsame Gesellschafter entpuppten. Der Weg führte uns durch zahlreiche Weingärten. Der letzte Herzog, Friedrich, hatte die Gegend um Lantshvt in den letzten 25 Jahren als Weinanbaugebiet erschlossen. Aber ich muss sagen, ich habe in meinem Leben schon viel, viel besseren Wein getrunken. Er darf ja schön trocken sein. Aber bei saurem Wein kann ich mir das Trinken sehr schnell abgewöhnen.

Unsere Gruppe erkundete lachend und scherzend die Gegend und kam bestgelaunt um die Mittagszeit zurück.

Juliana und ich beschlossen kurz darauf, mit unseren Männern, Konrad und Felix zum Jahrmarkt zu gehen. Nachmittags waren sehr viele Menschen in der Stadt. Da lohnte es sich für alle Arten von Geschäftemachern. Ob seriös oder nicht, jeder strich Gewinne ein – und das nicht zu knapp.

Als wir zu Albons Stand kamen, stand dieser verlassen da. Die Tücher lagen teils verstreut auf dem Boden und wurden schon nass vom zusammengetretenen Schnee. Ein Blick auf die Gewürze beruhigte uns. Unter diesen hatte niemand gewütet. Wir hoben die Sachen auf und stapelten sie wieder auf dem Verkaufstisch.

Neugierig wie ich war, ging ich um den Stand herum und sah eine gekrümmte Gestalt am Boden halb unter dem Tisch liegen. Ich vermutete, dass es sich hier um einen verletzten oder sogar toten Mann handeln musste. Also rief ich Gordian an meine Seite. Wir drehten den Körper um und erkannten Albon – mit schmerzverzerrtem Gesicht. Er hatte eine Stichwunde in der Seite und eine aufgeschlitzte Wange. Ich stand so richtig ratlos da – unfähig, zu handeln. Na ja, ich heiße halt auch nicht Claire und bin die Medizin studierte Heldin in Diana Gabaldons Zeitreisenepos. Doch unser treuer Konrad war schon losgelaufen, um einen Doktor zu suchen und diesen dann schnellstens, und wenn nötig mit Hilfe von Felix, hierher zu schaffen.

Mit viel Glück fand sich in kurzer Zeit eine Heilerin, die unserem Freund helfen wollte und anscheinend auch konnte. Konrad und Juliana schafften also den Verwundeten in sein Zimmer im nahe gelegenen Gasthof und ließen ihn dort verarzten.

Gordian suchte in der Zwischenzeit nach einem Verantwortlichen der Wache. Hier war ein Marktfriedensbruch geschehen, der gesühnt werden musste. Er wollte den oder die Schuldigen finden. Zeugen gab es anscheinend keine. Wobei ich mir beim besten Willen nicht vorstellen konnte, wie man als direkter Standnachbar auf einen Streit oder gar eine Schlägerei und Messerstecherei nicht aufmerksam werden konnte. Aber hier verhielt es sich wahrscheinlich so wie am Ende des

20. Jahrhunderts, in der in viel besuchten U-Bahnstationen Raubüberfälle und Schlimmeres passieren konnte, ohne dass sich jemand dafür zuständig fühlte.[15]

Während die anderen also in verschiedene Richtungen davoneilten, ordneten Martin und ich die wunderbaren Waren auf dem Verkaufstisch. „Es wäre ein Jammer, wenn wir den Stand bei dieser Aussicht auf wohlhabende Kundschaft jetzt schließen müssten, was meinst du?" Martin sah mich fragend an. Ich ließ meinen Blick über die ganzen kostbaren Stoffe gleiten. „Bis Albon wiederhergestellt sein wird, vergeht sicher einige Zeit. Er wird Geld brauchen, um über die Runden zu kommen. Außerdem bist du Tuchhändler. Du wirst wohl wissen, was du verlangen musst."

So priesen wir also die fremden Waren an. Bei den Gewürzen mussten wir beide nach den Erklärungen einer rasch aufgesuchten Kräuterfrau und unserem Gefühl gehen. Doch bei den Tuchen war es etwas anderes. Ich beriet die Frauen, welche Stoffe ihnen oder ihren Gatten sicherlich gut zu Gesicht stehen würden und Martin kümmerte sich um die Preise. Außerdem bedienten wir unsere Kunden deutlich freundlicher als unsere Nachbarn. Wir machten unsere Sache gut, denn wir hatten einen beachtlichen Umsatz und die Kundschaft schien nach einem Kauf durchwegs zufrieden zu sein. Wir hörten sogar, wie man uns gleich an Bekannte weiterempfahl. Als die Dämmerung hereinbrach, räumten wir die Waren in einen kleinen Lagerraum des Nachbarhauses, der für diesen Zweck angemietet war. Das hatten wir von Albons Wirtin erfahren. Dann gingen wir mit einer prall gefüllten Geldbörse los, einen Krankenbesuch zu machen.

Die Heilerin war inzwischen längst wieder gegangen. Sie hatte die Wunden gesäubert und irgendwie genäht. Es würden sicher keine schönen Narben werden, aber Albon würde sonst wie neu werden. Vermutlich hatte unser Patient keine größeren innere Verletzungen davongetragen. Außer den beiden schon vorher ersichtlichen Wunden war er nur noch mit Blutergüssen übersät.

---

15) Im Mittelalter hatten Märkte einen besonderen Status für alle Bevölkerungsschichten. Denn während der Markttage wurden nur dort verübte Verbrechen geahndet. Weder Schuldner noch Missetäter, die vor Beginn eines Marktes gefehlt hatten, durften auf Jahr-, Wochen- und Tagesmärkten gerichtlich verfolgt werden. Ein einfacher Friedensbruch kostete 60 Schilling. Händler und Besucher der Märkte standen in einem Umkreis von 10 oder mehr Meilen unter königlichem Schutz.

Diese würden jedoch bald wieder verschwinden. Er sah sehr blass aus und schlief gerade.

Gordian verließ mit uns den Raum, um Albon nicht zu wecken. „Ihm geht es den Umständen entsprechend schon wieder recht gut. Er war vorher kurz wach. Wir erklärten ihm, er bräuchte sich keine Sorgen um seine Verpflegung und seine Waren zu machen. Er war sehr erleichtert, uns zu sehen." Juliana kam aus dem Zimmer. „Ich habe ihm versichert, dass wir morgen früh gleich wieder nach ihm sehen werden. Er soll jetzt einfach nur schlafen, um schnell wieder zu Kräften zu kommen. Die Wache sucht nur sehr halbherzig nach möglichen Tätern. Könnte damit zusammenhängen, dass Albon zum einen Ausländer und zum anderen hier noch so gut wie gar nicht bekannt ist."

Wir spazierten also wieder gen Burg. Dort kamen wir gerade recht für die Hauptmahlzeit, die man eigentlich durch das ganze Mittelalter hindurch am späten Nachmittag genoss. Dazu wurden das schon wohlbekannte Dünnbier, saurer Wein und Beerenweine gereicht. Letztere waren sehr aromatisch. Natürlich gab es wie immer Fisch. Alles war äußerst wohlschmeckend. Ich hatte in der letzten Zeit zu oft gesehen, unter welch ärmlichen Verhältnissen andere Menschen leben mussten. Dann lieber den von mir ungeliebten Fisch bis zum Umfallen, bevor mir so ein Leben bevorstehen sollte. Auf unserem Nachhauseweg würden wir wieder oft genug nur irgendeinen Eintopf mit hartem Brot essen und zu Hause gab es auch viel Brei und Suppe.

Unser Bardenfreund Máel Pátraic hatte sich mit weiteren Musikern zusammengetan und trug ein paar Heldenlieder vor. Teile davon waren wohl gesungen, aber andere bestanden nur aus einem phantastischen weichen Klangteppich, von dem man Gänsehaut bekam und wünschte, er würde nie aufhören. So stellte ich mir Lughs Halle in der Anderswelt vor. Dort spielte sicher Talisien diese Art von Musik.

Es war eine wunderbar aussagekräftige Musik und diese Barden waren echte Künstler, die ihr Handwerk verstanden wie nicht viele andere. Kein Instrument war zu laut, nichts quietschte, kein auffallend falscher Ton. Wir tauchten in die Klänge ein und diese ließen uns träumend auf ihren Flügeln davonschweben. Die Akustik im Raum war auch phänomenal.

Mit Genuss ließ ich mich von der Musik davontragen in andere Hemisphären. Manchmal fehlte mir ja mein CD-Player enorm, den ich oft anwarf, wenn ich zu Hause war. Gepaart mit einer großen Kanne Tee und einem dicken Buch war das für mich der Inbegriff eines Wellness-Abends, den ich alleine verbrachte. Dies gab mir Kraft und enorm viel Auftrieb für eine hektische Arbeitswoche. Natürlich gehörten auch Ausritte und Kinobesuche zu den wenigen Aktivitäten, die mich die Anstrengungen des Tages vergessen ließen. In diesen Momenten verschwendete ich keinen einzigen Gedanken an irgendetwas, das Stress verursachen oder unangenehm sein könnte.

Ich dämmerte also in einem absolut stressfreien Zustand dahin und war rundum zufrieden mit mir und der Welt. Gordian hielt meine linke Hand in seiner rechten. Sein linker Arm schlang sich um meine Taille und verlangte nach meiner anderen Hand. So verschlungen saßen wir im Bann der Musik, dass ich erst nach einer Weile bemerkte, wie der junge Herzog uns beobachtete. Als ich in seine Richtung aufsah, breitete sich ein schelmisches Lachen auf seinem Gesicht aus. Er nickte mir zu. Irgendwie kam die Geste mir vor wie „Ich hab's euch ja gleich gesagt!" Doch ich lächelte nur glücklich zurück und zwinkerte ihm verschwörerisch zu.

Irgendwie fühlte unsere kleine Gemeinschaft sich für Albon verantwortlich. Also bauten die Männer am nächsten Tag den Stand mit den Waren wieder auf, während Juliana und ich den Verletzten in seiner Kammer besuchten. Er hatte Schmerzen, aber die Wunden hatten sich zum Glück nicht entzündet. Mit einem strahlenden Lächeln wurden wir empfangen. „Was wäre dieser Tag ohne Euer Lächeln". Damit wollte ich ausdrücken, wie sehr ich mich freute, Albon so wohlauf zu sehen. Ohne zu murren ließ er sich von uns das Bett etwas richten und fühlte sich anscheinend wohl in unserer Gesellschaft.

„Ihr habt mir gestern Abend meine Börse gebracht. Ich kann mich nicht erinnern, dass sie vorher schon so prall gefüllt war." Sein fragender Blick blieb an mir hängen. „Ähem, das war sie wohl noch nicht. Martin und ich haben uns die Freiheit genommen, Eure Verkäufe weiterzuführen. Wir haben einen guten Umsatz gemacht. Ihr könnt doch das Geld sicher gut gebrauchen." Bei meiner verlegenen Rede ertappte ich mich auch noch beim Füßescharren.

„Werdet Ihr Euch auch heute die Freiheit nehmen? Ich wäre Euch wirklich sehr dankbar." Den zweiten Satz sagte er so leise, dass ich ihn kaum verstand. „Ja, im Moment wird die Ware ausgelegt und ich muss mich nun von Euch verabschieden, um die Kunden willkommen zu heißen. Aber wir bringen Euch den Erlös am Abend wieder vorbei, wenn es Euch recht ist." Er schüttelte den Kopf und ich wurde verwirrt. Aber nein, er wollte uns die Verkäufe nicht doch noch untersagen. „Bitte behaltet das Geld, bis ich wieder gesund genug bin, um weiterreisen zu können. Hier könnte ich es doch nicht gegen einen Dieb verteidigen."

Wir unterhielten uns noch ein paar Minuten, dann verabschiedete ich mich von den beiden. Juliana wollte hier auf Konrad warten, während ich zum Markt zurückging.

Martin wartete schon fast sehnsüchtig auf mich. Ich lockte im Anmarsch einige potentielle Käufer an den Stand. Die Herren waren sehr fleißig gewesen und hatten wirklich alles ausgelegt. Ich drapierte noch ein paar Stoffe als Blickfang an den seitlichen Streben des unzureichend überdachten Markttisches und führte währenddessen ein paar recht erfolgreiche Verkaufsgespräche. Es lief wie am Schnürchen und machte viel Spaß. Wenn es nur nicht so kalt gewesen wäre!

Ich mochte es ja nie besonders warm, aber nach ein paar Stunden bei klirrender Kälte war ich schon zu einem halben Eiszapfen gefroren. Martin ging es anscheinend auch so. „Ich sah heute früh, wie eine Frau weiter hinten an der Straße einen großen Kessel über eine Feuerstelle hing und ein paar Ingredienzien für eine Suppe schnitt. Was meinst du, soll ich welche für uns holen?" Freudig grinste ich ihn an und nickte heftig. „Ja, am besten sofort und auf der Stelle und so heiß wie nur möglich. Kalt wird's von selber. Vielleicht wird mir dann etwas wärmer." Er schnappte sich unsere Schüssel vom Tisch, in der vorher ein paar Scheiben Brot gelegen waren, und machte sich auf den Weg.

Wir hatten es eigentlich gar nicht so ungemütlich. Albon hatte nicht unbedacht um diesen Platz gekämpft. Es zog hier nicht und wenn die Sonne schien, dann heizte sie diese Ecke sogar ein wenig auf. Außerdem hatten wir einen echten Orientteppich unter unseren Füßen, der einen Großteil der Kälte und Feuchtigkeit des Bodens abhielt. Ich hatte alles an Hosen unter den weiten Rock angezogen, derer ich habhaft werden konnte und meinen Oberkörper vermummt, so dass ich aussah, als wäre ich doppelt so breit.

Es machte mich trotzdem glücklich, nach einer Weile Martin mit einer Schüssel heißer Suppe zurückkehren zu sehen. Das Mahl war geschmacklich nichts Besonderes – ungefähr wie das gewohnte Kantinenessen, das ich aus meinem Berufsleben kannte – aber es war heiß und mir wurde fast augenblicklich wohler.

So gestärkt und gewärmt konnten wir noch ein paar weitere Stunden überdauern. Und unser Geschäft florierte, dass es eine Freude war. Der Markt sollte noch zwei Tage dauern.

Am nächsten Morgen fragte uns ein Fremder nach dem Stand des Tuchhändlers Albon. „Ihr steht direkt davor." Verblüfft sah der Fremde von mir zu Martin und zurück. „Der Besitzer dieses Standes liegt mit einer Verletzung danieder und wir führen derweilen das Geschäft nach besten Kräften. – Aber sagt, was wollt Ihr von ihm?" „Ich habe mehrere Wagen Tuch aus seiner Heimat und würde ihm gerne eine Ladung davon verkaufen. Als Zwischenhändler sozusagen. Als ich hörte, er hätte hier einen Stand, wollte ich ihn fragen, ob er interessiert sei." Der Mann war nicht schön, nicht einmal hübsch, aber er hatte eine sympathische, wenn auch etwas gaunerhafte Ausstrahlung. „Ich würde mir gerne ein Bild von der Ware machen. Da ich selbst Tuchhändler bin, sollte ich den Wert einigermaßen schätzen können. Wenn Ihr dann wollt, bringe ich Euch zu Albon und wir können ihn entscheiden lassen. Und vielleicht habe ich auch Interesse, wenn Ihr noch mehr zu einem angemessenen Preis feilbietet." Das war vernünftig von Martin. Wenn dieser Mann ein Ganove war, müsste er sich jetzt herausreden, wenn nicht, wäre es unter Umständen ein Geschäft wert.

Als sich der Fremde sofort mit diesem Vorschlag einverstanden erklärte, atmete ich wieder aus. Anscheinend war ich doch etwas aufgeregt wegen dieser Neuigkeit. Die beiden Männer verließen den Stand, während ich mit einem Kunden ein angeregtes Gespräch führte. Ein paar Minuten später kam Felix angestürmt. Also konnte Gordian nicht weit sein. Der Hund legte sich auf meine schon wieder erkalteten Füße, während ich einer Heilerin die Preise der verschiedenen Gewürze aufsagte und immer wieder meinen Blick über die Menge schweifen ließ.

Bald sah ich dann Gordians Kopf zwischen den Menschen herausragen. Zielstrebig begab er sich in meine Richtung. Er wartete, bis ich meine Kundin verabschiedet hatte und meinte dann noch immer atemlos: „Wir haben einen der Übeltäter gefunden, die Albon so zugerichtet haben. Es waren ein paar religiöse Eiferer, die sich Absolution für ihre Sünden versprochen haben, wenn sie einen vermeintlichen Muselmann vernichten. Zu meinem Leidwesen fällt die Strafe für diesen Kerl denkbar gering aus, obwohl Albon nachweislich zum Christentum konvertiert ist: Er wird drei Wochen lang bei seinem Priester nicht zur Kommunion zugelassen und muss einmal bei der täglichen Speisung der Armen mithelfen. Sonst passiert ihm gar nichts."

Ich reagierte entrüstet. „Das darf doch wohl nicht wahr sein! Und wie sieht es mit einer Wiedergutmachung für unseren Freund aus? Er hatte ja wohl den wirtschaftlichen Schaden und wäre zudem noch beinahe ums Leben gekommen."

„Ich weiß. Das war auch mein Einwand. Aber der zuständige Beamte war anscheinend der gleichen Meinung wie dieser böse Bube und rief sich nur ins Gedächtnis, dass es ein Gottesgebot gibt, das da heißt: Du sollst nicht töten. Und tot ist Albon nicht, also sollte ich mich seiner Meinung nach nicht aufregen wegen dieser Kleinigkeit."

Warum mich eigentlich diese Sache so sehr auf die Palme brachte ... Solche Ungerechtigkeiten waren doch auch 600 Jahre später noch gang und gäbe.

Jedenfalls wollten wir wieder abreisen, also besuchten wir nach „Geschäftsschluss" unseren Freund noch einmal und eröffneten ihm unsere Absicht. „Ich war noch nie weiter im Westen oder im Norden Eures Landes als Lantshvt. Wenn Ihr, meine Freunde, noch so lange ausharren könnt, bis ich wieder reisen kann, würde ich Euch sehr gerne begleiten. Martins Geschäft interessiert mich. Unser Freund hat heute gut für mich eingekauft. Und Juliana hat mir so viel von der reizenden Landschaft erzählt, dass ich dieses Paradies der Fische und Pferde gerne betreten würde."

Wir sahen uns gegenseitig an. Ich sprach zuerst: „Also, ich würde mich über Eure Begleitung freuen. Und ich denke, wenn wir Euch in einem der Wagen mit der Ware auf ein gut gepolstertes Lager betten könnten, dürfte es kein Problem sein, schon in ein paar Tagen wie geplant aufzubrechen."

Die Sache war schnell ausdiskutiert. Wir wollten uns in vier Tagen auf den Heimweg machen. In der Zwischenzeit sollte Gordian sich auf die Suche nach Reisebegleitern machen, die evtl. zumindest einen Teil des gleichen Weges hatten und mit Waffen umgehen konnten. Martin wollte noch den letzten Tag auf dem Markt verbringen und dann die Waren von sich und Albon auf Wagen laden lassen. Konrad musste Martin helfen. Juliana und mir wurde aufgetragen, nochmals einen guten Arzt für Albon aufzutreiben, damit die Genesung die gewünschten Fortschritte machte. Außerdem sollten wir uns um Proviant für mindestens zwölf Personen und noch mehr Pferde kümmern. Denn die Gasthäuser konnten zwar immer mit einer heißen Suppe dienen, aber für die Tiere sahen die Aussichten nicht besonders rosig aus.

Es wurden auch noch ein großes Zelt und eine weitere Axt für den Notfall besorgt. Denn es hatte ein Stück weiter im Norden Unmengen geschneit. Es hieß, der Schnee würde vielleicht noch lange liegen bleiben und man konnte damit rechnen, irgendwo wegen Schneebruchs oder tiefer Wehen längere Zeit festzustecken. Kein freundliches Reisewetter also. Aber wir mussten ja irgendwann wieder zurück. Außerdem würde der Herzogshof uns auch nicht unbegrenzt mit seiner Gastfreundschaft beglücken.

Während unsere Männer mit Packen und Vorbereitungen beschäftigt waren, bat ich um eine Audienz beim Herzog. Er gewährte sie mir fast umgehend.

Etwas verloren kam ich mir schon vor, als ich diesem mächtigen Jungen und seinem Onkel plötzlich alleine gegenüberstand. Aber er musterte mich freundlich und fragte direkt heraus, was ich wollte. Ich ersuchte um die Erlaubnis, das Wappen des neuen Altmühltaler Grafen selbst kreieren zu dürfen. Als er wissen wollte, was es denn sein sollte, schlug ich den Turmfalken vor.

Lächelnd gewährte mir der Herzog die Bitte, dieses Tier im Wappen zu verwenden.

Glücklich und erleichtert verließ ich ihn unter vielen Knicksen und ging schnurstracks zu Albon. Der hatte sich auf meine Frage angeboten, eben diesen Turmfalken für Gordians Wappen zu entwerfen. Er wurde phantastisch.

Heimlich ging ich zu einem Silberschmied für feine Arbeiten und ließ einen Siegelring anfertigen. Der Fahnenmaler machte sich auch sofort an die Arbeit. Ein besticktes Banner würde folgen. Der neue Schild wurde von Albon bemalt, während dieser sich erholte. Und das neue Wams wurde von Juliana in Windeseile bestickt.

Eine Reinzeichnung für den Siegelring brachte ich sofort zum Herzog, um ihn legitimieren zu lassen. Ein Abdruck in Siegelwachs sollte folgen, sobald alles fertig war. Albon und der Fahnenmaler wurden zwar nur knapp fertig mit ihrer Arbeit, doch sie hatten sehr sauber gearbeitet.

Am Tag unserer Abreise war es bewölkt, kalt und trocken. Dick vermummt saßen wir alle in unseren Sätteln. Nur Albon lag gut geschützt in einem Planwagen mit Tuchen. Unsere Reisegruppe umfasste die elf Personen vom Hof, die wir schon auf dem Ritt hierher waren, Albon, zwei weitere Händler mit dem Ziel Kelheim, vier von letzteren angeheuerte Landsknechte und den Barden Máel Pátraic, der sich uns zur allgemeinen Freude auch wieder angeschlossen hatte.

Der erste Tag war zwar ziemlich beschwerlich für Ross und Reiter und vor allem für die Mulis und Ochsen vor den Wagen, aber wir kamen verhältnismäßig gut voran. Zur Abenddämmerung erreichten wir das kleine gemütliche Wirtshaus, in dem wir auch unsere letzte Nacht bei der Hinreise verbracht hatten. Da wir durch die kalte Luft hungrig und auch ziemlich schläfrig waren, hielten wir uns nach einem bescheidenen Abendmahl nicht mehr lange in der Wirtsstube auf.

Máel Pátraic spielte auf seiner Laute ein paar lustige Weisen, in die er mich aufforderte, mit meiner Flöte einzustimmen. Konrad wurde von Albon, der gemütlich an die Wand gelehnt dasaß, nach seinem Gepäck geschickt und brachte unserem Freund zur musikalischen Verstärkung ein Tamburin aus dunklem Holz. In dessen geschnitzte Ränder waren filigrane Goldmuster eingearbeitet. Die Schellen hatten einen Klang, als würden sie singen. Einige Lieder begleitete Juliana mit ihrer schönen Stimme. Ein paar Weisen, die mir inzwischen auch geläufig waren, sangen wir sogar mehrstimmig zusammen mit Máel Pátraic und Martin. Unser Vortrag gefiel unseren Begleitern und den übrigen wenigen Gästen wohl gut, denn wir wurden sehr gelobt und einer der wohlhabenderen Gäste bestellte eine neue Runde Würzwein.

Konrad starrte die ganze Zeit wie hypnotisiert auf das Tamburin. „Albon, wo habt Ihr dieses wunderschön gearbeitete Instrument her? Es kann doch nicht von menschlicher Hand gearbeitet sein, oder doch?" Ein träumerisches Lächeln zog sich über Albons Gesicht. „Mein junger Freund, dies ist wahrlich ein besonderes Stück. Mit ihm sind eine sonderbare Geschichte und mein eigenes Leben eng verbunden." Gierig setzte sich Konrad zu voller Größe auf. „Bitte, bitte erzählt uns die Geschichte. Die Abende auf der Reise nach Lantshvt waren deshalb so schön, weil wir so viele Erzählungen hören durften." Albon sah den jungen Knappen an, indem er seinen Kopf schräg legte. Er dachte nach und wog ab. „Du sollst deine Geschichte haben. Aber nicht heute. Vielleicht morgen oder in zwei Tagen. Gedulde dich einfach noch ein wenig." Das war zwar völlig in Ordnung, aber unseren zappeligen Jungen konnte diese Antwort nicht ganz zufrieden stellen. Er sah im Anschluss daran etwas missmutig drein.

Der Herr des Hauses trat zu uns und fragte nach unserem Ziel. „Ich bin normalerweise nicht so neugierig meinen Gästen gegenüber. Aber wenn ihr nach Kelheim geht, würde ich euch gerne meine Tochter Aline anvertrauen. Sie war wegen der Krankheit ihrer Mutter auf Urlaub hier und muss wieder zu ihrem Dienstherren zurück. Dieser ist ein reicher Weinhändler in der Stadt, der eurer Gruppe bestimmt für eine Nacht eine Herberge besorgen kann.

Wisst ihr, ich kann mein Mädchen doch nicht alleine auf die Straße schicken. Vor allem zu dieser Jahreszeit. Und da ihr in Begleitung von zwei Damen reist, ist mir eure Gruppe auch viel angenehmer als irgendwelche Händler, die sich nachher als Spießgesellen von räuberischem Pack erweisen.

Meine Tochter hat natürlich ein Pferd zur Verfügung. Ein Pony, nicht die beste Rasse, aber zuverlässig und treu. Sie wird auch ihren eigenen Proviant dabeihaben für die zwei bis drei Tage, die ihr brauchen werdet. Ich bin nicht reich, aber ich kann euch für diesen Dienst zumindest einen anständigen Sack Getreide für eure Tiere bieten. Und die Kammer für die Damen ist heute freilich auch kostenlos, wenn ihr einschlagt."

Er sah in die Runde und wartete auf die Reaktion jedes einzelnen. Nacheinander nickte jeder der maßgebenden Herren zustimmend. Gordian als Wortführer versicherte dem Wirt das sichere Geleit seiner Tochter bis Kelheim, soweit es in unserer Macht stünde.

Fünf Minuten später betrat eine junge Frau die Stube. Sie war etwa Anfang zwanzig und hatte schöne blonde Haare mit Naturwellen, deren größter Teil in einem langen Zopf geflochten war und die übrigen ein hübsches Gesicht einrahmten. Sofort hingen sämtliche Männeraugen im Raum an ihrer Erscheinung. Ihre schlanke Figur kam durch eine Art Korsett wunderbar zur Geltung und sie war wirklich nett anzusehen. Sie wandte sich unserer Gruppe zu. „Guten Abend, ich bin Aline. Mein Vater sagt, ihr seid bereit, mich nach Kelheim mitzunehmen. Ich werde mich bemühen, euch keine Unannehmlichkeiten zu bereiten. Ist es möglich, einen kleinen Teil meines Gepäcks auf einen eurer Wagen zu nehmen?"

Juliana meldete sich zustimmend zu Wort. „Aber natürlich können wir die Kleider und den Proviant auf einen Wagen werfen. Wenn Ihr nicht Eure komplette Aussteuer mitnehmen wollt, brauchen wir darüber gar nicht weiter zu sprechen. Wir wollen in der Dämmerung aufbrechen, nachdem wir ein Frühmahl zu uns genommen haben." Aline lächelte verschmitzt in die Runde. „Dann danke ich euch und wünsche allgemein eine gute Nachtruhe." Mit diesen Worten zog sie sich Hüften wiegend zurück.

Auch wir begaben uns ins Obergeschoss des Hauses. Juliana und ich teilten uns eine Kammer und die Männer nächtigten auf einem einfachen Matratzenlager. Zwei Soldaten wurden ständig abgestellt, die Pferde und unser Gepäck in den Wagen zu bewachen. Jeweils einer unserer eigenen Leute mit einem der neu angeheuerten Leute wechselten sich bei der Wache ab.

Tags darauf legten wir einen guten Teil des Weges zurück. Aber wegen der Schneeverhältnisse schafften wir es nicht zu einem Gasthaus, sondern kampierten mitsamt Pferden und Wagen im freien Teil einer Scheune am Wegrand, was unser großes Glück war. Denn noch in der Nacht fing es furchtbar an zu stürmen. Der scharfe Wind wurde dann langsam milder und ging in einen heftigen Regenschauer über. Der Regen hielt auch den folgenden Tag bis zum höchsten Stand der Sonne an, so dass wir beschlossen, noch einen weiteren Tag eine etwaige Wetterbesserung abzuwarten.

Also saßen wir ziemlich untätig herum und vertrieben uns die Zeit mit Musik, Tanz und albernem Geschwätz. Albon, der schon wieder ein paar Schritte herumlief, zog mich zur Seite. „Ich will dir etwas zeigen. Da du anscheinend ein wenig vom Morgenland weißt, bin ich mir sicher, es interessiert dich." Damit zog er ein flaches Päckchen in der Größe eines DIN A4-Papieres hervor.

Das Band und das schützende Wachspapier wurden entfernt und es kam ein Bild zum Vorschein. Ein Gemälde einer rätselhaften Frau in einem prunkvollen Gewand mit einem Schleier vor ihrem Gesicht. Man konnte trotzdem ihre Züge darunter erkennen. Die grünen, schimmernden Augen sahen aus, als sei diese Person lebendig und würde jeden Moment dem kunstvollen Gemälde entsteigen. In einer Hand hatte sie ein Tamburin, das dem Albons glich.

„Es ist wunderschön. Du kennst die Frau", war meine erste Reaktion auf dieses lebensechte Bild. „Sie ist eine Tänzerin?"

Albon sah mich höchst überrascht an. „Du kennst solche Gewänder, nicht wahr? Ja, ich kenne diese wunderschöne Frau. Vielmehr ich kannte sie. Ich habe sie geliebt. Und sie ist meine Geschichte. Von ihr sind mir nur das Bild, ihr Kleid und das musikalische Kunstwerk ihres Bruders geblieben. Ich habe Konrad versprochen, ihm meine Geschichte zu erzählen. Zum Verständnis müssen die Herren allerdings wissen, wie eine Tänzerin aus meiner Heimat wirkt. Das Bild selbst jedoch will ich niemandem außer dir zeigen.

Darum meine Bitte an dich: Kleide dich heute Abend in dieses Gewand und versuche, zum Klang des Tamburins zu tanzen. Nur ganz kurz. Dann will ich meine Geschichte preisgeben."

Ich schluckte erst einmal. „Weißt du eigentlich, was du von mir verlangst? Da wo ich eigentlich herkomme – und frage mich ja nicht, wo das ist – würde ich dir den Wunsch ohne Bedenken sofort erfüllen. Aber unsere Reisebegleiter sind einfache Menschen, die eine Verkleidung in der Art nicht unbedingt tolerieren. Fremdes macht ihnen Angst und diese Sachen sind in ihren Augen die Dinge Ungläubiger. Ich werde es mir lieber noch mal ganz genau durch den Kopf gehen lassen."

Bis zum Abend hatte ich meine Entscheidung getroffen und Albon wurde von Konrad so in die Ecke gedrängt, dass er nicht mehr um seine Erzählung herum kam.

Heimlich, geschützt vor den Augen der anderen, legte ich das herrliche Kostüm von Albons Geliebter an. Es bestand aus einer türkischen Hose – hellgrüne Seide, mit Goldfäden bestickt, einem feinen, hellen Hemd und einer langen Jacke in der Farbe der Hose. Dazu gab es einen mit bunten Steinen – ich fragte mich, ob dies Glas oder Edelsteine waren – besetzten Gürtel, an dem Perlenfäden vorne und hinten ein Dreieck bildeten. Dazu gehörte ein aufwändiger Kopfputz – eine Art Kappe mit Schleier sowie reicher Arm- und Fußschmuck, der bei jeder Bewegung in ein Klingeln ausbrach wie von kleinen Glöckchen. Ich hatte mir vermutlich unnötig mit den mir zur Verfügung stehenden Mitteln die Augen geschminkt. Die noch relativ kurzen Haare waren unter der Kappe keck aufgesteckt und meine Hände und Füße von Albon kunstvoll mit roter Farbe bemalt. Ganz wie bei der Frau auf dem Bild.

Die ganze Gesellschaft vertrieb sich die Zeit mit einigen rohen Kriegsweisen. Albon hatte angekündigt, dass er uns an diesem Abend mit seiner versprochenen Erzählung unterhalten wolle, sich aber vorbereiten müsse.

Ich saß ganz still, um keine klingelnden Geräusche von mir zu geben und betrachtete mich überrascht in einem Stück Spiegel, den mir Albon entgegenhielt. Ich sah gar nicht mehr aus wie ich. Als hätte ich mit diesem Gewand eine andere Identität angenommen. Diese Frau musste eine starke Persönlichkeit gewesen sein. Ein wenig spürte ich noch immer ihre Aura.

Albon hatte den Wagen verlassen und sich zu den anderen gesellt. Wie abgesprochen musste er also jetzt mit dem Rücken zu mir Platz genommen und sein Tamburin auf seinem Schoß haben.

„Ich bin der Sohn eines Adligen, der eine große Verschwörung um den Palast meiner Heimatstadt aufdeckte. Seine Widersacher ließen meinen Vater töten. Meine wunderschöne Mutter war aus einer nicht adeligen, aber sehr angesehenen Familie. Sie hatte nach diesem Anschlag Angst um mein Leben und ließ mich in einen anderen Teils des Landes bringen. Das ist der Grund, weshalb ich seit meiner Knabenzeit bei einem Bruder meiner Mutter lebte. Er war ein einflussreicher und reicher Tuchhändler im Bazar von Smyrna. Rund um seinen Laden fanden die Kunden die schönsten und kostbarsten Teppiche, Schmuck, Geschmeide, Spitzen, Tuche, Sättel, Zaumzeug und viele andere Luxusartikel. Dort gab es die besten Schneider des Landes. Natürlich waren in diesem wohlhabendsten Teil von Smyrna die Händler und Kunden gleichermaßen reich bekleidet und man traf dort Königinnen, Emire, Prinzen, Wesire und andere einflussreiche Männer und Frauen aus allen Ländern der Erde.

Ich lernte mein Handwerk gut und kannte mich aus mit allen bekannten Tuchen, ihrer Herstellungsweise, den Farben und den modernsten Schnitten. Um mein Studium noch zu vertiefen und selbstständiger zu werden, schickte mich dann mein Oheim mit einem seiner Handelsschiffe in die Welt. Ich bereiste das Land der Griechen, Indien, Persien und China. Obwohl das Schiff Gefahren wie Stürmen und Piraten ausgesetzt war und auch die Reise an Land immer beschwerlich und gefahrenreich war, hatten wir das große Glück, wieder wohlbehalten in die Heimat zurückzukehren. Ich war um einiges erfahrener und erwachsener geworden in dieser Zeit in der Fremde.

Eines Tages lud ein sehr einflussreicher Emir, ein Geschäftspartner meines Oheims, ihn zu einem Bankett ein. Doch zu seinem großen Schmerz wurde mein Oheim just an diesem Tag krank. Er hatte öfter Schmerzen in den Gelenken. Es war jedoch diesmal besonders schlimm. Er sandte also mich als seinen Vertreter. Denn es sollte nicht nur eine Einladung zu einem Festmahl sein, sondern dort wollte man auch neue Geschäftsverbindungen knüpfen.

Also putzte ich mich besonders sorgfältig heraus und ließ mich von den Sänftenträgern meines Oheims in die Villa des Emirs bringen. Dort wurde ich freundlich als der Adelige empfangen, der ich von Geburts wegen war und man bedauerte natürlich die Unpässlichkeit meines Oheims. Zuerst wurden alle Gäste in einen wunderschön angelegten Garten eingeladen, um sich an der Blütenpracht zu erfreuen und die Kühle der Bäume zu nutzen, unter denen Lauben waren. Kunstvolle Springbrunnen sprudelten um die Wette und schimmernde Libellen und Vögel waren eine Augenweide. Sehr schnell war ich mit potentiellen Kunden meines Oheims im Gespräch. Bald wurden Einladungen zu Geschäftsgesprächen ausgesprochen und kurz darauf wurden wir in den großen Festsaal geladen.

Dort wurden uns die Plätze um ein großes Rechteck aus niedrigen Tischen und farbenfrohen Sitzkissen zugewiesen. Ich fand mich zu meiner großen Überraschung neben dem einzigen Sohn des Hauses an der Stirnseite der Tafel wieder. Der Ehrenplatz galt natürlich meinem Oheim. Doch ich war froh, hier zu sitzen. Samir war nämlich in meinem Alter und ein sehr gut aussehender und freundlicher junger Mann. Wir waren uns sofort sympathisch und fanden ein paar gemeinsame Vorlieben. Unsere Unterhaltung drehte sich um Tee, Reisen, die schönsten Moscheen und vieles mehr. So wurde uns die Zeit nicht lang, bis das Essen aufgetragen wurde.

Die Speisen waren köstlich. Ich lobte alles in meiner Begeisterung. Samir lachte mich aus. „Lieber Abdul, euer Oheim hat, wie ich weiß, auch eine wunderbare Köchin. Ihr müsst nicht bei jedem Bissen eure Begeisterung zum Ausdruck bringen. Sonst werden die köstlichen Speisen kalt. Wartet mit eurem Lob auf die Tanzmädchen meines Vaters. Die sind wenigstens auch für euch nicht alltäglich.“

Nach dem Essen wurden die Tische zur Seite getragen und in jeder Ecke des Saales wurden Feuerbecken aufgestellt, denen ein herrlicher Duft entströmte. Der chinesische Tee, der kredenzt wurde und der Tabak in den Wasserpfeifen waren einfach herrlich und ich fühlte mich wie in einer Traumwelt.

Uns gegenüber schwang ein Tor auf und während die Musik einsetzte, kamen neun Tänzerinnen in prächtigen Gewändern in den Saal.“

An dieser Stelle fing Albon an, auf dem mit Schellen umgebenen Tamburin einen Rhythmus zu schlagen und dazu zu singen. Máel Pátraic nahm mit seiner Laute sofort die Melodie auf. Dies war mein Einsatz. Ich sprang rückwärtig aus dem Wagen und bewegte mich langsam mit wiegenden Hüften und „schlingenden" Armen auf die Gruppe zu. Die Perlen und der Schmuck erzeugten ein angenehmes Klingen, ebenfalls im Rhythmus. Sämtliche Augen waren wie in einem Bann auf mich gerichtet. Niemand schien meine Person hinter diesem Glimmer zu erkennen. Sogar Albon sah mich an, als sähe er die Inkarnation der schönen Frau auf dem Bild.

Nach einer kleinen Pause fasste er sich jedoch und erzählte weiter, während ich – wie in Trance – zur schwungvollen Musik weitertanzte.

„Als sich diese wunderschön anzusehenden Gestalten näherten, konnte ich meine Augen nicht mehr von einer Tänzerin auf unserer Seite wenden. Sie hatte herrliches Haar und bewegte sich so grazil, wie ich es mir nicht hätte vorstellen können. Ich folgte ihren Bewegungen wie unter einem Bann. Obwohl ich ihr Gesicht alles andere als deutlich hinter dem Schleier wahrnahm und sie ohne Schleier sicher nicht einmal erkannt hätte, war es um mich geschehen.

Ich, der ich nie wirklich geliebt hatte und mich gegen solchen „Unfug" immun wähnte, hatte durch ein paar Bewegungen eines schönen Mädchens mein Herz verloren.

Während des Tanzes registrierte ich beinahe nichts um mich herum. Jedoch fiel mir irgendwann auf, dass mein neuer Freund Samir plötzlich völlig steif neben mir saß. Er wirkte auf mich äußerst nervös. Aber dies interessierte mich für den Moment nicht und ich war ganz verzaubert vom Anblick der tanzenden Schönheit. Sie wirbelte federleicht über den Mosaikboden und beeindruckte mich unendlich. Die Haut ihrer Hände glitzerte wie die Seide ihrer Hose. Ihre geschmeidigen Bewegungen waren die einer Wildkatze und ihre Haare glänzten in einem wunderschönen dunklen Braun. Als dieser herrliche Vortrag zu Ende ging, verbeugte sie sich in unsere Richtung und ich wäre dem Mädchen am liebsten nachgelaufen."

Ich wirbelte über den holprigen Lehmboden des Stadels und verzog mich dann wieder in den Wagen, um mich des Gewandes zu entledigen. Langsam war mir auch elend kalt in diesem Ding. So was Verrücktes auch, mitten im Winter in so dünnen Fädchen und ohne Schuhe herumzulaufen. Ich legte so leise und schnell wie möglich Schmuck und Gewand wieder zur Kiste, um ja alles Weitere zu hören.

„Zu Samir gewandt, fragte ich nach dem Mädchen mit den herrlich geschmeidigen Bewegungen. Dieser runzelte die Stirn, beugte sich aber dann zu mir und flüsterte „Dies war ein Mädchen, das nicht die Erlaubnis hatte, zu tanzen." Danach presste er die Lippen wie in großer Wut aufeinander.

Ich war ganz verzaubert. „Sie sieht aus wie eine lebendige Göttin." In meiner Stimme lag schon eine gewisse Sehnsucht, die Samir unbewusst den Kopf schütteln ließ. „Sie hat sowohl das Temperament als auch das Durchhaltevermögen eines arabischen Pferdes. Diese sind auch nicht müde zu kriegen. Sie werden im Gegensatz zu den Halbblütern immer aufgedrehter, je länger sie laufen müssen. Es ist besser, du vergisst sie, mein Freund." Bedrückt nickte ich. Nach der eigenartigen Reaktion Samirs, war es sowieso verrückt, auch nur einen Augenblick weiter an sie zu denken.

Im Morgengrauen des nächsten Tages kam ich zu meiner Sänfte zurück. Todmüde ließ ich mich in die Kissen sinken. Das heißt, nicht ganz. Denn plötzlich sah ich etwas aus dem Augenwinkel. Ich drehte mich um und entdeckte eine wunderschöne Rose und einen versiegelten Brief. Während ich nun zum Haus meines Oheims getragen wurde, las ich im trüben Licht die an mich gerichtete Botschaft. Sie war kurz und lautete folgendermaßen:

„Hochgeschätzter Abdul, die Tochter Eures Gastgebers wünscht neue Kleider. Daher bittet sie Euch, Euch mit einer Auswahl kostbarster Waren wieder hier einzufinden. Am dritten Tage des folgenden Monats nach dem mittäglichen Gebet werdet Ihr am südlichen Eingang erwartet."

Es war, als würde mich der Schlag treffen. Vielleicht könnte ich durch sie in Erfahrung bringen, wer diese tanzende Göttin war. Die Rose sprach eine deutliche Sprache der Zuneigung.

„Die Rose ist sicher von dem Tanzmädchen. Sie hat es irgendwie angestellt, dass ich wieder in dieses Haus kommen darf." So dachte ich träumerisch. Ich wusste, dass es in vielen Häusern bei einer offiziellen Einladung wie dieser die Damen des Hauses durch den Gästen verborgene Schlitze die Darbietungen genießen konnten. Sie wussten mit Sicherheit über jeden der Gäste bestens Bescheid.

Als mein Oheim von diesem Auftrag hörte, mit dem ich persönlich bedacht wurde, staunte er nicht schlecht. Er freute sich für mich. Denn hohe Damen als persönliche Kundinnen zu haben, war immer schon begehrt bei den Händlern. Bei diesen saß das Geld meist sehr locker und sie kauften einfach, was ihnen gerade gefiel.

Für meinen großen Tag wurden die erlesensten Waren von mir zusammengesucht. All die Stoffe, die bei einer jungen Schön-heit – dass sie schön war, davon war ich überzeugt – besonders gut zur Geltung kommen würden. Ich borgte mir auch Geschmeide bei unserem Nachbarn. Dies war durchaus üblich, dass man bei einem Besuch gleich die passenden Accessoires mitbrachte und diese im Namen eines anderen Händlers verkaufte. Denn dadurch erhielten oft die eigenen Waren erst die richtige Wirkung auf die Kunden – und der andere verkaufte, ohne einen Finger dafür zu rühren.

Ich legte an diesem bewussten Tag besonderen Wert auf mein eigenes Äußeres. Nachdem ich mich gebadet und parfümiert hatte, legte ich eines meiner schönsten Gewänder von schlichterer Art an und ritt auf meinem besten Fuchsen meinem Wagen voran.

Obwohl ich in meinem Eifer zu früh an die besagte Stelle kam, wurde ich schon von einem hoch gewachsenen Diener erwartet. Er wies mir den Weg. Andere Diener kamen, um beim Ausräumen der Ware behilflich zu sein. Mein Führer brachte mich in das Empfangsgemach des Frauentraktes. Es war ein Zimmer, das viel weiblichen Charme hatte. Sofort fühlte ich mich unbefangen und harrte der Dinge, die da kommen sollten.

Meine Waren wurden gebracht und ich drapierte sie, wie ich sie anzupreisen gedachte. Ich war gerade fertig, als sich eine Türe auftat und die Tochter des Hauses erschien. Sie war nur in Begleitung einer älteren Frau, vermutlich ihre Amme.

Beide trugen keinen Schleier, was ziemlich ungewöhnlich war. Lächelnd kam sie auf mich zu. Sie schreckte nur leicht zurück, als ich mich vor ihr verbeugte und fing gleich zu sprechen an, um ihre eigene Nervosität zu überspielen. „Liebster Abdul, habt Dank, dass Ihr meinem Wunsch sofort entsprochen habt. Mein Bruder hat mir erzählt, dass Ihr Euren Beruf sehr liebt. Darum bin ich sicher, Ihr werdet mich bestens beraten."

„Auch Euch vielen Dank für euer Vertrauen. Nur verratet mir bitte, bevor wir beginnen, Euren Namen. Der meine ist Euch ja sicher schon seit dem Fest eures Vaters bekannt und ich würde gerne den Namen meiner neuen Kundin kennen". Sie sah mir lächelnd in die Augen. „Mein Name ist Jasmina. Ja, Samir hat Recht. Er sagte, er wünsche sich Euch zum Freund. Ihr habt ein ehrliches Gesicht. Vielleicht können wir beide ja auch Freunde werden. Ich würde es mir wünschen." Ich bemerkte, dass ihre Augen grün waren und wie Smaragde strahlten. Ihre Wangen wurden leicht rot und verlegen wandte sie sich den Stoffen zu.

Ich zeigte ihr alle meine Waren und sagte zu allem offen meine Meinung. Als sie sich schon für die verschiedenen Tuche, Geschmeide und Schnitte entschieden hatte, bedeutete sie mir, ihr zu folgen und führte mich in einen märchenhaften Innenhof. Dabei berührten ihre Finger kurz meinen Arm. Bei ihrer Berührung fuhr mir ein Schauer über den Rücken. Ich war ernsthaft verliebt. Ich glaubte, in ihren grazilen Bewegungen die des Tanzmädchens zu erkennen, konnte aber dessen nicht sicher sein.

Trotz meiner Aufgeregtheit schaffte ich es, ihr gegenüber natürlich zu sein. Und während meine Sachen wieder auf den Wagen geladen wurden, saß ich mit Jasmina im Schatten und plauderte mit ihr. Natürlich in angemessener Entfernung und mit ihrer Amme neben uns, die uns mit Argusaugen betrachtete. Wir hatten beide die anfängliche Scheu überwunden und sprachen miteinander, als würden wir uns schon lange Jahre kennen.

Als es Zeit für den Abschied wurde, wollten wir uns gar nicht trennen. Aber ich musste wieder zurück und ihre Wünsche an den Schneider weiterleiten. Die Maße hatte ich erhalten und wusste genau, was sie wollte. „Ihr müsst mich nun leider wieder verlassen. Aber ich vertraue darauf, dass Ihr die Gewänder persönlich überbringt, nach ihrer Fertigstellung. Ach ja, und dieser wunderschöne grüne Seidenstoff. Lasst bitte ein Tanzgewand davon fertigen. Wie und mit welchem Schmuck überlasse ich euch. Schickt mir eine Nachricht, wenn alles fertig ist. Dann werde ich Euch wieder hierher einladen. Allah behüte Euch."

Ganz verzaubert verabschiedete ich mich und wunderte mich später, dass ich überhaupt noch ein Pferd benutzen musste auf dem Heimweg. Ich schwebte förmlich.

Zwei Wochen später war es soweit. Wir sollten uns wieder sehen. Dieses Mal hatte ich keinen Wagen dabei, sondern nur einen Maulesel, auf dem ein großer Korb mit den Gewändern festgeschnallt war. Zwei Diener brachten ihn in das Gemach und zogen sich augenblicklich wieder zurück.

Jasmina erwartete mich schon. Diesmal ließ sie mich nicht verbeugen, sondern streckte mir wie einem guten Freund die Hände entgegen. „Ich wollte schon immer wissen, wie sich die Hand eines fremden Mannes anfühlt", war ihre Erklärung zu ihrer wieder präsenten Amme. Ich zeigte ihr ein Gewand nach dem anderen. Der Schneider hatte wirklich prachtvolle Arbeit geleistet. „Ich muss es sofort anziehen. Ich will wissen, wie es mir passt." Übermütig nahm sie eines der Kleider mit in einen anderen Raum und zog es sich an. Als sie wieder hervortrat, drehte sie sich nach allen Seiten und ließ sich bewundern. Dies machte sie mit jedem Stück. Es war herrlich, ihr zuzusehen, von ihrer Begeisterung angesteckt zu werden. Alles passte perfekt. Ich war stolz auf mein Werk. Denn ich hatte dem Schneider eine Skizze von ihr gemacht und daraufhin konnte er optimal arbeiten. Es ist eine Kunst, eine Frau mit soviel Stoff zu umgeben, dass man nur ihre Augen sieht und sie trotzdem wunderschön findet.

Als wir zum Ende kamen, bewölkte sich ihr Gesicht. „Wo ist mein Tanzkleid? Habt Ihr es vergessen?" Rasch nahm ich ein Stück schützenden Stoffes vom Boden des Korbes und hielt das Meisterwerk empor. Ein kleiner Schrei des Entzückens entfuhr ihr. „Das ist das prächtigste Tanzkleid, das ich jemals gesehen habe. Es ist der größten Herrscherin würdig. Ich werde es gleich anprobieren."

Schnell erschien sie wieder in diesem neuen Kleid. Sie sah einfach entzückend aus. Ich hielt den Atem an. So viel Schönheit und Vollkommenheit waren mir noch nie unter die Augen gekommen. Sie wiegte ihre Hüften und schritt langsam durch den Raum – immer unter den ablehnenden Blicken der armen Amme. Dann blieb sie direkt vor mir stehen und sah mich keck an. Ich hatte den starken Drang, sie zu küssen und sie wusste es und förderte diesen Drang auch noch.

Meine Besuchszeit hatte jedoch für einen Händler schon viel zu lange gedauert. Sie erfragte den Preis der Waren, ließ mich fürstlich entlohnen und entließ mich dann mit der Versicherung, dass wir uns bald wiedersehen würden.

Jasmina benötigte in der nächsten Zeit für verschiedene Anlässe neue Gewänder und ließ mich jedes Mal kommen. Meist aber nur mit dem fertigen Stück. Sie ließ mir bei der Verarbeitung völlig freie Hand. Und ich liebte sie schon aus diesem Grunde abgöttisch. Sie war die einzige meiner Kundinnen, die nur die Festivität nannte, zu der sie ihr Kleid brauchen würde. Die Wahl der Stoffe und des Geschmeides überließ sie mir. Ich war immer überglücklich, sie auch in diesen herrlichen Gewändern begutachten zu dürfen.

Wir waren nie auch nur eine Sekunde alleine. Ihre Amme schalt sie aus, wenn Jasmina sich für ihren Tuchhändler umkleidete, aber sie lachte nur darüber. „Warum soll er nicht wissen, wie gut mir das zu Gesicht steht? Das spornt ihn zu weiteren Meisterwerken an. Und außerdem sieht jeder Mann gerne eine Frau in einem von ihm erschaffenen Kunstwerk, das ihre Schönheit noch unterstreicht."

Bei manchen Besuchen saßen wir unter ihrem Lieblingsbaum und unterhielten uns. Wir waren verliebt, auch wenn wir es nicht zeigen durften und waren vorläufig zufrieden mit dem, was wir hatten. Wir dachten, dass dies nie vorbei sein könnte. An einem dieser Tage fragte sie mich, warum ihr Schneider so perfekt arbeiten konnte, wo er sie doch noch nie gesehen hatte. Verschämt erzählte ich ihr von dem Bild, das dieser als Modell von mir erhalten hatte.

Aber sie war nicht verärgert. „Ich möchte sehen, wie du mich malen kannst. Bei deinem nächsten Besuch musst du all die Utensilien dabei haben, die du dazu brauchst. Was soll ich dann nur anziehen?"

Ich starrte sie wie ein verliebter Junge an. „Ich würde dich gerne in deinem Tanzkleid zeichnen. Mit dem Schleier, damit siehst du so geheimnisvoll aus."

Also war es ausgemacht. Während unserer nächsten zwei Treffen saß sie teils auf der Bank im Garten. Dann tanzte sie wieder herum. Sie hatte ein wunderschönes Tamburin dabei, auf dem sie den Takt schlug. Ganz stolz erzählte sie, dass das Schnitzen in Holz eine liebe Beschäftigung ihres Bruders Samir sei.

Ich wurde in unserer doch etwas knapp bemessenen Zeit nicht ganz fertig und wollte das Bild zu Hause beenden. Beim nächsten Besuch hatte ich es fertig gestellt und gut verpackt bei meinen Waren. Diesmal war zusätzlich zur nicht glücklich aussehenden Amme auch Samir bei Jasmina. Er begrüßte mich freundlich und hieß mich sofort die neuen Gewänder auspacken. Ganz gespannt ließ er die fließenden Stoffe durch die Finger gleiten, bevor Jasmina ihm die Kleider vor der Nase wegnahm. „Ich muss sie doch probieren. Sie sind wunderschön und gefallen sicher auch meinem neugierigen Bruder."

Samir und ich verfielen in eine leichte Plauderei und machten es uns im Schneidersitz auf den Kissen bequem. Als seine Schwester wieder zurückkam, verstummte unsere Unterhaltung sofort und beide staunten wir, wie schön sie war. Sie drehte sich nach allen Seiten und ließ sich gebührend bewundern. Dann kam sie auf mich zu, ging vor mir auf die Knie und nahm meine Hände auf, die ich über die Knie hängen hatte. „Hast du nichts anderes heute dabei?"

Samirs argwöhnischer Blick flog von einem zum anderen. Dann stieß er ein „oh nein, es ist wahr!" hervor und seine Züge wurden traurig.

Doch in diesem Moment interessierte mich seine Gefühlswelt nicht besonders. Ich stand auf und ging begleitet von Jasmina zu einem kleinen Tisch, der sein unscheinbares Dasein in der Nähe der Türe fristete. Dort gab ich ihr das kostbar verpackte Geschenk. Vorsichtig entfernte sie die bunte Seide und das darunter liegende Wachspapier. Nach einem Moment des Betrachtens wirbelte sie im Kreis und drückte das Bild an ihren Busen, während sie unzählige Male ein „Danke. Oh, es ist so schön" hauchte.

Dann erinnerte sie sich wieder an die Gegenwart ihres Bruders und zeigte ihm voll Stolz ihr Bildnis. Es war das beste Bild, das ich jemals gemalt hatte. Man erkannte alles, was ihre Person äußerlich ausmachte und noch mehr. Überrascht hob Samir die Brauen und fing dann an zu lächeln. „Ich hätte nicht gedacht, in dir einen so exzellenten Künstler zu finden. So ein herrliches Bild habe ich noch niemals gesehen. Und du kannst mir glauben, dass ich schon in vielen Häusern von Kunstliebhabern war."

Ich verabschiedete mich bald von Jasmina. Samir kam mir auf dem Weg zu meinem Pferd nach. „Bitte lass mich mit dir reiten, mein Freund."

Ich freute mich über die Gesellschaft. Doch bald trübte sich mein strahlend blauer Himmel ein. „Abdul, du weißt, dass ich dich mag und ich würde viel dafür geben, wenn du mein Freund sein willst. Du bist aus einer guten, adligen Familie. Aber ich muss dich nun enttäuschen. Meine Schwester Jasmina ist schon seit langer Zeit einem Mann versprochen. Er ist noch jung und hat doch schon Macht inne. Die beiden sind sich nie begegnet und ich kann nicht sagen, ob sie jemals miteinander glücklich werden. Doch sie werden sich mit Sicherheit gegenseitig achten und ein gutes Leben führen.

Ich habe heute bemerkt, wie Jasmina und du euch anseht. Und nicht genug, habe ich förmlich gespürt, wie die Luft um euch geknistert hat. Ihr seid verliebt, da gibt es keinen Zweifel. Doch ihr seid nicht für einander bestimmt. In vier Monaten wird die Hochzeit sein. Doch wenn du mir dein Ehrenwort gibst, Jasmina nur als deine Schwester zu betrachten, will ich dir gerne erlauben, sie bis dahin zu besuchen, sooft sie nach dir schickt. Sie soll hier einfach einen Freund wissen – neben ihrem Bruder, dem ihr Wohlergehen am Herzen liegt."

Mein Herz wurde schwer und ich musste mich bemühen, rasch aufsteigende Tränen zurückzuhalten. „Ich schwöre dir, dass ich sie nicht unzüchtig berühren werde, auch wenn mich die Leidenschaft verbrennen sollte. Mir war längst bewusst, dass ich mich hier in eine Traumwelt begeben habe, aus der ich irgendwann wieder aufwachen müsste. Mir soll es reichen, wenn ich mir ihrer und auch deiner Zuneigung sicher sein kann."

In einem anderen Haus hätte mich vermutlich schon längst der Tod ereilt, aber Samir schien wirklich Vertrauen in mich und seine

Schwester zu haben. So schieden wir in ehrlicher Freundschaft voneinander.

Bald sahen wir uns wieder. Samir hatte dieses Mal nach mir geschickt. Ich solle ein Gewand für ihn fertigen lassen, das eines Bildes würdig wäre.

Ich hatte bei meiner nächsten Ankunft ein Kleiderpaket und meine Zeichenutensilien dabei. Auch Samir ließ sich in dem kleinen Garten bei den Frauengemächern malen. Neben mir saß Jasmina und bewunderte jeden Strich. Vor lauter Übermut fertigte ich sogar noch ein kleines Selbstbildnis an, das ich Jasmina überließ.

Uns waren noch viele schöne Stunden vergönnt in den bewussten vier Monaten. Meist waren wir zu dritt und vertrieben uns die Zeit mit fröhlichen Liedern, Tanz und auch tiefsinnigen Unterhaltungen. Oder wir machten einen Ausritt ins Umland der Stadt. Zweimal gingen wir sogar in eine Schenke – allerdings ohne Jasmina. Wir waren glücklich, obwohl dies keine erfüllte Liebe war, die Jasmina und mich verband. In dieser Zeit wuchs zwischen uns dreien eine tief empfundene Freundschaft. Wir schworen uns gegenseitig, uns in jeder Not beizustehen.

Dann rückte der Tag des Abschieds näher. Alle Vorbereitungen zum Umzug Jasminas in eine andere Stadt wurden getroffen. Bei ihrem Vater bat sie um die Begleitung von Samir und mir. Um wenigstens noch ein paar Stunden von wirklichen Freunden umgeben zu sein. Und ihr Vater gewährte ihr den Wunsch nur zu gerne. Denn auch er sah seine liebe Tochter, seinen „Augapfel" nur schweren Herzens scheiden. Er selbst wollte ein paar Tage später zum Hochzeitsfest folgen, da wichtige Geschäfte nicht warten wollten.

Der Weg führte über eine von Hügeln umgebene Ebene. Unsere Karawane kam langsam voran. Die Mulis waren schwer beladen und die Wagen ächzten unter ihrer Last. Flirrende Hitze umgab uns. Samir und ich ritten links und rechts von Jasminas Sänfte.

Als wir schon einen guten Teil des Weges hinter uns hatten, kamen die Räuber von beiden Seiten der Hügel hervorgesprengt. Bis wir uns versahen, waren sie über uns. Einige unserer Begleiter verließen uns sofort in rasender Flucht. Wir anderen verteidigten mit all unseren Kräften unser Leben. Pfeile schwirrten um unsere

Köpfe und die Damaszenerklingen unserer Feinde waren gut geschärft.

Ich war kein ausgezeichneter Kämpfer, aber ich war imstande, mich zu wehren. Bald bewegten sich schon einige unserer Packtiere weiter. Aus dem Augenwinkel sah ich, wie etwas aus der Brautsänfte fiel, bevor die Mulis hinter dem nächsten Hügel verschwanden. In diesem Moment sackte mein Pferd unter mir weg und brachte mich so aus der Gefahrenzone. Denn mein Gegner ließ von mir ab und preschte hinter seinen Kumpanen her.

Es dauerte einige Minuten, bis ich mich von den Zügeln und Steigbügeln losgestrampelt hatte, in die ich mich verfangen hatte. Dann stand ich schwankend auf. Mein linkes Bein schmerzte und mich umgaben Tod und Elend. In meiner Verzweiflung suchte ich mit den Augen erst nach irgendeinem Lebenszeichen. Ein paar Meter neben mir lag Samir, halb unter einem Leichnam begraben. Ich kroch zu ihm hin und bemerkte, dass er noch lebte. Er hatte eine Wunde an der linken Seite und eine große Beule an der Stirn. Sein Atem ging jedoch noch regelmäßig. Ich zog ihn an eine schattige Stelle. Da wachte er auf und packte meinen Arm. Blankes Entsetzen stand in seinen Augen. „Mein Freund! Kümmere dich später um mich. Suche zuerst Jasmina."

Ich stand also wieder auf und in diesem Moment beschlich mich eine böse Ahnung. Was, wenn Jasmina es war, die aus der Sänfte gefallen war? Meine Schritte wurden immer schneller und schneller. Als ich an der Stelle ankam, die ich gesucht hatte, wurde meine Ahnung zur traurigen Gewissheit. Ihr Körper lag bewegungslos im Sand und ein Pfeil ragte aus ihrer Brust. Als ich näher hin sah, bemerkte ich, dass dieser Pfeil auch das Bild von mir durchbohrt hatte, das sie offenbar am Herzen getragen hatte. Samirs Bildnis lugte halb verdeckt und blutverschmiert unter ihrem Körper hervor. Sie hatte uns vertraut und wir hatten sie nicht beschützen können!

Überwältigt von meiner Trauer schrie ich auf und warf mich auf sie. Ich ließ meinen Tränen hemmungslosen Lauf. Immer wieder rief ich Jasminas Namen und beteuerte ihr meine Liebe. Erst nach langer Zeit kam ich wieder zu mir und dachte an den armen Samir, der dort lag und meine Hilfe benötigte. Ich fing zwei der herumlaufenden Pferde ein und suchte mir von umliegenden

Toten geeignete Stoffe. Auf eines der Tiere band ich Jasminas Leichnam. Dann kehrte ich zu meinem Freund zurück. Er lehnte in sich gekehrt an einem Felsen und von seinen Wangen tropften Tränen. Meine Schreie hatten ihm verraten, was passiert war und die traurige Last des Pferdes bestätigten seine Gewissheit nur noch. Nachdem ich meinen Freund verbunden hatte, setzte ich ihn auf das zweite Pferd und schwang mich hinter den Sattel. So traten wir die Rückkehr in sein Vaterhaus an.

Samir und ich wechselten während unseres Rittes nicht ein Wort. Jeder trauerte für sich um die geliebte Schwester und Freundin. Zu unserem gegenseitigen Trost umklammerte jedoch Samir meine Hände, die die Zügel beider Pferde hielten.

Am Stadttor wurde sofort Alarm geschlagen. Augenblicklich hetzten die Soldaten in die von uns angegebene Richtung. Aber es interessierte uns nicht mehr. Nichts konnte uns Jasmina zurückgeben. Eine große Leere breitete sich in mir aus.

Völlig erschöpft von der Anstrengung und der Hitze kamen wir an Samirs Heim an. Diener kamen uns entgegen. Als ich vom Pferd sprang, spürte ich einen stechenden Schmerz und verlor darauf das Bewusstsein. Die Ärzte sagten später, ich wäre hart auf mein gebrochenes Bein gesprungen, was mir die Besinnung raubte. Ich hatte mich nicht erinnern können, doch vermutlich war es beim Sturz meines Pferdes passiert.

Lange war ich im Haus von Samirs Vater, der den Verbrechern nachgeprescht war, den Tod seiner Tochter allerdings nie rächen konnte. Ich wurde dort gepflegt, bis ich wieder vollkommen gesund war. Genesungswünsche von meinem Oheim und unseren Freunden im Bazar erreichten mich trotzdem. Samirs Wunde verheilte etwas schneller und wir saßen oft nebeneinander unter Jasminas Baum, jeder seinen Gedanken nachhängend.

Dieses tragische Erlebnis kettete das Band unserer Freundschaft enger. Wir saßen oft schweigend beieinander und verstanden uns trotzdem hervorragend. Später lernten wir auch gemeinsam langsam wieder zu lachen.

Als ich nach mehreren Wochen wieder ins Haus meines Oheims kam, stand in meinem Schlafgemach eine kleine Truhe. „Sie ist am Tag Eurer Abreise abgegeben worden", erklärte mein Diener und ließ mich dann alleine.

Ich öffnete die Truhe sofort. Schon als ich den Stoff sah, wurden meine Augen feucht und eine Träne folgte der anderen über meine glühenden Wangen. Jasmina hatte mir ihr Tanzkleid geschickt. Weiter lagen in der Truhe noch das Tamburin und ihr Bildnis. Der Brief, den ich auch noch fand, verschwamm vor meinen Augen und es dauerte lange Zeit, bis ich ihn lesen konnte.

„Mein liebster Abdul,

ich weiß, dass ich dich nicht lieben darf, wie ich es empfinde. Nun bin ich auf dem Weg in ein anderes Leben. Noch liegt im Nebel verborgen, was mich erwartet, aber ich weiß, was hinter mir liegt.

Ich danke dir für deine Freundschaft, die mir sehr viel mehr bedeutet als alle Edelsteine und alles Gold der Erde. Ich danke dir auch für die schönen Stunden, die wir in völliger Sorglosigkeit miteinander verleben durften.

Ich bin mir deiner Treue und Zuneigung bewusst und werde dich nie vergessen, mein lieber Freund.

Das Tanzkleid und das Tamburin werde ich nie mehr benützen. Sie gehören in ein anderes, unbeschwertes Leben. Damit auch du mich nie vergessen wirst, sende ich dir das Bild zurück. Denk, wenn du es ansiehst, an die Frau, die dich wirklich geliebt hat und von der immer ein kleiner Teil bei dir bleiben wird.

In ewiger Freundschaft Jasmina"

Ich konnte sie in den folgenden Monaten keinen Augenblick vergessen. Auch Samir trauerte tief um sie. Wir beschlossen also, uns einige Zeit in andere Länder zu begeben, um nicht an jeder Straßenecke und bei jedem verschleierten Mädchen an sie erinnert zu werden.

Samir wurde dann von seinem Vater in Geschäften ausgeschickt und ich bereise seitdem fremde Länder. Und so bin ich nach mehreren Jahren in der Fremde hier und bei euch und eurem Glauben gelandet. Ob ich meinen besten Freund und Bruder im Geiste jemals wieder sehen werde, das wird der Himmel entscheiden. Doch ich hoffe, unsere Wege werden sich eines Tages wieder kreuzen."

Konrad erwachte aus seinem Bann und bemerkte: „Mich wundert nur, dass du die Kiste und ihren wertvollen Inhalt noch besitzt. Es gibt doch überall so viele Wegelagerer."

Albon sah ihn etwas entrückt lächelnd an. „Du hast Recht. Gott hält seine beschützende Hand über mich. Die Kiste wurde mir tatsächlich schon einmal gestohlen. Doch der Dieb hatte keine Freude daran. Sie brachte ihm den Tod in Form einer Viper, die es sich auf der Seide bequem gemacht hatte und den Störenfried biss."

Entsetzt wich unser großer Junge zurück. „Es ist zwar alles recht kostbar, aber hier kann man so was den Frauen nicht schenken. Also ist es für uns wertlos."

Einer der Wachen fragte neugierig: „Wie hast du die Traumgestalt hergezaubert, Albon?" Da kam aus einer dunklen Ecke Alines Stimme. „Schwachkopf, das war doch keine Traumgestalt, sondern Laura in Jasminas Gewand!" Alle lachten und der Mann zog sich schmollend in seine Schlafecke zurück. Vermutlich aber dachten auch ein paar seiner Berufsgenossen zuerst an Hexerei. Mir wäre es allerdings lieber gewesen, Aline hätte nicht die Identität der Tänzerin aufgedeckt.

Langsam wurden wir müde und dachten an Schlaf. Also wickelten wir uns alle in unsere Decken und träumten von Abdul, Jasmina und Samir.

Am folgenden Tag war endlich an eine Weiterreise zu denken. Die Niederschläge hatten sich gelegt und das Wasser war von den Wegen schon etwas abgelaufen.

Der Weiterritt gefiel mir gar nicht. Überall tropfte es von den Bäumen, der Boden war aufgeweicht und schlüpfrig und ich kam mir völlig verdreckt vor. Zumindest meine Schuhe und der Saum meines Mantels waren es auch. Nach einem halben Tag mit feuchter Kleidung fing ich auch noch an, mich körperlich unwohl zu fühlen. Das ließ mich missmutig werden. Also setzte ich mich an den Schluss unserer Gruppe, um nicht meinen Frust an den anderen auszulassen.

Nach einiger Zeit ließ sich auch Gordian zu mir zurückfallen. Er war glänzender Laune und wollte mich necken. Dazu hatte ich aber nun gar nicht den Nerv. Ich konnte ihn nur schlechtgelaunt anfauchen: „Ach, hör doch auf und geh mir nicht auf die Nerven!" Er sah mich total verstört an. Dann sagte er kein einziges Wort mehr. Doch er blieb ein Stück hinter mir. Mir tat es sofort fürchterlich leid, dass ich ihn so angefahren hatte. Schließlich konnte er ja nichts dafür, dass ich schlechter Laune war.

Nach einer Weile hatte ich mich zu einer Entschuldigung durchgerungen. Ich ritt direkt neben Gordian und berührte sanft seinen Arm. Er sah demonstrativ weg von mir und zeigte mir die kalte Schulter.

Ich schluckte. Es war schwerer, als ich gedacht hatte, mich gerade bei Gordian zu entschuldigen. „Es tut mir leid, ich wollte dich nicht verletzen. Aber ich bin nass, fühle mich durch und durch verdreckt und friere. Außerdem bin ich es nicht gewöhnt, immerzu von Menschen umgeben zu sein. Ich kann es manchmal einfach nicht ertragen und habe oft das starke Bedürfnis, alleine zu sein. Kannst du mir noch einmal verzeihen?"

Abschätzend sah er mich nun doch an. „Wenn man zum Krieger ausgebildet wird, legt man nicht so großen Wert auf Sauberkeit. Und man ist selten alleine. Aber wenn mir kalt ist, reagiere ich auch nicht sehr zuvorkommend. Das zumindest kann ich nachvollziehen." Ein kleines Lächeln stahl sich auf seine Lippen.

Stürmisch beugte ich mich zu ihm hinüber und küsste ihn. Diese Geste nahm er zum Anlass und übergab mir seine Zügel. Während ich noch verdutzt schaute, stand er im Sattel auf und schwang sich hinter mich auf Arwakr, der erst ganz verdutzt nach vorne sprang. Gordians Arme umschlangen meine Taille und er flüsterte mir zärtliche Worte ins Ohr. Mir wurde nach kurzer Zeit wohlig warm und ich war wieder fast vollkommen zufrieden. Eine Bemerkung konnte ich jedoch nicht unterdrücken. „Dein Bart kratzt. Glatt rasiert bist du mir lieber."

Konrad hatte uns, seiner Mimik nach zu schließen, die ganze Zeit beobachtet. Sein Pflichtgefühl war rührend. Er gab einem der Wachen Anweisungen. Dann blieben beide stehen und ließen uns vorbei. Sie sicherten uns fortan von hinten. Konrad war einfach ein guter Junge. Noch verspielt und flapsig und doch in vielen Dingen viel erwachsener und liebenswerter, als es in heutiger Zeit Siebzehnjährige oft sind.

Auch Aline hatte ihren kalten Platz auf ihrem Pferd aufgegeben und saß nun schwatzend und lachend bei Albon im Wagen. Die beiden verstanden sich hervorragend. Beide hatten sie einen guten Humor und konnten gut austeilen, aber auch einstecken. Ich trieb unsere Pferde etwas mehr auf den Wagen zu und wollte die beiden ein wenig hochnehmen. Wir lieferten uns einige scherzhafte Wortgefechte und konnten irgendwann nicht mehr, weil uns die Bäuche vor Lachen wehtaten. Inzwischen hatte sich die ganze Gruppe um den Wagen versammelt, um ja nichts zu versäumen.

Die ungezwungene Atmosphäre war also bald wiederhergestellt. Und sie blieb so entspannt, bis wir am Abend beim nächsten Wirtshaus Halt machten. Dort verlangte ich zuallererst nach einem Zuber Wasser zum Waschen von Körper und Kleidung. Die beiden Damen und ein paar der Männer schlossen sich sofort meinem Wunsche an. Erfrischt und wieder viel besser duftend saß ich später vor meinem Eintopf und nichts und niemand sollte mir mehr an diesem Abend die Stimmung verderben. Ich bemerkte natürlich, dass Gordian sich gewissenhaft rasiert hatte und strahlte ihn immer wieder an und er grinste fröhlich zurück.

Wir sangen Schnaderhüpfl und benahmen uns wie eine Horde Kinder. Der ganze Schankraum wurde von unseren Witzen erheitert. Teilweise brüllte die ganze Gesellschaft vor Lachen. Es waren lauter harmlose Späße zur allgemeinen Belustigung. Der Wirt und seine Frau hatten viel zu tun, denn durch die gute Unterhaltung flossen Wein und Bier in großen Mengen. Zwischendrin standen beide breit lächelnd nebeneinander und warfen sich fröhliche Blicke zu.

Frisch gestärkt und ausgeruht standen wir am nächsten Morgen schon im Hof, um alles zur Abreise vorzubereiten. Da kam Aline mit einem fröhlichen Lied auf den Lippen um die Hausecke. Im Arm hatte sie ein Bündel, aus dem es dampfte. Als sie an mir vorbeiging, stieg mir der verführerische Duft von frischem Brot in die Nase. „Willst du gleich eine Scheibe?", fragte sie mich herausfordernd. „Wenn du sie nicht freiwillig herausrückst, hol ich sie mir mit Gewalt!", war meine freche Antwort.

Lachend stürmten wir beide die Wirtsstube. Ich verlangte nach einem Becher Milch. Mit einem bedauernden Gesicht erklärte mir der Wirt, dass er mir leider nur eine von gestern anbieten könne. Die wäre aber kalt. „Her damit! Etwas Besseres als frisches, warmes Brot mit kalter Milch kann ich mir ja gar nicht vorstellen." Mit leicht gerunzelter Stirn kam er meinem Wunsch nach.

Wir genossen unser zweites Frühstück und begaben uns erst nach deren Aufforderung wieder zu unseren Reisekameraden. Wahrscheinlich wirkten wir beide wie zwei zufriedene Katzen, die gerade das Aquarium geleert hatten, denn die anderen sahen uns etwas befremdet an. Keiner von ihnen hatte unser kleines Zwischenspiel mitbekommen. Reich gesättigt und verschwörerisch grinsend saßen Aline und ich auf und ließen die Pferde sofort in einen leichten Trab fallen.

Diesmal war der Weg schon etwas besser, es war über Nacht auch wieder kälter geworden und hatte ein paar Zentimeter geschneit. Wir ritten also nebeneinander an der Spitze des Zuges. Nach ein paar Minuten sah Aline mich und Arwakr herausfordernd an und fragte nur: „Und?" Ich verstand sie sofort und antwortete mit einem „Los!". Beide rammten wir die Hacken in die Pferde und diese stürmten los, während wir beide fröhlich johlten. Keiner von uns lag daran, schneller als die andere zu sein. Wir blieben einfach nebeneinander und freuten uns des Lebens. Vernünftigerweise wurden wir auch schon nach einigen hundert Metern wieder langsamer und ließen unsere Tiere dann in Schritt fallen, bis der Rest uns eingeholt hatte. Dann schwatzten wir munter drauflos und verstörten mit unserer Einigkeit die Männer, über die wir herzogen.

Insgesamt war es eine recht lustige Gesellschaft, die sich am frühen Abend, nicht mehr weit von Kelheim entfernt, in einem Gasthaus einquartierte. Aline, Juliana und ich saßen zusammen an einem Ende des Tisches und wurden mit zunehmendem Weingenuss zusehends aufgekratzter.

Irgendwann wurde unser Spaß den Männern dann zu bunt. Martin und Gordian standen mit grimmigen Mienen plötzlich hinter uns und befahlen uns donnernd, uns zu ihnen zu setzen.

Ich drehte mich zu Gordian und sagte ganz ruhig. „Ich lasse mir nichts befehlen. Auch nicht von dir." Damit war ich schon wieder im Begriff, mich meinen Freundinnen zuzuwenden. Sein Gesichtsausdruck wurde noch finsterer. Mit Mühe presste er drohend ein „Laura!" hervor. Sofort ergriff ich seine Hand und erhob mich. Verärgert zischte er mir zu: „Solange wir alleine sind, kannst du dir fast alles erlauben. Aber vor anderen wirst du mir in Zukunft sofort und ohne Widerrede gehorchen!"

Ich schluckte schwer an meinen aufsteigenden Tränen. So verärgert hatte ich meinen Traumprinzen noch nie erlebt. Ich musste mir aber selbst eingestehen, dass ich den Bogen überspannt hatte. Eine ständig widersprechende Frau konnte kein Mann gebrauchen – vor allem nicht in dieser Zeit. Und wir waren noch nicht einmal offiziell verheiratet.

Später zog mich Gordian mit sich die Treppe hoch und in unsere Kammer. Dort lag schon unser Gepäck bereit und ein munteres Feuer brannte in dem kleinen Kamin neben dem Bett. Mitten im Raum ließ mich Gordian los, rückte noch einen Schritt ab von mir und drehte sich zum verhangenen Fenster. „Ich habe mich so auf eine Nacht nur mit dir gefreut und nun das hier. Ihr habt euch da unten aufgeführt wie Landsknechte."

Langsam näherte ich mich ihm, umarmte ihn von hinten und strich über seine breite Brust. Mit meinem Atem seinen Hals liebkosend blieb ich erst einmal so stehen. Er war noch immer verärgert und verkrampft. Wie sollte ich ihm nur klar machen, dass keine von uns die Sache böse gemeint hatte?

„Wir sind noch immer die gleichen Frauen wie gestern oder ein paar Tage früher. Wir fühlen uns in eurer Gesellschaft wohl und waren deshalb etwas ausgelassen. Das ist genauso wie bei euch Männern.

Wir sind nicht nur die braven Kätzchen, die schnurrend um eure Beine streichen. Wir sind auch die mutigen Löwinnen, die sich jederzeit mit gesträubtem Fell und ausgefahrenen Krallen fauchend auf jeden Feind werfen. Und wir sind genauso verspielt wie die Katzen, die sich gegenseitig ohne Vorwarnung quer über den Hof jagen, nur um überschüssige Kräfte abzubauen. Ich will mich jetzt nicht für einen Abend entschuldigen, den ich vollkommen genossen habe. Ich verspreche dir aber, mich in Zukunft in Gegenwart anderer Menschen nicht mehr so ausgelassen zu benehmen."

Langsam drehte sich Gordian in meinen Armen um. „Und ich dachte schon, du wärst vollkommen betrunken." Ich lachte laut auf und warf den Kopf zurück. „Um mich betrunken zu machen braucht es schon ein wenig mehr als zwei Becher von diesem sauren Wasser, das der Wirt Wein nennt. Nein, ich bin nicht betrunken. Ich bin nur glücklich. Und ich denke, wir werden nun eine angenehme Nacht miteinander verbringen können, oder?" Schon zog ich ihn mit zum Bett. „Heute ist ein denkwürdiger Tag. Wir werden das erste Mal nur zu zweit eine Nacht in einem richtigen Bett verbringen."

Von Schlaf war in dieser Nacht kaum die Rede. Aber es reichte uns, einfach mal nur zu zweit zu sein. Zwischen unseren leidenschaftlichen Liebesspielen lagen wir entspannt nebeneinander und sprachen über alles, was uns gerade einfiel.

Nach einer längeren Pause, in der ich schon dachte, Gordian wäre eingeschlafen, sprach er wieder über unser Thema vom Abend. „Weißt du, es ist gar nicht so leicht, Einstellungen, die einem seit frühester Kindheit als gegebene Tatsachen eingebläut werden, wieder fallen zu lassen. Seit ich dich kenne, habe ich viele Male über manche Dinge nachgedacht.

Ich glaube, du hast oft Recht mit deinen Ansichten. Männer und Frauen sind im Grunde gar nicht so verschieden, wie uns die Priester und unsere Eltern immer erzählen. Sie haben sehr ähnliche Träume und Ziele. Auch die Empfindungen sind ziemlich gleich, so glaube ich zumindest. Die wirklichen Unterschiede bestehen nur körperlich. Frauen bekommen Kinder und sind meist nicht ganz so groß und kräftig. Aber sie kämpfen, wenn es darauf ankommt, mit demselben Mut wie die meisten Männer. Das habe ich schon oft genug mit eigenen Augen gesehen. Und sie sind sicher genauso klug. Schließlich muss man bei der Führung eines großen Haushalts genau so viel Geschicklichkeit beweisen, wie beim Regieren eines ganzen Landes."

„Da stimme ich dir völlig zu. Das Führen des Haushalts wird ganz selbstverständlich den Frauen überlassen, aber zum Regieren wähnen uns die Männer zu dumm. Es gibt da so einen Spruch, den erst in ein paar Jahrhunderten jemand sagen wird. Denk an ihn, wenn du einem mächtigen Mann gegenüberstehst, denn es ist viel Wahres daran: Hinter jedem erfolgreichen Mann steht eine starke Frau. Wobei das stark natürlich sowohl Klugheit, Voraussicht als auch Willensstärke beinhaltet."

Gordian drehte sich zu mir. Im schwindenden Licht des Feuers sah ich ihn verschmitzt lächeln. „Mit meiner Frau kann ich doch nur erfolgreich werden." Damit fiel er voll Verlangen über mich her.

Wir schliefen kurz vor dem Morgengrauen ein und mussten von Juliana geweckt werden. Sie kam leise in unsere Kammer und ich richtete mich verschlafen auf. „Na ihr Schlafmützen, wer hat das Scharmützel gewonnen?", fragte sie fröhlich.

Tief aus der Decke neben mir kam es brummend. „Laura, die scheint schon wach zu sein." Dann schoss ein Arm unter der Decke hervor und warf mich wieder zurück auf das Kissen.

Ich hatte gerade noch Zeit, Juliana zuzurufen, dass wir uns beeilen würden, dann wurde mein Mund mit Küssen bedeckt und meine Schwägerin verließ lachend das Schlachtfeld.

Gordian war doch schon hellwach und wir brauchten daher länger, als erwartet, bis wir das Bett endgültig verließen. Wir balgten uns unter den Decken, bis ich endlich ein Machtwort sprach und wir die Vernunft siegen ließen. Bei unserer Ankunft im Stall wurde Gordian mit groben Witzen begrüßt und ich wurde von allen Seiten mit Pfiffen bedacht. Aber das ließ mich nur sarkastisch werden. Ich schlenderte durch die Männer und traf den Nagel auf den Kopf, als ich bemerkte: „Aus euch allen spricht ja nur der blanke Neid!" Worauf ich tatsächlich das eine oder andere gedankenverlorene Nicken zu sehen bekam.

Um die Mittagszeit dieses Tages kamen wir in Kelheim an. Es gab ein freudiges Wiedersehen im Haus des Weinhändlers. Dieser freute sich, endlich seine „Tochter" wie er Aline nannte, wieder zu sehen. Er hatte die junge Frau sehr gerne und er wollte sie gerne zu seiner Erbin machen. Ihm waren keine Kinder vergönnt gewesen. Der eine Sohn, den seine Frau und er einst hatten, war ganz früh schon an einer Lungenkrankheit gestorben. Nun wollten sie beide, dass Aline ihre Nachfolge antrat. Wir alle wurden herzlich eingeladen, die Nacht in dem großen Haus zu verbringen. Und zum Dank dafür bedachten wir die beiden alten Leute und deren Haushalt mit Liedern und Geschichten sowie einigen Metern Stoffs.

Auf Bitten von Aline sollte auch Albon seine traurige Liebesgeschichte wiederholen. Dazu wollten mich natürlich noch einmal alle anwesenden Männer in dem wunderschönen Tanzkostüm sehen. Es wurde ein amüsanter und lockerer Abend, bei dem sich jeder wohl fühlte.

Albon wurde eingeladen, länger in dem Haus zu verweilen. Der alte Herr hatte natürlich sofort dessen schmachtende Blicke bemerkt, die immerzu auf Aline lagen. Daher wollte er den jungen Mann näher unter die Lupe nehmen.

Albon wollte rechtzeitig zur Hochzeit von Juliana und Martin bei uns auf dem Hof sein. Aline und ihre „Pateneltern" wurden auch zu diesem Fest eingeladen. Alle versprachen zu kommen.

Der nächste Morgen bedeutete Abschied. Auch Máel Pátraic und seine drei Begleiter verließen unsere Gruppe. Sie sollten sich im März mit den anderen bei uns einfinden.

Máel Pátraic zog mich zur Seite. „Ich habe euch beobachtet. Ihr habt einen guten Einfluss auf den Grafen. Er scheint glücklich zu sein und auch seine Rede wird von Mal zu Mal überlegter. Ich denke, er wird seinen Untergebenen weiter ein guter Herr sein.

Überlegt euch bitte noch ein paar Geschichten für unser nächstes Treffen. Derweilen will ich euch für die danken, die ich während der nächsten Wochen schon weitererzählen kann." Seine Stimme wurde lauter und erhob sich über die der anderen. „Nun will ich euch noch einen Segenswunsch aus meiner irischen Heimat mit auf den Weg geben." Zu unserem Gastgeber gewandt sprach er Folgendes:

Mögest du immer Arbeit haben,
für deine Hände etwas zu tun.
Immer Geld in der Tasche, eine Münze oder auch zwei.
Immer möge das Sonnenlicht auf deinem Fenstersims schimmern
und die Gewissheit in deinem Herzen,
dass ein Regenbogen dem Regen folgt.
Die gute Hand eines Freundes möge immer dir nahe sein,
und Gott möge dir dein Herz erfüllen und dich mit Freude ermuntern.

Dann wandte sich der Barde an unsere kleine Gruppe. „Ihr seid noch so jung. Ihr habt zwar schon viel erlebt, aber es liegen noch viele Wege vor euch. Und das wünsche ich euch:

Mögen sich die Wege vor euren Füßen ebnen,
möget ihr den Wind im Rücken haben,
möge die Sonne warm euer Gesicht bescheinen,
möge Gott seine schützende Hand über euch halten.
Möget ihr in eurem Herzen dankbar bewahren
die kostbare Erinnerung der guten Dinge in eurem Leben.
Das wünsche ich euch, dass jede Gottesgabe in euch wachse
und sie euch helfe, die Herzen jener froh zu machen, die ihr liebt.
Möge freundlicher Sinn glänzen in euren Augen, anmutig und edel
wie die Sonne, die, aus den Nebeln steigend, die ruhige See wärmt."

Wir bedankten uns alle für diese zahlreichen guten Wünsche bei unserem Freund, den wir im Laufe unseres gemeinsamen Weges immer lieber gewonnen hatten.

Ich trat zu ihm und umarmte und drückte ihn herzlich. „Ihr werdet mir sehr fehlen, Máel Pátraic. Ihr seid ein guter Gesellschafter und ein lieber Freund. Deshalb will ich Euch auch einen Segen aus Eurem Land mit auf den Weg geben:

Gott möge bei dir auf deinem Kissen ruhen,
dich schützend in seiner hohlen Hand halten.
Deine Wege mögen dich aufwärts führen,
freundliches Wetter begleite dir deinen Schritt.
Wind stärke dir deinen Rücken –
und mögest du längst im Himmel sein,
wenn der Teufel merkt, dass du fort bist."

Etwas überrascht schmunzelnd sah mich Máel Pátraic an und umarmte mich dann seinerseits kurz und herzlich, bevor er sich mit seinen Begleitern entfernte.

Auf dem Weg zu den Pferden begegnete ich Gordians fragendem Blick. „Gut, ich erzähle es dir. Irland ist schon seit langen Jahren ein Land, das meine Fantasie anstachelt, mich einfach fasziniert. Es hat eine sehr interessante Geschichte, in der Helden, Feenvölker und Magie eine große Rolle spielen. Ich habe schon viele Bücher über die „Grüne Insel" und ihre Sagen gelesen und war auch selbst dort. Und ich liebe irische Segenswünsche. Sie haben so etwas warmes und ehrliches." Nach dieser Erklärung drückte mir Gordian einen flüchtigen Kuss auf den Mund und wir stiegen auf.

Wir ritten wieder nebeneinander. Nach einiger Zeit des Nachdenkens sprach Gordian als erster. „Ich liebe es, von dir überrascht zu werden. Manchmal macht es mir jedoch ein wenig Angst. Dann nämlich, wenn ich merke, dass ich so viel weniger als du über die Welt weiß."

„Aber ich weiß doch gar nicht viel. Ohne dich wäre ich hier doch gänzlich verloren. Ich hätte mich wahrscheinlich schon hundertmal in Schwierigkeiten geredet, wenn ich nicht dich in meiner Nähe hätte. Ich denke nämlich oft erst, wenn du mich berührst, wieder daran, dass ich hier nicht alles sagen kann. Außerdem, verglichen mit vielen Menschen in meiner Zeit, weiß ich rein gar nichts. Da bin ich ein kleines Lichtlein unter vielen. Ich kenne nicht einen richtig einflussreichen Menschen und muss für wenig Geld sehr viel arbeiten. Da geht es mir nicht sehr viel besser, wie den armen Teufeln, die ihr Leben als Leibeigene fristen. Und es wird immer schlimmer. Die Preise steigen ständig, die Löhne werden gedrückt und man fühlt sich wie ein Insekt, das langsam und mit großer Genugtuung von den Reichen und Fetten zerquetscht wird."

Am Nachmittag kamen wir am Gut an. Wir wurden von allen Seiten freudig begrüßt. Martin wurde genötigt, seine Heimkehr auf den nächsten Tag zu verschieben.

Gordian verlangte sofort nach einem Badezuber und frischer Wäsche. Dergestalt wurde auch in den Frauengemächern verfahren. Die Pferde und den über und über mit Dreck beschmierten Felix überließen wir dem Personal.

Während wir uns wieder alle zu zivilisierten Menschen verwandeln ließen, bereitete unsere Anna mit vielen helfenden Händen schon ein kleines Festmahl vor. Sie hatte natürlich sofort bei unserer Ankunft bemerkt, dass Gordian mir vom Pferd geholfen und mich unter viel Gelächter unsererseits und liebevollen Püffen seiner Schwester sogar über die Schwelle des Hauses getragen hatte.

Ich sah zufällig, wie Anna an der Türe stand und uns mit offenem Mund nachstarrte. Ich zwinkerte ihr zu, schlang demonstrativ meine Arme fester um Gordians Hals und küsste seine Wange. Anna hatte mich sofort verstanden. Verzückt schrie die feiste Frau kurz auf, klatschte in die Hände und flog förmlich mit gerafften Röcken die Stiege hinunter zur Küche.

Gordian hatte mir ein neues Kleid und eine schöne Kette auf mein Bett legen lassen. Die Kette war relativ kurz. Ganz aus dünnen runden Plättchen aus gehämmertem Silber gefertigt. Sie sah traumhaft aus, umrahmt von dem eckigen Ausschnitt des grünen Samtkleides. Das Kleid war schlicht und stand mir gut. Einen kleinen Zettel fand ich noch dabei.

„Dies soll ein Geschenk von mir sein für alle nicht offiziellen Tage, an denen du dir selbst gefallen willst. Ich jedenfalls finde dich auch in grobem Leinen hinreißend. Dein dich abgöttisch liebender Gordian."

Mein Herz machte einen Salto. Wieder einmal wurde mir bewusst, dass Gordian sich wirklich jedes Wort von mir merkte. Ich hatte einmal erwähnt, dass es Tage gibt, an denen ich mich nur für mich schön machen will. Nun hatte ich auch das richtige Kleid dazu.

Juliana schaute mir über die Schulter. „Weißt du, dass grün die Farbe der Liebe ist? Frau Minne trägt ein grünes Kleid. Und schon bei den Römern war grün die Farbe der Liebesgöttin Venus", erklärte sie mir leichthin. „Es steht dir sehr gut zu deinen grünen Augen und den leicht rötlich schimmernden Haaren."

„Und ich hatte mich schon immer gewundert, dass die Heldinnen in den Liebesromanen meistens rote Haare haben und grüne Kleider tragen," murmelte ich mehr zu mir selbst. „Also die kratzbürstige Hexe im Kleid der Venus. Und seit heute gehöre ich auch zu dem erlauchten Kreis, jawohl."

Ich schminkte mich sorgfältig, ließ mir von Tethilt die Haare hochstecken und begab mich, als es langsam dämmerte, mit Juliana zu den anderen in den Speisesaal.

Gordian war in sein neues Wams mit dem Wappen gekleidet, das ich ihm von Konrad hatte bringen lassen. Der Schild war hinter seinem Platz an der Wand festgemacht und die Fahne flatterte vermutlich schon draußen auf ihrem Mast. Mein Mann kam mir freudig erregt entgegen und küsste mich in der Mitte des Raumes. Der Tumult, der daraufhin losbrach, ließ die Mauern des Saales erschüttern. Nur wenige hatten bisher geahnt, was denn angesichts der angekündigten Leckereien zu feiern wäre. Jetzt hatten es auch die letzten kapiert, dass der Hausherr endlich eine Frau gefunden hatte.

Glücklich lächelnd winkten wir den Menschen zu, für die ich zukünftig mehr Verantwortung haben würde. Gordian drückte meine Hand mit einem „Vielen Dank. Woher wusstest du, dass der Rüttelfalk genau das richtige Tier für mein Wappen ist?" „Na, weibliche Intuition. Und woher wusstest du, dass ich genau so ein Kleid schon immer wollte?" „Ach, vielleicht männliche Intuition? Ich habe dir doch gesagt, dass ich mehr nachdenke, seit ich dich kenne."

Es wurde ein herrliches Fest an diesem Abend und alle Beteiligten schienen zufrieden zu sein.

Die folgenden Wochen vergingen wie im Fluge. Juliana und ich waren fieberhaft an den Hochzeitsvorbereitungen – wir hatten uns doch auf eine Doppelhochzeit geeinigt.

Die Stuten fohlten nun langsam eine nach der anderen. Das bedeutete für Gordian und auch oft für mich durchwachte Nächte. Aber wir waren absolut glücklich und ich dachte, dieser Zustand dürfe nie vorbeigehen.

Dann wurde Gordian nach Prunn gerufen, um sich mit Hanns Fraunberger zu besprechen. Bei dieser Gelegenheit wollte er auch gleich die noch ausstehende Hochzeitseinladung persönlich überbringen. Es war ein scheußliches Wetter. Den ganzen Tag Nieselregen. Ich hatte viel zu tun im Stall und bei der Aufsicht in der Küche.

Als es langsam Abend wurde, befiel mich eine Unruhe, wie ich sie noch nie hatte. Ich war zu dieser Zeit noch immer im Stall und wartete, dass eine Stute endlich fohlte. Allerdings rannte ich immer wieder zur Außentür und starrte in die heraufziehende Dunkelheit. Immer hoffte ich, endlich das fröhliche Bellen Felix' zu hören oder das zufriedene Schnauben von Ostwind.

Schon war die Dunkelheit komplett und es regnete immer noch. Es sah Gordian eigentlich gar nicht ähnlich, ohne einen Boten zu senden einfach auf der Burg zu bleiben, obwohl er gesagt hatte, er würde am Abend wieder hier sein. Irgendetwas musste geschehen sein. Als ich wieder voll Erwartung nach draußen ging, sprang mich einen Augenblick später Felix an und packte mich am Arm, als wolle er mich mit sich ziehen. Ich sah hinter ihn, erblickte aber nur schwarze Nacht. Meine Angst wurde zu blankem Schrecken. Es war ihm etwas passiert! Ich befreite mich von dem Hund, sperrte diesen in den Stall und rannte in den Hof. Dort ging gerade Valentin am Brunnen vorbei. „Hol dir Konrad und zwei Bewaffnete, mehrere Fackeln, Seile, eine Axt und komm sofort mit mir. Wir müssen Gordian suchen!" Sogar auf die Entfernung sah ich, dass der Mann leichenblass wurde. Er lief auf der Stelle los zum Quartier der Soldaten.

Schon fünf Minuten später hatte ich Arwakr und Konrads Pferd gesattelt, zwei Decken und Verbandsmaterial in meinen Satteltaschen verstaut und wartete, dass meine Begleiter fertig würden. Sie waren wirklich schnell bei mir. Als wir ins Freie traten und aufsaßen, lief Felix wie von der Tarantel gestochen los. Wir preschten hinter ihm her. Im Wald ging es dann jedoch nicht mehr so schnell. Es war einfach viel zu rutschig, als dass wir eine schnellere Gangart als Schritt auf den abschüssigen Wegen anschlagen hätten können.

Nach etwa einer Stunde blieb Felix an einem Abhang stehen und kläffte wie verrückt. Ich stieg ab und versuchte den Hund zu beruhigen. Dann rief ich nach Gordian. Als ich meine Hand um Felix' Schnauze gelegt hatte, um auf eine Antwort zu lauschen, setzte er sich abermals in Bewegung. Diesmal jedoch den Abhang hinab. Ich rutschte mit ihm ein Stück abwärts. Dann sah ich im schwachen Licht einen Pferdekörper vor mir liegen. Ostwind! Wie rasend rappelte ich mich hoch und tastete mich um den Pferdeleib herum. Dann fühlte ich plötzlich eine eiskalte Hand unter der meinen. Ich dachte, mein Herz müsse stehen bleiben.

Noch nie hatte ich solche Angst. Hier lag mein Geliebter unter seinem toten Pferd und er selbst war auch schon ganz kalt. Ich ertastete sein Gesicht. Seine Lippen bewegten sich leicht und ich hörte leise meinen Namen. „Ich bin hier, Liebster. Wir holen dich nach Hause. – Valentin! Hier unten! Gordians Beine sind unter seinem Pferd eingeklemmt und er kommt ohne Hilfe hier nicht weg. Bindet das Seil an einen Baum und sichert den Pferdeleib. Sonst rollt der auf seine Brust. Und seid vorsichtig beim Abstieg. Geht weiter seitlich. – Tut dir etwas weh?"

Ich musste mich zu ihm hinunter beugen, um die Antwort zu verstehen. „Ich habe schon vor Stunden Bestandsaufnahme gemacht. Ich glaube nicht, dass ich mir etwas gebrochen habe. ich kann sogar meine Beine etwas bewegen, nur nicht befreien. Mir ist so furchtbar kalt." Ich kniete mich unter seinen mit letzter Kraft erhobenen Oberkörper und hüllte ihn mit meinem Mantel ein. Darunter massierte ich seine Hände und seine Brust. „Felix. Komm her zu uns." Den Hund dirigierte ich so, dass er sich über Gordians Unterkörper legte, um ihm dort wenigstens von oben etwas Wärme zu geben. „Schlaf mir bitte nicht ein! Sprich mit mir. Was ist passiert?" Stockend und immer wieder von leichtem Schüttelfrost und Zähneklappern unterbrochen erhielt ich einen Bericht von Gordian.

Er war wie geplant in Prunn gewesen und hatte dort eine erfolgreiche geschäftliche Unterredung mit dem Fraunberger. Der hatte ihm angesichts des schlechten Wetters angeboten, in der Burg zu nächtigen. Doch Gordian wollte zu mir nach Hause, was der Burgherr auch mit Verständnis quittierte. Also brach mein Schatz bald wieder auf. Nach einem Teil des Weges fühlte er sich plötzlich nicht mehr alleine. Etwas später hörte er einen Pfeil knapp an sich vorbeisausen. Er sah sich um und erkannte, dass er keine Chance haben würde. Also gab er Ostwind die Sporen und die treue Seele flitzte wie von Hornissen verfolgt den Weg entlang.

Doch die Verfolger hatten auch schnelle Pferde. Sie schossen noch ein paar Pfeile im Galopp ab. Einer davon traf Ostwind in den linken Schenkel. Der knickte ein und Ross und Reiter purzelten in enormer Geschwindigkeit die Böschung hinunter. Sie überquerten sogar noch einmal den dort serpentinenartig angelegten Weg und kamen dann erst zum Stillstand. Da die Verfolger dachten, dies hätte keiner überleben können, machten sie sich nicht mehr die Mühe, nachzusehen.

Wenn wir ihn nicht gefunden hätten, hätte Gordian dies auch nicht überlebt. Und sogar jetzt war es noch fraglich. Sein Körper wurde immer wieder vom einsetzenden Fieber geschüttelt. Auf meinem Gesicht vermischten sich kalter Regen und heiße Tränen. Aber ich versuchte, für Gordian ruhig zu bleiben. Eine verheulte Frau würde ihm jetzt nichts nützen.

Die vier Männer mühten sich mit dem schweren Pferdeleib ab. Dann hatten sie es geschafft, Ostwind mit dem Seil anzuheben. Ich zog Gordian weiter den Hang hinab. So bekamen wir ihn frei.

Dann griff ich unter seine Schultern und zog ihn herum. Sofort begann ich ganz langsam rückwärts mit dem Aufstieg. Zwei der Männer kamen mir zu Hilfe, während die anderen beiden dem toten Pferd Sattel und Trense abnahmen und das Seil wieder entfernten.

Dann waren wir alle oben. Einer der Soldaten nahm den losen Sattel sowie die wertvolle Trense mit sich aufs Pferd. Meine Helfer hoben Gordian in Arwakrs Sattel und ich stieg hinter ihm auf. Schnell hatten wir ihm die nasse Oberkleidung ausgezogen und trockene Decken umgehängt. Mein Körper sollte ihn von hinten wärmen.

Valentin übernahm jetzt das Kommando. „Wir müssen zur Burg. Sie ist näher als der Hof und ein Arzt ist auch dort. Konrad kommt mit uns. Ihr beiden reitet zum Hof und berichtet dort, was geschehen ist. Und schickt morgen früh Späher los, um die Schuldigen zu finden. Außerdem lasst uns trockene Kleidung bringen. Los jetzt." Nach einer Weile bemerkten wir, dass Felix humpelte. Ihn nahm Valentin vor sich auf das Pferd und dann kamen wir in für Nacht und Bodenverhältnisse rasendem Tempo in Prunn an. Dort legte ich mich mit der Torwache an, die uns zuerst den Weg versperrte. Doch als der Mann Gordians schlaffen Körper vor mir erkannte, beeilte man sich, uns zu Hilfe zu kommen. Mir kam es vor, als würden uns plötzlich 100 Hände entgegengestreckt.

Wir wurden in ein warmes Gemach gebracht, in dem ein munteres Feuerchen brannte. Dort ergriff ich wieder die Initiative. „Was meinem Mann als Allererstes helfen wird, ist ein Zuber mit Wasser." Er wurde schnellstmöglich herbeigebracht. Mit Valentins und Konrads Hilfe zog ich den bewusstlosen Gordian aus und setzte ihn in den Zuber. Nach und nach schöpften wir heißes Wasser nach, damit sich Gordians Körper langsam an die Wärme gewöhnen konnte. Dann zog ich mich vor den entsetzten Augen des alten Recken und des jungen Knappen auch bis aufs dünne Unterkleid aus und stieg mit in den Zuber. Mir war in dem Moment völlig egal, was wer von mir denken mochte.

Während meine beiden Helfer seinen Kopf über Wasser hielten, massierte ich unter Wasser Gordians Beine und Arme, bis mir die Muskeln schmerzten. Doch langsam kam wieder Leben in seine

Blutgefäße. Seine Haut verlor die eben noch wächserne Farbe und wurde leicht rot.

Seine Lider fingen an zu flattern und dann sah er mich mit glasigen Augen an. „Bin ich im Himmel?" brachte er schwach heraus, als er mich fast nackt über sich sah. Inzwischen war ich so nass, dass das Hemd auf meiner Haut klebte und man wirklich nicht mehr viel Phantasie brauchte, um zu sehen, was darunter war. „Quatsch, dort würdest du Querkopf sicher nicht auf mich treffen." Aber ich war froh und sah erleichtert zu Valentin und Konrad. Auch ihre Augen glänzten vor Freude. Wir hievten Gordian aus dem Wasser und er stand dann mit unserer Hilfe, während wir ihn trocken rieben. Dann verlor er wieder das Bewusstsein und wurde von uns ins bereitstehende Bett gepackt. Gerade noch rechtzeitig, bevor Burgherr und Arzt das Zimmer betraten, wickelte ich mich in einen Mantel.

Nach der Untersuchung des Arztes waren wir leider trotzdem nicht viel klüger. „Er hat schon jetzt Anzeichen einer schweren Erkältung. Doch es könnten auch noch Probleme mit der Lunge auftreten, da er so lange im Regen gelegen ist. Bei seiner Konstitution ist es jedoch gut möglich, dass er die Sache einigermaßen gut übersteht. Ich hoffe darauf. Ansonsten fand ich nur Quetschungen über den ganzen Körper verstreut. Gebrochen ist wohl nichts."

Ich richtete das Wort an den Burgherrn. „Ist es Euch möglich, meine beiden Männer hier für diese Nacht irgendwo unterzubringen? Ich werde selbstverständlich am Bett meines Mannes bleiben." „Natürlich. Es ist schon angeordnet, alles vorzubereiten. Die Mägde sind bereits unterwegs, um Euch trockene Kleidung zu bringen. Ich denke, ich lasse Euch auch Speisen und warmen Würzwein hierher bringen." Er flitzte aus dem Zimmer – schneller, als es für einen gesetzten Burgherrn ziemlich war. Draußen hörten wir ein paar knappe Befehle und hastende Schritte.

Schon nach wenigen Sekunden kam eine Magd und führte mich in das angrenzende Zimmerchen, in dem ich mich anziehen konnte, während auch Valentin und Konrad mit warmer und trockener Kleidung versorgt wurden. Ich bekam ein schweres Samtkleid, locker geschnitten und schön warm. Mit

Pantoffeln wurde ich auch ausgestattet. So kam ich wieder ins Krankenzimmer.

Es war nur noch der Arzt da. Neben dem Bett stand jetzt ein Tisch mit warmen Speisen und einem Krug Wein sowie ein Hocker, auf dem ich mich sofort niederließ. Während ich etwas aß, wanderte mein Blick immer wieder zu Gordian. Würde er es schaffen? Ich hoffte es inbrünstig.

Wir flößten unserem Patienten etwas warmen Wein ein. Dann verabschiedete sich der Arzt. „Für heute kann ich nichts mehr tun. Ich sehe morgen früh wieder nach ihm", sagte er müde und ging. Bevor die Türe sich wieder schloss, schlüpften Konrad und Felix herein.

Der Junge stellte sich mit gesenktem Kopf vor mich. „Bitte lass mich hier bleiben. Ich kann doch meinen Herrn jetzt nicht alleine lassen. Ach, hätte er mich nur mitgenommen." Er fing herzerweichend an zu schluchzen. Ich stand auf und umarmte den lieben Kerl. Er klammerte sich an mich und seine Tränen durchweichten schon bald das Kleid an meiner Schulter. Ich strich ihm übers Haar und starrte vor mich hin, ohne etwas wahrzunehmen.

Dadurch, dass ich Konrad trösten musste, verlor ich selbst wenigstens nicht die Haltung. Seine Schluchzer wurden seltener und dann löste er sich von mir und wischte sich die Tränen vom Gesicht. „Ich weiß ja, dass ich eigentlich nicht weinen dürfte, aber ..." Energisch wies ich ihm einen Platz zu und setzte mich dann neben ihm auf die Bettkante. Während ich zu Konrad sprach, nahm ich seine Hände in die meinen. „Ihr Jungs habt alle einen falschen Stolz. Jeder Mann darf um seine Freunde und Familie weinen. Es ist kein Zeichen von Schwäche, Gefühle zu zeigen. Du bist doch schließlich kein Stein. Und das ist auch gut so. Du hast sicher schon oft deinen Herrn beobachtet. Gordian weiß auch, dass man manchmal besser Gemütsregungen zeigt, um überhaupt menschlich zu wirken und das Vertrauen anderer Menschen zu erlangen."

Wir saßen noch eine Weile schweigend da und hingen unseren Gedanken nach. Dann merkte ich, wie Gordians Körper unter der Decke wieder anfing zu zittern. Mit einem Seitenblick auf Konrad bemerkte ich, dass dieser schon fast schlief. Ich berührte ihn leicht am Arm.

„Konrad. Wenn du deinem Herrn beistehen willst, kannst du das im Moment am besten, indem du dich zu ihm ins Bett legst und ihn von einer Seite wärmst. Ich werde mich auf die andere Seite begeben. So halten wir ihn warm, sind in seiner unmittelbaren Nähe und können vielleicht sogar selbst etwas schlafen." Ohne ein Wort kroch Konrad unter die Decke und kuschelte sich an Gordians Seite. Einen Moment später schlief er schon fest.

Gegen meine sonstige Gewohnheit ließ ich sogar den vor dem Feuer getrockneten Felix mit auf das Bett. Er konnte uns zusätzlich zu den heißen Steinen am Bettende die Füße wärmen. Dann zog ich das bereitgelegte Nachtkleid an, umrundete das große Bett und begab mich an Gordians andere Seite.

Er lag mit dem Rücken auf einem dicken Schaffell und ich legte meinen Kopf auf seine Brust und drückte meinen Körper an seinen. Nach einiger Zeit hörte sein Zittern auf und er wurde wieder ruhiger. Ich überlegte fieberhaft, was wir tun könnten, doch mir fiel nichts ein. In meinem ganzen Leben hatte ich äußerst selten einen Arzt gebraucht. Und dann auch meist für Dinge wie Kinderkrankheiten. Wider Erwarten schlief auch ich bald den Schlaf der Erschöpfung.

Es war schon dämmrig, als mich das Geräusch der Türe weckte. Der Arzt betrat gleich hinter einer Magd, die frisches Wasser brachte, das Zimmer. Als er uns so liegen sah, schreckte er zurück. Doch ich winkte ihn herein und befreite mich sanft aus Gordians Arm, der sich um mich gelegt hatte, um mich im Aufstehen in meinen Mantel zu hüllen. Schließlich sollte der Arzt nur positiv von mir denken.

Gordian war immer noch nicht aufgewacht, sah aber schon eine Idee besser aus als am Abend. Auch Konrad schlief an der anderen Seite seines Herrn noch den Schlaf der Gerechten.

Der Arzt sah sich Gordian an und fühlte den Puls. „Ihn so zu wärmen, war eine gute Idee. Ich denke, wir haben eine berechtigte Hoffnung, dass er durchkommen wird."

Rufe und Hufgeklapper von jenseits der Zugbrücke waren zu hören. „Was hat das zu bedeuten? Sind das unsere Männer vom Hof?"

„Nein, unser Herr will versuchen, die Mordbuben zu fangen. Vielleicht findet man noch Spuren von ihnen, denen man nachgehen kann." „Das wird sich bei diesem Wetter als nicht einfach herausstellen, denke ich. Aber es ist gut, dass sie einen Versuch wagen werden."

Der gute Mann sagte, er würde mir eine Zofe schicken, die sich ein wenig um meine Bedürfnisse kümmern würde und dann würden wir eine kleine Mahlzeit serviert bekommen. Ich sollte auch versuchen, Gordian etwas Suppe einzuflößen. Außerdem fügte er hinzu, dass Valentin ihm erzählt hatte, wie unser nächtliches Abenteuer abgelaufen war. „Ich halte Euch für sehr mutig. Versteht mich richtig, ich denke, dass viele Frauen großen Mut besitzen. Aber die meisten unserer verzärtelten Dämchen wären auch wegen ihres Gatten nicht einen Schritt vors Tor getreten bei diesem Wetter. Dies würde ich nur Barbara zutrauen." Wir lächelten uns verstehend an und er verließ den Raum.

Eine Zofe brachte mir einige Utensilien zur Körperpflege. Auch Barbara besuchte mich. Sie lächelte verträumt zu Konrad nieder, dessen im Schlaf völlig entspannte Züge sein hübsches Gesicht erst zur Geltung brachten. Im wachen Zustand bemühte er sich meist um eine sehr ernste Miene, um erwachsener zu wirken. Barbara blieb nicht lange, versprach aber, wiederzukommen.

Dann kam das Essen. Ich musste Konrad wecken. Dazu ging ich neben dem Bett in die Hocke, schüttelte ihn sanft an der Schulter und rief leise seinen Namen. Ganz verschlafen machte er die Augen auf. Als er mir ins Gesicht sah, veränderte sich seine Miene schlagartig zu ernst und pflichtbewusst und er fuhr hoch. „Was ist passiert, Herrin? Kann ich helfen?" Ganz ernst sah ich zurück. „Guten Morgen, du Schlafmütze. Du kannst mir in der Tat helfen. Und zwar dabei, die ganzen leckeren Sachen dort auf dem Tisch zu verspeisen." Zuerst sah er mich etwas verwirrt an, doch beim Anblick der Schüsseln fing er zu grinsen an.

Als wir uns so am Fußende des Bettes an einem kleinen Tisch gegenüber saßen und das gute Essen zu uns nahmen, meinte ich, „Ich würde dich gerne öfter lachen sehen. Du hast ein so hübsches Gesicht und entstellst es immer durch diese viel zu ernste Miene, von der du nur glaubst, sie würde dich erwachsener machen. Wir wissen doch alle, dass du ein guter Knappe und ein zuverlässiger junger Mann bist." „Ja Herrin, das weiß ich doch, dass du meine Qualitäten schätzt. Aber andere nehmen mich nicht ernst."

„Jeder, dem du begegnest, wird dich spätestens dann ernst nehmen, wenn du etwas Vernünftiges von dir gibst. Und bei allen anderen ist es egal. Wenn du deine gute Laune mit einem echten Lächeln zeigst, bist du zweifach im Vorteil: Du gewinnst schneller Freunde und du wirst eher geschätzt." „Gut, wenn du es so willst, Herrin, dann will ich in Zukunft kein so ernstes Gesicht mehr machen."

Ich versuchte, Gordian zu wecken. Nur langsam bekam ich ihn wach. Er hatte wenigstens das Bewusstsein wiedererlangt. Konrad stützte ihn und ich flößte ihm die kräftige Brühe ein. Mein Liebster gab keinen Ton von sich. Aber seine Augen waren immerzu auf mich gerichtet und er hielt meinen Arm, bis er gegessen hatte. Dann legten wir unseren Patienten wieder hin und ließen ihn weiterschlafen.

Den ganzen Tag verbrachten wir bei Gordian im Zimmer. Konrad lehrte mich die Grundzüge des Schachspieles. Er hatte es von Gordian gelernt und war sein abendlicher Schachpartner. Nach dem Mittagsmahl kam Hanns Fraunberger, um sich nach unserem Patienten zu erkundigen. Er brachte uns Neuigkeiten. Die Täter waren gefasst und saßen im Verließ. Es waren fünf Männer, die von Tachenstein gekommen waren, weil es ihrem Herrn nicht passte, dass jemand die beiden Streithähne aus Prunn und Randeck so gut unter Kontrolle hatte, dass niemand dazwischenfahren konnte.

Ich begleitete den Burgherrn in den Bankettsaal, verabschiedete mich aber bald wieder, um zu meinen beiden Männern zurückzukehren. Valentin traf ich direkt vor der Kammertür. „Ich bin froh, dass Gordian es überleben wird", sagte er ganz schlicht. Ganz plötzlich fiel die ganze Anspannung seit unserer nächtlichen Suche von mir ab und ich begann haltlos zu weinen. Valentin, mein alter Freund, nahm mich väterlich in den Arm, bis ich mich wieder beruhigt hatte. Dann machte ich mich von ihm los und versuchte, wieder ganz normal auszusehen.

„Entschuldige, dass ich die Häscher ohne deine Erlaubnis begleitet habe, wo du mich doch brauchtest." Er verbeugte sich ganz tief vor mir. „Es gibt nichts zu entschuldigen, Valentin. Du alter Haudegen musstest selbstverständlich mit. Ich bin froh, dass du dich dazu entschieden hast. Wenn du willst, kannst du morgen nach Hause reiten, um die Aufsicht auf dem Gut wieder zu übernehmen. Ich überlasse dir die Entscheidung. Lass dich aber noch einmal hier sehen!"

Abermals legten Konrad und ich uns zu Gordian in das große Bett. Mitten in der Nacht erwachte ich. Ich lag zusammengerollt unter der Decke. Plötzlich strich mir eine Hand sanft über Gesicht und Haare. Ich drehte mich sofort um. Gordian war wach. Er zog mich fest an sich und schlief bald wieder ein.

Er hatte noch ein paar Tage Fieber und starken Husten. Der Arzt riet ihm zur Bettruhe. Als er nichts davon wissen wollte, setzte ich ihn unter Druck. „Wenn du wirklich glaubst, selbst zu wissen, was für dich das Beste ist, dann weiß ich auch, was für mich das Beste sein wird. Dann wird nämlich nichts aus unserer offiziellen Hochzeit. So einen halsstarrigen Mann, der mit seiner Gesundheit spielt, will ich nicht haben!" Das Argument brachte den Altmühltaler Grafen wenigstens noch ein paar weitere Tage zur Einsicht.

In diesen Tagen stand oft der kleine Tisch mit dem Schachbrett neben dem Bett. Gordian saß dick eingepackt an das Kopfstück des Bettes gelehnt, während ich mit dem Hocker vorlieb nahm und mich gegen seine strategischen Geniestreiche rüstete.

Bei einer solchen Gelegenheit erzählte ich von Konrad und Barbara. Ich bemerkte wie nebenbei, dass die beiden wunderbar zusammenpassen würden. Gordian winkte ab. „Konrad ist ein Nichts, ein Niemand, ein Waisenkind. Du glaubst doch nicht im Ernst, dass er von der Cousine eines Grafen erhört würde?" „Nein, als dein Knappe sicherlich nicht. Aber als legitimierter Sohn eines Grafen schon." Gordian sah mich mit großen Augen an. „Habe ich dich jetzt richtig verstanden?" Ich nickte. Und er sprach erneut nach einer längeren Pause „Vielleicht hast du sogar Recht. Für mich war Konrad eigentlich von Anfang an mehr Sohn als Knappe. Ich liebe ihn mit all seinen Fehlern und Streichen, die er mir gespielt hat. Aber ich hätte nicht gedacht, so einen Vorschlag aus deinem Munde zu hören. Außerdem muss ich dir etwas erzählen, das nur ich weiß. Konrad ist der Sohn eines Henkers aus Regensburg. Als ganz kleiner Knabe kam er mit meinem Vater zu uns. Außer mir weiß niemand etwas davon. Er wäre sonst ein Ausgestoßener. Ich denke, du sollst die Wahrheit über seine Herkunft wissen." „Nun wissen ja nur wir es. Also, wenn wir uns einig sind, dann lass uns diese Idee realisieren. Gleich nach unserer Hochzeit."

„Komm zu mir unter die Decke. Vorerst sollst du mit mir zufrieden sein. Das ist mir nämlich trotz alledem noch am liebsten." Gordian fühlte sich also schon so gesund.

Nachdem er bewiesen hatte, dass er wieder bei Kräften war, hatte auch ich nichts mehr dagegen, dass er aufstand, solange er sich noch von den Ställen und Übungsplätzen fernhielt.

Zwei Tage später war Gordian wieder fast der alte. „Jetzt sind wir schon im Monat Hornung und es wird Zeit, dass wir zurück zum Gut reiten. Wir haben noch sehr viel zu tun."

Also verabschiedeten wir uns herzlich von Hanns Fraunberger und seinem Gefolge. Wir dankten ihm und luden ihn ein, bald auf das Gut zu kommen, um sich einen der jungen Hengste auszusuchen. Er ließ uns freundlicherweise von mehreren Bewaffneten nach Hause begleiten.

Auf dem Hof gab es ein großes Hallo bei unserem Eintreffen. Natürlich tischte unsere treue Anna auf, dass sich die Tische bogen. Ich kam mir schon vor, wie bei „Asterix und Obelix". Es fehlte nur noch Troubardix zum Wildschweinbraten.

Die Hochzeitsvorbereitungen liefen auf vollen Touren. Fische wurden gefangen und geräuchert, Schafe und Rinder geschlachtet. Ein Teil des Fleisches hing noch im „ursprünglichen Format" in der Räucherkammer, manches war schon verwurstet. Überall lief man geschäftig durcheinander.

Ich beauftragte den Schmied, mehrere Kerzenleuchter nach meinen Angaben anzufertigen und brachte ihn damit beinahe an den Rand seiner Kunstfertigkeit. Er war eben doch kein Feinschmied. Aber es machte ihm Freude und er legte viel Liebe in seine wirklich herrliche Arbeit.

Die Kammermädchen machte ich rebellisch wegen der Ausstattung der Räume für unsere Gäste, unseren Kelheimer Weinhändler traktierte ich mit Bestellungen und sonstigen Briefen, Albon wurde ebenfalls mehrmals schriftlich belästigt. Beinahe nichts konnte mir schön oder sauber genug sein und oft legte ich selbst mit Hand an, bevor ich jemanden aus dem Haus damit betraute. Anna schmunzelte jedes Mal, wenn ich in ihre Nähe kam – solange ich ihr nicht ins Handwerk pfuschte.

Aber noch eine Festivität vor der Hochzeit war wichtig. Der Winter musste nach alter Sitte ausgetrieben werden. Zu diesem Ereignis traf man sich jedoch in Essing. Dort warteten Gestalten auf, die mit den heute bekannten Perchten eine große Ähnlichkeit aufwiesen.

Beim Schein eines großen Feuers und mit abwechslungsreicher Musikbegleitung wurde uns die Geschichte des Winters erzählt. Anfangs war es ein kleiner Junge, der mit dem alternden Herbst spielt, bis dieser sich zur Ruhe legt. Als fast erwachsener Mann belegt der Winter in junger Liebe entbrannt das Land mit einer Schneeschicht, damit sich die Natur ausruhen kann. Dann wird er älter und reifer und packt streng zu mit dickem Eis und Schneestürmen. Zuletzt ist er ein greiser Mann, den der heranwachsende Frühling immer ungestümer vom Feld jagt.

Es war eine grandiose schauspielerisch Leistung, die uns hier gezeigt wurde. Die ganze Inszenierung glich einem großen Tanz ohne Worte. Auch die Kinder verstanden auf diese Weise, was ihnen erzählt wurde.

Und tatsächlich, nach anfänglichem Regen wurde nun um die Mitte des Lenzmondes das Wetter sonniger und damit stieg die Stimmung aller auf dem Gut. Juliana und ich saßen oft an der Liste der benötigten Gegenstände und Lebensmittel. Posten für Posten wurde nun gestrichen. Es ging alles nach Plan. Wir ritten auch noch nach Rietenburch auf den Markt und suchten viele Dinge selbst aus oder bestellten bei den Händlern Ware für unseren Jubeltag.

Unsere Männer hatten uns wirklich wie versprochen freie Hand gelassen. Wir versuchten auch nach Kräften, durch Feilschen wenigstens hier und dort ein wenig Geld zu sparen. Aber im Endeffekt würde es doch eine teure Angelegenheit werden. „So haben wir die Gäste nur einmal im Haus und wir können sie wirklich fürstlich bewirten. Wenn wir an zwei verschiedenen Terminen heiraten würden, müssten wir mit viel höheren Ausgaben rechnen." Das erzählte mir Juliana jedes Mal, wenn ihr wieder etwas besonders gut gefiel. Mehrmals musste ich sie bremsen, was eigentlich gar nicht meine Art ist, da ich auch gerne Geld ausgebe.

Gordian und ich hatten uns nochmals intensiver über die Zukunft Konrads unterhalten. Das Ende unserer Unterredung war, dass Gordian ein Schreiben an Herzog Heinrich verfasste und darin um dessen Stellungnahme zu einer Adoption des Knappen erbat. Es dauerte nicht lange, bis ein Bote des Herzogs bei Gordian vorsprach.

Als ich zu wissen begehrte, was dieser für Nachrichten überbracht hatte, winkte Gordian ab. „Über den Inhalt kann ich dir noch nichts sagen. Aber die Sache mit Konrad werden wir in die Wege leiten." Ich war enorm neugierig. Trotzdem hätte ich mich nie erdreistet, Gordians Schriftstücke nach Nachrichten des Herzogs zu durchsuchen, obwohl ich seit kurzer Zeit auch einen Schlüssel zu der Truhe mit Büchern und anderen Wertsachen besaß.

Irgendwann standen vier Jäger vor unserem Tor und begehrten Einlass. In einem der beiden jüngeren Gesichter erkannte ich einen Kerl von der winterlichen Jagd. Sie wurden von Gordian herzlich eingeladen, einige Tage zu bleiben. Sie erzählten von vielen großen Jagden. So einiges dabei war sicher Jägerlatein, aber es war alles sehr aufregend.

Es wurde gejagt, Pferde getestet und die Turmfalken zur Jagd verwendet, die Valentin betreute. Es war ein wunderschönes Schauspiel, den königlichen Vögeln zuzusehen, wie sie sich in die Höhe schraubten um dann blitzschnell auf ihr Opfer niederzugehen. Dabei konnte ich stundenweise die ganze Aufregung um die Feierlichkeiten vergessen. Leider ritten die Jäger nur allzu früh wieder zu ihren Herren zurück.

Dann fing es an zu regnen. Tag und Nacht fielen die Tropfen vom Himmel, als wären sie auf Bindfäden aufgereiht. Juliana wurde immer missmutiger. „In neun Tagen ist unser großer Tag und es sieht aus, als ob wir uns eine Arche bauen müssten, um wenigstens nicht unterzugehen." Da konnte ich ihr nur zustimmen.

Jedoch hatten wir unheimliches Glück. Nach weiteren drei Tagen mit durchwachsenem Wetter strahlte uns nur noch die Sonne entgegen. Und es wurde täglich merklich wärmer. Hier lief es – zumindest in diesem Jahr – nicht wie Jahrhunderte später, dass sich Minusgrade und geradezu heißes Wetter munter abwechselten. Man konnte sich langsam daran gewöhnen, dass es wärmer wurde und nach und nach dünnere Kleider anziehen. In dieser Art ist mir der Frühling auch noch aus meiner Kindheit in Erinnerung.

Drei Tage vor dem großen Ereignis kamen schon die ersten Gäste angereist. Unser Weinhändler aus Kelheim mit Aline und Albon war unter den ersten.

Letzterer hatte mein Hochzeitskleid dabei. Das bodenlange Unterkleid war aus beinahe knallroter Seide und hatte enge Ärmel, die bis zum Ellenbogen geknöpft waren. Darüber kam ein nach hinten wie eine Schleppe gearbeitetes Kleid aus Samt in einem schönen, dunkleren Rot als Grundfarbe. Den Stoff durchzogen feine silberne und goldene Fäden, ohne aufdringlich zu wirken. Eine Art Gürtel war recht hoch oberhalb der Taille angesetzt. Direkt von der Schulter aus waren die langen Schleppärmel geschlitzt und fielen locker herab. Ein niedriger Hut mit Pelzbesatz und Federn bildeten den Abschluss des Ganzen. Bequeme Schuhe wurden mir auch dazugeliefert. Das Wams von Gordian war natürlich genau zu meinem Kleid passend gefertigt – auch mit überlangen Ärmeln, die unten dann spitz zuliefen.[16]

Dann waren alle Vorbereitungen abgeschlossen und am Vorabend der Hochzeit ein großer Teil der Gäste anwesend. Rund um den Hof war ein buntes Zeltdorf gewachsen, in dem die Banner verschiedener Herren flatterten. Es machte den Eindruck, als wolle es das Gut selbst vor Unbill schützen und ich konnte mich nicht satt sehen an dem farbenfrohen Treiben.

Als es schon dunkelte, trafen weitere Gäste ein. Einer davon war Máel Pátraic. Ich war höchst erfreut über seinen Anblick. „Jetzt weiß ich, dass es eine wunderschöne Hochzeit wird. Alle Menschen, an denen mir viel liegt, sind hier, um mit uns zu feiern." Gordian hatte meine helle Freude nur mit einem Lächeln quittiert.

Nach dem Nachtmahl gingen alle früh zu Bett. Ich schlief die letzte Nacht als offiziell Unvermählte bei Juliana. Wegen

---

16) Von 1400 bis 2000 durchlief das Brautkleid noch einige Veränderungen in unseren Breitengraden von rot (für den Adel), über schwarz (ein solches hatten auch meine Großmütter noch) nach weiß (was nach dem 2. Weltkrieg üblich wurde).

Platzmangels teilten sich Martin und Gordian ein Bett. Juliana und ich konnten natürlich nicht gleich schlafen, weil wir einfach viel zu aufgeregt waren, ob alles klappen würde. Doch auch uns fielen irgendwann die Augen zu.

Ein strahlender Morgen brach an und erwärmte langsam die Luft. Überall hörte man es schon kräftig rumoren.

Ich kleidete mich sorgsam an nach der alten englischen Sitte: Etwas Altes, etwas Neues, etwas Geliehenes, etwas Blaues – wobei das Blaue für die Treue steht. Das Alte war die Unterwäsche, die ich noch aus meiner eigenen Zeit mitgebracht und gut verwahrt hatte. Das Neue waren Brautkleid und Schuhe. Juliana lieh mir eine Halskette und dann band ich mir noch verstohlen ein blaues Band um ein Bein.

Auf dem Weg nach draußen trafen wir auf unsere schmucken Männer. Gordian nahm mich zur Seite und steckte mir einen Ring mit einem Saphir an. Nach altem Glauben, verliert der Stein am Finger eines Untreuen seinen Glanz. Ich fand den Ring wunderschön, fragte aber dann doch. „Du traust mir nicht?" Etwas unsicher sah Gordian mich an. „Doch, ich vertraue dir mein Leben an. Aber diese Geste ist in unserer Familie ein altes Ritual."

Dabei ließen wir es bewenden und er bedeutete mir, den anderen zu folgen. Als wir den Hof betraten, stand der Altar aus der Kapelle schon an einem Ende und die Menschen erwarteten alle, was da kommen würde.

Die Trauungszeremonie dauerte sehr lange, war aber sehr feierlich. Danach wurde zum Glück bald zu Tisch gebeten, da ich den ganzen Tag vor Aufregung noch nichts gegessen hatte. Die Tische für die Brautpaare und die höheren Gäste waren mit weißen Leinentüchern bedeckt. Silberne Leuchter mit neuen Kerzen schmückten die Tafel und Efeu rankte sich hindurch.

Die Tafeln bogen sich vor lauter leckeren Speisen, die aufgetürmt waren. Mir gingen nur zwei Sachen ab: Kartoffeln und Reis. Eine Gabel mit zwei Zinken hatte ich mir inzwischen vom Schmied fertigen lassen. Ich gebrauchte sie zwar nicht oft, sondern nur, wenn mir die Speisen wirklich zu heiß waren für die Finger oder mit dem Löffel schlecht zu essen waren, aber ich hatte sie wenigstens zum Festhalten.

Die Musikanten spielten auf und alle waren bester Dinge. Jongleure und Spaßmacher bereicherten den Nachmittag. Die Kinder rannten hierhin und dorthin und kreischten vor Vergnügen. Als es etwas dämmrig wurde, war es glücklicherweise noch warm genug, um draußen zu bleiben. Fackeln und Kerzen wurden angezündet und dann fing Máel Pátraic mit einem wunderschönen Vortrag an. Er sang alte irische Weisen, bei denen sich die verliebten Paare schnell zusammenfanden.

Wie immer bei Live-Musik, gelang es mir nicht, Tränen zurückzuhalten. Die anrührenden Lieder von Máel Pátraic ließen sie reichlich fließen. Als ich verstohlen versuchte, meine nassen Wangen zu trocknen, bemerkte es natürlich Gordian. „Du weinst? Ich hoffe doch, vor Freude?!", fragte er besorgt. Meine Antwort klang genauso eigenartig, wie ich mich fühlte. „Ich kann es dir nicht sagen. Eigentlich weder aus Freude und Glück, noch aus Traurigkeit. Musik übt immer und überall eine besondere Wirkung auf mich aus. Ich weine, ob ich will, oder nicht. – Aber, ja ich bin glücklich." Zärtlich nahm mich Gordian in die Arme. Und dann küsste er mir das salzige Nass von den Wangen.

Martin und Juliana strahlten den ganzen Tag vor Glück und waren eines der schönsten Brautpaare, die ich je gesehen hatte.

Wir und auch das zweite Brautpaar zogen uns bald in unsere Schlafgemächer zurück, wo wir ein paar wunderbare Stunden verbrachten, bevor uns der Schlaf übermannte.

Am nächsten Morgen bedankte sich Juliana überschwänglich für die reichen Geschenke, die Gordian während des Tages in ihre Kammer hatte bringen lassen. „Die Truhe ist ein Traum! Sie wird in meinem Haushalt einen Ehrenplatz erhalten."

Am zweiten Abend spielte eine weit gereiste Schauspielertruppe ein Stück, in dem viele Feen und Elfen sowie zwei Liebespaare vorkamen. Es erinnerte entfernt an den „Sommernachtstraum" von William Shakespeare und war wirklich wie ein schöner Traum, soviel Gefühl legten die Schauspieler in ihre Rollen. Ich war mir auch sicher, dass eine der Elfen tatsächlich von einer Frau gespielt wurde, was mich sowohl wunderte als auch freute.

Das ganze Fest dauerte drei Tage. Auf dem Hof fiel gerade außer der Fütterung der Tiere nicht so viel Arbeit an. Somit konnten alle mitfeiern. Abend für Abend schafften es zahlreiche „Herren" nicht mehr zu ihren Schlafgelegenheiten und schnarchten daher rund um den Innenhof um die Wette.

Dies war natürlich ein Bild für Götter – und für einen von mir engagierten Zeichner, der Tag und Nacht über seinen Skizzen saß. Da ich keinen Fotoapparat zur Hand hatte, wollte ich mich anderweitig um meine Hochzeitsbilder kümmern.

Gordian und ich wurden allerdings von unserem Freund Albon händchenhaltend auf unseren Pferden sitzend gemalt. Juliana und Martin wurden auf einer Bank vor einem malerischen Rosenstock auf Papier gebannt. Alles sah absolut lebensecht aus, wie auch Jasminas Bildnis. Die Arbeiten waren Albons Hochzeitsgeschenk an uns. Diese Geste war uns mehr wert, als eine Ladung Tuche.

Der junge Maler, den ich engagiert hatte, hatte wirklich Talent und verschwendete förmlich das von mir großzügig zur Verfügung gestellte Papier aus einer Nürnberger Manufaktur. Er brachte mir am Ende der Feierlichkeiten eine Unmenge von schönen Skizzen und wartete auf meine Kritik. Bei der ersten Durchsicht saß Gordian neben mir und lachte bei verschiedenen Bildern gemeinsam mit mir Tränen. Sein Auge für eine gewisse Komik hatte den jungen Mann auch Alltägliches zeichnen lassen: ein kleines Kind, das Goar unter dem Bauch durchkrabbelt und den Hofhund überrascht blicken läßt; eine Magd, die gerade eine Gans rupft und in die Federn niest, welche in alle Richtungen davon wirbeln; einen Mann, der seine Frau über die Knie legt, um sie zu schlagen und sie sich dabei in aller Ruhe an seiner Börse vergreift; einen der besagten Betrunkenen, dem bei jedem Schnarcher ein Blatt über dem Mund schwebt, das beim nächsten Atemzug wieder auf seinen Lippen liegen würde ...

Gordian entlohnte den Künstler reichlich und gab ihm zusätzlich eine von uns beiden unterschriebene Empfehlung in die Hand. Freudig überrascht nahm dieser das Schreiben entgegen und vollführte nach einer tiefen Verbeugung einen hohen Luftsprung mit der Versicherung, wieder zu uns zu kommen.

Auch die Spielleute wurden fürstlich entlohnt. Auf meinen und Julianas Wunsch hin waren auch die allgemein nicht besonders geachteten Fiedler, Sackpfeifen- und Schalmaienspieler und was da sonst noch alles versammelt war, alle gleich hoch entlohnt worden. Die Trompeter und Posaunisten meuterten anfangs.

Doch nach dem Hinweis, dass sie woanders kaum höheren Lohn erwarten könnten und wir auch die Kunstfertigkeit der anderen Musikanten schätzten, wurden sie schnell leise. Die anderen dagegen freuten sich und versprachen, künftig gerne nur für eine Schlafstätte bei uns aufzuspielen, sollten wir sie wieder benötigen.

Gordian hatte einen Auftrag des Herzogs zu erledigen. Um was es sich handelte und wo er diesen Auftrag ausführen sollte, wollte oder durfte er nicht sagen. Allerdings wollte er mich mitnehmen. Wir, die wir mitkommen sollten, wussten nur, dass wir wahrscheinlich mehrere Wochen unterwegs sein würden. Gordian nahm auch Konrad mit. Natürlich neben ein paar Bewaffneten zu unser aller Schutz. Einige Packpferde und Felix begleiteten uns selbstverständlich auch. Und natürlich Tethilt. Gordian ritt auf seinem wunderschönen neuen Rapp-Hengst, den er zu Ehren von meinem Arwakr „Alswinn" getauft hatte.

Der Wettergott war uns freundlich gesonnen, was im Ostermond eher eine Seltenheit ist, und wir kamen gut voran. Ich kann mich da noch an viele Jahre erinnern, in denen der neuzeitliche Spruch sich bewahrheitete: April, April, der macht, was er will.

Seit zwei Tagen waren wir unterwegs. Ich kannte mich hier schon nicht mehr aus, obwohl das alles noch zu meinem Einzugsgebiet gehörte, das ich in meinem früheren Leben ab und zu mit dem Auto durchquert hatte.

An diesem Abend hatten wir eine recht bequeme Unterkunft. Auch unsere Pferde hatten genügend Stroh und Heu, um sich nach Herzenslust satt zu fressen. Mein Arwakr steckte aus lauter Neugierde seinen Kopf aus einem recht umfangreichen Loch in der Wand und sah mir zu, wie ich an der Quelle neben dem Gebäude Wasser schöpfte. Mit dem Kübel ging ich an ihm vorbei und sagte ganz ernst und mit einer angedeuteten Verneigung zu ihm: „Oh mein Fallada, da du hangest ..." Er sah mir nach und ich drehte mich um, indem ich ganz entrüstet tat. „Jungfer Königin, da du gangest! wäre jetzt dein Text gewesen." Als ich mich wieder umwandte um weiterzugehen, schaute ich in mehrere absolut ratlose Gesichter. Ich musste herzhaft lachen. „Der Text gehört zu einem Märchen. Ich glaube, ich muss es euch heute noch erzählen." Heftiges Nicken war die Reaktion. „Gut, also dann später in der Wirtsstube."

Gleich darauf merkte ich, dass mein Pferd zwar schlau genug gewesen war, den Kopf durch das Loch nach außen zu zwängen, aber nun nicht mehr rückwärts konnte. Langsam ergriff Panik von ihm Besitz. Ich eilte ihm sofort zu Hilfe und wir überstanden die Sache mit einem Schrecken. „Dummer Kerl. Ich hätte dich für intelligenter gehalten. Da hast du ja mal wieder so einen richtigen Bock geschossen mit deiner Neugierde! Hoffentlich ist dir das eine Lehre."

So vergingen noch drei weitere Reisetage in einem beruhigenden Einerlei von mildem Wetter, schöner Landschaft und angenehmer Gesellschaft. Mein leiser Verdacht über den Grund unserer Reise wurde immer mehr zur Gewissheit und so zog ich Gordian auf die Seite. „Wir haben das Jahr 1400, richtig?" Ich erwartete keine Antwort, also sprach ich sofort weiter, obwohl er nickte. „Wir reiten jetzt seit unserem Aufbruch immer nach Westen. In der Richtung liegt Heidelberg, oder jetzt vermutlich noch Heidelberch genannt. Hier wird in diesem Jahr der Kurfürst Ruprecht III. zum deutschen König Ruprecht I. von der Pfalz gewählt. Wir sind auf dem Weg dort hin. Stimmt's oder hab' ich recht?"

Gordian sah mir fest in die Augen. „Woher weißt du das alles? Niemand kann dir etwas davon erzählt haben."

„Ich war schon einmal in Heidelberg und habe mir dort ein paar geschichtliche Tatsachen erzählen lassen. Da die Stadt nur etwa zehn Jahre lang Königsstadt war – oh, Verzeihung: sein wird –, konnte ich mir das gerade noch merken. Ruprecht und seine Frau werden in der Heiliggeistkirche zur ewigen Ruhe gebettet werden, die meines Wissens gerade im Bau ist. Außerdem wird diese Kirche in nicht sehr ferner Zukunft die Bibliotheca Palatina beherbergen. Die umfangreichste Büchersammlung der bisherigen Welt, die angeblich alles Wissen dieser Zeit in sich versammelt haben soll.

Ach, apropos Wissen; da fällt mir doch gleich noch etwas anderes ein. Vor einigen Jahren wurde in Heidelberg eine Universität gegründet. Wir sollten doch dort unverbindlich schauen, ob Konrad daran Interesse finden würde. Er hat sich seit dem Winter fleißig im Lesen und Schreiben geübt und ist recht wissensdurstig. Du weißt ja, was das bedeuten würde."

Gemischte Gefühle ließen sich aus Gordians Augen lesen. „Bitte lass mich nachdenken, Laura. Ich muss ein wenig allein sein." Damit verschwand er auch schon aus meinem Gesichtskreis und ließ sich zurückfallen.

Einige Zeit waren wir auf ziemlich freiem Gelände. Also wurde der erste greifbare Busch sofort von unseren Soldaten belagert, um ihre Notdurft zu verrichten. Wir anderen blieben in respektabler Entfernung stehen und warteten. Einer der Herren hatte zu viel Starrsinn, sein Pferd für eine Minute einem seiner Kollegen zu überlassen, und hielt daher die Zügel zwischen seinen fauligen Zähnen.

Das sollte er jedoch bereuen. Sein Reittier hatte anscheinend etwas von einem Clown in sich und beschloss, just in diesem Augenblick zu zeigen, was es alles so konnte. Zuerst ruckte es sanft am Zügel nach hinten. Dies stand sein Herr jedoch breitbeinig aus. Darauf ließ das Pferd, das mich stark an Jolly Jumper von Lucky Luke erinnerte, sich sogleich etwas anderes einfallen: Es senkte den Kopf, schob seine Nase von hinten zwischen die Beine des Mannes, lupfte ihn vom Boden und ließ ihn einen halben Meter weiter wieder fallen. Dies machte es dreimal und wir brachen alle in schallendes Gelächter aus. Wir lagen schier auf unseren Tieren und hatten alle Tränen in den Augen.

Mit hochrotem Kopf und einem recht verstimmten „Ha, ha, sehr lustig" setzte sich der Soldat wieder aufs Pferd und sofort an die Spitze unserer kleinen Karawane.

In den folgenden Tagen passierten noch verschiedene kleine Zwischenfälle, die uns wenigstens auch während der beiden Regentage bei Laune hielten und die Zeit vertrieben. Unsere Reisegeschwindigkeit war relativ flott. Wir schafften die etwa 300 Kilometer tatsächlich in eineinhalb Wochen. Wir kamen durch herrliche Täler und an urigen Bachläufen vorbei mit viel Schilf und bunten Blumen. Die schon richtig angenehm warme

Witterung trug natürlich auch dazu bei, dass wir bei bester Gesundheit ankamen.

Wir hatten nur eine kleine Begebenheit unangenehmer Art. Einer unserer Kriegsknechte wurde von einer Wespe gestochen. Und zwar am Kopf. Um eine Schwellung weitgehend zu unterdrücken und den Schmerz zu lindern, legte ihm Konrad sofort den Teil einer frisch geschnittenen Zwiebel auf den Stich. Der Mann hatte zwar die folgenden Tage immer Kopfschmerzen, aber es hätte schlimmer kommen können. Konrad hatte wirklich schon eine Menge praktischer Dinge gelernt auf dem Gut.

In Heidelberg angekommen, erhielten wir sofort passende Unterkunft für einen Grafen mit „Gefolge", da Gordian uns bei Hofe als Gesandte von Herzog Heinrich angemeldet hatte. Dann machten Gordian, Konrad und ich eine Stadtrunde. Das für mich interessanteste Bauwerk war an diesem Tag die Brücke über den Neckar. Mir war ja bisher nur die große Karl-Theodor-Brücke mit neun steinernen Bögen bekannt.[17]

Unseren Weg säumten meist schöne Stadthäuser, teils im Fachwerk-Stil. Interessante Gassen und Winkel sahen wir hie und da. Ich setzte meinen Willen durch und wir ritten bald den Schlosshügel hinauf. Dort fanden wir auch eine Stelle, von der aus die Stadt gut zu übersehen war. Ich fand alles wunderschön. Nicht nur wegen des sonnigen Wetters, sondern auch, weil alle Leute, denen wir begegneten, an diesem Tage freundlich waren.

Wir standen also dort oben und hatten einen tollen Ausblick auf das Tal und den Fluss. Wie es so meine Art war, sah ich allerdings nicht nur nach unten, um die Aussicht zu genießen, sondern vor allem, um etwas Interessantes zu entdecken. Und das war tatsächlich der Fall. Ich prägte mir die Lage der kleinen Uferwiese ein mit dem Vorsatz, demnächst dort hinzugehen.

„Laura, nicht schlafen, wir reiten zurück zum Gasthaus." Gordian rangierte Alswinn plötzlich dicht neben mich. „Du heckst doch schon wieder etwas aus, oder?" Ich schüttelte den

---

17) *Ende des 12. Jahrhunderts taucht der Name der Stadt erstmals in einer Urkunde auf. 1248 entstand die erste Holzbrücke über den Fluss. Ganze sechs folgten dieser, bis endlich Kurfürst Karl Theodor 1786 bis 1788 eine steinerne Brücke bauen ließ. Um 1300 werden zwei Burgen genannt. Beide am Schlossberg, jedoch verschieden hoch gelegen. 1386 gründet Kurfürst Ruprecht I. die Heidelberger Universität. Diese ist somit nach Prag und Wien die dritte Hochschule im deutschsprachigen Raum. Die Stadt hatte eine eigene Polizei und Gerichtsbarkeit. 1400 wird Kurfürst Ruprecht III. unter dem Namen Ruprecht I. von der Pfalz deutscher König. Heidelberg wird so zehn Jahre lang Königssitz. Gemahlin von Ruprecht ist Elisabeth von Hohenzollern.*

Kopf verneinend. „Nein, ich habe nur gerade entdeckt, wohin ich unsere verdreckten Reiseklamotten bringe."

Mit meiner Antwort zufrieden, die ja nicht einmal gelogen war, drehte er ab und ich folgte eine Pferdelänge hinter ihm.

Tags darauf hatte Gordian eine geschäftliche Audienz bei Ruprecht und nahm dazu Konrad mit. Da ich keine Lust hatte, mich von einem unserer großmäuligen Soldaten begleiten zu lassen, instruierte ich meine Zofe Tethilt, die mich mitsamt unserer nach Sauberkeit schreienden Kleider zum Platz der Waschfrauen begleiten sollte. Ich hatte Glück und fand dort, was ich außerdem suchte.

Auf der Bleichwiese zwischen den zum Trocknen ausgebreiteten Wäschestücken sprangen vergnügt kleine Kinder umher, die eindeutig Seifenblasen fabrizierten. Sie hatten große Gebilde, ähnlich geschnitzter Kochlöffel mit Löchern, in der Hand und vergriffen sich damit immer wieder in den Waschzubern ihrer Mütter. Dann hielten sie die „Löffel" hoch und sausten los. Durch den Luftwiderstand drückte es die Lauge nach hinten und so hinterließ jedes Kind eine Reihe von bunt schillernden Seifenblasen auf seiner Fährte.[18]

Ich ließ mir von der Magd die beste Wäscherin zeigen und verhandelte mit dieser wegen unserer Wäsche. Sie war eine junge Frau mit freundlichem Gesicht. „Ist von Euch auch ein Kind bei dieser Herde von quietschenden Irrwischen dabei?" Ihr Lächeln wurde noch breiter „Ja, seht dort drüben. Das kleine Mädchen mit den hellen, langen Locken. Meine Marie ist ein liebes Kind und so aufgeweckt. Sie hilft mir immer beim Ausbreiten der großen Wäschestücke und dazwischen spielt sie mit ihren Freunden."

Ich blieb noch ein wenig stehen, ließ mir alle Neuheiten zeigen und erstand auch gleich einen kleinen Topf Seife. Dann machte ich mich mit Tethilt wieder auf den Rückweg. Wir kamen bei einem Schuster vorbei, bei dem ich mir Maß nehmen ließ für zwei Paar neuer Schuhe.

Einige Tage darauf ließ ich mich, wie ich Martin versprochen hatte, beim Zunftmeister der Tuchwarenhändler und Weber melden. Dieser war ein freundlicher Mann, der mir von einigen

---

18) *Die Phönizier erfanden etwa 600 v. Chr. die Seife. Und ab dieser Zeit ist es ziemlich wahrscheinlich, dass zu jeder Zeit irgendwo Kinder Seifenblasen machten. Die Seife kam erst etwa im späten Mittelalter nach Europa und dadurch in unsere Breitengrade.*

Neuheiten gerne kleine Stoffmuster für meinen Schwager mitgab und mich begierig aushorchte, um die Neuigkeiten unserer Heimat zu erfahren. Ich erzählte außerdem von Albon und seinen herrlichen Stoffen und Geschäftsverbindungen und übergab die mitgebrachten Stoffmuster von beiden Händlern. Sofort verfasste er Briefe an beide, die ich auf unserem Heimweg mitnehmen sollte und gab mir seinerseits Muster mit.

Ich fand Heidelberg eigentlich ganz interessant, obwohl es nicht eine der wichtigsten Städte Deutschlands war.[19] Natürlich bekam ich auch ein paar Einladungen von ehrbaren Bürgersfrauen zu diversen Handarbeitsrunden. Diese schlug ich jedoch meistens „äußerst schwer beschäftigt" aus. Es sollte ja möglichst nicht gleich jede wissen, was für eine miserable und übellaunige Näherin und Stickerin ich war.

Die Nacht auf den ersten Tag des Monats, der bezeichnenderweise Wonnemond genannt wird, verbrachte unsere gesamte Truppe innerhalb der Gasthofsmauern. Der Aberglaube an freigesetzte böse Kräfte war stark bei den Menschen verankert. Kinder, Milch und Vieh mussten in dieser Nacht besonders geschützt werden, da Feen, Hexen und Zauberer äußerst aktiv waren. Angeblich solle Kohlenschlacke unter Butterfass und Wiege gegen saure Butter und Wechselbälger schützen. Pfingstrosenblätter auf der Schwelle sollten Feen draußen halten.

Ein paar Tage später lagen Gordian und ich gemütlich im Bett und unterhielten uns, als er damit herausrückte. „Erinnerst du dich noch an die Nachricht vom Herzog? Darin war nicht nur der Auftrag enthalten, als sein Gesandter vor Ruprecht aufzutreten. Er ließ mich auch seine Meinung zu Konrads Adoption wissen. Er meinte, wir sollten uns bemühen, Ruprecht als eine Art Pate für Konrad zu verdingen. Also habe ich mit Ruprecht in einer stillen Stunde gesprochen und erwähnt, dass wir beide unseren Konrad an Kindes statt annehmen wollen. Er stimmte folgendem Vorschlag von Heinrich und dessen Berater zu:

19) *1649 fallen Oberpfalz und Kurwürde an Bayern, 1803 fällt dann die Stadt Heidelberg an das Großherzogtum Baden. 1815 bereiten der Zar von Russland, der Kaiser von Österreich und der König von Preußen in Heidelberg die „Heilige Allianz", das Bündnis gegen Napoleon vor.*
Der weithin verbreitete Spruch „die Sau rauslassen" soll von den Heidelberger Studenten geprägt worden sein, die immer zu Späßen aufgelegt waren. Eines Nachts öffneten sie alle Verschläge mit Schweinen in der Stadt und trieben diese durch die Straßen.

Titel und Lehen können nur an ein leibliches Kind von uns vererbt werden. Konrad dagegen müsste sich würdig erweisen und hochgestellte Leumundszeugen an seiner Seite haben. Das übrige Hab und Gut wie Schmuck, Waffen und die normalen Reitpferde und sonstigen Tiere müsste von uns mit einem schriftlichen Zeugnis aufgeteilt werden, so wie wir es für richtig empfinden. Der Inhalt dieses Pergaments soll nur uns und höchstens zwei unterzeichnenden Zeugen bekannt sein und mit dem Siegel des Herzogs versehen an dessen Hof hinterlegt werden. So könnte sich Konrad nicht zurückgesetzt fühlen, wenn wir ein Kind bekommen und dieses wäre andererseits vor Konrad sicher, würde sich dieser nicht unseres Vertrauens als würdig erweisen. Außerdem wird er – sofern Konrad auch allem zustimmt – ein Auge auf unseren großen Jungen haben und ihn in jeder ihm möglichen Weise unterstützen."

„Das klingt ganz vernünftig. Konrad ist in seiner ganzen freien Zeit mit irgendwelchen Studenten zusammen und hat auch schon dem Unterricht beigewohnt. Es scheint ihm alles sehr zu imponieren. Wann sagen wir es ihm?" „Bald!", war die sehr kurze Antwort Gordians, womit das Thema ein Ende gefunden hatte.

Am nächsten Tag streifte ich wieder durch die Straßen. Allerdings diesmal zu Pferd und mit Konrad; wegen der praktischen Seite der Sache war ich als junger Mann verkleidet. Dazu stahl ich mich über das Dach in den Stall, um nicht von der Wirtin gesehen zu werden. Ich hoffte, niemand – besonders nicht Gordian – würde jemals davon erfahren.

Wir ritten also durch die Gassen und auch etwas aus der Stadt hinaus, als wir zwei Schwertkämpfer sahen, die wie Furien aufeinander losgingen. Ringsum standen die Anhänger beider Parteien und feuerten jeweils ihren Ritter an. Eine dritte Gruppe von gesetzt wirkenden Männern etwas abseits von den anderen fiel uns auf. Auf meine Frage hin antwortete einer der Anhänger des besonders roh aussehenden Kämpfers, dass die abseits stehenden Richter seien. Die kämpfenden Männer wären aus zwei verfeindeten Familien und würden hier die jahrelange Fehde bis zur eindeutigen Niederlage eines Mannes auskämpfen. Der Besiegte müsse, so der Richterspruch, im Laufe von zwei Tagen die Stadt und deren Region verlassen.

Damit sich auch beide fair verhielten und keiner eingreifen könne, wären in diesem besonderen Fall die Richter zugegen. Konrad kommentierte die feinen Details des Kampfes für mich. Er wäre der geborene Sportreporter des endenden 20. Jahrhunderts gewesen. Oft sagte er mir schon vorher, welche Finte dieser gleich machen würde und wie der andere parieren müsse. Plötzlich verlor der gröbere Kämpe durch einen Hieb sein Schwert. So arg bedroht rief er seinem Knappen. Ohne über die Konsequenzen einer Einmischung nachzudenken, wollte sich der junge Bursche sofort auf das nicht weit von ihm liegende Schwert stürzen, um seinem bedrängten Herrn zu helfen.

Ein Tritt ans Schienbein von einem anderen Zuschauer ließ den Knappen jedoch jäh innehalten. Eine starke Faust in die Magengrube und einen Schlag ins Genick bekam der arme Kerl im Fallen auch noch mit. Als er sich mühsam aufrappelte, war der Kampf gerade zu Ende. Sein Herr lag flach ausgestreckt am Boden, die Schwertspitze des Gegners an seiner Kehle.

Die Richter bekräftigten nochmals ihren Urteilsspruch über den Verlierer und dann verließen die Zuschauer nach und nach den Platz. Der geschlagene Knappe ging hinkend zu seinem Herrn und half ihm auf die Beine. Kaum stand der Mann, spuckte er wüste Beschimpfungen gegen den Jungen aus und schlug ihn mit aller Kraft, was den schmalen Kerl fällte wie einen Baum. Man konnte sehen, wie er schluckte und offensichtlich gegen die Tränen kämpfte.

Ich wandte mich an meinen jungen Begleiter. „Konrad, geh bitte zu dem groben Herren und frage ihn, was es zu deinen Herrn kosten würde, den Jungen samt seiner Habseligkeiten zu übernehmen. Hier hast du meine Geldbörse. Vielleicht kann er sofort mit uns kommen."

Er sah mich vollkommen verdutzt an. „Die Erklärung folgt demnächst. Tu einfach, was ich dir sage. Es wird dein Schaden sicher nicht sein."

Also setzte er eine geschäftige Miene auf und ritt zu den beiden. Nach einigen hitzigen Bemerkungen des Kämpfers zu

207

Konrad und dessen Entgegnung glätteten sich die Gesichtszüge des Grobians merklich und er erhielt eine Reihe Münzen in die ausgestreckte Hand gezählt. Als sich die jungen Männer in meine Richtung wandten, brach der Bezahlte in schallendes Gelächter aus. Mir trieb dies einen Schauder über den Rücken. Ich stellte mir so einige Grausamkeiten bis hin zum schrecklichen Tod vor, die er vielleicht mit seinem Untergebenen vorgehabt hatte, und nun verdiente er Geld mit dem dummen Kerl.

Wenigstens das Pferd, mit dem unser neuer Begleiter bedacht war und das er offensichtlich behalten konnte, war zwar alt, aber nicht übel. Na ja, ein Knappe musste ja schließlich gut ausgestattet sein, um seinem Herrn immer zur Seite zu sein.

Noch immer mit seinem Gefühl der Demütigung kämpfend folgte uns Wilfred mit gesenktem Kopf. Mehr als seinen Namen hatte er uns noch nicht verraten. Wir ließen ihm lieber etwas Zeit, die große Veränderung in seinem Leben zu verdauen. Schließlich wusste der Arme ja nicht einmal, was oder wer ihn hier erwartete. Sein neuer Herr könnte ja noch jähzorniger sein als der erste. Aber als wir etwa zwei Drittel der Strecke hinter uns hatten, schob er mit einem Mal sein Kinn etwas trotzig vor. Er würde sich also nicht unterkriegen lassen. Ich lächelte in mich hinein und tauschte mit Konrad einen zufriedenen Blick.

Dieser nahm den Neuen unter seine Fittiche. Während ich weiter schwieg, schwatzte er auf Wilfred ein. „Du wirst sehen, dass mein Herr – nein, unser Herr – ein sehr angenehmer Mensch ist. Wenn er weiß, dass er sich auf jemanden blind verlassen kann, hat man bei ihm das schönste Leben und viele Freiheiten. Ich stehe schon seit meiner Kindheit in seinem Dienst und er behandelt mich mehr wie einen Freund oder einen Sohn (wie recht er doch hatte!) als einen Bediensteten."

Während wir so dahinritten, fiel mir auf, dass mein neuer Schützling einen Namen hatte, den ich aus einem Buch von Sir Walter Scott kannte, das ich als Jugendliche richtig verschlungen hatte. Der Held dieses Ritterromans heißt Wilfred von Ivanhoe und kämpft Seite an Seite mit Robin Hood und Richard Löwen-herz für die Befreiung Englands aus Prinz Johns Eisengriff. Ich hoffte natürlich, dass diese Übereinstimmung ein gutes Omen sei.

Ich hörte die zaghafte Frage: „Ist das vor uns dein Herr?" Konrad lachte. „Nein, aber du wirst ihn sicher heute oder spätestens morgen kennen lernen. Zoll ihm und der Herrin Respekt, sei aber nicht zu demütig. Das mögen beide nicht so gerne. Schließlich sind wir alle selbstständig denkende Menschen, wenn auch nicht von gleich hohem Rang."

Hiermit waren wir am Stall angekommen. Die Pferde waren schnell an ihren Plätzen und abgesattelt. Konrad erklärte mir: „Wenn der Herr uns sucht, wir sind in der hinteren Gaststube." Ich entließ ihn mit seinem vermutlich beinahe gleichaltrigen Schützling ins Innere des Wirtshauses. Selbst stahl ich mich dann wieder unbemerkt in unsere Kammer. Das heißt, nicht ganz. Gordian stand im Raum und empfing mich mit grimmiger Miene am Fenster. „Du bist unmöglich. Soll ich dich hier in Ketten legen, damit du keinen Unsinn mehr machst?"

„Niemand hat mich erkannt! Und du weißt gar nicht, ob ich Unsinn gemacht habe, oder? Ich wollte dir ja nur nützlich sein. Während du unterwegs warst zu einer deiner endlosen Unterredungen, habe ich einen Nachfolger für Konrad gefunden. Er ist ein sehr sympathischer Kerl, der von seinem Herrn nicht gerade fair behandelt wurde. Ich ziehe mich schnell um und dann zeige ich ihn dir."

Gordian verschränkte seine Arme vor der Brust und donnerte. „Hab' ich richtig gehört? DU hast MIR einen neuen Knappen gesucht? Lass in Zukunft die Finger von meinen Angelegenheiten, oder ich werde doch noch eines Tages grob zu dir."

„Bleib ruhig!", entgegnete ich leichthin, „weder er noch Konrad wissen, für welchen Zweck ich ihn mir vorstelle. Wenn er dir nicht passt, kannst du ihn wegschicken. Du hast auch die Möglichkeit, ihn zu prüfen. Er tat mir einfach Leid und ich habe das Gefühl, dass er ein grundehrlicher Bursche ist, der einem freundlichen Herren in jeder Situation loyal ergeben sein wird."

Tatsächlich glätteten sich die Falten auf Gordians Stirn etwas und ein feines Lächeln breitete sich über sein Gesicht. Ich hatte allerdings den Verdacht, dass dies vor allem mit der Tatsache zu tun hatte, dass ich mich inzwischen beinahe ausgezogen hatte, und nun ungeschickt versuchte, mein Kleid überzustreifen. Ich hatte zu tun, seine Hände (die sich plötzlich in zahllose Tentakel verwandelten) im Zaum zu halten, um mich endlich fertig anzuziehen.

Ein paar Minuten später schenkte Gordian mir einen versöhnlichen Kuss und ging mit mir ins Erdgeschoß. „Gut, ich werde ihn mir ansehen. Aber ich alleine werde über seine Zukunft bestimmen!" Die beiden Knappen waren neben der Wirtin die einzigen Menschen im hinteren Zimmer. Wir bestellten Wein und setzten uns mit an den Tisch. Schon bei unserem Eintreten war Wilfred aufgesprungen, während sich Konrad gemächlicher erhob. Beide verbeugten sich vorbildlich vor uns.

Gordians Lächeln zeigte mir, dass er zumindest nicht mehr negativ auf die Situation reagierte, und ich atmete auf. Anfangs war Wilfred verständlicherweise etwas nervös und versuchte, sein Gegenüber einzuschätzen. Aber als ihm ein Becher Wein von Gordian hingeschoben wurde, entspannte er sich schon etwas.

„Also Wilfred, meine Frau meint, ich bräuchte einen weiteren Bediensteten. Im Moment weiß ich noch nicht, ob sie Recht hat. Aber wir können es gerne eine Zeit miteinander versuchen. Geben wir uns eine Frist von sechs Tagen. Danach werden wir bald wieder aus Heidelberch abreisen. Wenn wir alle gut miteinander auskommen, kannst du uns begleiten. Ist dies nicht der Fall, suche dir einen anderen Herren. Du bist schon Knappe. Das ist gut. Ich werde morgen Begleitung brauchen. Konrad würde ich gerne bei meiner Frau lassen, also wirst du mit mir reiten."

Damit nickte er in Konrads Richtung. Dieser nahm den Wink gleich auf. „Ich zeige dir später alles, was du mitnehmen musst und erkläre dir die wichtigsten Dinge." Wilfred wirkte nun doch ein klein wenig unsicher.

„Keine Angst, unser Ritt morgen wird nicht gefährlich sein. Unter meinem Befehl wird dich auch niemand wegen einer kleinen Verfehlung schlagen. Und es wird dir auch niemand Dummheit unterstellen, wenn du etwas fragst, was du nicht wissen kannst. Ich vermute, du kannst nicht lesen?" Ein zaghaftes Schütteln der blonden Locken folgte und ein verwirrter Blick über eine solche Frage. „Dann wirst du es bald lernen müssen. Ab morgen meldest du dich jeden Abend bei meiner Gattin. Sie wird es dir beibringen."

Seine blauen Augen wurden noch verstörter und wanderten nun zu mir. Auch war nun der Mund etwas geöffnet. In seinem absolut irritierten Mienenspiel fand sich plötzlich ein kleiner Funke von Hoffnung. Die Lippen bewegten sich nun wieder aufeinander zu und fanden den Weg zu einem träumerischen Lächeln.

Gordian und ich verließen die beiden. Auf dem Weg zur Tür hörte ich noch den ersten Satz von Konrad: „Wenn du irgendwelche Probleme hast, dann gehst du am besten zu unserer Herrin. Die hört dir auf jeden Fall zu! Sie schimpft zwar bisweilen ganz schrecklich, schlägt aber nicht."

Ich hatte das Gefühl, als würde ich neben Gordian plötzlich schweben. Selbstgefällig grinste ich ihn an, was er damit quittierte, dass er meine Taille umfasste und mich hochhievte. Wie ein totes Tier wurde die Gattin des Grafen vom Altmühltal in die gemeinsame Schlafkammer getragen. Nur – tote Tiere beißen nicht! Es folgte ein wüster Kampf im Bett, der in einer liebevollen Umarmung endete.

Gordians Richtspruch war gefällt. „Geben wir Wilfred also diese sechs Tage. Wenn er sich so macht, wie ich ihn einschätze, können wir Konrad über seine Wünsche befragen. Dieser Wilfred ist wirklich ein sympathischer Kerl."

Nun hatte ich einen neuen Schüler, der gehorsam am kommenden Abend zu mir ins hintere Gastzimmer trat. Er sah auf den Boden und wirkte ein wenig schüchtern, als er sich verbeugte, aber sein Gesicht glühte vor Freude.

„Ich sehe, ihr beide hattet einen erfolgreichen Tag." Hier kam der Kopf von Wilfred hoch und er sah mir direkt in die Augen. „Ja Herrin, es war ein schöner Tag. Der Herr nahm mich mit zu Schaukämpfen. Ich übte auch ein wenig mit ihm. Er ist so klug und freundlich."

„Ja, das ist er. Wenn du seine Gutmütigkeit nicht ausnützt, wird es auch weiterhin so bleiben. Nun setz dich neben mich. Je rascher wir anfangen, desto schneller kannst du lesen und schreiben. Und wirst uns somit eine große Hilfe sein." Den ganzen Abend war der Knappe mit Eifer dabei. Er wollte am liebsten schon in einer Woche alles können. Er bat mich sogar, noch weiterzumachen, als ich es für genug hielt.

Erst nach Stunden streckte mein hungriger Gatte seinen Kopf zur Tür herein. Er drückte seine Freude über den wissbegierigen Schüler aus, was diesen wiederum erröten ließ.

Am Abend des sechsten Tages ließen Gordian und ich die beiden Jungen zu uns kommen.

„Laura und ich hatten einen Plan. Nun sollt ihr beide endlich erfahren, warum meine Frau so erpicht auf einen neuen Knappen war." Damit wandte er sich an Konrad. „Die Grundidee war folgende: Uns blieb nicht verborgen, dass du zu Barbara zärtliche Gefühle hegst, die auch erwidert werden. Als mein Knappe hast du in dieser Sache keine Aussicht auf langfristigen Erfolg. Außerdem bist du wissensdurstig, was wir beide sehr schätzen." Konrad wurde rot und sah uns unsicher an.

„Nun wollen wir dir zwei Möglichkeiten für deine Zukunft bieten. Überlege sie dir gut und sage uns in drei Tagen, wie du dich entschieden hast. Es wird langsam Zeit, dass wir wieder nach Hause zurückkehren.

Erstens haben wir beide dich ins Herz geschlossen wie einen Sohn. Und wenn du zustimmst, kannst du dies auch mit fast allen Rechten eines leiblichen Sohnes von uns werden und somit um die Hand Barbaras anhalten.

Zweitens hängt von erstens ab. Es gibt hier eine Universität wie du weißt. Du kannst in Heidelberch bleiben und studieren, wenn dir daran etwas liegt. Wir kommen für deine Unterkunft gerne auf. Wollen aber im Falle einer positiven Entscheidung auch mit guten Resultaten rechnen können.

Wenn Dir beides nicht zusagt, kommst du als mein Knappe wieder mit zu uns zurück und nichts wird sich ändern.

Egal wie du dich entscheidest, unseren Segen hast du. Um Wilfred brauchst du dir auch keine Gedanken zu machen."

Nun wandte sich Gordian an seinen neuen Knappen. „Du hast auch noch ein paar Tage Zeit, dich zu entscheiden. Von unserer Seite her steht deinem Bleiben nichts im Wege. Ob ich nun einen oder zwei Knappen habe, macht keinen großen Unterschied. Du bist gut erzogen, lernst schnell und bist ein netter Bursche."

Beide Augenpaare uns gegenüber schwenkten nun von Gordian zu mir. Ich lächelte und nickte nur nachdrücklich. Dass es tatsächlich Situationen gibt, in denen ich schweigen kann, fand ich einen Moment später schon recht beeindruckend.

Später bat ich Konrad noch einmal alleine zu mir. Ich erzählte ihm von meiner Herkunft, weil er sich wirklich frei entscheiden sollte, legte ihm aber Verschwiegenheit ans Herz.

Es verging kein Tag, bis dann beide wieder vor uns erschienen. Sie nahmen überschwänglich unsere Angebote an. Und zwar auch Wilfred, von dem ich gar nicht gedacht hatte, dass er so eine glühende Rede schwingen könnte.

Tags darauf wurde die Adoption von Konrad von höchster Stelle amtlich gemacht. Es war für uns alle eine recht feierliche Angelegenheit, bei der auch unsere anderen Begleiter anwesend waren und danach kräftig auf den neuen jungen Herren anstießen. Gordian erhielt ein Pergament, das am Herzogshofe vorzulegen war und zusammen mit der schon vorhandenen Zustimmung von Heinrich die Adoption Konrads durch Gordian und mich unumstößlich machte.

An einem der folgenden Morgen verpflichtete ich wieder einmal Konrad zu einem Ausritt. Natürlich in Männerkleidung. Dazu dunkelte ich mir wie bei meinem ersten Ausflug mein Gesicht mit ein wenig Asche ab und setzte einen Hut auf, den ich tief in die Stirn zog. Wir fanden noch einige interessante Ecken in der Stadt und verhielten uns wie die besten Freunde. Irgendwann fragte er mich dann zögernd. „Ich weiß eigentlich gar nicht, wie ich dich nun nennen soll: Mutter wird mir nicht so leicht über die Lippen kommen. Es ist eine riesige Umstellung. Ich hatte ja nie eine."

Ich musste erst nachdenken, ehe ich ihm antwortete. „Ich kenne mich ehrlich gesagt nicht so ganz mit den Gepflogenheiten aus. Wenn wir unter uns sind, kannst du aber immer Laura zu mir sagen."

Nach einem interessanten und lustigen Tag schleppte ich Konrad dann in eine Taverne auf einen Humpen Bier.

Als mein Begleiter mich kurz verließ, kam ein dreckiger Bursche auf mich zu. „Dein Freund ist doch der Knappe von dem Grafen aus dem Altmühltal." Er starrte mich fragend an.

Betont lässig antwortete ich. „Und wenn's so wäre? Aber er ist nicht mein Freund. Nur ein amüsanter Bursche, mit dem man durchaus einen trinken gehen kann. Und seinen Herrn kenne ich nicht."

Nun war mein Gegenüber interessiert. „Wenn er nicht dein Freund ist, dann ist es dir ja sicher egal, ob sein Herr wieder pünktlich zu Hause ankommt oder nicht?"

Trotz rasenden Herzklopfens zwang ich mich, nicht interessiert zu wirken. „Kann man so sagen." Ich war zu diesem Zeitpunkt heilfroh, dass ich leicht erkältet war und damit eine tiefere Stimme hatte. So fiel ihm nicht auf, dass er nicht mit einem Mann sprach.

„Na also. Dann kannst du sicher herausbekommen, wann der aufbricht und welchen Weg er nimmt. Du triffst mich oder meinen Freund", bei diesen Worten zeigte er mit seiner ungepflegten und vor Dreck starrenden Hand auf seinen noch ärger aussehenden Genossen, „jeden Tag um diese Zeit hier. Wenn du die Information hast, kannst du das nächste Jahr in Freudenhäusern ein- und ausgehen, soviel du willst, oder die neueste Art von Kleidung kaufen."

Ich sah ihn abschätzend von oben bis unten an. „Du siehst mir nicht danach aus, als hättest du die Mittel, mir das nötige Geld zu verschaffen. Und dein Freund noch weniger."

Schon plusterte er sich auf. „Das nicht, da hast du Recht. Aber wir haben einen mächtigen Freund, dem sehr viel an dieser Information liegt. Er wird uns drei königlich belohnen."

„Woher soll ich wissen, dass ich das Geld auch sicher sehe?"

Er kratzte sich am bartüberwucherten Kinn. „Du bist vielleicht vorsichtig. Wir werden ab morgen mit einem Vorschuss auf dich warten. Den Rest bekommst du, wenn der Graf abgereist ist."

Konrad betrat wieder die Schankstube. „Vorsicht, er kommt!" Dann hob ich meine Stimme. „Jetzt sieh zu, dass du wegkommst. Du stinkst wie ein ganzer Schweinestall."

Mein Adoptivsohn spielte gleich seine Rolle mit. „He du, lass meinen Freund hier in Ruhe. Ich habe lange genug nach einem gesucht, der etwas Hirn hat."

Wir unterhielten uns noch eine kurze Zeit und verließen dann das Wirtshaus. Ich prüfte ständig, ob wir verfolgt würden, dann trennte ich mich zum Schein von Konrad und wir trafen uns erst am Stall wieder. Als wir in unserem Gasthof ankamen, kletterte ich wieder übers Dach zu unserer Kammer. Ich sah, dass Gordian sich gerade umkleidete. Aber erst, als ich schon im Zimmer war, bemerkte ich Wilfred, der ihm half. Erschrocken zückte dieser seinen Dolch und wollte mich gleich angreifen.

„Hallo Laura, wo seid Ihr nur so lange gewesen?" Die Begrüßung meines Gatten ließ Wilfred innehalten. Er starrte mich an. Dann, als er mich als denjenigen erkannte, dessen Börse ihn ausgelöst und der ihn mit hierher gebracht hatte, wurden seine Augen noch größer. „Ihr, Herrin?" keuchte er fassungslos.

„In dieser Kleidung reicht mir ein Begleiter und ich erfahre mehr. Das soll aber unter uns bleiben. Verstanden? Nun geh und suche Konrad. Wartet unten auf uns. Ich habe meinem Gatten etwas Wichtiges mitzuteilen und ich muss mich noch umziehen." Er verschwand mit einem nicht zu deutenden Blick durch die Tür.

Während wir uns für einen Empfang auf dem Schloss bereitmachten, erzählte ich Gordian mein Erlebnis in der Schenke. Besorgt fing er an, hin und her zu laufen. „Ich dachte schon, wir hätten ewig Glück. Wir wurden schon lange von niemandem überfallen. Da musste ja bald etwas kommen."

Der restliche Abend verlief ziemlich langweilig für mich. Ich plauderte mit Damen der feinen Gesellschaft, die größtenteils nur die Themen Kleider und Handarbeiten kannten. Dabei sah ich neidvoll immer wieder zu den Herren und war verärgert, dass ich mich betont damenhaft benehmen musste.

Zwei Tage später suchte ich in meiner Verkleidung wieder die bewusste Schenke auf und hielt nach dem dreckigen Kerl Ausschau. Er saß tatsächlich in einem Eck. Vor sich einen Becher Wein, den er nun von sich schob, als er sich erhob.

„Na, mein Freund. Ich wusste, dass du kommst. Hast du Durst? Was hast du zu berichten?"

Genervt schüttelte ich seine Hand ab und säuberte sofort die Stelle an meinem Wams. „Nenn mich nicht deinen Freund. Zeig mir das Geld und leg es auf den Tisch. Bevor ich nicht weiß, dass du es dabei hast, bekommst du keine Informationen."

Aus dem Augenwinkel bemerkte ich zwei von Gordian angeheuerte Leute, die sich zwanglos an einen Tisch setzten und sofort ein Gespräch aufkommen ließen.

Mein Gegenüber fasste brummend in seine Börse und zählte mir einen Haufen Gulden so auf den Tisch, dass sie nicht von anderen Gästen gesehen wurden.

Während ich anfing zu sprechen, packte ich das Geld in meine Börse. „Der Graf reist in zwei Tagen ab. Er nimmt die östliche Ausfallstraße. Voraussichtlich wird die Gruppe zwölf Mann stark sein. Ohne Wagen, nur mit Packpferden. Sie werden bei Anbruch des Tages aufbrechen. Einen Tag später werde ich wiederkommen und ich kann dir nur raten, du hältst dein Wort." Somit stand ich auf und ging.

Schon wenige Stunden später wussten wir, wer dieser Tagedieb und sein Kumpan waren. Sie standen im Dienst eines hinterhältigen Adligen, der seine eigene Politik zu verfolgen pflegte. Der hohe Herr hielt es für keinen guten Gedanken, dass der neue König mit unserem Herzog in engerem Kontakt stehen sollte. Er hasste diesen „gekrönten Emporkömmling" und wollte dessen Front systematisch schwächen. Und wir sollten zu den ersten Opfern seines Ehrgeizes werden.

Konrad war bei unserer Abreise schon ganz und gar ein Mitglied der Studentenverbindung oder wie man es nennen soll. Diese Tatsache brachte uns unschätzbare Vorteile. Diese jungen Männer waren voller Tatendrang und immer auf Abenteuersuche. Also erzählte ihnen Konrad, dass es einen Kampf vor der Stadt geben würde. Dies stachelte die ganze Meute unwahrscheinlich auf. All diese Gecken waren plötzlich aufs Beste ausgerüstet, hatten gar nichts geckenhaftes mehr an sich und waren begierig, gegen den Feind zu ziehen.

Und unser lieber Konrad schärfte ihnen ein, dass sie besonders um die Sicherheit der beiden „Herren" auf den großen Rappen bemüht sein sollten.

Noch vor Tagesanbruch zwängte mich Gordian in eine richtige Kampfausrüstung, die er eigens für mich erworben hatte. So stieg ich nun das erste Mal mit Kettenhemd, Helm, Schwert und Dolch angetan auf meinen Arwakr. Dieser war etwas überrascht und nahm mir diese plötzliche übermäßige Gewichtszunahme anfangs etwas übel. Er gebärdete sich wie ein Rodeopferd nachdem ich aufgestiegen war. Aber seine Gutmütigkeit ließ mich ihn wie immer überreden. Mein Pferd würde meine Identität nicht verraten, da ich ihn seit unserer Ankunft nicht mehr geritten hatte, sondern immer mit einem unauffälligen Pferd unterwegs gewesen war, während Gordian abwechselnd ihn und sein Pferd bewegt hatte.

Unser Wilfred hatte auf Gordians Geheiß über sein Soldatengewand einen Kapuzenumhang von mir geworfen. So gewandet ritt er so grazil wie möglich zwischen Gordian und mir. Den wenigen Menschen, denen wir begegneten, kam nichts an unserem Äußeren verdächtig vor.

Mit Verlassen des Stadttores wurde mir immer mulmiger zumute. Mir brach langsam der Schweiß aus. Dies würde kein kleiner Überraschungsangriff auf schreckhafte Pferdediebe, sondern ein ausgewachsener Kampf werden. Ich hoffte nur, dass die Studenten alle Wort halten und uns zu Hilfe eilen würden.

Mit wachsender Aufmerksamkeit und Spannung ritten wir in den Wald. Ich fragte mich, warum den Romanhelden nie solche Angstgefühle nachgesagt wurden. Oder war ich nur ein Hasenfuß? Fast war ich soweit, dass ich mir den Überfall sogar herbeisehnte, weil meine Nerven nicht mehr mitmachen würden, als es auch schon losging.

Der Ansturm war so schnell und gewaltig, dass mir die Luft wegblieb. Keuchend zog ich mein Schwert und ging auf Verteidigungsposition, als ich merkte, dass einer der ersten Angreifer es auf Wilfred in meinen Kleidern abgesehen hatte. Dieser hatte einiges zu tun, um seinen Widersacher loszuwerden.

Ich konnte nicht mehr überlegt handeln. Alles ging nur nach Gefühl und Instinkt und ich lobte im Stillen unseren grandiosen Fechtmeister Valentin. Nur seinem Drill verdankte ich, dass ich die erste Minute überlebte, bevor unsere Verstärkung wie ein Gewitter über unsere Widersacher kam.

Die Bande der Angreifer wurde bis auf einen Mann komplett niedergemacht. Weder die Studenten noch wir brauchten Gefangene. Nur einer sollte gegen seinen Herrn aussagen: der dreckige Kerl aus der Taverne. Er wurde quer liegend auf ein Pferd gebunden und sofort von einigen der Studenten zur Stadt zurückgebracht. Nach dem Kampf saß ich total erschöpft auf Arwakrs Rücken und starrte auf das Bild der Verwüstung um mich. Zügel und Schwert hielt ich noch immer krampfhaft umklammert, so dass Arwakr unter mir tänzelte.

Gordian stellte sich neben mein Ross, wand mir Zügel und Waffe aus der Hand und ließ das Schwert von einem unserer Männer säubern. Dann zog er mich vom Pferd. In dem Moment war es vorbei mit meiner Erstarrung und ich fing an zu zittern. Vor Erleichterung, dass niemand aus unserer Gruppe zu Tode gekommen war, begann ich zu weinen. Gordian umarmte mich und vergrub sein Gesicht in meinem inzwischen unbedeckten Haar.

Schon kam Konrad auf uns zugestürzt. „Laura, bist du verletzt?" Verstohlen trocknete ich meine Tränen und wandte mich ihm zu. Dabei schenkte ich ihm ein zaghaftes Lächeln – zu mehr war ich nicht fähig. „Nein Konrad, nicht ernsthaft. Ich denke, mein Körper wird von blauen Flecken übersät sein, aber das wird schon wieder vergehen." Neugierig beäugten mich Konrads näher gekommene Freunde. Er stellte sie uns einzeln vor und diese verbeugten sich artig.

Dann schwellte er stolz die Brust, warf sich in Pose und stellte ihnen Gordian vor und dann mich: „Freunde, dies ist meine frischgebackene Adoptivmutter Laura, die Gräfin vom Altmühltal". Nochmals verbeugten sich alle. Auch ich deutete einen leichten Knicks an. Ich sah aufrichtige Bewunderung in manchen Gesichtern. Bei einigen sah ich Zweifel und Bestürzung bis zur offenen Abneigung. Diese letzte Gruppe sprach Gordian an. „Ihr seid vermutlich der Meinung, eine Frau sollte sich in jeder Beziehung wie eine Frau benehmen. In gewisser Weise habt ihr wohl Recht. Aber ich sehe nicht ein, warum ich meine Frau als leichtes Opfer abschlachten lassen sollte, wenn es zu einem angekündigten Kampf wie diesem kommt.

Ihr wart noch nicht hier, als sie uns zuerst angriffen. Die erste Welle galt unserem tapferen Wilfred, der ihren Mantel trug. Wäre wirklich eine Frau darunter gewesen, hätte sie ein schneller Tod ereilt. Ich will dagegen meine Frau etwas länger behalten. – Ich liebe sie nämlich." Die letzten Worte sprach er voller Zuneigung mehr zu mir als zu den Studenten.

Die Abneigung in der Miene der Angesprochenen nahm sichtlich ab. Der Ausdruck wurde eher nachdenklich. Einer tat seine Meinung kund: „Von eurem Standpunkt aus gesehen ist dies vielleicht richtig. Aber es ist ein äußerst unweibliches Verhalten."

„Natürlich ist es unweiblich. Aber es ist ein guter Schutz. Und ich kann dennoch jederzeit glitzernde Roben anziehen und mich vollkommen wie eine Dame benehmen. Alles zu seiner Zeit.", meinte ich zu ihm.

Wir verabschiedeten uns von unseren Helfern in der Not, nachdem Gordian eine Schilderung der Vorfälle und die Namen unserer tapferen Studententruppe in aller Eile schriftlich festgehalten hatte. Dieses Schriftstück sollte von Konrad beim Richter vorgebracht werden. Alle Beteiligten unterschrieben und Gordian versiegelte es sorgfältig. Selbstverständlich wurden die tapferen Studenten auch für ihre Hilfe entlohnt.

Auf unserer ganzen Heimreise ereilte uns kein tragisches Schicksal mehr. Nur ich fing an zu schwächeln. Es wurde immer wärmer und drückender und mir war oft den ganzen Tag übel von der Hitze. Am besten waren die schattigen Waldwege für mich. Hier konnte ich zwischendurch so richtig aufatmen. Ich wünschte mir sehnlichst ein luftiges T-Shirt und dünne Hosen. Was ich gar nicht verstehen konnte, war, dass noch keiner unserer blechummantelten Begleiter einen Hitzschlag erlitten hatte. Gordian hatte wenigstens sein Kettenhemd schon in den Satteltaschen verstaut. Ich war die einzige, die sich über die drei Regentage dazwischen, an denen es wirklich wie aus Kübeln schüttete, richtiggehend freute.

Die letzten Reisetage waren für mich die Hölle. Ich erbrach mich des Öfteren und hatte ununterbrochen starke Kopfschmerzen. Mir war, als würden wir nie zu Hause ankommen. An diesen Tagen half mir Gordian ständig in den und aus dem Sattel, machte mir Umschläge mit kaltem Quellwasser und „bemutterte" mich aufs Äußerste. Ich war ihm sehr dankbar, als er anordnete, dass wir in der Mittagshitze eine längere Rast einlegen und dafür am Morgen zeitiger losreiten würden.

Wir waren inzwischen im Brachmond, als wir unser Gut erreichten. Ich war noch nie zuvor so glücklich gewesen, wieder nach Hause zu kommen – wo immer dieses sich befand.

Begrüßt wurden wir mit großem Hallo und hausgebranntem Schnaps. Jeder musste den versuchen. Wilfred brachte ihn teilweise in die falsche Kehle. Nachdem er endlich aufgehört hatte zu husten, kommentierte er mit glasigen Augen das starke Getränk: „Davon wird man sicher blind!" Unsere

Soldaten beflügelte diese Bemerkung zu Späßen. Sie tappten mit geschlossenen Augen nach den Mägden, die kreischend das Weite suchten und bekamen Schläge auf die Finger oder den Kopf, wenn sie stattdessen Männer begrabschten.

Die erste Behandlung für meinen geschundenen Körper, die ich mir gönnte, war ein langer, erholsamer Schlaf. Dann ein Sprung in die Altmühl. Ich schwamm immer wieder von einem Ufer ans andere, stieg aus dem Wasser und ging die Strecke, die ich abgetrieben war, flussaufwärts zurück. Dies wiederholte ich mehrmals, bis mich mein Mann aufhielt. „Ich denke, du bist jetzt wieder genügend du selbst, dass du auch mich unterrichten kannst. Letztes Jahr konnte ich leider den allgemeinen Schwimmstunden nicht beiwohnen."

Schon drei Tage später schwamm Gordian neben mir zum anderen Ufer. Flankiert wurden wir von einer ganzen Horde Kinder. Sein Gesicht strahlte. Er hatte durch das Schwimmen eine wunderbare Abwechslung zu seinem harten Alltag gefunden.

Abends trafen sich die meisten der schwer arbeitenden Gutsbewohner am Wasser und schwammen ein wenig zur Entspannung und Übung. Juliana und Martin kamen öfter zu Besuch. Sie hatten auch viel Spaß an der ganzen Sache.

Es wurden sogar Wettkämpfe im Wasser ausgetragen. Der Gewinner eines Wettkampfes durfte dann am nächsten Morgen länger schlafen. Das lohnte sich für manchen Arbeiter und manche Magd. Daher strengten sich alle an. Selbstverständlich schwammen Gordian und ich immer außer Konkurrenz bei solchen Wettkämpfen mit. Das stachelte manchen noch mehr an.

Tage später beobachtete ich einige unserer Kinder, wie sie sich an einem der Zwetschgenbäume gütlich taten. Sie hatten einen Mordsspaß, weswegen ich sie auch nicht tadeln wollte. Außerdem wusste ich, dass sich die Gier rächen würde. Nur wenige Stunden später kämpften dieselben Kinder auch schon um einen Platz im Abort.

Abends dann wurde beim Essen wie zufällig von Anna erwähnt, dass sie die Zwetschgen für die Küche brauche und nur das Fallobst aufgeteilt werden solle. Sie warnte auch noch vor zu eifrigem Genuss des Obstes, da der Platz im Abort begrenzt wäre. Einige Köpfe bei der Jugend gingen während ihrer Rede in geduckte Haltung.

Es kam ein Bote von Rietenburch, genauer gesagt von der Rosenburg. Dieser überbrachte Gordian eine Einladung zu einem großen Jahrmarkt und einem Ritterturnier nach alter Sitte zur Ehre König Ruprechts, das am letzten Samstag des Brachets stattfinden sollte. Das gekrönte Haupt wäre dann auf einer Reise in den Süden und würde mit seinen tapfersten Kämpfern auf der Rosenburg auch eine kurze Zeit verweilen.

Ich hakte mich bei meinem Gatten ein und fragte, ob es sich hier um Schaukämpfe mit stumpfen Waffen oder richtige Kämpfe auf Leben und Tod handeln würde.

Er sah mich abschätzend von der Seite an. „Davon hängt wohl die Entscheidung ab, ob du deinem Gatten deinen Segen geben wirst oder nicht. Sei beruhigt. Außer einer Masse blauer Flecken und dummen Knochenbrüchen ist bei solchen Turnieren schon seit Jahren nichts mehr passiert. Deshalb freue ich mich auch schon darauf."

„Denk du nur nicht, ich würde dich nachher pflegen! Wenn dir etwas zustößt, hänge ich mich an den Hals des ersten gut aussehenden Mannes, der so klug war, da nicht teilzunehmen!"

Diese provozierende Bemerkung veranlasste Gordian zu einem gespielt fürchterlichen Gesichtsausdruck. „Dann lasse ich dir vorher noch einen Keuschheitsgürtel verpassen. Am besten auch noch mit einem Fluch belegt, der jeden Mann, der sich dir nähert, erlahmen lässt." Das brachte mich nun wirklich zum Lachen. „Simsalabim bam borian, dann nehm' ich mir 'nen Hexenmann! Der überlistet flugs den bösen Fluch mit einem großen Zauberspruch."

„Wir sollten versuchen, Máel Pátraic zu bewegen, dieses Fest zu besuchen. Und dich verdonnere ich dazu, einen Text für eines seiner Heldenlieder über den Grafen zu Altmühltal zu schreiben. Außerdem wirst du vor dem König als orientalische Tänzerin erscheinen. Du wirst alles tun, was ich will." Wie ein armer geisteskranker Tyrann stolzierte mein Mann umher.

„Elender Macho!" Ich verschränkte die Arme und klopfte mit einem Fuß auf. „Warte nur, dir werde ich noch eine Hahnenfeder verpassen."

Bis dahin war es noch Spaß von beiden Seiten. Aber meine letzte Bemerkung ließ Gordians Züge erstarren. Ich sah ihm fest in die Augen. „Habe ich einen Grund, dich zum Hahnrei zu machen?" Seine Bestürzung verflog etwas. „Wenn du wirklich so wärest, wie du dir anscheinend manchmal wünschst, dann wärst du mich schon lange los."

Nun konnte er wieder lächeln. Er packte mich um die Taille und tanzte mit mir durch den Hof. „Was sollte ich denn mit einer versklavten Frau, die dann doch bei erster Gelegenheit mit einem Handwerksgesellen über alle Berge verschwindet. Ich werde morgen gleich zu Martin reiten und mir eine neue Robe schneidern lassen und auch wegen einer anderen Sache auf der Rosenburg vorsprechen." „Eitler Geck." lautete mein kurzer Kommentar. Er grinste: „Wirst du deinen modebewussten Gatten begleiten?"

Ich sah zum wolkenlosen Himmel auf. „Zu heiß für die ganze Strecke. Ich werde mit Felix Barbara besuchen. Das ist nicht so weit – und schattiger. Außerdem liebe ich es, Geschenke von dir zu erhalten. Also lass mir auch etwas Passendes nähen. Achte auf die von Tachenstein und Rabenstein. Denen ist nicht zu trauen."

Wir waren also die folgenden zwei Tage getrennt. Mir tat das unwahrscheinlich gut. So sehr ich an dem überaus verständnisvollen Gordian hing, war es dennoch wieder einmal richtig toll, nur zu tun, was ich wollte. Wir (natürlich hatte ich bewaffnete Begleitung) weilten einen Tag in Prunn. Unser Priester, der mich dorthin in Geschäften begleitet hatte, musste abends wieder zurück. Wieder auf dem Gut buk ich für Anna und mich einen Kuchen und wir setzten uns bei Einbruch der Dunkelheit mit einigen Jugendlichen auf die Wiese vor dem Gut, sangen Lieder, erzählten Geschichten und aßen das Gebäck.

Wie immer wurde unsere Gruppe minütlich größer. Von einigen Männern wurde Holz herbeigeschleppt und ein richtig schönes Lagerfeuer gemacht. Rüben wurden darin gebacken. Wie die das ohne Alufolie so hinbrachten, blieb mir ein Rätsel. Ich glaubte allerdings, feuchten Lehm darum zu sehen. Außerdem stellte ich fest, dass mir gebackene Kartoffeln viel besser schmecken.

Den folgenden Tag verbrachte ich beinahe komplett auf dem Rücken meines Pferdes. Ich machte mit Valentin einen schon lange fälligen Ausritt und dann übten wir ein wenig mit der Armbrust. Wir schwatzten den ganzen Tag. Valentin war einer meiner liebsten Freunde geworden, die ich um nichts in der Welt missen wollte.

Am Nachmittag kam Gordian wieder zurück. Er war bestgelaunt und machte ein großes Geheimnis um die Garderobe, die wir bekommen sollten. Ich bat ihn, bereit zu sein, den Abend allein mit mir zu verbringen. Ich werkelte noch einige Zeit in der Küche. Dann packte ich einen Korb, nahm meine karierte Decke aus dem 20. Jahrhundert unter den Arm und versteckte beides an der kleinen Türe zum Fluss.

Später holte ich Gordian. Ohne zu fragen, schleppte er den Korb mit dem Abendessen und ging neben mir her zur Altmühl. Inzwischen dämmerte es schon und es versprach eine sternklare und laue Vollmondnacht zu werden. An einer schönen und geschützten Stelle am Ufer breitete ich meine Decke aus und packte dann darauf die Köstlichkeiten aus dem Korb. Ein Krug des besten Weines durfte natürlich nicht fehlen. Aus Vorsicht hatte ich keine Kerzen mitgenommen. Der Vollmond musste uns Beleuchtung genug sein.

Gordian sah mir zu und schaute mich genau so verliebt wie am Dreikönigstag an. „Ich liebe deine Überraschungen. Seit wann hast du überhaupt so viele Sommersprossen? Die sehen ja richtig süß aus." „Tja, meine Großmutter sagte immer, ein Gesicht ohne Sommersprossen sei wie ein Himmel ohne Sterne. Du hast also einen Sternenhimmel in einer klaren Sommernacht geehelicht."

Er lachte. „Komm, lehn dich an mich." Ein langer Kuss folgte und dann wurde ich regelrecht gefüttert. „Gibt es diese Art im Freien zu speisen etwa in deiner Zeit? Hast du das schon oft nachts mit Männern gemacht?"

Belustigt über seine plötzliche Eifersucht erklärte ich es ihm. „Ich glaube, die Engländer haben dies als erste zu einer Sonntagsbeschäftigung für die gehobene Gesellschaft gemacht. Da wurde mit Kutschen und der ganzen Familie aufs Land gefahren und unter einem lauschigen Baum oder auch an einem sonnigen Fleckchen gespeist. Man nennt es Picknick. Bei einem klassischen englischen Picknick gibt es, soviel ich weiß, geräucherten Lachs (das ist ein besonders schmackhafter Fisch aus dem Norden), Brot, Salat, Erdbeeren mit Sahne, Champagner (eine prickelnde Form des weißen Weins), Obst und Käse. Und damit du beruhigt bist: bisher war ich nur mit mehreren Freunden und Freundinnen bei Sonnenschein picknicken. Was natürlich lange nicht so romantisch war."

Wir genossen diese traute Zweisamkeit. Dabei hörten wir nur das sanfte Gurgeln des Flusses und zuweilen ein leises Froschquaken. „Ich könnte immer am Wasser sitzen und horchen", sagte Gordian eine ganze Weile, nachdem wir mit dem Essen fertig waren und nur noch Mond und Sterne unsere aneinander gekuschelten Silhouetten beleuchteten.

„Viel lieber würde ich jetzt im Wasser sitzen, umschlungen von deinem nackten Körper." Dabei stand ich auf und streifte mein Gewand ab, unter dem ich bei diesen Temperaturen sowieso nichts trug und ging bis zu den Knien ins Wasser. Von dort aus lockte ich Gordian, zu mir zu kommen. Ich tauchte kurz unter und stellte mich an einer etwas tieferen Stelle wieder hin.

In Windeseile stand auch mein Liebster unbekleidet am Ufer und sah bewundernd zu mir herunter. „Du siehst aus wie eine Wassernymphe. Deine nasse Haut glitzert im Mondlicht wie Diamanten. Und wenn du nun eine Nixe bist, die mich betören will, um mich heute Nacht zu ertränken, so folge ich voll Liebe deinem überirdischen Ruf und werde es niemals bereuen." Damit kam er auf mich zu und liebkoste meinen nassen Körper.

Wir tummelten uns lange Zeit im Wasser. Irgendwann wurde es uns aber zu kalt und wir bekamen wieder Hunger. Auf der Decke ausgestreckt wurde diesmal Gordian von mir gefüttert. Seine Hände waren währenddessen ständig damit beschäftigt, meine Brüste zu erforschen. „So eine wundervolle Erfahrung habe ich noch nie gemacht. Niemand außer dir wäre auf die Idee gekommen, des Nachts ein Picknick am Fluss zu veranstalten."

„Vielleicht hatte bis jetzt noch niemand den Einfall. Aber da nun fast alle auf dem Gut schwimmen können, könnten die Frösche hier demnächst öfter nächtliche Gesellschaft bekommen." Das Gesicht in meinem Busen vergraben murmelte Gordian: „Darum müssen wir es genießen, solange es geht. Ab heute jede Nacht." „Unersättlich bist du aber gar nicht", konnte ich gerade noch lachend hervorbringen, bevor mein Mund von seinen Küssen bedeckt wurde.

Kaum hatten wir uns wieder aufgewärmt, scheuchte mich Gordian erneut ins Wasser. Ich zog ihm die Beine weg und tauchte ihn unter. Seine Rache war fürchterlich! Triefend nass und bibbernd vor Kälte suchte ich schließlich das Weite. Allerdings war mein Mann immer noch schneller als ich, obwohl ich inzwischen einigermaßen trainiert war. Er fing mich ein und rubbelte mich mit den Händen wieder warm.

Die folgenden Nächte verbrachten wir fast komplett am und im Wasser der Altmühl. Wir schafften es tatsächlich, unsere Unternehmungen geheim zu halten. Juliana schrieb ich allerdings von unseren nächtlichen Liebesabenteuern. Sie würde gewiss einen Weg finden, auch Martin zu einem ähnlichen Ausflug zu locken. Ich war mir sicher, dass es auch ihnen gefallen würde.

Der Tag des Turniers rückte näher. In der Woche vorher eröffnete mir Gordian, dass wir schon am Mittwoch losreiten würden. Der Herr von Haescenakker hatte zur Bockjagd geladen und diese wäre von Donnerstag auf Freitag vor dem großen Fest mit Start auf der Rosenburg.[20]

Es war eine lustige Gesellschaft, die sich an dem etwas windigen Tag auf dem Schloss traf. Die Hundemeute war schon fast nicht mehr zu bändigen bis es endlich losging. Diesmal waren mehrere Damen anwesend. Einige davon waren wie ich mit einer Armbrust ausgestattet.

Die Gegend war einfach herrlich: große Wälder, Hügel, Felsen, lange Felder und Wiesen. Einfach alles dabei. Und das Wetter war wie für mich bestellt. Ich war bestgelaunt und trällerte immer wieder mal ein Liedchen. Natürlich fiel mir auch wieder ein passendes Stück aus einer Oper ein. Nein, nicht aus dem

---

20) *Das Schloss Haescenakker (heute Hexenagger) wurde erstmals 982 im Zusammenhang mit dem Schlossherrn Dietricus urkundlich erwähnt. Im 30-jährigen Krieg wurde die Anlage durch die Schweden zerstört und danach von Erhart von Muggenthal auf den alten Mauerresten wieder aufgebaut. Es ist auch heute noch in privater Hand. Jährlich finden Ritterspiele, ein Weihnachtsmarkt und andere Events dort statt.*

Waffenschmied. Diesmal war es „Der Freischütz" von Carl Maria von Weber, der das ideale Lied zur Situation beisteuern konnte:

Was gleicht wohl auf Erden dem Jägervergnügen?
Wem sprudeln die Bäche des Lebens so reich?
Beim Klange der Hörner im Grünen zu liegen,
Den Hirsch zu verfolgen durch Dickicht und Teich,
Ist fürstliche Freude, ist männlich Verlangen,
Erstarket die Glieder und würzet das Mahl.
Wenn Wälder und Felsen uns hallend umfangen
Tönt freier und freud'ger der volle Pokal!
Jo, ho! Tralalalala!
Diana ist kundig, die Nacht zu erhellen,
Wie labend am Tage ihr Dunkel uns kühlt.
Den blutigen Wolf und den Eber zu fällen,
Der gierig die grünenden Saaten durchwühlt,
Ist fürstliche Freude, ist männlich Verlangen,
Erstarket die Glieder und würzet das Mahl.
Wenn Wälder und Felsen uns hallend umfangen
Tönt freier und freud'ger der volle Pokal!
Jo, ho! Tralalalala![21]

Da es sich hier um ein sehr abwechslungsreiches und hügeliges Gelände handelte, konnten keine Wagen mitgeführt werden. Alles Wild, das auf der Hatz erlegt wurde, wurde auf Esel geladen, die eigens dafür abgerichtet waren. Pferde und Esel riechen äußerst ungern Blut und führen sich auch meist dementsprechend auf, wenn blutendes Wild mit ihnen transportiert wird. Daher wurden speziell ausgebildete Tiere mitgeführt.

Abends wurden fern vom Schloss Zelte aufgebaut und Feuer angefacht. Es gab frisch gegrilltes Wild mit köstlichem Brot und Bier. Die ganze Gesellschaft war noch genauso fröhlich und ausgelassen wie am frühen Morgen. Es wurde gesungen und Geschichten wurden erzählt. Das meiste war natürlich Jägerlatein, aber das störte keinen in der Runde. An Gordians Seite fühlte ich mich hier pudelwohl. Ich fand es nur etwas schade, dass uns diesmal kein Konrad begleitete. Wobei Wilfred sich wirklich prima machte.

---

21) Aus der romantischen Oper „Der Freischütz" von Carl Maria von Weber. Text von Johann Friedrich Kind

Er erledigte schon einen kleinen Teil von Gordians Korrespondenz in Sachen Pferdezucht und -Verkauf und war stolz auf seine Aufgaben. Aber vor allem auf seinen Herren, den er förmlich anhimmelte und dessen Klugheit und Freundlichkeit er überall anpries, bis ich ihm diese öffentliche Schwärmerei untersagte. Neider hatten wir ohnehin genug.

Der Freitag verlief auch erfolgreich. Es wurde nicht arg viel erlegt an Wild. Aber diesmal war die Jagd ja auch nicht vorrangig zur Vorratsbeschaffung sondern eher als gesellschaftliches Ereignis gedacht. Sogar ein Wolf wurde nach Haescenakker gebracht. Der allerdings nur, weil er humpelte und somit den Anschluss an sein Rudel verpasst hatte. Es hatte auch zwei Jagdunfälle gegeben. Beide Männer waren tot. Ich hatte dabei den Verdacht, dass es bei einem nur Mord gewesen sein konnte. Aber Gordian verbot mir eine Einmischung. Was vermutlich nur vernünftig war. Schließlich befanden wir uns ja im Mittelalter, wenn auch nicht mehr ganz im finstersten.

Am Samstag wurden wir schon bei Tagesanbruch von Fanfaren geweckt. Ein bunter Zug schlängelte sich kurze Zeit darauf von Haescenakker zurück zur Rosenburg, um die Ritterspiele zu erleben. Mittags sollte das Spektakel beginnen. Die Tribünen füllten sich bei unserer Ankunft zusehends. Das Volk von Rietenburch und der ganzen Umgebung stand schon dicht gedrängt hinter den Absperrungen.[22]

Ich hatte einen Platz auf der Tribüne der Frauen. Vor dem Turnier hatte ich meinen Schatz mit einem Pfand meiner Liebe ausgestattet, das nun fröhlich an seinem Schwertarm flatterte. Es war dies ein rot / silberner Seidenschal aus Albons Beständen.

---

22) *Die Rosenburg wurde im hohen Mittelalter von den Pabonen gebaut, die die Ämter von Regensburger Burggrafen und noch allerlei andere inne hatten. Nach deren Aussterben ging ihr Besitz gegen Ende des 12. Jahrhunderts auf Herzog Ludwig I. über, der in Riedenburg ein herzogliches Amt gründete.*
Zu dieser Zeit standen auf dem Berg über Riedenburg drei Burgen: Burg Rabenstein oder Rabenfels, die vermutlich älteste Anlage, war der größeren Hauptburg, Riedenburg oder Rosenburg, vorgelagert. Die Bergnase gegenüber wurde von Tachenstein oder Dachenstein eingenommen. Alle drei Burgen waren durch Mauern einbezogen in das Befestigungssystem der Ortschaft Riedenburg. Um 1400 gehörte die gesamte Anlage den Grafen von Abensberg.
Burg Tachenstein wurde schon im 16. Jahrhundert als fast verfallene Burg beschrieben. Von deren Ende weiß man heute nicht mehr viel.
Rabenstein wurde vermutlich während der Bauernunruhen zerstört, bei denen auch die Rosenburg in Mitleidenschaft gezogen wurde. Die Rosenburg wurde jedoch wiederhergestellt, während Rabenstein verfiel. Im Dreißigjährigen Krieg wurde Riedenburg wiederholt geplündert und von Bränden heimgesucht. Jedoch wurden die Zerstörungen immer wieder beseitigt. Heute ist nur noch die Rosenburg zu besichtigen mit ihrem Falknereimuseum und dem Jagdfalkenhof.

Da nur mit stumpfen Waffen gekämpft werden sollte, sah die gesamte Ritterschaft, die nun stolz am König vorbei salutierte, sehr befremdlich aus. Jede Lanze hatte statt der scharfen Spitze am Ende ein sogenanntes Krönchen sitzen und die Schwerter waren aus Holz. Denen ähnlich, die man heute auf jedem Volksfest an der Spielzeugbude erwerben kann. Ich amüsierte mich also von Anfang an köstlich.

Natürlich hatte ich auch während der Turniertage wieder eine recht skandalöse Idee, die ich bald in die Tat umsetzte. Zum Glück bis zum Ende (fast) unerkannt. Es gab am Sonntag Schwertkämpfe Mann gegen Mann, an denen jeder, der den Mut dazu hatte, versuchen konnte, sich gegen einen Ritter oder Knappen zu behaupten.

Ich lieh mir also ein Lederwams aus Gordians Kiste aus, setzte mir einen verbeulten Helm auf und trat gegen Wilfred an, den ich glatt in einem unbedachten Moment in den Sand setzte. Plötzlich richtete sich eine mir wohlbekannte Gestalt in voller Größe vor mir auf und zischte mich äußerst unerfreulich an. „Dich kann man keine fünf Minuten alleine lassen! Sieh zu, dass du hier verschwindest, oder ich prügle dich öffentlich windelweich! Und lass es den Jungen ja nie erfahren", fauchte er mir ins Ohr. Darauf trollte ich mich schnellstens vom Platz des Geschehens und hatte noch Stunden danach ein verdammt schlechtes Gewissen.

An diesem Abend strafte mich mein geliebter Gatte mit konsequenter Nichtbeachtung meiner Person. Er war zu jedermann freundlich und scherzte hier und lachte dort. Aber ich war Luft für ihn. Er ließ mich nicht einmal an sich heran, um mich zu entschuldigen. Also verließ ich bedrückt das Fest. Nicht ohne vorher von dem angebotenen Wein getrunken zu haben. Aber der war mir zu scheußlich, um mich damit zu betrinken. Also legte ich mich einsam und verlassen in unser Zelt. Na ja, nicht ganz verlassen. Wilfred war im Nachbarzelt und Felix war natürlich auch da. Erst in der zweiten Hälfte der Nacht kam Gordian ziemlich betrunken unter die Decke. Er war noch immer auf mich böse. Das erkannte ich an einer Rohheit, die ich an ihm noch nie erlebt hatte. Er war erregt und wollte mich. Soweit hatte ich ja auch nichts dagegen. Aber er war so grob, dass er mir überall blaue Flecken verpasste. Irgendwann bekam ich Angst vor ihm und wir hatten einen regelrechten Kampf mit Beißen und Kratzen und so weiter. Dabei sprach Gordian noch immer kein Wort mit mir.

Felix saß vor uns und jaulte, weil er nicht wusste, wem er nun helfen sollte. Er knurrte schließlich Gordian feindselig an, konnte sich jedoch nicht dazu entschließen, anzugreifen. Da ich der Kraft meines Gatten nicht viel entgegenzusetzen hatte, unterlag ich schließlich kläglich und ließ ihn mit mir machen was er wollte. Als Gordian endlich schlief, stand ich auf und setzte mich in einen Umhang gehüllt vors Zelt.

Es dauerte nicht lange und schon hatte ich Gesellschaft. „Herrin, kann ich Euch helfen?" Wilfred sah mir aus traurig-feuchten Augen in mein verweintes Gesicht. Er hatte einen Blick, wie ihn manchmal Felix hatte, der sich auch schon neben mich gekuschelt und seine Schnauze unter meine Hand geschoben hatte. „Nein Wilfred, danke dir. Das habe ich mir wohl selbst zuzuschreiben. Ich habe meinen Mann heute sehr verärgert. Vermutlich hat er deshalb so viel getrunken. Es wird sicher wieder gut."

Er setzte sich trotzdem neben mich und versuchte mich zu trösten und zu beschützen. „Er regt sich auf, weil Ihr mich heute Nachmittag geschlagen habt im Kampf, oder? Ich habe Euch erkannt. Aber das macht mir nichts aus, dass Ihr mich in den Dreck geschleudert habt, denn ich hätte nur besser Acht geben müssen." Er war ein so lieber Kerl. Ich nahm sein Gesicht zwischen die Hände und sah ihm in die Augen. „Danke." Dann gab ich ihm einen mütterlichen Kuss auf die Stirn. Nach einiger Zeit des Schweigens schickte ich ihn wieder in sein Zelt zurück. Wenigstens er sollte ausgeschlafen sein.

Als es mir draußen zu kalt wurde, zog ich mich an und rollte mich neben Felix auf dem Boden neben der Bettstatt zusammen. Am Morgen war dann Wilfred schon unterwegs, um uns Frühstück zu besorgen, als Gordian endlich mit einem Brummschädel erwachte. Er brauchte einige Zeit, um sich zu orientieren. Dann sah er mich an. Wortlos stand ich auf, warf ihm einen kalten Blick zu und ging zum Ausgang.

„Warte, bitte." Er presste die Worte durch die Zähne. Ich drehte mich erwartungsvoll zu ihm um. Er hatte sich sein Wams schnell übergeworfen und kam mit zerknirschter Miene auf mich zu. Vor mir ließ er sich auf die Knie fallen und fasste meine Hände. „Ich habe dich gedemütigt. Es tut mir Leid; ich war wie rasend vor

Ärger gestern Abend. Und da trank ich viel zuviel. Kannst du mir verzeihen? Ich schwöre dir, es wird nie wieder geschehen." Er atmete schwer und sah dann mit treuen Augen zu mir auf.

Ich zog ihn zu mir hoch. „Wir haben beide gestern fürchterlichen Mist gebaut. Ich denke, wir sollten es beide nicht vergessen, aber verzeihen." Als Wilfred das Zelt betrat und uns in inniger Umarmung stehen sah, blickte er mich fragend an. „Alles in Ordnung, Kleiner." Er strahlte uns an wie ein Honigkuchenpferd und Gordian Gesicht wurde vor Scham krebsrot. Diesen Aspekt hatte er noch gar nicht bedacht.

Zerknirscht ließ er mich los, legte seinem Knappen einen Arm um die Schulter und manövrierte ihn zu einem Gespräch nach draußen. Felix' Pfote berührte mich am Arm. „Jetzt wird er dem Kleinen sicher erzählen, wie gefährlich Alkohol ist. Hoffentlich bekommt dessen Hochachtung vor Gordian keinen zu großen Knacks." Ich kniete mich nieder und liebkoste den treuen Hund. „Es war schon gut, dass du heute Nacht nicht eingegriffen hast, mein Freund."

Als wieder intakte „Familie" zogen wir von Rietenburch ab. Und das nächste Abenteuer wartete bereits auf uns.

Kaum waren wir wieder in der geschäftigen Umgebung des Gutes angekommen, als Gordian wieder in Geschäften für den Herzog abberufen wurde. Diesmal sollte er zuerst mit dem Abt von Weltenburg und dann mit dem Bischof von Freising Kontakt aufnehmen. Dies wollte ich mir auf keinen Fall entgehen lassen.

Unser Aufbruch konnte allerdings erst einige Tage später als geplant erfolgen, da uns wolkenbruchartige Niederschläge heimsuchten und die Wege in wahre Schlammpisten verwandelten. Auch die Altmühl überflutete das Gelände in Ufernähe. Wir warteten also so lange, bis der Boden wieder zehn Schritte weit ohne auszurutschen begehbar war. Inzwischen war auch der Heumond schon angebrochen.

Wir legten das Regiment wiederum in die Hände des treuen Valentin und verabschiedeten uns in Begleitung Martins mit einer Fuhre Stoffe wenige Tage später Richtung Süden. Juliana blieb zu Hause, da sie guter Hoffnung war und die Strapazen einer Reise nicht auf sich nehmen sollte in ihrem Zustand.

In Kelheim warteten Kammern für die Übernachtung auf uns. Außerdem standen ein Wagen mit Wein und einer mit Tuch beladen bereit, da uns Albon begleiten wollte. Alines Nennvater hatte einen richtig guten Wein, der am heutigen Gronsdorfer Hang wuchs und sich trinken ließ, ohne anschließende Kopfschmerzen. Natürlich entschied Aline bei meinem Anblick sofort, dass sie auch mit müsse. „Du als einzige Frau allein auf weiter Flur. Das kann ich nicht zulassen. Ich lasse dich doch nicht alle Abenteuer alleine erleben!" Natürlich hatte ich meine Zofe Tethilt mit mir. Aber dieses allzu ruhige und junge Wesen war keine gute Gesprächspartnerin.

Schon ganz früh am Morgen polterten die Wagen nach Weltenburg. Es war eine äußerst anstrengende Wegstrecke für die Gespanne, da es über einen Berg ging. Daher schafften wir die Strecke beinahe nicht einmal an einem Tag. Reiter hätten Weltenburg innerhalb weniger Stunden erreicht, aber wir wollten ja auch die Begleitung von Martin und Albon, deren Beisein immer zu angenehmen Gesprächen anregte. Also kamen wir erst am Nachmittag an. Die Gespanne waren völlig erschöpft von der Überwindung des Berges mit der schweren Ladung. [23]

Als wir ankamen, war ich das erste Mal, seit ich meinen unbeabsichtigten Zeitsprung hinter mich gebracht hatte, richtig bestürzt. Weltenburg war für mich immer schon ein schönes Ausflugziel mit einem Biergarten bei der ältesten Klosterbrauerei der Welt (seit 1058). Zwar im Sommer immer von Touristen aller Art überlaufen, aber doch ein schönes Plätzchen mit einer viel bestaunten Asam-Kirche. Nun sah ich

---

23) *Weltenburg liegt an einer Donauschleife knapp vor dem „Donaudurchbruch", der die Donau durch hohe Felsen nach der Stadt Kelheim führt, die am anderen Ufer liegt. Das Kloster Weltenburg, eines der Urklöster Bayerns, wurde um 620 als Missionsstation gebaut und steht auf einer Schotterterrasse unterhalb des Frauenbergs. Hier sind sogar jetzt noch die Überreste eines kleinen römischen Kastells zu sehen.*
Das arme Kloster wurde im Laufe der Jahrhunderte oft durch Hochwasserschäden und Plünderungen in Mitleidenschaft gezogen. Zu Anfang wurden die Benediktiner von Herzog Tassilo gefördert, dann wurde das Kloster um 788 fränkisches Reichskloster und 932 Eigenkloster des Bischofs von Regensburg. Zwischen 1716 und 1750 entstand in der Anlage die noch heute als hervorragende Schöpfung des bayerischen Barock gefeierte erste gemeinsame Arbeit der Brüder Cosmas Damian und Egid Quirin Asam, die Klosterkirche St. Georg und St. Martin.
Auf dem Frauenberg direkt oberhalb der Klosterkirche wurde in der ersten Hälfte des 14. Jahrhunderts die Wallfahrtskirche Unserer Lieben Frau als doppelgeschossige Kapelle erbaut. Die obere Hälfte stammt allerdings aus dem 18. Jahrhundert.

nicht mehr vor mir als eine kleine und heruntergekommene Anlage, die noch deutliche Spuren von der Katastrophe des letzten Hochwassers zeigte. Es standen einige etwas windschiefe Bauten da und viele Bretterbuden. Aus der kleinen Kirche fegte ein Benediktiner gerade mühevoll mit Wasser voll gesogene Äste und Donauwasser. Seine schwarze Kutte war über und über mit braunem Schlamm bespritzt.

Wir wurden trotz alledem sehr freundlich aufgenommen und bewirtet. Ich muss jedoch sagen, dass das Bier bei weitem der beste Teil der Mahlzeit war. Daher trank ich mehr als ich aß. Was natürlich Folgen hatte. Allerdings bemerkte dies glücklicherweise niemand bei dem allgemeinen Palaver.

Ich hielt mich wirklich gut, bis ich mit Gordian spätabends unsere Kammer betrat. Da dachte ich nicht mehr lange an Dinge wie Zähne säubern, waschen oder gar ausziehen. Als ich auf dem Bett saß, quälte ich mich nur noch aus meinen Schuhen und ließ mich dann sogleich ächzend zurückfallen in das Kissen oder was immer sich da unter meinem Kopf befand.

Besorgt beugte sich Gordian über mich. „Ist dir nicht gut, Laura? Was ist mit dir?" „Na, ich bin einfach betrunken und jetzt lass mich bitte bis morgen in Ruhe." Gelächter flatterte durch den Raum wie ein Schmetterling und prallte an den Wänden ab. „Dass ich das noch erleben darf. Endlich hat meine Frau auch ein Getränk gefunden, bei dem sie keine Grenzen kennt. Und ich dachte schon, du wärst über alles erhaben." Noch immer lachend legte er sich neben mich und gab mir einen liebevollen Kuss auf die Wange. Und dann ließ er mich wirklich in Ruhe.

Der nächste Tag war zum Glück kein Sonntag und somit war für uns keine Gottesdienstpflicht. Das hätte unseren Zeitplan ziemlich durcheinander gebracht. Ich wanderte während der Unterredung unserer Herren mit dem Abt und einigen eigens angereisten Regensburger Würdenträgern (nicht gerade die wichtigsten) mit Aline auf das Frauenbergl hinauf und betrachtete das Kirchlein und die schöne Aussicht auf ein Teilstück der Donau. Ich führte sie auch zu den Resten des Römerkastells dort droben. Es ist wirklich winzig. Man kann sich kaum vorstellen, dass bei einem Ansturm die Männer hinter den Mauern vielleicht sogar mehrere Tage bis Wochen aushalten mussten, bevor sie sich wieder hinaustrauen konnten. Aline, immer praktisch veranlagt, hatte natürlich einen Humpen Bier mit hinaufgeschleppt, mit dessen Inhalt ich nun meinen Rausch vom Vorabend aufwärmen konnte. Was ich auch ohne Skrupel tat.

Gut gelaunt lagen wir im hohen Gras und schwatzten über unsere Männer. Aline und Albon hatten ja auch vor kurzem geheiratet. Wenn wir uns nicht so lange in Heidelberch aufgehalten hätten, wären wir mit Sicherheit dabei gewesen.

Als wir langsam Hunger bekamen, wanderten wir auf der anderen Seite des Hügels ins Dorf und suchten uns eine Schenke. Dort bekamen wir frisches Brot und Geselchtes für unser Geld. Wieder auf dem Weg zum Kloster kam uns eine schmucke Dirn mit einem Handkarren entgegen. Sie hatte ein keckes Häubchen auf und machte Tanzschritte während sie die frischen Donaufische vor sich her schob. In dem Moment erinnerte ich mich an den Text eines irischen Liedes und fing an, es vor mich hin zu trällern.

In Dublins fair city
where the girls are so pretty
I first set my eyes on sweet Molly Malone.
She wheeled her wheelbarrow
through street broad and narrow
crying cockles and mussels,
alive alive oh

Alive alive oh, alive alive oh
crying cockles and mussels, alive alive oh

She was a fishmonger
but sure twas no wonder
for so were her father and mother before.
And they both wheeled their barrow
through streets broad and narrow
crying cockles and mussels,
alive alive oh.

Alive alive oh, alive alive oh
crying cockles and mussels, alive alive oh

She died of a fever
and no one could save her
and that was the end of sweet Molly Malone.

But her ghost wheels her barrow
through streets broad and narrow
crying cockles and mussels,
alive alive oh.

Alive alive oh, alive alive oh
crying cockles and mussels, alive alive oh

Aline sah mich an, als würde sie einen Geist vor sich haben. „Was ist das für eine Sprache?" Ich hatte gar nicht an die Konsequenzen gedacht. „Na ja, das soll ein Lied über ein hübsches Mädchen sein, das Fische zum Markt fährt und sie immer lauthals anpreist. Dann stirbt sie an einem Fieber, aber ihr Geist nimmt weiterhin denselben Weg und preist die frische Ware an. Das hat mir einmal ein fremder Soldat beigebracht. Die Sprache selbst verstehe ich auch nicht. Ich glaube, das ist ein britannischer Dialekt. Mir hat die Melodie so gut gefallen, dass ich mir das Lied gemerkt habe."

Ich sollte in Zukunft etwas vorsichtiger sein. „Weißt du eigentlich, welchen Weg wir nehmen werden, wenn die Verhandlungen unserer Männer beendet sind? Mir wäre es direkt an der Donau entlang am Liebsten."

Aline konnte meine Frage nicht beantworten, aber sie stimmte mir zu. „Mit den Wägen den Hang hinauf und drüben wieder runter. Und wer weiß, wie hügelig die Umgebung noch ist. Da bin ich nicht erbaut, das zu erforschen."

„Stimmt, das Gelände hier ist bis nach Newstadt ziemlich hügelig. Das erzählte mir gestern einer der Klosterbrüder." Verdammt, beinahe wäre ich wieder in meine eigene Falle getappt. Aber ich bin nun mal hier in der Gegend so oft mit dem Auto und per Fahrrad oder auch per Pferd herumgekurvt, dass ich das Gelände einfach wie meine Westentasche kannte.

„Komm, wir machen einen kleinen Ausritt an der Donau entlang, bevor wir hier den Leuten mit unserer Untätigkeit auf die Nerven gehen."

Doch dieser Zustand der Untätigkeit wurde im Kloster jäh beendet. Bei unserer Ankunft wuselten die Brüder wie verschreckte Hühner über den Hof. Aline hielt einen an und fragte, warum sie so aufgeregt seien. Noch im Vorbeilaufen rief er über die Schulter „Unser Bischof kommt heute und nichts ist vorbereitet."

Der Abt stand derweilen totenbleich neben meinem gestikulierenden Mann, den die Situation sichtlich belustigte. Gordian schielte zu uns, kam dann näher und fragte mit süffisantem Grinsen. „Wo kommt ihr geschwätzigen Hühner jetzt her? Ihr habt die Ankunft eines Boten verpasst, der den Besuch des Bischofs ankündigte. In ein paar Stunden wird die Reisegruppe eintreffen. Unser hochwürdigster Herr Abt steht vor einem Problem. Sein Koch ist erkrankt und die Häuser sind nach dem Hochwasser noch in einem teils verheerenden Zustand." Meine Antwort war wie immer impulsiv, „Aha, jetzt ist mir auch klar, warum gestern das Beste am Mahl das Bier war. Der Braumeister ist wohl noch wohlauf." Lauter sagte ich dann: „Man muss nur dem Bischof genügend Trinkbares vorsetzen, dann wird dieser sicher auch guter Laune sein."

„Spottet nicht, liebe Frau Gräfin. Ich bin wirklich in Schwierigkeiten. Unser Bischof ist bekannt als Feinschmecker und ich habe hier nichts als Getreide, Rüben, Fische und die gerade gepflückten Waldbeeren. Das kann jedoch keiner von uns für die Tafel eines Bischofs zubereiten." Er machte dabei ein Gesicht wie ein armer Büßer und nicht wie der Vorstand einer Klostergemeinschaft.

Aline sah mich an und lächelte dann den alten Herren verführerisch an. Doch bevor sie etwas sagen konnte, meinte Gordian. „Wisst ihr, hochwürdigster Abt, wir könnten eurer Gemeinschaft schon helfen. Dazu solltet ihr uns aber für die nächsten Stunden zahlreiche Helfer zur Verfügung stellen. Ich bin mir sicher, dass die Gräfin dem Bischof ein würdiges Mahl bereiten wird mit der willigen Hilfe einiger Bewohner dieses Klosters, während unsere tüchtige Aline sich mit einem anderen Teil um die Räume für den Bischof kümmert. Ich werde mit meinen Leuten die Außenanlagen säubern."

Die Stirnfalten des Mannes wurden immer tiefer. „Ich weiß nicht. Hier war noch nie etwas unter der Herrschaft von Frauen."

Gordian sah sich um. „Das erkennt man auch sofort. Meine Leute haben kein Problem damit, in der Ortschaft ihr Essen zu kaufen. Was ihr mit dem Bischof macht, ist eure Sache." Mit diesen Worten trat Gordian an meine Seite und entfernte sich in meiner Begleitung ein paar Schritte.

„Edle Damen!" rief der Abt nun in höchster Verzweiflung. Wir drehten uns zu dem Hände ringenden Kirchenmann um und ich musste mir ein Lachen verkneifen. Er sah zu verstört und niedergeschlagen aus. „Bitte, helft unserer Gemeinschaft. Ich rufe sofort Brüder und Knechte zusammen. Sie sollen von euch die Anweisungen erhalten."

Es folgten mehrere Stunden wirklich harter Arbeit, bei der jeder Hand anlegen musste. Sogar der Abt wurde angewiesen, sich um das Kirchlein zu kümmern. In den Gästeräumen spurten die Brüder unter Alines Regiment wie bei der Bundeswehr und mir folgten einige Knechte und Mägde in die Küche. Diese musste zuerst gereinigt werden, bevor ich überhaupt beginnen konnte, etwas Essbares auf der Anrichte auszubreiten.

Dem Boten, der nach der Überbringung der Botschaft den Bischof anscheinend schon auf ziemlich katastrophale Zustände vorbereitet hatte, fiel das Gesicht herunter, als er einen sauberen Hof und gefegte Stufen vor sich sah.

Der Abt hatte sich wie alle anderen auch umgezogen. Er stand nun da und begrüßte den hohen Würdenträger. „Seid willkommen in unserem bescheidenen Heim, Exzellenz."

Der untersetzte, fettleibige Gottesdiener ließ sich ächzend aus dem Sattel seines schmucken Zelters helfen und begrüßte seinerseits die Ordensbrüder. Während er sich noch auf dem frisch gefegten Anwesen herumführen ließ, verschwanden Aline und ich in der Küche und legten letzte Hand an das Festmahl. Fisch in verschiedenen Variationen, Hirsefladen und Sahnefrüchte.

Ich dekorierte am Ende noch die Teller für die hohen Gäste besonders kunstvoll. Die anderen bekamen nur große Platten oder Schüsseln mit den Speisen auf den Tisch und mussten sich selbst bedienen.

Kaum waren wir fertig, schon rissen wir uns unsere provisorischen Schürzen vom Leib und traten grazil in den Festsaal. Wir verbeugten uns artig vor der fettwanstigen Exzellenz und begaben uns betont weiblich zu unseren Plätzen neben unseren Männern. Den ganzen Abend spielten wir ein gutes Theater. Unsere Männer lobten die Köche des Hauses und auch die Ordensbrüder waren angetan von der Abwechslung zur Schleimsuppe, die sonst meist ihr karges Leben begleitete.

Als der Bischof zur Ruhe ging, bat uns der Abt, noch so lange wie der hohe Herr zu verweilen und bis zu dessen Abreise für die Bewohner des Klosters und deren Gäste zu kochen. „Ich kann euch leider nur Gottes Lohn anbieten. Ihr habt sicher selbst schon bemerkt, dass unsere kleine Gemeinschaft nicht reich ist. Wir können nur für euch beten." Wir hatten über das Thema schon verhandelt. So antwortete Gordian für unsere Gemeinschaft. „Wir helfen euch gerne, wenn ihr uns auch in Zukunft in eure Gebete einschließt." Der Abt war sichtlich erleichtert und lächelte zum ersten Mal seit unserer Ankunft. Er sähe gar nicht so schlecht aus, wenn er nicht immer einen so verkniffenen Ausdruck im Gesicht hätte, dachte ich mir.

Nach zwei weiteren Tagen in Weltenburg reiste der Bischof endlich wieder ab. Keine Stunde später verabschiedeten auch wir uns von den Brüdern. Ein paar, die uns in der Küche zur Hand gegangen waren, äußerten ihr Bedauern über unsere Abreise. Wir hatten uns nach Anfangsschwierigkeiten gut verstanden und ein paar Herren der Schöpfung revidierten ihre willkürlich vorgefasste Meinung über die Fertigkeiten von Frauen gründlich.

Am späten Nachmittag kamen wir in Newstadt, damals noch Oberbayern, an und betraten die Stadt, die von einer etwa 6,50 Meter hohen Stadtmauer umgeben war, durch das Donautor.[24]

---

24) „Säligenstadt" wurde am 11. Mai 1273 von Herzog Ludwig II., dem Strengen, die Stadtrechte verliehen. Die Siedlung war vermutlich ursprünglich wegen ihrer günstigen Lage gegründet worden. Sie liegt an der Donau und direkt an der Handelsstraße von Ingolstadt nach Regensburg. Man konnte also den Wasser- wie auch den Landweg kontrollieren. In den Anfangsjahren der Stadt gab es schon eine Zollstätte. Durch den Bau der Stadt auf einer Bodenerhebung musste sie keine Hochwasserfluten von der Donau befürchten wie Regensburg oder Passau. Jedoch wurde das Umland und somit der Feldertrag bei jeder Überflutung in Mitleidenschaft gezogen.
Die Erhebung zur Stadt könnte eventuell auch militärische Gründe gehabt haben. Durch die Teilung des Herzogtums fiel Seligenstadt an Herzog Ludwig II. und lag somit in Oberbayern. Kelheim lag in Niederbayern und gehörte zum Machtgebiet seines Bruders Herzog Heinrich, mit dem er sich nicht besonders verstand. Die Herren von Abensberg hatten eine eigene kleine Herrschaft aufgebaut. Sie regierten unabhängig von den Wittelsbachern, damit war Abensberg zu Bayern sozusagen Ausland. Neustadt an der Donau (der Name Seligenstadt konnte sich nur etwa 25 Jahre lang halten) hat eine landesweite Besonderheit: Es hat die älteste noch erhaltene Stadtrechts-Urkunde Bayerns. Allerdings auch nicht mehr im Original, sondern eine Kopie von 1587, die wiederum eine Kopie von 1437 ist, durch die Herzog Albrecht III. das Stadtrecht bestätigte.

Auch hier musste das kürzlich stattgefundene Hochwasser verdaut werden. Allerdings nicht in der etwas erhöht gelegenen Stadt selbst, sondern bei vielen der Felder, die unter Wasser waren. Die Bauern bangten wie jedes Jahr um ihre Ernte. Wegen des hohen Flusspegels gewann eine alte Sage von einem in den Wassermassen verschwundenen Schloss bei Wöhr (zwischen dem heutigen Neustadt an der Donau und dem Fluss) wieder an Aktualität.

Wir nahmen uns Zimmer in einer Gastwirtschaft, verbrachten dort einen geruhsamen Abend und hofften auf eine ebenso ruhige Nacht. Aber daraus wurde nichts. Ich schreckte mitten im Schlaf hoch und hörte erschrecktes Getrappel und Schreie vor dem Haus. Ich stürzte also ans Fenster und sah, dass es auf der gegenüberliegenden Straßenseite weiter unten an der Straße brannte.

Schon stand Gordian neben mir. „Wenn sich so ein Feuer in der Stadt ausbreitet, dann kann alles abbrennen." war sein Kommentar, während er sich schnellstens anzog. Auch ich schlüpfte in meine Reisehose und ein Wams, stülpte mir eine Kappe über, unter dem ich meine Haare verbarg und stürzte hinter ihm aus dem Haus.

Da wir nicht wussten, wo sich Kübel und der nächste Brunnen befanden, stellten wir uns einfach zu den Leuten, die eine Löschkette zu bilden versuchten. Gordian blieb immer neben mir und reichte mir einen schweren Kübel mit Wasser nach dem anderen.

Nach einer Stunde etwa hatte die schnelle Hilfe vieler Anwohner, die alle Arten von Gefäßen anschleppten und Löschversuche starteten, Früchte getragen. Das Feuer war unter Kontrolle und dann bald gänzlich gelöscht.

Ich wandte mich an meinen Mann. „Sag mal, gehen die jetzt alle nach Hause und lassen das ausgebrannte Haus so stehen?" Er schüttelte vehement den Kopf „Nein, gerade ist ein junger Bursche, wahrscheinlich ein Handwerker, von einem der Ratsherren ins Innere geschickt worden, um dort Wache zu

---

halten. Die Stadtbewohner haben wegen der großen Nähe zu den Nachbarn eine panische Angst vor Feuer und sind deshalb besonders vorsichtig."

Zum Glück brach in dieser Nacht das Feuer nicht noch einmal aus. Wir zogen am Morgen beruhigt weiter. Die nächste Etappe war glücklicherweise nicht sehr schwierig. Sie brachte uns bis Ratzenhofen. In dem dortigen kleinen Schloss fanden wir für eine Nacht Unterkunft und Verpflegung. Außerdem eine nette Abendgesellschaft, die uns mit dem neuesten Klatsch der Region versorgte. Und zwar besser, als jede Boulevard-Zeitung in neuerer Zeit.

Wir mussten uns wegen der schweren Gefährte unserer Tuchhändler und der hügeligen Landschaft noch zwei Übernachtungsmöglichkeiten suchen, bevor wir an unserem Ziel Freising eintrafen.[25]

Diesmal war ich klüger als in Weltenburg. Das im Bischofssitz kredenzte Bier war auch sehr gut, konnte mich jedoch dieses Mal nicht dazu verleiten, zu viel zu trinken. Schließlich wollte ich am kommenden Morgen so ausgeschlafen und fit sein wie nur möglich für den Markt, wegen dem Martin und Albon eigentlich dabei waren. Da Juliana nicht mit uns gereist war, hatte ich Martin meine Hilfe beim Verkauf angeboten. Freudig hatte er angenommen. „Es ist immer gut, wenn eine Frau die Waren anpreist. Schließlich sind unsere Käufer meist weiblich. Du kannst dich hier viel besser einfühlen als ich. Doch habe ich gerade erfahren, dass auch die Hochzeit der Bürgermeisterstochter mit einem angesehenen Gelehrten morgen stattfinden soll. Vielleicht wirst du dir das Spektakel des Kirchenzuges lieber zuerst ansehen?"

Dieses Angebot musste er mir natürlich nicht zweimal machen. Also stürzte ich mich am nächsten Morgen mit Aline

25) Ursprünglich befand sich im 7. Jahrhundert eine Burg der agilolfingischen Herzöge auf dem Domberg. 739 wurde das kanonische Bistum Freising von Bonifatius gegründet.
1158 ließ der Welfenherzog Heinrich der Löwe die Isarbrücke der Freisinger Bischöfe in Oberföhring vernichten und baute bei der Mönchssiedlung (bei den Mönchen = München) eine neue, um sich den Brückenzoll zu sichern. Somit verlief die berühmte Salzstraße Reichenhall-Augsburg über München, das ein Markt- und Münzrecht erhielt und bald in der Geschichte zur Landeshauptstadt aufstieg.
Bis zum 14. Jahrhundert jedoch war Freising der kulturelle Mittelpunkt Oberbayerns. Der große Dom der Bischofsstadt, St. Maria und St. Korbinian, geht auf einen Bau von 1159-1205 zurück. Auch hier wirkten die Asambrüder 1724. Unterhalb des Chores ist eine der größten romanischen Krypten aus dem 12. Jahrhundert. Westlich gegenüber dem Domberg befindet sich die ehemalige Benediktinerabtei Weihenstephan, die 1020 gegründet wurde und deren Brauerei die älteste der Welt ist.

ins Geschehen. Der Kirchenzug war ziemlich pompös. Die Trompeter und Fanfarenbläser machten ein Mordsspektakel. Dagegen zogen die Fiedler still hinterdrein. Sie sollten erst bei der eigentlichen Feier für die Tanzmusik zum Einsatz gebracht werden.[26]

Nach diesem Hochzeitszug hatten wir Freundinnen natürlich viel zu reden. Schon am Nachmittag verfluchten Albon und Martin die Entscheidung, Plätze Rücken an Rücken auf dem Marktplatz beantragt zu haben. Wir schwatzten den lieben langen Tag: Meistens mit interessierter oder auch nur zufällig vorbeikommender „Kundschaft", doch wenn uns kein Fremder beanspruchte, dann miteinander. Martin riss endlich der Geduldsfaden. „Bitte suche dir morgen eine andere Beschäftigung, Laura. Ich kann euch beide nicht mehr hören. Es klingt in meinen Ohren wie das Knarzen eines Mühlrades. Es ist da und stört meistens nicht. Doch wenn man es dann beachtet, geht es fürchterlich auf die Nerven."

Meiner guten Laune tat diese Zurechtweisung nur bedingt Abbruch. Ich verkrümelte mich so schnell wie möglich und nahm mir vor, die nächsten Tage besonders still zu sein. Also machte ich mich auf den Weg zu unserer Unterkunft und stieß prompt hinter der nächsten Ecke mit Máel Pátraic zusammen. Wir umarmten uns wie langjährige Freunde und kamen sofort und augenblicklich ins Gespräch. Mein großer Vorsatz hatte genau 20 Sekunden gehalten. Danach war ich wieder dieselbe Laura wie immer: Einmal angefangen zu reden – nicht mehr zu stoppen.

Máel Pátraic war gerade angekommen und hatte noch keine Unterkunft. Daher nahm ich ihn mit in unseren Gasthof und beschwatzte den Wirt, unterstrichen von diversen Augenaufschlägen und (musikalischen) Angeboten, so lange, bis er einen Platz für unseren Freund hatte.

Am Abend versammelten sich unsere Leute um einen großen Tisch in der Schankstube. Der Ire wurde von allen aufs Wärmste

---

26) Allgemein waren Bläser geachteter als Spieler von Saiteninstrumenten. Dies lässt sich sogar noch bis ins 17. Jahrhundert nachweisen. Deshalb wurden die Spieler der geschätzten Instrumente oftmals doppelt so hoch entlohnt. Sie waren bei Hochzeiten den Familien mit höherem Ansehen vorbehalten. Obwohl Musikanten von jeher gern gesehen waren – bei den armen Leuten zur Unterhaltung und bei den Reichen zur Demonstration ihrer Macht – erfuhren alle Spielleute oft Misstrauen und Missachtung in der Bevölkerung.

willkommen geheißen. Er brachte Neuigkeiten direkt vom Königshof, den er erst vor kurzer Zeit verlassen hatte. Dies sprach sich sofort bei allen Gästen in der Wirtschaft herum und deshalb rückten nach und nach alle näher, um ja kein Wort zu versäumen. Endlich erfuhr man etwas direkt aus erster Hand! Für viele von den einfachen Krämern war dies eine Sensation und sie waren aufgeregt wie Kinder.

Máel Pátraic erzählte mit einem Augenzwinkern von einem Adligen, dem vor kurzem der Prozess gemacht wurde. Er hatte durch einen Angriff aus dem Hinterhalt versucht, bei Heidelberch einen Gesandten von Herzog Heinrich zu erledigen.

Der Barde schmückte die Geschichte dermaßen aus, dass wir uns beinahe selbst nicht mehr erkannten. „Und bei den Studenten hält sich hartnäckig das Gerücht, dass die Gattin des angegriffenen Grafen selbst wie ein Mann gegen die Angreifer mitgekämpft hat. Es gibt einige Herren, die beschwören, es mit eigenen Augen gesehen zu haben. Also, Männer, nehmt euch in Acht!", fügte er mit erhobenem Zeigefinger und gespielt strengem Gesicht hinzu. Gelächter kam auf. Natürlich bei unserer Gesellschaft aus einem anderen Grund als bei den übrigen Gästen.

Einer unserer Kämpfer bremste das Gelächter der Fremden aus. „So abwegig ist die Geschichte gar nicht. Meine Frau kann auch ein paar Grundbegriffe der Abwehr. Besser, sie kann sich gegen einen Angreifer zur Wehr setzen und die Kinder schützen, als wenn sie wie ein Schaf ins Messer läuft." Dies führte wiederum zu einer Lachsalve bei dem schon angetrunkenen Teil der Gäste, die sich die Situation mit dem Schaf bildlich vorstellten. Wilfred saß mit gekreuzten Armen neben mir und grinste in sich hinein. Sein Blick streifte mich und das wissende Grinsen wurde förmlich zum Verschwörerlächeln.

Mit diesem Jungen hatten wir wirklich einen Glücksgriff gelandet. Er war ein lieber Bursche und freundlich zu jedermann. Unter unserer Leitung hatte er lesen, schreiben und rechnen gelernt und seine Kampfkünste schon um vieles verbessert. Gordian lobte seine Gelehrigkeit und Geschicklichkeit immer wieder.

Schon wenige ereignislose Tage später waren wir wieder auf dem Heimweg. Unsere beiden Tuchhändler waren sehr zufrieden mit ihren Verkäufen. Beide waren ausgelassener Stimmung und gaben die während der Marktzeit erfahrenen Neuigkeiten an uns weiter.

Die Wege waren inzwischen wieder vollends getrocknet und unsere Reise ging etwas schneller vonstatten. Wir hatten Glück, dass wir nicht noch einmal in Ratzenhofen anhielten. Denn dort hätte uns eine Bande von Wegelagerern erwarten können, wie uns ein Wirt später berichtete. Dieses Mal ritten wir fernab der Donau. Es wurde noch einmal Hochwasser wegen starker Regenfälle flußaufwärts erwartet. Also wählten wir die Strecke über Abensberg.

Diese Stadt war beinahe Ausland. Durch die unabhängigen Herren der Stadt gehörte sie in keiner Weise zum Gebiet der Wittelsbacher. Dennoch wurden wir freundlich aufgenommen. Martin und Albon verkauften am dortigen Hofe gleich einige Ballen Stoffs an die fast immer kinderreiche Familie der herrschenden Babonen.

Wir brachten noch einige Hügel bis Weltenburg hinter uns. Im Kloster wurden wir gerne nochmals eine Nacht aufgenommen. Der inzwischen wieder gesundete Koch erbat sich Rezepte und Ratschläge von Aline und mir. Anscheinend machten ihm seine Mitbrüder seit unserer Abreise die Hölle heiß. Wir halfen ihm gerne, da wir dadurch selbst in den Genuss eines guten Essens kamen.

Abends ging ich ein Stück am nun friedlich vorbeiziehenden Fluss entlang. Als Jugendliche schwamm ich einige Male in der Donau. Dabei fühlte ich erst richtig, wie viel Macht in diesen Wassermassen wohnten, auch wenn sie ganz ruhig dahin zu gleiten schienen. Mir fielen ein paar Zeilen ein, die dazu passten. Wie ich nämlich einmal las, hieß die Ur-Donau, die im späteren Altmühltal floss, früher Hister. Ein starker Name für unberechenbare Fluten.

Hister

Mächtiger Strom,
der die Menschen an seinen Ufern verharren ließ.
Gewaltig, schnell, dunkel, unergründlich;
mit Strudeln und Sandbänken durchzogen,
die jedem Schiffer die Angst lehrten.
Oft über die Ufer tretend – ohne Warnung Leben vernichtend.

Doch auch Leben spendend.
An den Ufern seltene Pflanzen und Tiere beherbergend.

Furchtbar und fruchtbar – hässlich und doch schön.

Im 20. Jahrhundert sieht die ganze Sache natürlich ganz anders aus. Der Fluss wurde im Laufe der Zeit gebändigt, verschmutzt und eingeengt. Doch es gibt Zeiten, in denen er sich aufbäumt gegen diese Versklavung. Dann wird ein ums andere Mal Mordio wegen eines neuen Jahrhunderthochwassers geschrieen.

Donau

Ein Fluss wie viele;
in einem meist schmalen Flussbett sich bedächtig dahin windend.
Von Menschen bezwungen, in Ketten gelegt.
Nur noch beiläufig bemerkt, kaum beachtet.
Von Industrien ausgebeutet, des alten Zaubers beraubt
und der Urkräfte entledigt.

Pflanzen und Tiere sind verschwunden,
durch menschliche Dummheit ausgerottet und vertrieben.

Nur Felsen, die sich hier und dort beidseitig auftürmen,
seit unvorstellbaren Zeiten von Wassern ausgewaschen,
lassen die ehemals große Macht erahnen.

In der Abendstille erzählt gurgelndes und plätscherndes Wasser
die Geschichte eines einst die Welt beherrschenden Stromes.

Am nächsten Morgen wurden wir freundlich von den Mönchen verabschiedet, die uns einluden, jederzeit bei ihnen Quartier zu nehmen. Bei der letzten Geste des Abtes zu unserem Abschied wurde uns allen warm ums Herz: Er ließ ein Fass des guten Klosterbieres in einen unserer Wagen hieven.

Der Rest der Heimreise gestaltete sich äußerst angenehm. Wir überquerten die Donau gleich beim Kloster mit Booten und nahmen den Weg, der größtenteils direkt am Wasser entlang Richtung Kelheim führte, während die Ware auf dem Wasser flußabwärts befördert wurde.

Wir blieben noch eine Nacht in der Stadt bei Alines Pflegeeltern. Dieses Mal fiel uns der Abschied von Aline und Albon nicht weniger schwer als das letzte Mal. Doch man wollte sich ja bald wieder sehen. Allerspätestens um die Weihnachtstage.

Auf dem Rest des Weges passierte dann doch noch etwas Unangenehmes. Wilfreds Pferd scheute vor einer Natter und stieg. Der Junge war etwas zu unbekümmert auf seinem Gaul gesessen und konnte sich nun nicht mehr im Sattel halten. Er fiel nach hinten wie ein Käfer. Zu seinem Unglück hatte er den Köcher mit Pfeilen quer über seinem Rücken hängen. So schrecklich die ganze Sache war, wir mussten trotzdem lachen über die Miene, die Wilfred zog. Er hatte sich nicht schwer verletzt, allerdings würde seine Rückenansicht sicher ziemlich blau werden.

Diese Tatsache bestätigte sich einige Tage später. Der blaue Fleck schmerzte ihn anscheinend so stark, dass er sich fast ohne seine übliche Scheu von unserer Kräuterfrau behandeln ließ. Der riesige Fleck zog sich von den Schulterblättern bis unter die Pobacken. Nun wurde uns auch klar, warum der arme Kerl so gar nicht stillsitzen konnte. Und gehänselt wurde er auch noch: „Sogar seine E… sind blau", verriet mir eines der Kinder, dessen Bruder angeblich alles gesehen hatte.

Bis auf diesen Sturz hatten wir keine Zwischenfälle zu verzeichnen, aber alles in allem hatte unser Ausflug uns doch viele Tage gekostet und die Ernte war in vollem Gange. Ich hatte Glück, dass ich nicht auf die Felder musste. Denn schon wurde mir die Hitze wieder unangenehm. Deshalb half ich unserer Anna nach Kräften in der Küche. Es galt, mehr hungrige Mäuler als sonst zu stopfen, da einige fremde Wanderer bei der Ernte halfen.

Durch diese fremden Hilfen erfuhren wir viel Neues aus dem In- und Ausland. Politische Bewegungen wurden prognostiziert, familiäre Verbindungen offengelegt und auch viel Unsinn erzählt. Die Erntezeit bedeutete viel Arbeit, hatte aber auch ihre guten Seiten. Es wurde jedem wieder bewusst, dass alle am gleichen Strang zogen.

Während des Erntemonds hatten wir glücklicherweise nicht nur Arbeit auf den Feldern.

Gordian überraschte mich mit einem Ausflug nach Rietenburch und einem nächtlichen Picknick an der Altmühl. Es war ein herrlicher Tag, den ich von der ersten bis zur letzten Minute genoss. Erst sehr spät schlichen wir uns, bibbernd von der Kälte des Flusses und unseres langen Aufenthalts darin, in unsere Kammer.

Schon wenige Tage nach unserer Rückkehr flatterte uns eine Einladung des Fraunberger zur Jagd ins Haus. Er wollte nur zur Unterhaltung ein Stück Rotwild jagen, das sein Jägermeister für ihn ausgewählt hatte. Üblicherweise waren die meisten Jagden nur zum Fleischbeschaffung gedacht. Doch dieses Mal ging es vor allem um das eine Tier. Was daneben noch erlegt wurde, würde selbstverständlich auch in der Räucherkammer landen.

Es ging das Gerücht, dass sich auch der Randecker und der Herr von Haecsenakker sowie Herr und Herrin der Rosenburg einfinden würden.

Um Hanns und Barbara die Ehre zu erweisen, ritten Gordian und ich nach Rietenburch, um für Hanns beim Sporer einen Zaum für dessen edles Ross zu holen, den Gordian hatte fertigen lassen. Der Gelbgießer hatte für Barbara einen Messingleuchter hergestellt. Bei der Gelegenheit besuchten wir selbstverständlich Martin und Juliana.

Und dann waren wir schon auf dem Weg zum großen Jagdereignis. Diesmal erreichten wir, begleitet von Gordians neuen Knappen Wilfred, schon zwei Tage vor der großen Hetzjagd (oder später Parforcejagd genannt) Schloss Prunn.

Ein Kurier meldete unser Kommen. Da viele hochgestellte Gäste erwartet wurden, war vor dem Burgtor ein Zelt errichtet worden, in dem alle empfangen wurden.

Je nach Stellung wurde man durch ein gnädiges Kopfnicken oder (wie wir) mit einem Kuss auf den Mund von Hanns Fraunberger und seiner Cousine Barbara empfangen. Das Mädchen mit seiner fröhlichen Art hatte ich ins Herz geschlossen.

Man führte uns zu einer kleinen Kammer, damit wir uns „frisch" machen könnten und danach ging es dann zum Abendmahl. Für jeden Gast lag eine frische Tunika bereit. Natürlich nur leihweise zu gebrauchen während des Aufenthalts als Gast des Hauses. Danach wanderte das Kleidungsstück wieder in die Truhe des Schlossherrn.

Da ja nur begrenzter Platz auf dem Schloss war, sah es nicht ganz so rosig aus mit der Platzverteilung für die Schläfer. Betten waren nur ungenügend vorhanden für die höchsten Personen. Alle anderen Gäste – zu denen auch wir gehörten, da wir als Freunde des Schlossherren zugunsten anderer auf die Ehre verzichteten – erhielten eine Schlafstelle auf dem Dielenboden mit Tierfellen und Decken. Ich war damit zufrieden, solange mich Gordian des Nachts wärmte.

Auf Einladung des Gastgebers wurden wir am nächsten Morgen zum Hundehaus geführt. Fenster und Türen des Hundestalles lagen immer nach Osten oder Norden. Man glaubte, die Mittagsseite sei gefährlich für die wertvollen Tiere, weshalb der Bau nach Süden hin geschlossen war.

Da die Jagd eine besondere Freude für den Fraunberger bedeutete, hielt er sich eine beachtliche Meute von 55 Hunden, die unter der Aufsicht des Hundeknechts anscheinend gut gediehen. Dem Hundeknecht standen wiederum mehrere Hundejungen zur Verfügung, die zum Beispiel die zu zweit zusammengekoppelten Junghunde (eine Koppel) ausführen mussten.

Ich mag Hunde sehr gerne – vor allem, wenn es keine allzu verwöhnten Schoßkläffer sind. Aber was ich dort zu sehen bekam an Vorkehrungen zum Wohlergehen der Vierbeiner, ging mir entschieden zu weit. Dabei wurde mir versichert, es wäre Standard in den Fürstenhäusern.

Manche arme Kätnerfamilie würde sich gefreut haben, so einen feudalen Stall mit frischen Stroh, Betten (natürlich für die Hunde!) und holzverkleideten Wänden – damit die Vierbeiner sich nicht das Reißen holten – bewohnen zu dürfen. Natürlich konnte alles auch beheizt werden, damit die von der Jagd verschwitzten Hunde nicht krank würden.

Vom Stall, der etwas den Berg hinan lag, sah ich zur eigenen Bestätigung zur Burg und konnte es nicht fassen. Dort gab es nur ein einziges, recht zugiges, Freiluftklo für Menschen, von dem der Unrat auf direktem Wege an der Schlossmauer entlang gen Burggraben sauste und hier gab es Pritschen auf Rädern, die mit dem Hundekot regelmäßig aus dem Stall geschoben wurden. Ich durfte gar nicht daran denken, welche Schauergeschichten zum Beispiel zum Thema Hygiene und sanitäre Gegebenheiten über das Schloss Versailles des Sonnenkönigs im 20. Jahrhundert noch im Umlauf waren ...

Um den kompletten Überblick über alle Hunde zu behalten, konnte der Hundeknecht durch ein Fenster von seiner Wohnstatt den Stall überblicken.

Gefressen wurde im Freien, in den so genannten Zwingern, die am grasbewachsenen und sonnigen Hang direkt im Anschluss an die Hundebehausung lagen.

Ich hielt ausnahmsweise mit meiner Meinung hinter dem Berg, auch wenn es mir recht schwer fiel. Gordian hatte mir wohlweislich schon einen Arm umgelegt und sah mich scharf an. Er kannte mich inzwischen fast besser als ich mich selbst.

Natürlich lobte ich alles als wunderbar und rührend. Die Hunde selbst waren aber auch wirklich zu nett. Die eigentlichen Hetzhunde waren Bracken oder Winde, irgendwelche Vorläufer der uns bekannten Windhunde.

Die Leithunde, deren Aufgabe nur darin bestand, die Fährte für die Hetzjagd aufzusuchen, waren in einem angrenzenden Raum untergebracht. Die meisten Hunde waren mehrfarbig und ließen sich mit Freuden streicheln. Und sobald man einen streichelte, kamen gleich drei andere angerannt. Man mochte gar nicht glauben, dass solch liebe Tiere eigentlich Wölfe und mit Vorsicht zu genießen waren.

„So ein Leithund fällt eine Fährte an und zieht diese nach, bis er davon abgetragen wird.", erklärte uns der Fraunberger stolz.

„Und was heißt das bitte? Ich bin da ein wenig unbedarft." Ich fragte ganz interessiert und erhielt dafür ein schiefes Lächeln von Gordian und einen beiläufigen Klaps auf den Po.

„Das bedeutet, der Hund geht so lange der Fährte hinterher, bis ihn sein Herr mit beiden Händen um den Leib fasst und ihn vom Wind abwendet."

Ich merkte schon, dass die ganze Sache eine Wissenschaft für sich war und ich mich damit erst eingehend befassen musste, um auch nur einen Bruchteil davon zu verstehen. Ob ich das allerdings wirklich wollte?

Noch am selben Abend begann es zu regnen. Zuerst war es nur ein Nieselregen, aus dem sich allerdings bald ein kräftiger Schauer entwickelte.

Bei dem Gedanken an eine Jagd bei diesem Wetter war mir nicht so ganz wohl. Man würde von Kopf bis Fuß durchnässt und bei dem hügeligen Gelände und matschigen Boden war es auch keine direkte Freude, sich auf die absolute Trittsicherheit eines Pferdes verlassen zu müssen. Wo doch mein Arwakr manchmal ein richtiger Tollpatsch war.

Doch die Hunde konnten bei Regen sowieso keinem Hirsch nachspüren. Also wurde die Jagd ein paar Tage verschoben, bis die Fährte wieder aufgespürt war.

So hatten wir noch drei Tage, die wir in der Gesellschaft adliger Herren und deren Familien verbrachten. Es waren Stunden des ausgelassenen Spiels, des Tanzes und der Zerstreuung durch Spielleute, die wie im Winde verflogen. Dieses Mal fühlte ich mich auf dem Schloss auch so richtig wohl. Ich war eine verheiratete Frau mit vielen Rechten, die sich allerdings immer noch viel zu gerne in die Gespräche der Männer mischte und dort überraschenderweise auch meist respektiert wurde.

Gordian versuchte mich gar nicht mehr zu bremsen, da er inzwischen wusste, dass mich das nicht aufhalten würde. Außerdem hatte ich mich selbst inzwischen ganz gut unter Kontrolle und warf nur ab und an etwas ein. Und dann auch nur, wenn ich mir ganz sicher war, Recht zu haben und dabei keinen zu beleidigen.

Endlich konnte die Jagd beginnen. Nach einer kurzen Ansprache und einem Ruf, der dem heutigen Horrido gleicht, wurden die Hunde auf die Fährte gesetzt. Die Leithunde voran, die Meute hinterher. Gekläfft wurde nicht, dies durfte nur im Notfall vorkommen.

Der erste Teil der Fährte war verbrochen. Überall fanden wir durch abgebrochene Zweige gekennzeichnete Hinweise auf den Verbleib des Wildes.

Es ging über Stock und Stein, durch abgeerntete Felder und Waldstücke, über umgestürzte Bäume und Bachläufe, durch breite Gräben und an Höfen vorbei. Am schönsten waren die Strecken übers freie Feld. Da konnte man die Hunde gut sehen. Wie sie alle beim Laufen flach wurden und manche kleine Schleifen zogen! Man spürte direkt, welche Freude ihnen das Rennen machte.

Wenn die Meute selbst nicht zu sehen war, gaben uns die Hornzeichen der Jäger die Richtung an und unsere Pferde setzten hinterher.

Als die Hunde nach gut zwei Stunden das männliche Rotwild gestellt hatten, umringten sie es, sorgsam darauf bedacht, nicht in die Nähe seines Gehörns oder die Reichweite seiner Beine zu kommen. Mit einem einzigen wohlgezielten Schuss erlegte der Randecker, Ehrengast dieser Jagd, das Wild. Sofort erklang das Halali aus den Jagdhörnern der Jäger.

Gleich an Ort und Stelle wurde das Tier seiner Eingeweide beraubt, welche von den Hunden gierig verschlungen wurden.

Das Wild wurde fachgerecht zerlegt und auf dementsprechend ausgebildeten Pferden und Mulis nach Hause gebracht. Denn Wagen mitzuführen, war auch in diesem unwegsamen Gelände nicht ratsam.

Auf dem Rückweg fand einer der Jäger einen Teil eines Rehkadavers. Es war eindeutig ein Wilderer am Werk gewesen. Die Bauern und das andere niedere Volk hatten hier sehr wohl das Recht zu jagen für den eigenen Unterhalt. Allerdings nur das Niederwild. Hochwild war dem Adel vorbehalten.

Da das Vieh noch nicht länger als etwa drei Stunden tot war, wurden sofort zwei der mitgeführten Schweißhunde auf die Fährte des Wilddiebes gesetzt. Nun konnte ich mich mit eigenen Augen von der Qualität dieser Hunderasse überzeugen. Keiner der Beteiligten wollte zum Schloss zurück, so dass die ganze Jägerei den Hunden nachhetzte.

Der Wilddieb meinte, er wäre besonders schlau, weil er mehrere hundert Meter im Bach entlang gewatet war, bevor er wieder ans Ufer stieg. Er hatte allerdings seine Rechnung nicht mit den klugen und gut ausgebildeten Vierbeinern gemacht. Sie suchten ganz von alleine die Uferseiten in beide Strömungsrichtungen ab und spürten so die Fährte schnell wieder auf.

Auf diese Weise wurde schon nach einer Stunde der Hetze der Dieb gestellt. Er war ein Mann mittleren Alters. Schäbig gekleidet und ausgemergelt.

Er wusste, was ihn erwarten musste, daher blieb er ruhig stehen und ließ den Kopf und die Schultern hängen. Scheinbar ruhig – auf den zweiten Blick sah man die graue, durchsichtige Hautfarbe und das Zittern am ganzen Körper.

Der Prunner ritt direkt an ihn heran und musterte ihn. „Ich kenne dich. Ist nicht deine Frau schon seit einem halben Jahr leidend?" Mit blutunterlaufenen Augen starrte der Mann hoch. „Ja, Herr. Und dieses Jahr ist auch noch der größte Teil meiner Ernte einem Brand zum Opfer gefallen."

„Es ist mir bekannt, wer deine Felder in Brand gesteckt hat. Du hättest dich sofort an mich wenden müssen. Verdammt, ich bin doch kein Unmensch! Ich bin heute in Hochstimmung, darum lasse ich Gnade vor Recht ergehen. Aber merke dir, wenn du nur noch einmal straffällig wirst, ist das dein Ende.

Du gibst nun sofort die Teile des Wilds an meine Jäger und gehst nach Hause. Morgen wird ein Bote von mir kommen und dich und deine Frau mit dem Nötigsten versorgen. Und deine Tochter wird bis zur nächsten Aussaat in der Schlossküche arbeiten. Des Weiteren wird sich dein Sohn mit um meine Pferde kümmern."

Schluchzend vor Erleichterung ging der arme Mann in die Knie. Von ein paar Jagdhelfern wurde ihm alles Fleisch bis auf ein kleines Stück, das geflissentlich übersehen wurde, abgenommen und er mit einem nun leichten Sack nach Hause geschickt.

Einige der edlen Herren waren entsetzt, dass der Mann nicht auf dem Hinrichtungsplatz landen sollte. „Was nützt mir das, meine Herren? Er und sein Sohn sind gute Bauern. Sie sind sehr fleißig und haben immer ehrlich die Abgaben bezahlt. Kurz vor der Mahd hat ein Rivale seines Sohnes um die Gunst eines Mädchens ihre Ernte abgefackelt. Warum soll ich eine ganze Familie vernichten, nur weil der Mann zu dumm oder zu stolz war, um Hilfe zu bitten? Ich bin mir sicher, er wird mir bis an sein Lebensende loyal ergeben sein.

Ein Herr braucht eine strenge Hand, ja. Aber auch eine kluge Ration von Milde, um die Arbeiter auf den Ländereien bei Laune zu halten. Nur zufriedene Leute arbeiten wirklich gut."

„Da ist was dran", stand ihm ein mir nicht bekannter Herr bei. „Wenn ich mir so manche Besitzungen ansehe, muss ich sagen, dass es mich immer wieder beeindruckt, wie loyal dort die Leute dem Herrn gegenüber sind. Sie lieben ihn als Person und haben keine Angst aber doch großen Respekt vor ihm.

Mir wurde kürzlich erzählt, dass unserem Grafen vom Altmühltal die Herren von Rabenstein und Tachenstein ans

Leder wollten und seine eigenen Leute dazu benutzen wollten. Es hat nicht funktioniert, da sich diese einfachen Menschen keinen besseren Herrn vorstellen können." Gordian hörte diese Unterhaltung nicht, da er etwas abseits die Damen unterhielt. Aber mir war diese Information neu.

Später zog der Rosenburger meinen Gatten zur Seite und sprach dieses Thema an. Mein Gatte war sehr erfreut über das Lob von unerwarteter Seite und ganz in seinem Element. „Mein Verwalter und bester Freund hat mich viel gelehrt. Zum Beispiel, dass das System nur funktioniert, wenn der Oberste einer Gemeinschaft weiß, dass ein Herr nicht nur nehmen kann. Auf meinem Gut muss jeder arbeiten. Und da schließe ich auch mich nicht aus.

Wenn ich nicht für den Herzog unterwegs bin, gehe ich selbst auf die Felder, striegle die Pferde, wache während des Abfohlens oder helfe beim Neubau eines Zaunes mit.

Meine Gattin ist sich auch nicht zu schade, die Pferde zu versorgen, wenn alle auf den Feldern sind. Sie kocht außerdem häufig. Genauso arbeitete meine Schwester bis zu ihrer Heirat. Sie wachte bei Kranken oder flickte auch mal die Sachen eines ledigen Arbeiters. Arbeit ist nichts, was erniedrigt. Man muss dabei nur beachten, dass die eigene Stellung nicht untergraben wird."

Ich verließ zufrieden meinen Horchposten und schloss wieder zur Mehrheit auf. Eigentlich lief hier alles so, wie ich es bei den neuzeitlichen „Schaujagden" auch schon erlebt hatte. Irgendwann zog sogar einer der Jäger einen Schlauch mit Branntwein unter seinem Wams hervor und ließ ihn kreisen. Dieser gut gefüllte mittelalterliche Vorläufer eines Flachmanns war nicht zu verachten. Und für den Moment spürte ich wenigstens die Kälte nicht, die langsam in mir hoch kroch.

Zuerst waren wir meilenweit im Galopp unterwegs gewesen und daher noch ganz erhitzt. Zurück ging es jedoch nur noch kleine Strecken im Trab und sonst alles im Schritt. Die Pferde dampften und die aufsteigende Feuchtigkeit von den Wiesen tat das ihre.

Jedenfalls war ich heilfroh, als ich endlich im Schloss war und mir andere Kleidung anziehen konnte. Selbstverständlich nach einem heißen Bad, das sich die Jagd reitenden Damen richten ließen.

Am Abend kam dann der entspannende Teil. Das heißt, essen, trinken, der Musik von Spielleuten lauschen und – unterm Tisch Händchen halten.

Der Speisesaal war nicht sehr groß, dadurch auch angenehm warm, obwohl es abends schon recht kühl wurde. Das Essen war vorzüglich und die Musik durchaus gut. Na ja, manchmal denke ich schon, dass einer der großen Meister der Klassik in dieser Zeit gar nicht geschadet hätte. Aber im Großen und Ganzen hätte ich es schlimmer erwischen können.

Erst spät krochen Gordian und ich unter unsere Decken. Ich träumte anfangs wirr durcheinander von Mittelalter und Neuzeit. Ritter auf der A 9 und Düsenflieger über dem alten Regensburg, Schwärme von Asam-Begeisterten auf dem Weg zum alten Weltenburger Kloster und mein Computer in unserem Schlafgemach von Gordians Hof.

Danach verdichtete sich jedoch der Traum und ich sah Gordians Wolfshund Felix fröhlich auf mich zuspringen. Hinter sich wie so oft einen Haufen Kinder vom Hof. Alle bestürmten mich, irgendetwas zu ihrer Zerstreuung zu tun. Aber ich konnte beim besten Willen nicht herausfinden, was sie genau von mir wollten. Plötzlich stand wie aus dem Nichts Gordian hinter mir. „Sie wollen, dass du ihnen eine neue Geschichte erzählst und hinterher ein Lied singst." Jetzt verstand ich sie plötzlich alle ganz genau. Und ich erzählte die Geschichte von Hänsel und Gretel.

Als ich zu dem Teil mit der Hexe und Hänsels Finger kam, schreckte ich aus meinem Traum hoch, weil mir ein Hund die Finger der linken Hand leckte, die ich von mir gestreckt hatte.

Ich scheuchte das lästige Vieh von meiner Seite weg und drehte mich um. Aber ich konnte nicht mehr schlafen. Ich überlegte die ganze Zeit, ob ich Gordian nicht bitten könnte, mit mir in Máel Pátraics Heimat zu reisen.

Irland hatte mich schon immer fasziniert. Wie schön wäre es doch, dieses Land einmal vor der Industrialisierung zu besuchen. Der Gedanke wollte mir nicht mehr aus dem Kopf wie ein Lied, das man hört und das als Ohrwurm den lieben langen Tag weiter besteht.

Ich bewegte mich ein wenig und weckte dadurch Gordian auf. Das nahm dieser gleich zum Anlass für Intimitäten. Im ersten

Moment war ich entsetzt über seine Annäherungen. Schließlich waren wir nicht alleine im Raum. Aber dann dachte ich: „Laura, du hast die letzten Nächte mehrmals bemerkt, dass andere Paare keine Probleme mit der Halböffentlichkeit hier haben. Mach jetzt keine Zicken!" Also entspannte ich mich und genoss die Zärtlichkeiten. Irland war mir mit einem Mal nicht mehr wichtig.

Am nächsten Tag stand ein kleiner Ausritt mit der gesamten Gesellschaft auf dem Programm. Nun ritten auch die anderen edlen Damen mit, die der Jagd fern geblieben waren. Allerdings saßen sie samt und sonders hinter ihren Gatten auf den Pferden.

„Es mag ja so üblich sein", raunte ich Gordian zu, „aber für keinen der drei Beteiligten ist es bequem und die meisten der Männer wären sowieso froh, wenn ihre Liebsten zu Hause geblieben wären. Ich hätte nicht eben Unlust, mein braves Pferd durchgehen zu lassen."

Er grinste schelmisch. „Ja, ja, da hast du vollkommen recht. Mir ist es im Allgemeinen auch lieber, du sitzt auf deinem eigenen Pferd. Ich kann frei atmen und ungehindert die Frauen beobachten – so wie du es mit den Männern machst. Sieh mal, die da drüben. Sie führt sich auf wegen eines netten Wortes ihres Mannes an die Nachbarin. Derweilen hat er nur ein Kompliment über das Pferd gemacht."

„Oh, schau mal dort! Die Frau berührt ihn nicht einmal richtig und er regt sich auf, dass sein Wams zerknittert wird und sie nicht immer betonen solle, sie wäre lieber zu Hause geblieben, als die Zeit auf dem Rücken eines Pferdes zu verbringen. Wie ich sie gut verstehe!"

Kurz darauf ließ sich die Dame tatsächlich nach einem eindeutigen Ehekrach an einem Wegkreuz vom Pferd gleiten. Sie stapfte durch die schon herbstlich bunte Blätterflut wieder zurück. Ich wandte Arwakr und ritt neben sie. „Habt ihr Lust, bei mir aufzusteigen?" Sie sah zuerst am Pferd entlang und dann zu mir auf. „Warum eigentlich nicht? Zum Schloss ist es doch ein ganzes Stück und bei einer Frau als Begleiterin kann mein Mann auch nichts sagen."

Ich half ihr auf Arwakrs Rücken. „Und bitte haltet euch richtig gut fest. Es könnte durchaus sein, dass ein Pferd plötzlich durchgeht und auch der Rest nicht mehr zu halten ist."

Wir kamen wieder auf freies Feld und Gordian blinzelte mir wie ein Verschwörer zu. Ich machte mich schon auf einen kleinen Galopp gefasst, als Wilfreds schon vorher nervös tänzelnder Brauner gleichzeitig mit dem Schimmel seines Nachbarn wie ein geölter Blitz nach vorne preschte – Gordians Alswinn wie besessen hinterher. Ich beschloss, dass ich nun auch meinen Arwakr nicht mehr halten konnte und schon lief, nach einer weiteren Mahnung nach hinten, mein Pferd aus purer Freude zu Höchstleistungen auf. Gleich darauf entstand ein riesiger Tumult. Eine ganze Menge der Pferde hatte dieses einzigartige Zusammenspiel von Rädelsführern und unachtsamen Reitern beim Schopfe gepackt und stürmten hinter uns her.

Frauen quietschten, Männer fluchten und Hunde bellten. Es war alles ein herrliches Durcheinander. Ich glaube aber, es waren viele Reiter dabei, die es mindestens so genossen wie wir.

Erst am nächsten Waldrand machten sich die Vordersten daran, wieder ihre Pferde „einzufangen" und eine langsamere Gangart vorzulegen.

Dies sollte unser letzter Abend in Prunn sein. Nur wenige Gäste würden bleiben. Ganz gesittet erschien die ganze Gesellschaft zum Abschiedsmahl. Alles war „höveschheit", will sagen, höfisch, hübsch oder auch höflich. Mich wundert immer wieder, welche Saltos und Schleifen die deutsche Sprache durch die Jahrhunderte so machte.

Ein netter Abend mit gutem Essen, Gesellschaftsspielen und anderer Kurzweil begann. Zum Beispiel war tatsächlich ein recht guter Sänger angekommen. Er hatte eine schöne Baritonstimme und gebrauchte sie wie ein großes Stück Samt, das den ganzen Raum in sanftes Schweigen hüllte. Ich war vollkommen verzaubert. Der Abend war ein gebührender Abschluss der Jagdtage und ich war überrascht, dass sich wirklich niemand zu einem Streit hinreißen ließ.

Am nächsten Morgen zogen wir nach einer würdigen Verabschiedung wieder zum Gut zurück.

Nur Tage später veranstalteten wir über die abgeernteten Felder ein Pferderennen, bei dem alle Gutsbewohner, die auf einem Pferderücken eine gute Figur machten und das Tier auch halten konnten, mitmachten. Es wurde ein Heidenspaß, vor allem, weil wir nicht so viele Sättel wie Pferde hatten und so mancher etwas schräg auf seinem Gaul saß.

Der Anlass für dieses Rennen war, dass Konrad uns für eine Woche besuchen kam. Er wollte einmal nach Hause, bevor die nasse und kalte Jahreszeit begann. Also suchte ich nach einem Grund, Barbara und Hanns Fraunberger einladen zu können. Mit einem Seitenblick auf die abgeernteten Felder fragte ich Gordian, was er denn von einigen Reitübungen hielte.

„Wie meinst du das? Kann ich dir nicht gut genug reiten?" Ich schüttelte ernsthaft den Kopf. Bevor er jedoch protestieren konnte, lächelte ich ihn verschmitzt an. „Es geht doch gar nicht um deine Reitkünste. Ich dachte eher daran, was für ein Spaß es für uns alle und die Prunner und Randecker sein könnte, hier ein Pferderennen zu veranstalten. Du und ich müssen da sowieso außer Konkurrenz mitreiten."

Der Vorschlag stieß auf allgemeine Zustimmung und freudige Erwartung im Gut. Die Einladungen an Prunn und Randeck wurden angenommen und so kamen zwei bunt zusammen gewürfelte Gruppen aus den beiden Grafenhäusern.

Bald stand ein Reiterheer aus erprobten Kämpfern und ungeübten Reitern an einem Ende des Feldes. Mitten drin einige Adelige mit ihren Frauen, die durch ihre leuchtende Kleidung heraus stachen.

Links und rechts wurde die Bahn gesäumt von Frauen, Kindern und alten Leuten. Zwei Frauen waren abgestellt, am Ziel festzustellen, wer die schnellsten drei seien. Mit einer „Goaßl" wurde sozusagen der Startschuss gegeben und das Feld setzte sich hektisch in Bewegung. Von beiden Seiten erschallten allgemeine Anfeuerungsrufe.

Gordian und ich hatten uns vorher abgesprochen und blieben absichtlich hinten, was allerdings nicht die leichteste Übung für uns war, da der Herdentrieb in unseren Pferden ausgeprägt war.

Aber wir setzten uns nebeneinander und ließen anfangs unsere Pferde traben. Dabei warf Arwakr die Beine, als wenn er auf einer Parade wäre. Dann nahmen Gordian und ich uns an den

Händen und ritten so mit einer leichten Galoppade als letzte ins Ziel ein. Jubel brauste auf. Die Gewinner waren ermittelt. Das schnellste Pferd war mit Barbara ins Ziel gelaufen. Dicht gefolgt von Graf Albrechts Ross.

Was in mir den Verdacht weckte, dass der gute Mann Barbara gewinnen ließ. Der Fraunberger teilte sich den dritten Platz mit einem der jungen Pagen.

Alle hatten viel Freude an dem kleinen Rennen gezeigt und wollten es gerne bei Gelegenheit wiederholt wissen. Vor allem, nachdem sie die Speisen erblickten, die Anna und ihre Helfer aus der Küche herbeizauberten.

Der Herr von Randeck scharwenzelte ständig um mich herum. Mal machte er mir Komplimente über meine Figur, mal über mein Kleid, mal über meine Haare ... „Und ihr habt so ein köstliches Profil, meine Dame", schwärmte er. Mir reichte es einfach. Er meinte wohl, ich würde seinem unausstehlichen Charme erliegen. Viel netter als ich mich fühlte antwortete ich ihm: „Herzlichen Dank für die vielen Nettigkeiten, die ihr mir unentwegt sagt. Aber ich muss euch warnen! Wenn ich jemandem meine Meinung sage, pflege ich ihm nicht mein hübsches Profil, sondern die Zähne zu zeigen!"

Er lachte herzlich über meine kleine Kriegserklärung und ließ es tatsächlich für diesen Aufenthalt dabei bewenden. Zu meiner Freude teilte auch Konrad fleißig Komplimente aus und versprühte seinen jugendlichen Charme bei Barbara und Hanns. Diesen allerdings war es offensichtlich angenehm. Hanns nahm mich zu später Stunde zur Seite. „Deutet dem jungen Studenten an, dass ich es begrüßen würde, wenn er recht bald bei mir um die Hand meiner Cousine anhalten würde." Mit einem Augenzwinkern ließ er mich offenen Mundes stehen.

Es folgten noch zwei unterhaltsame Tage und wunderschöne Abende mit großem Lagerfeuer mit Tanz und Musik. Dann kehrte wieder arbeitsame Ruhe ein in unser Gut.

Bevor Konrad nach Heidelberg zurück reiste, bekam er das Versprechen von Barbara, ihn im nächsten Frühjahr zu heiraten. Beide glühten sie vor Glück bei unserem Blitzbesuch in Prunn und Hanns Fraunberger wirkte sehr zufrieden. Durch diese Heirat konnte die Verbindung zwischen unseren Häusern nur noch enger und freundschaftlicher werden. Damit wäre beiden geholfen, da im Falle einer Bedrohung eine größere Wehrmannschaft zur Verfügung stände.

Mit viel Aufwand wurde ein Teil der Äpfel gemostet und zu einem wunderbaren Apfelsaft verarbeitet, der sich jedoch nicht lange hielt und daher sofort genossen werden durfte. Ich freute mich allerdings am meisten auf die bevorstehende Walnussernte. Den frischen Nüssen die feuchte Haut abzuziehen und die Ausbeute sofort zu essen war ein Hochgenuss, den ich nicht verpassen wollte. Dabei bekommt man zwar ganz scheußlich braune Finger, aber der wunderbar frische Geschmack ist die Sache wert.

Ich wollte Gordian dazu überreden, zum ältesten mir bekannten Markt nach Abensberg zu reiten. Und zwar zum „St. Gilg am Moos", oder Gillamoos, wie er in meiner Zeit genannt wurde. Dieser Markt und die Wallfahrt zu Ehren des heiligen Aegidius wurde erstmals im Jahre 1313 urkundlich erwähnt. Er wehrte ab, versprach mir aber Ersatz dafür.

Wieder brach ein sonniger Morgen im Herbstmond an. Gordian und ich ritten zusammen Richtung Essing. Dort war ein kleiner Markt angesagt, den wir uns ansehen wollten. Wir waren sehr früh schon unterwegs und auch ziemlich ausgelassen. Man sah die ersten Blätter im warmen Wind fallen und mein erster Gedanke ging zu einer imaginären großen Wiese mit Kindern, die ihre Drachen steigen ließen. So wie bei „Mary Poppins" stellte ich es mir ungefähr vor. Und alle Menschen nahmen sich die Zeit für die wirklich wichtigen Dinge des Lebens.

Der Markt war richtig schön. Es gab neben den Dingen für das tägliche Leben wunderbare Stände mit Süßigkeiten, Kräutern und herrlichem Krimskrams für Leute wie uns, die sich so etwas leisten konnten.

Doch waren wir gar nicht dazu aufgelegt, viel zu kaufen. Wir erfreuten uns der Dinge, die es zu sehen gab und erstanden nur die paar Sachen, die wir wirklich brauchten.

Als wir den Markt schon wieder verlassen wollten, kamen wir noch am Stand eines Silberschmieds vorbei. Unsere Blicke wurden förmlich magisch angezogen von einem schönen Silberreif mit Verzierungen. Gordian nahm ihn hoch und legte ihn mir an. Er sah wunderbar aus. Nach nur kurzem Feilschen war er mit dem Händler einig und ich war im Besitz eines neuen Armreifens.

Gleich um die Ecke bekam mein Liebster dafür einen ausgiebigen Kuss und ein Versprechen für mehr zum Dank. Dann machten wir uns auf den Rückweg. Schon bald verließen wir die Straße und gingen direkt an die Altmühl. Dort fanden wir ein lauschiges Plätzchen, das uns gefiel. Gordian forderte sogleich die Einlösung meines Versprechens. Wir beteuerten uns gegenseitig unsere große Liebe und fühlten uns einfach glücklich.

„Weißt du eigentlich, dass ich hier und mit dir all das gefunden habe, wonach ich mein Leben lang gesucht hatte?", fragte ich meinen Mann, als ich in seinen starken Armen lag. „Ich wollte immer ein bisschen Glück, Liebe und Zufriedenheit. In deinen Armen geht es mir so gut, wie niemals zuvor. Wenn ich nur an dich denke, wird mir warm ums Herz und ich kann mein Glück gar nicht fassen. Ich brauche keinen Luxus, wenn ich dich an meiner Seite weiß und bin mit dem Leben zufrieden, das ich hier führen kann."

Gordians Küsse ließen mich die tiefe Zuneigung ahnen, die er für mich fühlte. Seine Berührungen zeugten von Zärtlichkeit und Begehren. Ich ließ mich fallen, wie noch nie vorher und gab mich ihm und seiner Liebe vollkommen hin. Das Glücksgefühl, das ich verspürte, war noch nie so stark gewesen. „Solange du bei mir bist, ist mir egal, was passiert. Ich weiß, dass ich alles durchstehe mit deiner Liebe." Gordian hielt mich fest umschlungen und ich glaube, wir beide bekamen eine Ahnung vom Paradies.

Nachdem wir dann noch kurz ans andere Ufer der Altmühl und wieder zurück geschwommen waren, zogen wir uns wieder an und lagen träumend im Gras.

Ich musste wohl eingeschlafen sein, als mich plötzlich eine Hupe hochfahren ließ. Verstört sah ich mich um. Gordian lag nicht mehr neben mir. Direkt hinter mir stand jedoch Arwakr, der mich anstubste und nicht gerade den glücklichsten Eindruck machte, sondern den eines verwirrten und ängstlichen Pferdes.

Zur Sicherheit sah ich gen Randeck. Meine Befürchtungen wurden zu meinem großen Schrecken sofort zur Gewissheit und ich spürte förmlich, wie mir das Blut gerann.

Ich sah einen Turm und ansonsten nur verfallene Mauerreste mit Löchern, die mich von der Ferne wie die toten Augen eines Skeletts anstarrten.

Es konnte einfach nicht wahr sein! Eben hatte ich erfahren, was wirkliches Glück bedeutet und jetzt fiel von einem Moment auf den anderen eine ganze Welt in mir zusammen.

Völlig durcheinander packte ich Arwakrs Zügel und zog die Beine an. Als ich begriff, dass ich wirklich wieder im 20. Jahrhundert gelandet sein musste, verschleierten plötzliche Tränen meinen Blick. Ich wollte nicht hier sein – nicht ohne Gordian. Mein leises Weinen steigerte sich zum hysterischen Schluchzen und ich brauchte unwahrscheinlich lange, bis ich mich wieder einigermaßen unter Kontrolle hatte.

Dann kam ich zu der Überlegung, dass ich so, wie ich gekleidet war, doch sofort auffallen würde. Hektisch kramte ich in meinen Satteltaschen. Mein Tagebuch hatte ich fast immer bei mir und so auch dieses Mal. Aber natürlich keine Klamotten zum Wechseln. Also ritt ich langsam in die Richtung, in der ich damals, vor einem Jahr, mein Auto stehen gelassen hatte.

Ganz gespannt sah ich um die letzte Ecke. In dem Moment wurde ich, wenn dies noch möglich war, sogar noch verwirrter. Entgegen all meiner Vermutungen stand das Auto noch hier. Und es sah noch genauso aus wie bei unserem Wegritt.

Plötzlich kam ein Spaziergänger mit seinem Hund aus dem Wald. „Entschuldigen Sie, welches Datum haben wir heute eigentlich? Ich bin mir nicht ganz sicher und habe Angst, dass ich einen Termin versäumt habe." Zu meinem Glück gab mir der Mann offensichtlich belustigt genauestens Auskunft. „Heute haben wir Dienstag, den 7. September 1999." Ich bedankte mich freundlich und der Hund zog seinen Herrn weiter den Weg entlang.

Meine Gedanken vergaloppierten sich in verschiedene Richtungen. Musste ich mich nun wirklich damit abfinden, wieder in meiner Zeit zu leben? Ohne Gordian, Juliana und all den anderen Menschen, die mir so teuer geworden waren? Oder war ich verrückt?

Verwirrt sah ich auf meine Hand. Mein Ehering mit dem grünen Stein und der Armreif glitzerten mir entgegen. Es musste also wahr sein. Oder hatte ich vielleicht doch nur geträumt? – Aber das Kleid hatte ich ja auch und den Sattel ...

Dann, oh Schreck, wühlte ich in meinen Sachen panikartig nach meinem Autoschlüssel. Erst nach längerem, hektischen Suchen fiel mir ein, dass dieser sich in meinem Versteck im Pferdehänger befand. Ich schloss meinen Wagen auf und warf die Taschen auf den Rücksitz. Dann sattelte ich Arwakr ab und manövrierte ihn in den Hänger. Zum Glück hatte ich immer Kleidung zum Wechseln im Kofferraum.

Sattel und Trense wurden im Kofferraum verstaut und dann setzte ich mich mit zitternden Knien ans Steuer. Noch immer konnte ich nicht glauben, was doch wahr sein musste. Im Rückspiegel sah mir jedoch ein Gesicht entgegen, das so ganz anders aussah, als am selben Tag „vor einem Jahr", als ich hier wegritt. Meine Haare waren enorm gewachsen und ich hatte eine raffiniert aufgesteckte Frisur. Außerdem war hatte ich bräunere Haut

Wenn aber noch immer derselbe Tag war, dann konnte ich doch nicht so vor den Leuten erscheinen, die mich oft sahen. Was sollte ich denen wohl erzählen? Selbstbräuner war die Antwort für eine Frage.

Mein Blick fiel auf die Ablage der Mittelkonsole. Mein Handy hatte ich aus lauter Vergesslichkeit bei meinem Aufbruch von hier liegen lassen, was sich jetzt als Segen erwies.

Schnell wählte ich die Nummer einer Freundin und Friseurin. Sie war überrascht über meinen Anruf, erklärte sich aber sofort bereit, mir gleich an diesem Tag noch die Haare zu schneiden.

Ich fuhr los – etwas unsicher, da ich ja seit einem Jahr nicht mehr in einem Auto gesessen war. Nach nur wenigen Minuten fühlte sich überraschenderweise alles wieder ganz vertraut an.

Im Stall begrüßten die anderen beiden Pferde Arwakr von der Koppel her, wie sonst auch. Für sie war ja nur ein Tag vergangen und nicht ein Jahr, wie für mich und meinen treuen Freund. Ich führte ihn zu seinen Gefährten und brachte Heu. Alle Verrichtungen machte ich wie ein Roboter ganz automatisch.

Ich war froh, dass mich meine Freundin schon Monate nicht mehr gesehen hatte. So wunderte sie sich nicht besonders über meine langen Haare sondern nur über den nicht vorhandenen Schnitt. „Das kann ich mir gut vorstellen, dass du's heute so verdammt eilig hast. Wundert mich nur, dass dich das nicht schon früher gestört hat."

Als sie ihre Schere in die Hand nahm, dachte ich mir „Ach, was soll's", und wies sie an, nur ein wenig Form in die Frisur zu bringen, aber ja nicht zu viel zu schneiden. Ich wollte nicht meine inzwischen so schön gewachsene Haarpracht verlieren. Ich müsste sie ja nur die nächste Zeit hochstecken, so würde keiner den großen Unterschied bemerken.

Erst als ich nachts nach weiteren automatischen Verrichtungen in meinem – aber doch plötzlich fremden – Bett lag, brach der Schmerz über den Verlust eines glücklichen Lebens mit einem geliebten Mann an meiner Seite herein. Ich weinte mich in den Schlaf und hatte dann wirre Träume, die nicht dazu beitrugen, mich zu beruhigen.

Mir wurde irgendwann bewusst, dass ein weiterer alter Name des Septembers „Scheiding" heißt. Dieser Begriff hat meiner Meinung nach etwas mit dem Scheiden des Sommers zu tun und für mich persönlich mit meinem Abschied von einem glücklichen Leben in der Vergangenheit.

Tage später war ich erst soweit, dass ich meiner Rückkehr in die Gegenwart etwas Positives abgewinnen konnte. Ich hatte ein Jahr gewonnen. Ein vom Leben geschenktes Jahr, in dem ich keinen Tag älter aber um viele Erfahrungen reicher geworden war.

In dieser Zeit hatte ich unfassbares Glück, große Angst und viele neue Anschauungen sowie eine komplett andere Lebensweise kennen gelernt. Außerdem hatte ich in der Vergangenheit meine Lebensfreude wieder gefunden und gelernt, etwas geduldiger zu sein.

Doch in manchen Augenblicken des Selbstmitleids fiel mir immer der Teil eines Liedes aus einem meiner Lieblingsmusicals, „Elisabeth", ein:

Liebe kann vieles, doch manchmal ist Liebe nicht genug.
Glaube ist stark, doch manchmal ist Glaube Selbstbetrug.
Wir wollten Wunder, doch sie sind nicht gescheh'n.
Es wird Zeit, dass wir uns endlich eingesteh'n:
Wir sind wie zwei Boote in der Nacht.

Jedes hat sein eig'nes Ziel und seine eig'ne Fracht.
Wir begegnen uns auf dem Meer,
und dann fällt der Abschied uns schwer.
Doch was uns treibt, liegt nicht in uns'rer Macht. –
... Wir begegnen uns auf dem Meer und sind mehr allein als vorher.

Warum wird uns das Glück so schwer gemacht?

(Text aus dem Musical „Elisabeth", mit freundlicher Genehmigung des Autors Dr. Michael Kunze)

Epilog

Ich trauere zwar um den Verlust von Gordian und all den anderen Menschen, die mir so lieb geworden sind, aber ich stehe nun wieder fest im Leben. Ich habe mir Arbeit gesucht, die mir Freude macht und ich genieße das Leben, wie es kommt.

Auch, wenn ich immer noch nicht weiß, wie ich in die andere Zeit und wieder zurück gekommen war, glaube ich doch, inzwischen den Grund dafür zu kennen, denn ein kluger Mensch sagte mal sinngemäß: Alles geschieht aus einem bestimmten Grund zu einem bestimmten Zweck und zum eigenen Nutzen.

Ich denke, ich sollte erkennen, was wirklich wichtig ist im Leben; die Liebe und das Glück erfahren, die ich in meiner Zeit immerzu erfolglos gesucht hatte. So konnte ich auf Dauer meine Unzufriedenheit überwinden und ein Gefühl unermesslicher Liebe und Geborgenheit in meinem Herzen bewahren.

Nur manchmal, nachts, wenn mich die Sehnsucht nach einer starken Schulter oder meinem persönlichen Glück einer anderen Zeit beschleicht, krame ich in den Erinnerungen an meinen Ausflug ins Mittelalter und ein vom Himmel geschenktes Jahr – schwarz auf weiß belegt in meinem Tagebuch.

... weiter geht es, Tränen sind verkehrt.
Warum soll'n wir beten, wenn uns niemand dabei hört?
Weiter, weiter, weiter trifft es jeden, der sich wehrt.

Weiter, weiter, weiter wie es war.
Stunden werden Tage und schon wieder flieht ein Jahr.
Nichts wird anders. Nichts fällt in den Schoß.
Schnell dreht sich das Karussell und wieder geht es los.
Schneller – und die Schatten werden groß.

(aus dem dt. Text des Musicals „Les Misérables", mit freundlicher Genehmigung des Autors Heinz Rudolf Kunze)

Handelnde Figuren

Laura	Erzählerin
Gordian	Ritter und Herr eines Pferdegestüts
Juliana	jüngere Schwester Gordians
Konrad	Knappe Gordians
Anna	schwergewichtige Köchin
Valentin	alter Kämpe und Vorarbeiter auf Gordians Gut
Wilfred	Knappe aus Heidelberg
Georg	Stallknecht
Katharina	Bedienstete vom Gut
Tethilt	Lauras Zofe
Beda	Knabe vom Gut
Albrecht	Ritter von Randeck
Hanns	Fraunberger, Herr von Prunn (geschichtlich belegt)
Barbara	Cousine von Hanns Fraunberger
Heinrich	Herzog von Lantshvt, der erste der „Reichen Herzöge" (Existenz geschichtlich belegt)
Ruprecht III.	Deutscher König. Als solcher Ruprecht I. von der Pfalz (Existenz geschichtlich belegt)
Martin	Tuchhändler aus Rietenburch und Julianas Bräutigam
Albon	Türkischer Tuch- und Gewürzhändler (vor seiner Konvertierung zum Christentum Abdul)
Aline	Wirtstochter und Reisegefährtin
Máel Pátraic	(MAH'eel POR ick) Irischer Barde und Reisegefährte. Bis etwa ins 17. Jahrhundert wurde der Name Patrick in Irland aus Respekt vor dem großen Heiligen nicht benützt, nur umschrieben.
Arwakr	Friesenwallach von Laura
Alswinn	Rapp-Hengst von Gordian
Ostwind	Stute Gordians
Felix	Wolfshund und ständiger Begleiter Gordians
Goar	junger Hofhund

Worterklärungen

Schneemond	Januar (auch Hartung)
Hornung	Februar
Lenzing	März (auch Lenzmond)
Ostermond	April
Wonnemond	Mai
Brachet	Juni (auch Brachmond)
Heumond	Juli (auch Heuert)
Erntemond	August (auch Ernting)
Herbstmond	September (auch Scheiding)
Gilbhard	Oktober (auch Weinmond)
Nebelmond	November (auch Nebelung)
Christmond	Dezember (auch Julmond)
Hister	ein alter Name der Ur-Donau, die durch das jetzige Altmühltal floss
Arwakr, Alswinn	Arwakr (Frühwach) und Alswinn (Allbehend), die zwei göttlichen Pferde, ziehen, durch den Schild Sänftiger geschützt, den Wagen der Sonne über den Himmel.
Goaßl	Peitsche mit langer Schnur, die laut schnalzt, wenn sie durch die Luft gewirbelt wird. Noch heute gibt es Gruppen von „Goaßl-Schnalzern", die zum Takt von Musik ihre schwierige Kunst vorführen.
Oheim	Bruder der Mutter

Keltische/Irische Namen

Cennchaem	(KEN uh chem)Schönkopf
Cruit	(critch) Harfe keltischer Art
Cuchulinn	(ku chul-in') Hund (in der Bedeutung Wolf) des Schmiedes, irischer Held, dessen ursprünglicher Name Setanta war.
Finnabir	(FINN a vir) Weißelfe
Gaesa	Zauberbann, Tabu
Hael	der Großzügige
Idan	(EE dun) der Treue
Lead	(loid) Lied
Liath Macha	(LEE uh MACH a) Stein der Macha oder der Graue der Macha (Macha = irische Kriegsgöttin), Pferd von Cuchulinn
Mor	(mōr) der Große
Niamh	(n'ī-av / Neev) die Glänzende
Sainglend	zweites Pferd von Cuchulinn
Tlachtga	die Schöne

Literaturverzeichnis

Angrüner, Fritz: Geschichte Abensbergs und seines Grafengeschlechts I+II, Kelly-Druck, Abensberg 1991/1996

Bachfischer, Margit: Musikanten, Gaukler und Vaganten – Spielmannskunst im Mittelalter, Battenberg Verlag, Augsburg 1998

Bagusch, Johannes (Hrsg.): Illustrierte Weltgeschichte, Corvus Verlag, Berlin 1981

Baumgartner, Anton: Beschreibung der Stadt und des Gerichtes Neustadt an der Donau, Johann Baptist Stobel, München 1783 (Reprint)

Bayerische Vereinsbank: Weihnachtliche Bräuche in Hamburg und Norddeutschland, in München und Oberbayern, München 1985

Bayerische Verwaltung der staatlichen Schlösser, Gärten und Seen, München: Landshut/Trausnitz, Burg Prunn, Burg Rosenburg

Binder, Egon M. und Raimund Karl: 100 Besonderheiten aus dem Bayerischen Wald, Mosaik Verlag, Grafenau 1988

Bleibrunner, Hans: Landshut, die altbayerische Residenzstadt, Isar-Post-Verlag, Altheim bei Landshut, 1995

Cori, Johann Nepomuk: Bau und Einrichtung der Deutschen Burgen im Mittelalter, Bechtermünz Verlag, Augsburg 1997 (Reprint von 1895)

Eccardt, Klaus (Hrsg.): Herrscher der Welt, Ernst Battenberg Verlag, München 1968

Ergert, Bernd: Die Jagd in Bayern von der Vorzeit bis zur Gegenwart, Rosenheimer Verlagshaus Alfred Förg GmbH und Co KG, Rosenheim 1984

Führer durch Regensburg, Bernhard Bosse Verlag

Gerndt, Siegmar: Unsere bayerische Heimat – ein Kulturführer, Prestel Verlag, München 1984

Heidelberg – Eine lebendige Stadt, Kunstverlag Edm. von König, Dielheim 1997

Heidelberg – Highlights, Umschau Braus Verlag, Heidelberg 1998

Heil, B.: Die deutschen Städte und Bürger im Mittelalter; Weltbild Verlag GmbH (Bechtermünz), Augsburg 1998 (Reprint von 1906)

Heller, Eva: Wie Farben wirken, Rowohlt Verlag GmbH, Reinbek bei Hamburg 1989

Kleinpaul, Rudolf: Das Mittelalter, Flechsig Verlag, Würzburg 1998 (Reprint von 1895)

Köglmeier, Georg: Neustadt an der Donau und seine Bürger im 13. Jahrhundert, 1993

Kolmer, Lothar und Fritz Wiedemann: Regensburg – Historische Bilder einer Reichsstadt, Verlag Friedrich Pustet, Regensburg 1994

Kühnel, Harry (Hrsg.): Alltag im Spätmittelalter, Verlag Styria Graz Wien Köln, 3. Auflage 1986

Kurzbeschreibungen von Riedenburg, Burg Randeck und Schloss Hexenagger

Lenz, Werner: Merk-Würdiges von a – z; Präsentverlag Heinz Peter

Löpelmann, Martin: Keltische Sagen aus Irland, Eugen Diederichs Verlag, München, 2. Auflage 1989

Mehling, Marianne (Hrsg.): Knaurs Kulturführer in Farbe, Niederbayern und Oberpfalz, Droemer Knaur, München 1995

P.M. Perspektive: Die Welt der Ritter

P.M. Perspektive: Mittelalter

Palla, Rudi: Das Lexikon der untergegangenen Berufe – Von Abdecker bis Zokelmacher, Eichborn Verlag, Frankfurt am Main 1998

Pastoureau, Michel: Des Teufels Tuch – Eine Kulturgeschichte der Streifen und der gestreiften Stoffe, Campus Verlag Frankfurt / New York 1995

Peacock, John: Kostüm und Mode – das Bildhandbuch, Verlag Paul Haupt, Bern / Stuttgart / Wien, 2. Auflage 1996

Pfistermeister, Ursula: Die Oberpfalz, Verlag Friedrich Pustet, Regensburg 1994

Pfistermeister, Ursula: Niederbayern, Verlag Friedrich Pustet, Regensburg 1986

Schunk, Dr. Rainer: Gewürze sind gesund, 11. Auflage, Würzburg 1997

Süddeutsche Zeitung Magazin No. 50 vom 11. 12. 1998

TIME LIFE: Wie sie damals lebten im Europa des Mittelalters, 800-1500

Volkert, Wilhelm: Kleines Lexikon des Mittelalters – Von Adel bis Zunft, Verlag C. H. Beck, München, 2. Auflage 1999

Zeitler, Walther: Unsere schöne Oberpfalz, Neue Presse Verlags-GmbH, Passau 1993

Erwähnte Märchen:

Andersen, Christian: Des Kaisers neue Kleider
Bechstein, Ludwig: Goldener
Bechstein, Ludwig: Hirsedieb
Dickens, Charles: Ein Weihnachtsmärchen
Grimm, Jakob und Wilhelm: Die Gänsemagd
Grimm, Jakob und Wilhelm: Dornröschen
Grimm, Jakob und Wilhelm: Hänsel und Gretel
Grimm, Jakob und Wilhelm: Schneewittchen
Hauff, Wilhelm: Das Wirtshaus im Spessart
Wisser, Wilhelm: Grüner Fels
Foster, Hal: Prinz Eisenherz

Erwähnte Filme:

Drei Haselnüsse für Aschenbrödel, DEFA in Co-Produktion mit dem Filmstudio Barrandov, Prag nach dem Märchen von Božena Němcová, 1974

Wie man Dornröschen wachküsst, Filmstudio Barrandov, 1977

Mary Poppins, Walt Disney, 1964

Liedtexte:

„Welt, du kannst mir nicht gefallen …" und „Wir armen, armen Mädchen …" aus der komischen Oper „Der Waffenschmied" von Albert Lortzing

„Was gleicht wohl auf Erden dem Jägervergnügen?" aus der romantischen Oper „Der Freischütz" von Carl Maria von Weber. Text von Johann Friedrich Kind

Molly Malone: Traditional aus Irland

Auszug aus „Boote in der Nacht" aus dem Musical „Elisabeth", mit freundlicher Genehmigung des Autors Dr. Michael Kunze

Auszug aus „Weiter" aus dem dt. Text des Musicals „Les Misérables", mit freundlicher Genehmigung des Autors Heinz Rudolf Kunze

Gedicht:

Zur Jahreswende: Kurt Brotsack (1908-1988)

DANKE

Den Personen, die mir auf meinem Weg zum eigenen Buch behilflich waren, sei an dieser Stelle ein besonderer Dank ausgesprochen. Allen, die hier nicht aufgeführt sind: Danke für Hilfe und Unterstützung jeglicher Art.

Herzlichen Dank an meine Freundinnen Annette Flebbe, die wesentlich dazu beigetragen hat, dass ich jemals begonnen habe, Geschichten zu schreiben; Ulrike Muschkiet, der ich den Beginn speziell dieser Erzählung zu verdanken habe; Gertraud Bielmeier und Birgit Stock, die mir einige wichtige Denkanstöße geliefert haben sowie Antonia Stojanov, die mich sehr unterstützt hat, indem sie mein Manuskript Korrektur gelesen und mir mit ihrer Begeisterung Mut gemacht hat. Außerdem hat sie die Rezension verfasst.

Ein großes DANKE geht an jene, die mein Manuskript in verschiedenen Stadien des Werdens gelesen haben und die mir hilfreiche Tipps zu Inhalt und Gestaltung gegeben haben.

Inspiration und eine Portion Extra-Wissen und Verständnis holte ich mir bei Stadtführungen folgender Institutionen: Stadtmaus Regensburg, Stadtfuchs Passau und Stattreisen e. V. München.

Meine Informationsquellen zu den historischen Tatsachen waren neben diversen Büchern der Historiker Jürgen Wolz und seine Frau Hiltrud. Des Weiteren erhielt ich Unterstützung von Anton Metzger, Stadtarchivar von Neustadt/Donau; Erich Hafner, Rektor der Hauptschule Kelheim und Stadtarchivar von Kelheim sowie Max Halbritter, Stadtarchivar von Riedenburg.

Ein Dankeschön an die Grafikerin Constance Seethaler, die mir mit Rat und Tat zur Seite stand und mir für Satz und Layout ihren Mac zur Verfügung gestellt hat.

Ich bedanke mich bei Dr. Michael Kunze und Heinz Rudolf Kunze, welche mir freundlicherweise erlaubten, einige ihrer Textzeilen aus ihren Musical-Texten zu verwenden.

Danke auch an all jene, die mich zu einigen der im Roman behandelten Abenteuer inspiriert oder mich dabei im wirklichen Leben begleitet haben sowie an alle, die mir für einige meiner handelnden Personen Pate gestanden haben.

Zu guter Letzt noch ein Dank an die Musiker und Komponisten, deren Werke während der langen Stunden des Schreibens jeweils den richtigen Klangteppich für die passende Stimmung bei den verschiedenen Szenen lieferten: Enya, Mary Black, Wendy Rule, Carmen Cuesta-Loeb, Clannad, Rondo Veneziano, Gabriela Montero, Phil Coulter, Liz Story, Jim Brickman, Johann Sebastian Bach, Ludwig van Beethoven, Georg Friedrich Händel, Wolfgang Amadeus Mozart, Felix Mendelssohn-Bartholdy und nicht zuletzt Nikolay Rimsky-Korsakov.